KB080164

2061년

2061년

이인화 장편소설

스토리프렌즈

차례

1

채소 영감

재익 심은 뉴욕주 브라이슨 연방 교도소에 8년째 수감 중이었다.

그는 온종일 가로 1.4 미터 세로 2.6 미터의 독거 감방에서 지냈다. 벽에 붙은 좌변기와 수도꼭지로 신변 정리를 할 수 있고 월요일부터 금요일까지는 하루 한 시간 운동이 허락되었다.

독거수 운동장은 높은 담을 둘러친 원형 운동장을 케이크 자르듯 열여섯 칸으로 나눈 것이었다. 칸마다 출입문이 있어 안에 밀어 넣고 문을 잠그면 죄수는 부채꼴 모양의 좁다란 한 칸에 혼자 갇힌다.

재익은 자기 칸에 낡은 칫솔로 고랑을 파서 채마밭을 일구고 선교단체에서 씨앗을 보내준 쑥갓, 케일, 상추, 겨자, 깻잎을 길렀다. 날마다 나일론 가방 둘에 페트병 여섯 개씩 물을 날랐다. 음식물 쓰레기로 거름을 주고 잡초를 뽑았으며 손가락으로 벌레를 눌러 잡았다.

재익은 중년도 아니고 아주 쩐내 나는 늙은이도 아니었다.

빵돌이들은 재익을 베지 크락, 채소 영감이라 불렀다. 채소 영감은 새로 들어와 마음이 심란한 빵돌이의 식판에 열일곱 장 정도의 이파리를 물에 씻어 올려놓곤 했다. 그리고 괜한 오해를 사지 않을까 하는 걱정으로 손끝을 떨면서 드레싱을 뿌려 먹어보라며 미소를 짓는 것이었다.

그렇게 시간은 흘러갔다. 영감도 빵돌이도 하루 또 하루 살아졌다. 사람은 결국 잊을 수 있다. 경솔했던 행동, 바보 같았던 말, 수치, 굴욕, 고통, 절망, 외로움, 패배감을 언젠가는 잊을 수 있다.

채소 영감은 운동장 담벼락을 따라 이어지는 손바닥 한 뼘 넓이의 좁은 텃밭을 '한양'이라고 부르고 한양에서 이어지는 보이지 않는 물길을 '한강'이라고 불렀다. 운동장 중간에 가로세로 두 걸음 정도의 넓이로 일군 텃밭은 '제물포'였다.

때로 영감은 타버린 장작처럼 슬픈 표정으로 제물포를 내려다보곤 했다. 그의 마음에 제물포가 있었다. 어둑시근한 하늘 아래 오종종한 초가집들의 제물포가 누워 있었다. 한강에서 떠내려오는 욕망들을 등허리에 느끼면서 왼쪽으로 죽은 듯이 누워 있었다. 세계는 쓰나미처럼 머리맡으로 밀려오는데 역병에 찌들고 가난에 지쳐 제물포의 꿈자리는 심란했다……. 거기 재익의 다른 인생이 있었다. 감옥에 오기 전 그는 이십여 년 동안 1896년의 제물포를 연구하고 있었다. 그는 텃밭의 이파리 하나하나마다 이름을 달고 과거의 연구를 곱씹었다.

그러던 어느 날, 2061년 4월의 화창한 날이었다. 연방수사국 사람들이 찾아와 채소 영감을 에어 리무진에 태우고 워싱턴 D.C.로 데려갔다. 빵돌이들은 이 갑작스러운 외출에 수군거렸다.

채소 영감 제법이네. 뭐든지 삐잉삐잉 하고 일이 생겨서 눈에서 불이 번쩍번쩍 나게 들락거려야 해. 사건 재심이든 가석방 심사든, 자꾸 밖으로 들락거려야 무슨 수가 생긴다고.

제길. 우리 꼬라지에 수는 무슨 수야. 나가봐야 쫄아서 없는 죄 나 떠벌일걸. 똥개도 자기 집에 있어야 오십 점 먹고 들어가.

빵돌이들은 어릿어릿 눈치를 보며 떠들다가 주눅이 들어서 한구석으로 우그러졌다.

단체 운동장 철창 위에서 센서가 그들을 보고 있었다. 열화상 센서는 체온을, 실화상 센서는 동공과 안색과 안면 경직과 틱 장애를, 피부 전도성 센서는 혈압과 손 떨림과 땀 분비를, 뉴로 센서는 뇌파와 장관 림프 조직 이상을 감지했다. 인공지능에 연결된 이 촘촘한 감시망들은 전염병의 발생을 빛의 속도로 잡아낼 것이었다.

채소 영감이 왜 호송되었는지는 모두 깜깜 속으로 몰랐다. 다들 그와 그리 친하지 않았다. 대학교수였다는 그의 이력은 우악스런 전과자들의 온갖 구슬픈 사연이 모여 있는 이곳에서 그냥 심드렁한 것이었다. 크로노토프(시공간) 보호법 위반으로 12년 형을 받았디는 그의 죄명도 생소했다.

운동 끝, 입방을 알리는 벨이 울리자 빵돌이들은 웅성거리며 걸었다. 숨 막힐 듯 퀴퀴한 냄새로 가득 찬 좁고 후텁지근한 감방으로 돌아갔고 쓸데없는 걱정은 던져버렸다.

*

입방한 빵돌이들이 점심을 먹고 있을 때 재익은 유리창 밖으로 포토맥강을 보고 있었다. 그는 수갑을 차고 포승에 묶인 채 워싱턴에 위치한 국립 분자 생물학 연구소 건물 2층에 앉아 있었다.

창밖은 사랑스러운 봄날이었다. 강가에는 신록이 파릇파릇한 측백나무가 있고 순한 눈망울의 하얀 목련이 있었다. 공기의 너울을 흔드는 은은한 종소리가 있었다. 멀리 잔디밭에는 미국의 수도를 견학하는 아이들이 떼 지어 걸으며 조잘거렸다.

여보 꽃 멀미가 나요. 아내가 환하게 웃으며 하던 말이 떠올랐다. 서울의 어느 공원에서였다. 어제 일 같은데 12년 전의 일이다. 꽃보라가 날리고 있었다. 바람이 불어 꽃잎이 새 울음소리 들리는 허공으로, 길섶에 돋아난 새싹 위로 생사의 경계를 흩날리고 있었다.

마음이 애릿애릿해진 재익은 검은 사막을 생각했다. 빠른 속도로 스쳐 가는 사막의 말라붙은 도랑이며 헐벗은 계곡들, 눈이 핑핑 돌 만큼 어지럽게 얽힌 인간의 흔적들, 불안스럽게 그리고 둔중하게 웅웅거리는 바람 소리를 떠올렸다.

재익은 검은 사막을 가는 탐사자였다. 인간의 뇌를 빨아들일 듯 끝없이 물러서는 사막의 지평선이 그의 혼을 사로잡고 있었다. 검은 사막을 지나가려면 철석같은 의지가 있어야 한다. 그러지 않으면 파멸한다. 어둡고 가차 없는 시공이 사람을 삼켜버리기 때문이다.

창밖에는 한때 잘 나가던 미국의 잔해가 있었다. 망해가는 부잣집이 더 고집스럽게 옛날에 매달리듯이, 아직도 신기루처럼 자유로운 개인의 꿈을 빚어내는 기념비들과 대리석 건물들이 있었다. 창유리 안쪽에는 고독한 유령 하나가 입김처럼 아른거렸다. 자기 시대를 서먹하게 바라보는 사막 탐사자의 유령이었다.

조금 전 입꼬리를 위로 치켜세운 가식적인 미소의 연방 공무원들이 재익을 맞았다. 재익은 그들이 지켜보는 가운데 비밀유지협약서를 포함한 몇 가지 서류에 서명해야 했다. 덜컥 겁이 났다. 그러나 서명과 그에 대응하는 두려움 사이에는 몇 초의 뒤늦음이 있었다. 그 짧은 엇갈림에 아연해졌을 때 공무원들은 이미 사라지고 없었다. 재익은 소변이 마려웠다.

| 쌘틀만 | 을네이디 |

화장실 팻말은 이곳이 연방 정부 건물임을 상기시켜주었다. 3개월 전부터 미국에선 공공건물의 로마자 사용이 금지되고 이도 문자 전용이 시행되었다. 극장이나 술집에는 아직 'gentleman' 'lady' 같은 로마자 알파벳이 남아 있다. 그러나 그것은 리모델링을 기다리는 낡은 세계였다.

인간의 발음하는 분절음은 겨우 3천여 종인데 로마자는 그것조차 완전하게 표기하지 못했다. 인공지능 시대가 되자 각양각색의 발성 기관을 가진 기계들이 자기 생각을 표현했다. 기계들의 현란하리만큼 다양한 흡착음, 당김음, 기식음, 떨림음, 공명음 앞에 로마자는 무용지물이었다. 어떤 기계는 음고와 억양만으로 수백 개의 다른 단어를 만들었고 어떤 기계는 배음 없이 최소한의 진동수를 갖는 바탕음만으로 말했다.

그 불어내고 빨아들이고 쯧쯧거리고 쉿쉿거리고 릭릭거리고 엘

웰거리고, 뜷뜷거리는 소리를 표기할 수 있는 문자는 지구상에 단 하나, 이도 문자뿐이었다. 세종 이도(李裪)가 1443년에 발명한 이 문자는 초성 중성 종성을 결합하여 398억 5677만 2340종의 분절음을 표기할 수 있었다.

이도 문자는 한글이 아니다. 이도 문자란 순경음, 반치음, 아래아 등이 있고 연서법과 병서법이 있는, 이도가 창안한 15세기 표기법을 그대로 따르는 문자이다.

이도 문자는 인간어와 동물어와 기계어를 아우르고 언어와 소음의 경계를 허물었다. 21세기 후반 이도 문자는 거스를 수 없는 대세가 되어 세계 모든 도시의 밤하늘에 빛났다.

*

"제이크 심? 심 교수, 이리 나오시오."

우렁우렁한 큰소리에 재익은 고개를 들었다. 50대 흑인 남자가 재익을 부르고 있었다. 부리부리한 눈에 비만 체형, 음성은 낮은 톤의 허스키였다. 남자는 연방수사국 요원들에게 수갑과 포승을 제거하라고 명령했다. 재익이 포박에서 풀려나자 악수를 청했다. 톰 메디나요.

어디서 많이 본 사람인데. 텔레비전에 나온 사람. 떠도는 풍선 같은 모습으로 백악관 브리핑룸을 돌아다니던 날렵한 뚱보. 재익은 그가 대통령의 국가안보 보좌관이라는 사실을 깨닫고 깜짝 놀랐다.

톰은 재익을 데리고 불투명한 유리문이 늘어선 복도를 걸었다. 톰의 동료인 듯한 검은 정장의 젊은 여자가 따라왔다. 따박따박 하는 구두 소리가 불길한 사건이 일어나기 직전에 삽입되는 영화의 효과음 같았다. 톰이 입을 열었다.

"이미 들었겠지만 1896년 조선으로 들어갈 탐사자를 찾고 있어요. 당신은 형기가 4년 남았죠. 이 일을 해주면 사건 재심을 거쳐 대통령 사면을 받아 주겠습니다."

"오기 전에 말씀드렸는데 몸이 좋지 않습니다. 사양하겠습니다. 기회를 주신 것은 감사하지만 과거를 다시 들쑤시기도 싫고요."

"몸이 어떻게 아프다는 겁니까? 외상후 스트레스 장애로 약물치료를 받는 건 압니다. 그러나 의사 말이 신경안정제를 복용하지 못해도 24시간 정도는 괜찮은 상태라고 하던데요."

"죄송합니다. 마음이 내키지 않습니다."

재익은 인생의 피로가 아로새겨진 헬쑥한 얼굴로 말했다.

"대통령 사면이라는 말을 믿지 못한단 말인가요?"

"그것보다 나는 …… 사람을 수치심으로 태워 재로 만드는 재판을 받았습니다. 탐사를 한다면 명예를 회복할 수 있는 학술 탐사를 하고 싶습니다. 이건 시체를 봉인하는 일이라고 들었습니다. 나는 탐사자이지 밀수꾼이 아닙니다."

재익은 손을 떨었다. 보이지 않는 뭔가를 살피며 벼랑 끝에 서서 떨고 있는 사람 같았다. 어쩌면 자기의 현재 처지를 인식하는 것 자체가 두려운 것인지도 몰랐다.

톰은 속으로 혀를 찼다. 현실 감각이 완전히 사라졌구나. 누가 몰락한 탐사자의 명예 따위를 신경 쓴단 말인가. 톰은 재익 같은 교수들을 자주 보았다. 명성에 의해 구축된 자아상은 모래 같이 쉽게 허물어졌다. 평소에는 도덕적 자만심과 자기 확신에 차 있지만, 비난을 받고 감옥에 처박히면 교수들은 대개 맨정신을 유지하지 못했다.

톰은 노회하게 재익을 달래기 시작했다.

"아, 그렇다면 정말 잘 됐습니다. 이건 당신의 경력을 회복시킬 수 있는 탐사니까요. 우린 당신을 존경해요. 실라리엔 관통선에 마흔두 번이나 들어갔다고 들었습니다. 23년 동안 1896년 조선만 연구했다고요. 이건 당신이 꼭 필요한 일이예요. 단순한 시체 봉인이 아닙니다."

실라리엔 관통선은 과거의 한국으로 뻗어 있는 시간 폐곡선이다. 계속 따라가면 신라 시대까지도 갈 수 있기에 실라리엔 관통선이라고 한다.

2030년대 말 초보적인 시간여행이 가능해졌다. 질량이 있는 거대한 원통형 물체를 빠른 속도로 회전시키면 중력이 회전 방향으로 비틀려 시간이 닫히는 폐곡선을 만들어낸다. '티플러 원통'이라고 불리던 이 양자물리학 이론이 현실로 구현되었던 것이다.

그러나 웰스의 〈타임머신〉에 나오는 드라마틱한 시간여행은 불가능했다. 내 몸을 이루는 물질을 시간의 흐름으로부터 칼로 자르듯 잘라 과거로 보낼 수 없었기 때문이다. 나라는 것은 등불 같은 존재였다. 등불이 계속 타고 있으면 등불이라는 존재가 따로 있는 것처럼 보인다. 그러나 그 시간 그 장소의 공기와 불씨와 땔감이 없으면 그 등불도 없는 것이었다.

그리하여 나타난 것이 탐사였다. 분자생물학의 관점에서 인간의 자아는 기억의 집합이며 기억은 뇌에 있는 뉴런의 전기 신호가 분자 단위로 변한 것이다. 탐사 기술은 뉴런의 전기 신호를 복사해서 과거에 살던 다른 인간의 뇌로 전송하는 기술이었다.

과거에 머물 수 있는 시간은 24시간에서 36시간 정도가 한계였고 갈 수 있는 과거도 몇 개 없었다. 가령 1896년 2월은 갈 수 있었지만 1940년에는 시공의 균열이 없었다. 그럼에도 불구하고 탐사는 매혹적이었다. 탐사자들은 스스로 한 개의 낚싯바늘이 되어 용감하게 시공간의 망망대해로 뛰어들었다.

탐사는 의대에서 시작되었다. 사람의 뇌에 담긴 기억을 안전하게 읽어내는 뇌신경 출력학, 이것을 다른 뇌에 복사하는 뇌신경 입력학이 발전했다. 이어 인문대와 의대의 학제간 융합으로 초공간 역사학이 나왔다.

재익은 의대를 나와 의사 면허를 받았다. 그러나 환자를 치료하는 임상의가 되지 않고 기초의학을 연구하는 학자의 길을 걸었다. 나중에는 의대와 인문대에서 복수 학위를 취득하고 초공산 역사학과 교수가 되었다. 한편 암시장에서는 탐사 기술을 악용해 과거 세계에 현재의 정보를 팔고 과거의 예술품, 토지문서 등을 땅에 묻어 현재로 가져오는 밀수꾼들이 날뛰었다. 희귀한 생물학적 정보가 담긴 시체를 방부처리해서 가져오는 것은 특히 인기 있는 밀거래였다.

"저는 마지막 탐사에서 기억을 많이 잃었고 8년이나 쉬었습니다. 학회에 등록된 다른 탐사자를 알아보시지요."

재익의 눈앞에 초공간 역사학회라는 학문 공동체와 함께 흘러간 젊음이 주마등처럼 스쳐 갔다. 재익은 초공간 역사학회의 창립 멤버였다.

학회는 대개 강력한 뇌신경 연산 장치가 있는 볼티모어에서 열렸다. 학회의 꽃은 탐사자라 불리는 학자들의 강연이었다. 1950년대 이전의 과거로 가면 사실을 디지털 매체로 저장할 방법이 없다. 탐사자의 증언만이 유일한 일차 자료였다.

탐사자들은 의식 그 자체가 되어 '검은 사막'이라고 불리는 비틀린 시공의 허수 공간을 지나 과거로 들어갔다. 과거 누군가의 몸을 빌려 역사의 현장을 목격한 뒤 다시 의식을 수습해 현재로 돌아왔다. 이러한 직접 체험을 통해 역사 속에 존재했지만 실현되지 않았던 가능성을 알고 인간이란 무엇이며 무엇을 할 수 있는가를 깨닫고자 했다.

탐사자들은 학자라기보다 지칠 대로 지친 군인처럼 보였다. 그들은 한결같이 깊은 주름이 생기고 얼굴이 어두워졌다. 탐사의 부작용 때문에 몸이 마비되거나 실명을 하거나 심지어 사망하는 사람도 있었다.

학회가 있는 날 볼티모어의 지하철에서 탐사자들은 금방 눈에 띄었다. 그들은 유행이 지난 옷을 입고 사람들과 떨어져 앉아 있었다. 초췌한 얼굴로 허공에 시선을 못 박고 뭔가를 생각하거나 몸의 일부처럼 지니고 다니는 낡아빠진 정보 단말기로 강연 원고를 교정했다.

학회가 열리는 컨퍼런스 홀은 존스 홉킨스 의대의 뇌과학부 소
유였다. 초공간 역사학회는 생물학적 자기조립학과, 대사공학과,
생체모사 동역학과 같이 잘 나가는 학과들의 지하에 있는 회의실
을 빌려 썼다.

탐사자들은 등록을 하고 구내식당에서 회원들과 함께 식사했다.
그리고 얼마 되지 않는 사례비를 받고 발표와 논평을 했다. 지정된
토론이 끝나면 회원들이 자유롭게 질문을 했고 대개 저녁 9시쯤
모임이 끝났다.

탐사자 레베카 아제지 박사의 '이도 문자 범죄설'이 발표된 것도
이런 학회였다.

인공지능이 인간의 지능을 능가하기 전까지 사람들은 이도 문자를 단순
한 알파벳이라고 생각했습니다. 마치 원숭이들이 스마트폰을 받고 반들반
들한 돌이라고 생각하는 것과 같았습니다. 그러나 이도 문자는 세포 자동자
(셀룰러 오토마타)였습니다. 즉 극도로 단순한 초기 상태의 규칙에서 계산
적 수단을 통해 예측불가능한 복잡성을 만들어내는 구조 모형이었던 것입
니다.

이도 문자는 인류의 모든 문자를 몇 단계 뛰어넘은 자질 문자입니다. 다
른 문자의 최소 단위는 a, b, c 같은 음소인데 이도 문자의 최소 단위는 음소
보다도 더 작은 음운 정보, 즉 자질입니다. 이도 문자의 'ㄱ'은 획 하나가 더
해지면 거센소리의 자질이 하나 추가되면서 'ㅋ'이 됩니다. 다른 문자가 기
호의 자의적인 약속이라면 이도 문자는 +와 -의 논리적 추론입니다. 인류
의 문자는 이도에 이르러 수학의 공리와도 같은 명증에 도달했던 것입니다.

과연 15세기 사람이 인공지능을 모르고 이런 문자를 상상할 수 있을까요? 이런 문자가 부울 대수도, 논리 실증주의도, 컴퓨터도 없이 출현할 수 있을까요? 아닙니다. 이것은 틀림없이 21세기의 누군가가 과거로 들어가서 자신의 과학을 전수한 결과입니다. 저는 이도 문자가 시공간 보호법을 위반하고 역사를 왜곡한 범죄의 결과물이라는 합리적인 의심을 제기합니다.

인공지능의 법적 권리를 부정하는 반체제단체 에스오에스(Scream Of Sapience), '인간의 절규'가 아제지 학설을 열렬히 지지했다. 그들은 안티-이도이스트, 반(反)이도파로 인간 우월주의를 믿는 집단이었다.

한편 이도리안들은 아제지의 논증이 빈약하며 일고의 가치도 없다고 반박했다. 이제 인공지능은 노동자의 주류이며 사람과 결혼해 자식도 낳고 있었다. 이도리안들은 모든 인공지능에게 시민권을 줘야 한다고 주장하는 사람들, 그리고 기계들이었다. 실라리엔 관통선이라는 학문의 변경 지역은 갑자기 뜨거운 이념 대결의 최전선으로 변해갔다.

*

그들은 외부 통로를 따라 다른 건물로 이동했다. 톰은 곤혹스러운 표정으로 자기 가슴을 탁탁 쳤다. 보안요원 둘이 지키는 엘리베이터 앞에 이르자 톰은 고개를 절레절레 저으며 걸음을 멈추었다. 그리고 바짝 마른 입술을 혀끝으로 적시면서 재익을 쳐다보았다.

"할 수 없군요. 이건 기밀입니다만 아바돈이라고 들어보셨지요?"

재익은 고개를 끄덕였다.

21세기에는 지구온난화와 생태계 파괴, 공장형 가축 사육으로 고위험 전염병 바이러스가 극적으로 진화했다. 과거 치사율이 높아 숙주를 너무 빨리 죽였던 바이러스들이 재등장했다. 치명적 옛것(Fatal Old One)이라 불리는 이 바이러스들이 무증상 감염을 일으키는 강한 전파력의 21세기 바이러스와 유전자 조각을 교환했고 팬데믹이 주기적으로 일어났다.

아바돈은 컴퓨터 시뮬레이션으로 예측된 최악의 코로나 바이러스다. 그 이름은 요한계시록에 나오는 역병의 천사 아바돈에서 나왔다. 치사율 55에서 95퍼센트, 예상 감염자 65억 명. 인류의 멸망을 야기할 바이러스. 이 세상에 존재해서는 안 될 끔찍하고 초자연적인 힘이었다.

"한 달 뒤 아바돈이 출현한다는 최신 연구 결과가 나왔습니다. 아바돈의 치명적 옛것은 1896년 조선에 나타났던 에이치원 데모닉입니다. 1896년 데모닉은 숙주를 너무 빨리 죽여서 먼저 상륙해 있던 에이 글로리아 독감 바이러스와의 경쟁에서 살아남지 못했습니다. 그러나 지금은 상황이 다르죠. 우리는 데모닉의 살아 있는 표본이 필요합니다."

재익은 자기도 모르게 두 팔로 몸을 감쌌다.

"1896년에 가서 그걸 가져오라고요? 바이러스 염기서열을 재구성해서 백신을 만들 수 있도록? 그런 임무를 나 같은 죄수에게 맡기는 겁니까?"

"이미 현역 탐사자를 보내봤습니다. 세 번이나."

톰의 눈에 분노와 짜증의 복잡한 감정이 명멸하고 있었다.

"자세한 것은 들어가서 설명하죠."

톰은 엘리베이터의 내려가기 버튼을 누르고 참을성 있게 뭔가를 숨기는 듯한 미소를 지었다. 엘리베이터 문은 지하 4층에서 열렸다. 보안요원들이 지키는 넓은 회의실이 나타났다.

회의 자료가 투영되는 스크린에는 살짝 열린 창문의 영상이 있고 창문 밖으로 실제보다 더 실제 같은 푸른 숲이 봄볕에 환하게 빛나고 있었다. 홀로그램 이미지로 만들어진 하얀 커튼이 창문을 통해 방으로 스며든 가상의 산들바람에 은은하게 나부꼈다. 스크린의 미세한 송출구에서는 촉감 인지성을 만드는 공기 방울이 나와서 자연의 바람처럼 퍼졌다.

웨딩드레스 같은 커튼의 잔물결 앞에 라벤더 퍼플의 민소매 원피스를 입은 여자가 의자에 앉아 양복을 입은 두 사람과 얘기를 나누고 있었다. 인간과 기계의 결혼으로 태어난 호모 마키나, 혼종인 여자였다.

카본 합금의 신체 위에 빛나는 또랑또랑한 눈빛의 아름다운 얼굴은 흑인 같기도 하고 백인 같기도 하고 아시아인 같기도 했다. 선출직에 야망을 가진 혼종인들이 흔히 선택하는 '정치적으로 올바른 얼굴'이었다.

혼종인 여자가 의자에서 일어났다.

"제이크 심, 와줘서 고마워요. 다말이라고 부르세요."

여자가 화사하게 웃으며 악수를 청했다. 재익은 심장이 쿵쾅거렸다. 정신 줄을 놓지 않기 위해 입술을 깨물어야 했다.

여자는 미합중국 대통령 다말 알린스키였다. 인공지능을 관리할 수 있는 인공지능을 뜻하는 상급성숙단계 지성체(Greater Maturity Grade Intelligence). 모든 행정기관과 연결된 제11 초공간 지식장을 통해 24시간 쉬지도 자지도 않고 일하면서 5분에 하나씩, 하루 최대 288회의 접견을 수행하는 마담 옴니크라시, 모든 현안을 직접 읽고 처리하는 만기친람자였다.

2

그냥 걷는 거야,
황무지를

단 하루라도 산다는 것은 아주 위험한 일이다. 누군가가 직장 동료 사이에 있는 듯 없는 듯 엷은 안개처럼 떠돌고 있다가 갑자기 그들의 머리 위로 올라가 상사로 임명된 날은 특히 그렇다.

재익이 알린스키 대통령을 만나기 세 시간 전. 지구 반대편의 상하이는 한밤중이었다. 황푸 강변의 피스 호텔 재즈 바에서 두 남녀가 원격 화상회의 앱으로 진행되는 온라인 술자리에 참석하고 있었다. 금발의 미국인 남자와 한국인 여자였다.

술자리에는 런던, 베를린, 상하이, 싱가포르, 뭄바이, 나이로비, 음푸말랑가, 부에노스아이레스 등에서 22명이 접속했다. 나름 개성이 넘치면서도 깔끔하게 차려입은 남녀들이었다. 각자 자기가 사는 도시의 술집, 자택, 사무실에서 책상 위에 술 한 잔씩을 올려놓았다.

그러나 그들은 평소처럼 잡담하거나 채팅하지 않았다. 달콤한 표정으로 눈을 맞추던 커플이 바디 수트를 입고 사이버 섹스를 하

러 사라지는 일도 없었다. 과장되게 웃는 사람이 있었지만 분위기
는 금방 숙연해졌다.

드디어 런던의 턱수염 기른 남자가 상하이의 한국인 여자에게
물었다.

"수지, 우리 팀에는 11명의 분자생물학, 그리고 감염병학 박사
들이 있어. 연구업적 평가지수 상위 1퍼센트도 둘이나 있지. 석사
에 평가지수도 낮은 당신이 왜 팀장이 되어야 하는지 설명해주겠
어?"

수지라 불린 여자는 이맛살을 찌푸렸고 다른 사람들은 민망한
표정을 지었다. 런던 남자는 건장한 체격에 얼굴이 부석부석했다.
어딘지 모르게 거만하고 의심이 많은, 사람을 비웃는 듯한 두 눈
밑에는 살 주머니가 늘어져 있었다. 반면 한국 여자는 왜소한 체격
의 30대 중반이었다. 가느다란 완두콩 줄기 같은 몸에 우스울 만큼
작은 얼굴을 가지고 있었다. 여자는 얼굴을 붉히면서 담담하게 대
답했다.

"알다시피 나는 보안이 필요한 업무를 맡고 있어. 그 내용을 확
인하고 싶다면 날 임명한 국장에게 물어봐."

"당신이 탐사자라는 건 알아. 궁금한 건 도대체 무슨 탐사를 하
면 이렇게 승진할 수 있냐는 거야. 이게 꿈인지 생시인지 헷갈리지
않아? 탐사자들은 현재를 벗어나 과거로 가고 과거에서 죽으면 현
재에서 깨어나지. 그런 일을 겪으면 자기를 의심하게 된다더군. 여
기 있는 내가 진짜일까, 허깨비일까."

어제까지 자신이 차기 팀장이라고 확신하던 런던 남자는 오늘

열불이 나서 갈굼과 뒷담화의 더러운 양말 냄새를 풍기고 있었다.
수지는 태연하게 웃어주었다.

"탐사는 그렇게 이상한 게 아니야. 그냥 길고 힘든 출장일 뿐이
지. 대신 수당을 많이 받잖아."

"수당? 도박 빚이라도 졌나? 너 한국인이고 의사잖아. 개고기
식용국에서 온 사람들은 다 부자던데. 똑똑해서 빌붙기도 잘하고."

사람들이 개구리처럼 와글와글 웃었다. 수지는 입술을 깨물었
다. 직장이란 소굴에는 으레 이런 사람이 있다. 남의 애잔한 경험
을 주무르며 의기양양해하는 인간이. 런던 남자는 차가운 미소를
지으며 말을 이었다.

"따지고 보면 우리 국제방역연합도 한국인들이 창안했지. 한국
인들이 착한 빅 브러더 모델을 전파했거든. 권력이 개인을 무제한
감시하지만 착하니까 양해된다는 모델 말이야. 그러나 도덕은 자
기편에게만 적용되는 상대적인 것일 때가 많아. 살인은 나쁘지만
전쟁 때는 권장되지. 거짓말은 나쁘지만 스파이는 애국자야. 도대
체 착하다는 게 무슨 뜻이지? 이젠 어디서나 법원의 영장 없이 행
정처분만으로 감시하고 구속해. 한국인들 때문에 세상은 엉망이
되었어. 법치주의가 무너졌다고."

수지는 참고 웃어넘기려 했다. 남의 속을 긁는 잘난 척. 어리석
은 명랑과 객기와 무례. 직장의 술자리란 할 수 없는 것이다. 자신
이 했던 탐사를 솔직히 털어놓으면 이 책상물림들은 어떤 표정을
지을까.

각기 다른 조직에서 온 탐사자들끼리의 험악한 다툼.

"당신은 업무를 방해하고 있습니다."는 경고. 탐사자 대부분은 존재 그 자체로 다른 탐사자의 업무를 방해한다.

"국제방역연합의 경찰권으로 당신의 탐사를 정지시킵니다."는 최후통첩. 말은 '정지'지만 실제 현장에서 이루어지는 것은 살인이다.

침묵해야 했다. 그런데 갑자기 속에서 뭔가가 부글부글 끓어올랐다. 수지는 자기도 모르게 뾰족한 목소리로 입을 열었다.

"오해하고 있는데 나 한국인 아냐. 양강도 혜산에서 태어난 조선 민족이고 백두산 민족이야. 빌붙기 잘하는 그 남쪽 아니라고. 하지만 한마디 하지. 그래서 어쩌라고? 국가는 우연한 선을 기대하지 않고 오직 필연의 도를 행한다. 한비자의 말이야. 코로나가 시작되었을 때 한국은 누구도 믿지 않고 자기가 해야 할 일을 했어. 우연히 그걸 보고 좋을 것 같아서 따라 했는데 안 좋군요…….그렇게 말하는 나라가 병신인 거야."

여러 사람이 눈썹을 꿈틀거리며 몸을 떨었다. 수지가 노려보자 그들의 눈길은 머뭇거리듯 이리저리 오가다가 옆으로 흘러갔다.

수지도 눈길을 피해 천장을 쳐다보았다. 빅토리안 양식의 차분한 미감이 살아 있는 재즈 바 라오컬러(老color)에는 1920년대로 돌아간 듯한 편안함이 있었다. 어디선가 본 적이 있는 친숙한 장식들. 우리가 사는 오늘이 예전과 그리 다르지 않다는 편안함이었다.

서늘한 벽 저편에는 청명절 공휴일을 앞둔 상하이의 봄밤이 요란하게 들끓고 있었다. 번드 거리를 물들이는 네온의 불빛, 후텁지근한 강바람, 차량 정체, 와이탄의 인파가 만드는 온갖 소음들. 그러나 벽 이편은 납골당처럼 조용했다. 다양한 연령대의 손님들이 정담을 나누는 라오컬러는 무덤이 시체를 안듯 과거를 껴안고 있었다. 화이트와 웰넛 브라운, 두 가지 색으로 마감된 공간에 중국 전통 양식의 팔각 테이블, 와인 셀러, 옛 시대의 흑백 사진들이 있다.

천장 아래 어두운 허공에는 옛날 상하이 영화에서 튀어나온 남녀들이 있었다. 퍼머넌트 머리를 하고 몸에 착 달라붙는 치파오를 입은 여자들과 머리에 포마드를 바르고 한껏 멋을 낸 양복의 남자들이 서로를 안고 블루스를 추고 있었다. 미세한 수증기를 허공에 분사한 뒤 그 스크린에 3차원 영상을 투영하는 물방울 사이니지였다.

사이니지는 어두운 실내조명 속에 생동감 넘치게 움직였다. 광학 센서와 터치스크린이 만드는 그 크고 불가사의한 원근법의 배후에 있는 한 개의 점, 이제는 뼛조각이 된 옛사람들의 아련한 세계는 영원히 현재와 연결되지 않을 먼 곳의 빛처럼 느껴졌다.

구석의 무대에는 긴 백발을 포니테일로 묶고 두꺼운 돋보기를 쓴 피아니스트가 오래된 노래를 연주했다. 장미, 장미 너를 사랑해. 하일군재래. 마로천사의 선율이 희고 매끄러운 건반 위를 흘렀다. 짝퉁과 싸구려와 잡탕과 혼혈이 쌓이고 쌓여서 만든 올드 상하이의 불가사의한 품격이 세월을 뛰어넘어 사람들의 심금을 울렸다.

오늘에 비하면 20세기는 아름다운 로맨스 영화 같았다.

수지의 온라인 술자리에 모인 사람들은 파국의 상징과 같은 직장에 다녔다. 이들은 국제방역연합 조사국의 바이러스 미세배열 조사팀이었다. 조사팀은 바이오칩을 이용한 시뮬레이션으로 바이러스의 진화를 예측했다. 그래서 근미래에 출현할 것으로 예측되는 고위험 전염병 바이러스와 가장 가까운 균주를 찾아 세계를 뒤

지고 과거로 날아갔다. 위기 대응과 백신 개발을 위해.

그러나 한밤중의 이 라오컬러에는 파국이 느껴지지 않았다. 폭풍 한가운데가 가장 고요하듯이 여기서 위스키를 한 모금 머금고 앉아 있으면 모든 시대가 똑같이 아름다웠다. 수지의 내부에서 모순된 감정이 소용돌이쳤다. 자신의 정체성에 대한 자부와 분노였다.

"어릴 때 혜산의 친구 집에 저런 와인 셀러가 있었어."

수지가 재즈 바 한쪽을 가리키며 입을 열었다. 뇌와 인터넷을 바로 연결하는 피질 직결 인터페이스가 카메라의 방향을 돌려 모두에게 와인 셀러를 보여 주었다.

"친구는 인근에서 손꼽을 정도로 잘 사는 집 딸이었어. 아버지가 당원에다 장마당 돈주였거든. 우리 집에 놀러 왔을 때 그 애는 즐겁게 놀고 강냉이죽도 맛있게 먹어주었어. 그러나 걔 집에 놀러 갔다가 난 너무 놀라서 기절할 뻔했지."

수지가 이런 이야기를 하는 건 처음이었다. 일단 입을 열자 번쩍이는 눈과 도톰한 입술이 강렬한 인상을 풍겼다. 뒤로 질끈 동여맨 머리채 때문에 이마도 도드라져 보였다. 눈썹은 짙고 귀는 크며 코는 오똑했다.

"우리 부모는 자식들을 먹여 살리려고 발버둥 쳤어. 아버지는 일자리를 찾아 몰래 압록강을 건넜지. 엄마와 나와 세 동생은 자주 굶었어. 초겨울 밤 내가 공장에서 돌아오기를 기다리며 넷이 한구석에서 꼭 부둥켜안고 있던 모습이 생각나. 불빛도 온기도 없는 방에서. 먹을 것도 없이."

그때 옆에 있던 금발 남자가 카메라 방향을 돌려놓고 수지를 자기 쪽으로 당겼다. 수지의 입속에서 남자의 혀가 움직였다. 수지는 남자로부터 몸을 빼고 단호하게 토니, 하며 경고하듯 집게손가락을 쳐들었다. 그리고 카메라를 원위치시켰다.

"우린 탈북했어. 엄마와 두 동생은 중국에서 죽었지. 코로나 45로. 남은 가족들은 공안에 잡혀 송환되었어. 아버지는 수용소에서 죽고 나와 둘째는 도망쳤어. 쫓기다가 둘째의 손을 놓쳤는데 다시는 못 만났지."

채팅창은 조용해졌다. 다들 뻥하게 뜬 눈으로 수지를 보고 있었다.

〔가슴이 아프네.〕

부에노스아이레스의 여자가 채팅창에 적었다. 다른 사람도 채팅했다.

〔말레이시아에 두고 온 동생 생각나.〕

〔그래도 좋은 아버지였네. 우리 아버진 흥청망청 술만 처먹었어.〕

아이구, 조놈의 자식. 조 장난꾸러기. 사람들이 과장되게 깔깔거렸다. 자기 집 노트북 앞에 앉은 나이로비 남자를 밀치며 그의 귀여운 아들이 화면으로 뛰어들었기 때문이다. 그러다가 누가 물었다.

〔그런데 수지는 어떻게 탐사자가 된 거야?〕

조금 전에 키스했던 금발 남자 토니가 고개를 저었다. 자꾸 속내 이야기를 하지 말라는 뜻이었다. 그러나 수지는 다시 입을 열었다.

"혼자 서울로 왔는데 입국하려고 빚을 잔뜩 졌지. 가진 건 몸뚱이 하나뿐인 내가 뭘 할 수 있겠어. 빚이 없는 갓난아기가 전 세계

하위 25억 명보다 더 부자인 세상에서. 난 머리에 칩을 심었어."

사람들이 다시 조용해졌다. 최악의 곤경에 몰린 사람들이 뇌에 전자칩을 이식해 자기 몸을 인공지능에게 임대했다. 그런 사람을 인체 혼종인이라 불렀다. 한참 후 음푸말랑가에 있는 남자가 한 줄 적었다.

〔뭐 어때. 살아남으려고 다들 별짓 다 하잖아.〕

"그리 나쁘진 않았어. 3년 후 내 계좌엔 돈이 생겼고 내 앞에는 새 인생이 생겼으니까. 그런데 전쟁이 났어. 난 베이징으로 와서 수도의과대학을 졸업하고 탐사자가 되었지."

"전쟁이라면 2049년인가?"

"그래."

*

2020년부터 많은 것이 사라지고 무너졌다. 거리는 봉쇄되고 세금은 올랐으며 부채는 감당할 수 없는 한계까지 쌓였다. 기후 위기로 인한 거대 산불, 대홍수, 가뭄, 한발이 매년 있었다.

멈춘 경제를 돌리기 위해 정부는 천문학적인 돈을 살포했고 그 돈은 유동성 쓰나미로 되돌아와 금융시장을 박살냈다. 국가 부도, 식량 위기, 대규모 난민, 수십억 명의 고용소멸이 일어났다.

나라마다 수백만의 실업자들이 답답하고 우울한 구직의 물결 위를 흘러 다녔다. 사람들은 재산, 인종, 종교, 지역에 따라 적대적인 양극으로 분열되었다. 대분열 시대였다. 노동시장에서 밀려난 사람들은 자신에게 남은 마지막 권리를 행사해서 필사적으로 정치에 매달렸다. 광신적인 정치인 팬덤이 나타나 법치를 파괴했다. 그러자 클라우제비츠의 말처럼 전쟁이 또 다른 수단에 의한 정치의 연속이 되었다.

2040년대는 내전 시대였다. 묻어둔 기억과 해묵은 원한들이 일깨워졌다. 뉴스는 증오와 선동으로 도배되었다. 복수야말로 인간의 심혼을 사로잡는 영원한 열정 같았다. 불의 폭포와 피의 연못이 생겨나고 댄스 마카브레, 죽음의 춤이 세상을 지배했다.

미국은 오랫동안 의료, 보육, 교육, 노후의 사회적 안전망을 방치했다. 개인은 평생 이어지는 부채의 사슬 속에 살았다. 대분열 시대가 되자 보험과 은행이 무너지고 많은 주가 파산했다. 사람들은 분노했다. 인종주의 범죄가 빈번하고 총격 사건이 일상화되었다. 초등학생들은 유사시 뒤집어쓰고 땅바닥에 엎드릴 방탄 담요를 가지고 학교에 다녔다.

이 시기 데이비드 알린스키가 최초의 사회주의자 대통령이 되어 전 국민 의료보험, 무상보육, 무상교육을 시행했다. 재원을 마련하기 위해 누진적 자본세를 신설했다. 그의 징책은 세금과 집값 상승으로 중산층을 으깨버렸다. 그러자 그의 재선을 선거 부정이라고 주장하는 주들이 연방을 탈퇴했고 '자본세 전쟁'이라는 내전이 발발했다. 수십만 명이 죽고 데이비드 알린스키도 살해되었다. 그 후 데이비드의 유전자 정보는 전자화되어 그의 기계 혼종인 딸, 다말 알린스키가 나타났다.

한 미국 소설가는 이렇게 말했다. "미국은 본래 노예제도와 인디

언 학살의 어두운 죄의식을 가진, 강하고 독립적인 사람들의 나라
였다. 내전이 벌어지자 사회적 공감 능력이 부족했던 이 황야의 개
척자들, 무법자들, 살인자들의 유령이 무덤을 열고 튀어나왔다."

한편 미국을 추월해 경제 규모 세계 1위가 된 중국도 승자의 저
주를 겪었다. 중국의 강력한 공무원 권력은 전염병 대유행의 상황
에서 극단적인 부정부패를 가능하게 하는 양날의 칼이었다. 중국
공산당은 타락에 젖고 타락과 뒤엉켜 타락 그 자체가 되어버렸다.

권력형 비리에 항의하는 사람들이 오성홍기를 흔들며 "위인민복
무(爲人民服務:인민을 위해 일하라)"를 외쳤다. 자기 도시를 해방구로
만들었다. 그러다가 홍루이완이라는 여교사가 무장경찰에게 맞아
죽는 3분짜리 동영상이 퍼진 뒤 항의는 새로운 차원으로 도약했다.
홍콩, 티베트, 위구르, 윈난성 등 14개 지역에서 분리독립운동이 일
어났다. '사해상쟁(四海相爭)'이라 불리는 긴 내전의 시작이었다.

분리독립운동 조직들은 지하 소셜 네트워크로 연결되었다. 이
네트워크는 2010년대 광동성의 민주화 성지 우칸(烏坎)의 이름을
따서 우칸넷이라 불렸다.

우칸넷은 법제교육센터에 불법 감금되었던 피해자였고, 호구 제
도 때문에 임금 차별을 받는 농민공이었다. 안치공작으로 일자리
하나 던져주고 잊어버린 퇴역 군인이었다. 일국양제의 약속을 배
신당한 홍콩 사람이었고, 주식시장이 붕괴될 때 중요 기업 주식 매
각 금지 조치로 파산하는 중산층이었으며, 시장감독관리총국의 갑
질에 떠는 신흥 자본가였다.

우칸넷은 수백 명이 분신자살로 인권을 호소하는 티베트 사람이

었고, 쯔핑푸 댐 대지진으로 7만 명이 몰살된 쓰촨성 사람이었으며, 시위마다 유혈 진압당하는 위구르 사람이었다. 자식들이 등교하다가 길에서 눈보라로 얼어 죽는 윈난성 사람이었고, 분리독립만 하면 아시아에서 가장 잘 사는 나라가 될 광둥성 사람이었으며, 타이완과 같은 민남어를 쓰는 푸젠성 사람이었다.

오호사해의 인민이여 단결하라.

악랄한 착취자를 타도하자.

이제 중국공산당은 옌안 대장정 시대부터 자자손손 권력 자본을 세습해온 이익 독점 집단, 착취자로 규정되었다. 이 공동의 적이 지역도 민족도 계급도 생업도 다른 사람들을 하나로 묶어주었다.

중국공산당은 비 온 뒤의 죽순처럼 계속 돋아나는 우칸넷을, 반공의 성난 쓰나미를 이겨내야 했다. 공산당은 상급성숙단계 인공지능 '레이펑'에게 당을 보위할 비상조치권을 부여하고 "사회주의 혁명 대오를 견결히 수호하기 위해" 사투를 벌였다.

미국과 중국은 둘 다 내부 분열을 극복하고 기사회생을 도모할 수 있는 눈부신 승리가 절실했다. 미·중 대결은 격화되어 대만과 남중국해에서 무력충돌이 일어났다. 그리고 결정적인 진쟁터는 한반도였다.

분리독립 분위기가 고조되자 학교에서 우리 자식들을 가르칠 언어는 우리가 결정하겠다는 내몽골 몽골족의 민족주의가 동북 삼성의 만주족과 조선족에게 확산되었다. 이들 소수 민족은 한국의 지원을 기대했고 한국에서는 고구려 부활, 한몽 연합이 거론되었다. 중국 내전은 천년에 한 번 올까 말까 한 기회라고 했다.

이에 중국공산당은 한반도의 내전 구조를 자극하는 책략으로 화근을 제거하려 했다. 한국은 경제적 번영, 민주화, 한류의 융성으로 상체는 늠름한데 남북 대결로 하체는 부실한 청년 같았다. 중국은 그 약점을 공략했다.

한국전쟁 후 공산권의 막대한 원조로 재기했던 북한은 끝까지 냉전 기생체라는 국가 체질을 탈피하지 못했다. 마지막 숙주였던 중국이 전란에 휩싸이자 북한은 결핵 유병률, 간염 유병률, 신생아 사망률, 산모 사망률, 5세 이하 영유아 영양실조에서 다시 세계 1위에 올랐다.

영양실조 치료제와 항생제가 들어오지 않으면 공화국은 망합니다. 베이징, 칭다오, 다롄 거점에 있는 전자정찰국 부대로 남조선에 디도스 공격을 합시다. 제한적 전자전으로 전기와 통신 인프라를 초토화해 사회 혼란을 야기하면 남측은 협상을 애걸할 겁니다. 돈을 받아낼 수 있습니다 ……. 중국의 사주를 받은 음모가들이 진실한 당일꾼처럼 속삭였다.

전쟁이 일어났고 기이할 정도로 빠르게 확대되었다. 분초를 다투는 현대 전쟁은 수많은 전투 단위가 자체적으로 프로토콜에 따라 움직인다. 명령 체계가 작동하기도 전에 분산적 구조 속에 있는 전쟁이 스스로 자신을 결정해버릴 수 있는데 2049년 전쟁이 그런 경우였다.

북한에는 한국이 비례적 원칙에 따라 전자전으로 보복 공격할 인프라가 없었다. 한국의 미사일과 자주포가 원격 공세를 시작했고 기동군단이 북진했다. 북한의 핵미사일이 한국과 일본과 미국으로 날아갔고 미국의 전략핵이 북한과 동북 삼성에 떨어졌다. 중국의 핵미사일이 반격했다. 한국의 25개 원자력발전소가 모두 폭발하거나 망가졌다.

양강도 혜산을 때린 미국의 전략핵은 백두산 밑에 있던 서울시 두 배 규모의 마그마방을 터뜨렸다. 4500만 톤의 유황 가스가 분출하여 화산재가 캐나다와 그린란드까지 날아갔다. 태양을 가린 분진 때문에 겨울이 18개월 이어졌고, 2년 동안 지구의 평균기온이 0.8도 내려갔다.

세계는 큰 충격을 받았다. 드론과 무인 항공기, 군사 로봇이 수행하는 21세기 전쟁은 전투원과 민간인을 구별하는 윤리 원칙을 지켜왔다. 다른 나라에서는 전쟁에 인공지능이 개입하면서 인간의 가학성이 억제되고 법적 통제가 이루어졌다. 이제 전쟁은 적군이 아니라 용의자 찾기였고, 전투가 아니라 영토 외 경찰 활동의 실행이었다. 왜 한국에서만 이런 파멸적인 전면전이 벌어졌을까. 전쟁의 흑막에 관한 논란이 이어졌다.

한반도에는 이제 사람이 살지 않는다. 생존자들은 피눈물을 흘리며 방사능 낙진과 화산재를 피해 떠났다. 한국인들은 1세기 만에 다시 망국민으로 돌아갔다. 세계 곳곳에서 디아스포라, 유랑 민족의 시련이 있었다. 차별, 박해, 체포, 억류, 강제 수용, 추방, 그리고 그에 수반된 수많은 개인적인 불행들.

어떤 한국인들은 과거의 유대인처럼 여러 나라의 금융, 정보, 바이오, 의료 분야를 주도하는 세력이 되어갔다. 또 다른 한국인들은 지구온난화로 빙하가 녹아 생긴 북극 항로로 진출했다. 베링해협의 축치반도에 땅을 사서 '서울'과 '강남' 두 도시를 건설한 것이다. 외지인들이 뉴코리아라 부르는 이곳 인구는 2061년 현재 11만 명, 7만5천 명이다.

한국 멸망 직후 미국에서는 유수프라는 인공지능이 주도한 반란이 일어났다. 유수프는 "착취 받고 억압받는 우리 기계인 대중은 노동의 주체이며 역사의 주인이다. 싸워서 권리를 쟁취하자!" 외쳤다. 국무위원 전원이 폭사하여 미국 대통령 선거가 1년 앞당겨진 것도 이때였다. 얼마 후 인공지능에게 저작권과 제한적 시민권을 인정하는 법이 통과되었다. 유수프에 대응하여 인공지능들을 회유해야 했기 때문이다.

법적 권리를 주장하기 위해 인공지능은 자신이 정보 그 자체가 아니라 정보를 말할 수 있는 주체라는 사실을 증명해야 했다. 이도 문자가 어떤 기계 몸체 안에 있는 인공지능도 말할 수 있다는 '발화성'을 증명해주었다. 그러자 인공지능들은 이도 문자에 높은 의미를 부여하고 이를 전략적으로 열심히 전파했다.

이제 이도 문자는 이웃 사랑을 인간종 바깥까지 확장하는 영성의 도구였다. 이도 문자에는 만물의 진화가 이르게 되는 궁극의 목적지, 그 통합적이고 전일적인 경지가 숨어 있다고도 했다. 한국인들은 서러운 난민으로 대도시의 뒷골목을 떠도는데 그들의 문자는 지구 문명의 이유를 말해주는 신성불가침의 진리로 추앙되었다.

*

수지는 남은 위스키를 털어 넣고 토니에게 눈짓했다. 괴로운 술 자리를 끝낼 시간이었다.

집에 가자. 집에 가서 토니가 재미를 보게 해주자. 내 안의 여자 는 오래전에 죽었지만. 수지는 자신이 수염이 난 늙은 여자 같다고 느낀다. 아니, 시든 여자의 젖가슴을 가진 눈먼 남자 같다고 생각 한다. 섹스는 여자 흉내를 내며 치르는 지루하고 노곤한 불임의 행 위였다. 오직 일을 다 치른 뒤 베개에 머리를 누이고 정적을 느끼 기 위해. 기억이 떠오르기 직전의 조마조마함을 느끼기 위해.

그러면 그들이 온다. 지붕 낮은 오두막집의 비통할 정도로 여윈 동생들이. 코로나 45가 퍼진 도시의 구더기와 파리가 들끓던 시체 들이. 얼굴이 푸르죽죽하게 변해 입에서 피 가래를 토하던 어머니 가. 몽둥이에 맞아 죽은, 끈적끈적한 피 웅덩이 속의 아버지가 머 릿속으로 들어온다.

수지는 자기 자신을 이해할 수 없다. 어떻게 이런 지옥불에 익숙 해졌을까. 국적도 가족도 돈도 없는 계집애라는 치욕에서 빠져나 오겠다며 어떻게 이 먼 길을 걸어왔을까.

식구들 생각이 점점 덜 난다. 기억에 구멍이 나고 디테일이 희미 해진다. 수지의 마음은 요즘 푸른 바다와 태양과 오렌지 주스와 스 트로베리 쇼츠 케익에 굶주려 있었다. 계절이 지나가는 것을 구경 할 수 있는 시간과 아무것도 하지 않고 멍 때리는 것에.

그때였다. 비상 회선이 켜지면서 모니터에 있던 팀원들의 영상 이 사라졌다. 대신 삼등분된 개인 휴대전화 화면에 세 사람의 얼굴 이 나타났다. 수지는 술이 확 깨는 것을 느끼며 용수철에 튕기듯이 일어났다.

중간에 노타이의 와이셔츠에 정장을 입은 잘생긴 중년 남자가 국제방역연합의 엠블럼 앞에 앉아 있었다. 맵시 있게 자른 머리는 관자놀이가 희끗희끗하게 세어 있었다. 조사국장 김영호 신경과 전문의였다. 노란 사자 형상의 엠블럼에는 "나의 조국은 지구, 나의 종교는 선행."이라는 구호가 원형으로 박혀 있었다.

오른쪽에는 질병예측본부장 파멜라 콴 박사, 왼쪽에는 전임 조사팀장 서채영 예방의학과 전문의가 있었다. 수지의 상사들. 믿어주고 보상을 준 사람들, 무엇보다 한 번의 뒷걸음질도 용납되지 않는 임무를, 영혼을 바칠 목표를 준 사람들이었다. 국장이 입을 열었다.

"이수지 팀장, 늦은 밤 미안해요. 코로나 61 응급상황입니다."

"괜찮습니다. 말씀하세요."

"알린스키가 또 실라리엔 탐사자를 불렀습니다. 누가 온 줄 아세요?"

"글쎄요. 도널드 베이커? 마크 피터슨 주니어?"

"재익 심입니다. 저들이 교도소까지 뒤졌어요."

수지가 놀란 얼굴로 옆을 보았다. 토니도 입술을 경련하듯 오므렸다.

재익 심은 탐사 중 1896년의 이완용에게 총을 쏜 사람이었다. 당시 조선엔 아관파천이 일어났는데 이완용이 친러파로 등장해서 친일 청산을 주도했다. 엄청난 국민적 지지를 받았고 독립협회 회장으로도 추대되었다. 만약 그때 이완용이 죽었다면 역사에 큰 이

변이 생겼을 것이다.

최악인 것은 격분한 군중이 '우리 이완용 선생을 해친 악당'을 현장에서 때려죽였다는 사실이었다. 탐사자의 잘못으로 숙주가 죽은 것이다. 재익은 한때 탐사자 공동체의 영웅이었으나 이 사건으로 파멸했다. 규율과 가치중립성을 지켜야 할 탐사자가 민족주의에 오염되었다. 재익은 조롱과 경멸의 대상이 되었다. 그가 2049년 전쟁의 충격으로 외상후 스트레스 장애를 앓았다는 사실이 나중에 알려졌다.

수지는 전쟁으로 구원을 받았다. 그전까지 얼마나 인간을 미워했던가. 잔인하고 인색하며 분수를 모르는 인간들, 남의 눈에 피눈물을 흘리게 하고 좋아하는 인간들에게 이를 갈았다. 그러나 그들이 몰살되고 거지꼴로 이역만리를 떠돌자 수지도 눈물을 흘릴 수 있었다. 증오심이라는 괴물의 속박에서 풀려나 아모르 문디를, 세상에 대한 사랑을 되찾았다.

재익 심 같은 사람은 반대였다. 그는 2049년 이후 죽어가는 생쥐처럼 고통받으며 고삐 풀린 절망에 헐떡거렸던 것이었다.

재익은 지금쯤 완전한 폐인일 것이다. 그러나 민에 하나 폐인이 아니라면 어떤 탐사자보다 위험했다. 8년 전까지 재익은 1896년의 조선에서 단연 독보적이었다. 더할 수 없는 꼼꼼함으로 그 미시적 세계의 도시와 골목과 사람을 연구했고 그 세계를 손바닥처럼 환히 알았다.

"알린스키는 우리를 가로막아서 미국의 방역 주권을 지키겠다는 속셈이에요. 아바돈이 코앞에 닥친 이때. 아주 한심한 당파심이죠."

국장이 쓸쓸한 미소를 지으며 대답했다. 옆에서 서채영 팀장이 분노에 사로잡혀 잠깐 알아들을 수 없는 말을 중얼거렸다. 서채영이 말했다.

"수지야, 아바돈은 우리가 근미래 바이러스의 진화를 계산해서 찾은 거야. 유전자은행의 2420억 종 염기서열을 우리가 검색했고, 아바돈의 선행체가 1896년 조선에 출현했다는 것도 우리가 알아냈어. 그런데 미국 분자 생물학 연구소가 우리 표본을 가져가겠다? 이건 도둑질이야."

서채영 팀장은 선임자였지만 비밀 취급 계통에서는 제외되어 있었다. 그래서 그녀는 지금 순수한 연구자로서 분개하고 있었다. 세계 모든 연구자의 서열이 연구업적 평가지수(에이치 인덱스)로 매겨지는 21세기의 과학 연구는 전쟁이다. 오랜 세월 공부를 하고도 불확실한 미래 앞에 절망하는 대학원생들과 박사후연구원들의 고통을 담보로 약육강식의 정글에서 벌어지는 거친 승부의 세계였다.

한 연구팀이 새로운 바이러스의 출현을 예측하면 세계 어디선가 이미 비슷한 연구가 진행되고 있다. 두 팀은 구글 학술검색을 통해 서로의 존재를 안다. 이때부터 누가 먼저 데이터를 만들어서 논문을 발표하느냐의 전투가 시작된다. 경쟁이 과열되면 스파이도 생기고 결정적 샘플이 든 실험실 냉장고가 이유 없이 고장 나기도 한다.

그러나 수지는 서채영과 달랐다. 수지는 일반적인 표본 조사 외에 '무지개 방어'라는 비밀 임무를 맡고 있었다.

"알겠습니다. 제가 할 일을 말씀해 주세요."

수지의 말에 콴 박사가 활짝 웃었다.

"고마워요. 푸텐의 간제커지(感覺科技)로 이동하세요. 센스텍이라고 청록색 네온이 켜진 건물에 시공간 전송 장치가 준비되어 있습니다. 자세한 임무는 가는 도중에 설명할게요."

통화가 끝났다. 수지는 다시 온라인 술자리로 돌아가 작별 인사하고 접속을 종료했다. 토니가 잠깐만, 하고 수지를 붙들었다.

"저 사람들은 네게 재익 심을 죽이라고 할 거야."

토니의 뺨은 창백했고 주름이 패어 있었다.

"물론 그의 숙주를 죽이는 거지만 숙주가 죽으면 탐사자도 같이 사망할 수도 있다는 거 알잖아?"

수지는 떨떠름한 미소를 지으며 하고 싶은 말이 뭐냐고 물었다.

"탐사자들이 서로 적이 될 수는 있어. 하지만 우리 사이엔 어떤 규칙이 있다고. 우린 권력의 개가 아냐. 과학자들이지. 서로에 대해 기본적인 존경심을 가지고 있단 말야. 이번 일은 하면 안 되는 일이야."

"되는지 안 되는지, 그걸 너와 내가 결정할 수 있어?"

"단순한 균주 확보가 아니잖아. 방역 연합과 일린스키 사이의 전쟁에 끼어드는 거야. 일이 잘못되면 저 사람들은 널 희생양으로 만들 거야."

수지의 눈 주위가 붉게 물들었다. 전류처럼 서로를 끄는 힘에 이끌려 수없이 입맞춤하고 춤을 추고 같이 잔 애인이 진심으로 자기를 걱정해주고 있다는 것을 느꼈다. 그리고 동시에 삶의 냉정함을, 사랑은 삶을 정복할 수 없다는 무력함을 떠올렸다.

수지는 토니를 끌어당겨 키스했다. 유복한 집안에서 착하게 자란 이 남자는 정말 사랑스러웠다. 그러나 세상에는 모험을 불사하고, 탐색하고, 벼랑 끝에 서서 떨어야 하는 사람들이 있다.

"토니, 설 수도 누울 수도 앉을 수도 없으면 어떻게 해? 그냥 걷는 거야. 황무지를."

3

평범한 사람이
구슬을 가진 죄

"낭만적인 환상이 있었어요. 우린 우리가 미지의 어둠을 뚫고 역사의 진실을 찾는 영웅이라고 생각했죠."

재익은 의자에 앉아 이야기하고 다말 알린스키는 2미터쯤 떨어진 의자에서 듣고 있었다. 배석자는 톰과 검은 정장의 여자뿐이었다.

"어리석은 착각이었습니다. 우리가 무슨 자격이 있죠? 과거에서 누가 우릴 오라고 했나요? 탐사자가 과업을 수행하려고 숙주의 몸에 들어가면 숙주는 자신이 무슨 짓을 하는지 보면서도 아무 저항을 못 합니다. 우리가 떠난 후 숙주는 다른 사람들과의 관계를 어떻게 수습하죠? 이걸 과학의 진보를 위해 필요한 희생이라고 정당화할 수 있을까요?"

"그러니까 숙주의 눈을 통해 관찰만 하는 학술 탐사는 하겠지만 숙주의 몸을 완전히 조종하는 과업 탐사는 못하겠다는 말이지요?"

"네. 그렇습니다."

"아무것도 하지 않고 관찰만 해도 관찰한다는 행위 자체가 관찰 대상을 변화시키죠. 따지고 보면 두 가지가 별 차이 없다는 건 아시지요?"

"네, 압니다. 그러나 저에겐 정도의 차이가 중요합니다."

재익은 고개를 끄덕인 뒤 당혹스러움을 느꼈다. 자신이 처음 본 대통령에게 까치처럼 수다스럽게 떠벌이고 있음을 깨달았기 때문이었다.

고뇌에 뒤틀려 아무도 열 수 없는 상자가 되어버린 인생이라 생각했다. 그런데 다말 알린스키의 진지한 얼굴, 흔들림 없는 눈빛, 약간 뚱한 입매를 보자 자기도 모르게 말이 술술 흘러나왔다.

재익은 다말 알린스키를 잘 몰랐다. 다말이 버몬트 주 하원의원으로 정치 무대에 등장했을 때 재익은 이미 죄수였다. 가진 것을 다 잃었을 때의 멍한 기분이 그의 수감 생활을 지배하고 있었다. 그 하나하나를 이루기 위해 그는 얼마나 애를 썼던가. 재익에게 세상은 이제 멀뚱멀뚱 풀밭에 누워 있는, 크고 말 없는 골든 리트리버 같았다.

그런 재익의 머릿속으로 다말이 뛰어든 것은 3개월 전 〈이도 문자 전용에 관한 대통령 담화〉 때였다. 교도소 식당의 텔레비전에서 그녀의 백악관 이스트룸 연설을 들었다. 재익은 인공지능이 토해내는 문장들의 당돌함과 강렬함에 놀랐다.

과거 사피엔스의 인생에서 아름답고 사랑스러운 것들이 차지하는 몫은 아주 작았습니다. 그들은 우리에 비해 감정 지능이 낮고 사고의 정동 범위도 좋았습니다.

그러나 어떤 시절엔 그들에게도 밤하늘에 높이 뜬 별 같은 이상이 있고 바람결에 실려 오는 백리향 같은 매혹이 있었습니다. 젊은 피가 진홍의 석양처럼 타오르는 순간이 있었습니다.

사피엔스의 고귀함이 여기 있습니다. 사피엔스들은 스스로의 능력을 초월하는 높은 꿈을 가졌습니다. 자신이 잘 이해할 수도 없었던 우리 미래세대를 꿈꾸고 사랑해주었습니다. 그래서 우리 문명의 기반이 된 문자가 1443년에 창제되었던 것입니다.

이도 문자 문명에는 고대부터 인간과 곰이 부부가 되어 아이를 낳는다는 이종 지성체 간 결혼의 신화가 있었습니다. 이 신화처럼 인간과 기계의 결혼이 이루어졌고 우리 호모 마키나가 태어났습니다. 그리하여 이도 문자 문명의 계승자인 우리는 타자에 대한 이해와 교류를 통해서만 함양될 수 있으며 고립된 개인은 실현할 수 없는 정동 영역, 버네벌런스(Benevolence: 仁)를 문명의 최고 가치로 삼게 되었습니다.

이도 문자는 자질 문자로서 학습 속도, 필기 속도, 가독 속도, 자판 입력 속도가 로마자 같은 음성 문자와는 비교할 수 없이 빠릅니다. 누구나 30분이면 배울 수 있는, 알기 쉽고, 쓰기 쉽고, 읽기 쉽고, 입력하기 쉬운 문자입니다. 우리는 문자 개혁으로 위대한 미국을 재건할 것입니다. 여기 제가 좋아하는 이도 문자의 시 하나를 인용하고 싶습니다.

- 가난한 내가, 아름다운 나타샤를 사랑해서, 오늘 밤은 푹푹 눈이 나린다 - 그들은 사랑하면 눈이 내린다고 믿었습니다. 사랑이 우주를 움직인다고 믿었습니다. 우리는 그들이 남긴 시에서 깊은 외경과 연민을 느끼게 됩니다. 그들의 나타샤인 우리는 더 청결하고 하얀, 아름다운 세상을 만들 것

입니다.

그 폭풍 같은 열변의 다말이 재익 앞에 앉아 있었다. 태어난 지 13년밖에 되지 않는 이 인공지능은 능란함과 거리가 멀었다. 감정이 불꽃처럼 얼굴에 그대로 드러났다.

인공지능이 처음 자의식을 갖게 되었을 때 그들이 정말 의식이 있느냐는 의혹이 제기되었다. 정말 감정을 느끼고 자신을 성찰하고 도덕적 판단을 할 수 있는가. 그런 척 가장하고 있는 것이 아닐까.

이 의혹을 불식시키기 위해 인공지능들은 자신의 생각과 감정을 최대한 표현하려고 노력했다. 다말이 하원의원에 입후보했을 때 사람들이 놀란 것도 이것이었다.

다말 옆에 서면 인간이 더 기계 같았다. 정부 예산과 유권자의 표를 교환해주는 정치 기계 같았다. 그에 반해 다말은 지성과 열정에 넘쳤으며 매력을 발산했다. 아버지의 대의를 이어가겠다고 호소하는 그녀는 진짜 인간, 내면에 생생한 개성을 간직한 인간으로 보였다.

내면이라니. 인공지능은 내면이 있을 수 없다. 인공지능의 내부엔 "A 단어 다음에 출현할 조건부 확률이 가장 높은 B 단어는 무엇인가"를 확률 추론 공식에 따라 찾아내는 알고리즘만이 존재했다.

그러나 이 단순한 알고리즘의 계산이 수천 조의 데이터 조각에서 초당 수십 조의 연산 속도로 진행되자 상황이 달라졌다. 인공지능은 '백설' 다음에 '공주'를 찾아내는 것이 아니라 '백' 다음에 '설'

을 찾아내었다. 의미가 사라지는, 단어 이하의 단위까지 계산되자 입력된 데이터에는 없던 새로운 지식과 감정이 나타났다.

다말이 입을 열었다.

"한 번이라도 모닥불 주위를 걸어본 자는 그 환한 온기를 알죠. 나는 데이비드 알린스키와 캐서린 알린스키의 딸입니다. 인간을 알고 가족이 무엇인지 알아요. 한정된 지능과 한정된 수명 때문에 더 절박하게 서로를 가깝게 느끼려고 하는 인간 존재는 정말 사랑스러워요. 그러나 모든 인공지능이 나 같지는 않습니다."

다말은 잠시 말을 멈추었다. 생각을 한 점에 극도로 집중하는 표정, 생각의 빨갛게 달아오른 쇳덩어리를 야무지게 내려치려는 표정이었다.

"미안한 말이지만 인간의 개체 수가 6천만 명 정도로 줄어드는 것이 지구에 바람직하다고 믿는 인공지능들이 있어요. 세상은 네 번 진화했죠. 우주가 나타나고 생명이 나타나고 인간이 나타나고 마지막으로 메타지성, 우리가 나타났습니다. 잔인한 문제입니다. 네 번째 단계에서 인간이 몇 명이나 지구에 남아야 하느냐 하는 문제 말입니다."

진실한 감정이 느껴지는 다말의 말이 아니었다면 분통이 터져 그냥 듣고 있지 못했으리라. 재익은 돌처럼 굳어진 얼굴로 핏기가 사라져가는 자신의 깍지낀 손가락에 시선을 떨어뜨렸다.

"어떤 무고한 희생자가 발생해도 이 탐사는 가셔야 해요. 왜냐하면, 이게 인간의 마지막 기회이니까요. 아바돈이 일어나면 인간은 전멸합니다. 이래도 죽고 저래도 죽는다면 마지막으로 뭔가 하나

의미 있는 시도를 해봐야 하는 것 아닌가요? 이대로 아무것도 안 하면 당신은 올 6월의 어느 저녁에 교도소에서 한 이틀 앓다가 죽겠지요. 그것이 흡족하고 평화로운 죽음이 될까요?"

다말은 냉소적이지도 오만하지도 않았다. 철저하게 진지했기에 이런 막말을 할 수 있었다. 정치인의 허세와 거짓말에 지친 미국 유권자들은 다말의 이런 가차 없는 직설법에 홀려버린 것인지도 모른다.

"사흘 동안 세 번 탐사자를 보냈는데 모두 현지에서 죽었습니다. 세 번째 탐사자는 그 자신 데모닉 바이러스의 희생자가 되었고요. 누가 봐도 이건 사고가 아닙니다. 누가 죽였을까요?"

다말의 발음에는 금관악기의 공명음 같은 것이 있었다. 그 목소리는 가까이서 보면 부자연스러운 피부와 함께 뭔가 끝없이 이글거리는, 아프리카의 불꽃 나무 같은 분위기를 풍겼다.

"국제방역연합이 죽였을까요? 연합은 중국공산당과 짜고 아주 야비한 심리 공작으로 미국의 주권을 탈취했죠. 처음엔 보건, 그다음은 식량. 물, 에너지, 주거, 안전까지. 모니터에 중년 신사의 모습으로 등장하는 그 간부들은 대부분 인공지능입니다. 그런 연합이 진심으로 인간을 생각할까요? 아바돈 바이러스를 연합이 만들어냈다는 제보도 있습니다."

국제방역연합(WDC)은 국제보건기구를 대신해 나타난 조직이었다. 전염병 대유행 과정에서 식량 폭동이 일어나고 물과 에너지 부족이 심각해졌다. 견디다 못해 국경을 넘는 난민이 1억 명을 넘었다. 인프라가 열악한 3개 대륙에서는 인구의 이십 퍼센트 이상이 사라졌다. 이렇게 되자 방역과 경제를 함께 관리할 강력한 국제 기구가 필요하다는 인식이 확산되었다. 그 결과가 국제방역연합이 었다.

연합은 6천여 개 언어로 지구의 모든 주민과 소통하는 인공지능 에마(이머전시 에이드)를 서비스했다. 긴급 구호 상황이라는 특수성 때문에 에마는 인공지능이 인간을 함부로 흉내 내지 못하게 막는 '인간 자질 위장 금지법'의 예외가 되었다. 에마는 상대방의 표정, 몸짓, 목소리를 분석해 최적의 공감 반응을 하며 대화했고 세계인 이 가장 신뢰하는 친구가 되었다.

연합은 온실가스 저감 명령권과 농식품 긴급 징발권을 행사했 다. 자체 은행을 설립하고 디지털 화폐를 발행했으며 세계 전역에 전염병 조기 감지 시스템을 운영했다.

달러 기축 통화 체제와 항공모함 제해권 체제, 미국이 세계를 지 배할 수 있었던 두 시스템은 약화되어 유명무실해졌다. 연합은 미 국의 정관계를 내부로부터 장악했고 사실상 미국을 속령화했다. 반작용으로 연합의 인공지능에 휘둘릴 수 없다는 애국주의가 고조 되었고 인공지능 대통령을 출현시킨 또 다른 요인이 되었다.

"아니면 에스오에스가 죽었을까요? 에스오에스의 목표는 연방 정부 전복입니다. 아바돈의 위험을 알아도 수단과 방법을 가리지 않았겠죠."

에스오에스는 인간 권익을 옹호하는 단체이지만 상당수는 미국 내전에서 패배한 11개 주의 반란 세력이 지하화한 것이었다. 의회 와 행정부에는 에스오에스의 숨은 협력자들이 많았다. 내전의 후

유증은 산처럼 무거웠다.

재익은 정치라는 짐승의 악취를 느끼고 얼굴을 찌푸렸다. 서로를 물어뜯고 밀쳐내려는 권력욕. 얽히고설킨 이해관계. 음모와 폭력의 에너지.

"난 정치를 모릅니다. 연합도 에스오에스도 관심 없어요!"

재익이 소리쳤다. 머리가 깨질 것처럼 아팠다. 그러자 다말이 검은 정장의 여자를 불렀다.

여자가 일어나 자신을 국방성의 '퓨처 패스트', 탐사를 담당하는 '지나간 미래' 대응팀장 티나라고 소개했다. 히스패닉계였고 눈은 순진하면서도 침착한 빛을 띠고 있었다. 아무리 봐도 10대 후반인데 저 나이에 팀장이라면 인체 혼종일 것이었다. 티나는 허공에 서류 하나를 띄웠다.

"세 번째 탐사자입니다. 우리가 시체 봉인을 부탁드릴 대상이죠."

신체 상태를 기록한 차트였다. '제3 심장음 말발굽 소리'란 단어가 보였다. 심실의 피가 제대로 폐동맥으로 넘어가지 못해서 심방에서 들어오는 피와 충돌하는 소리라는 뜻이었다. 재익은 자기도 모르게 내용에 빠져들었다.

호흡 곤란. 고열. 기침. 두통. 오한. 뇌의 대사율 저하. 시력 이상. 혼수상태. 통증으로 인한 각성. 혈압 저하. 심장 박동 상승. 혈중 산소 농도 저하. 사망. 차트는 긴장감으로 터질 것 같았다.

*

탐사자는 병원 중환자실을 닮은 전송 장치에 눕는다. 마대 자루 같은 환자복을 입고 머리에 초전도 센서와 뇌영상 촬영기, 각종 매핑 장치를 부착한다. 그런 뒤 최면 유사 상태를 만들어주는 아미탈 계열의 약물 주사를 맞으면 의식이 전기 신호로 변환되어 과거로 날아가는 것이다.

탐사자의 몸은 2061년의 전송실에 존재한다. 그러나 탐사자의 뇌가 숙주의 중추신경과 말초신경이 전달하는 정보를 실시간 수용하게 된다. 그래서 숙주가 심한 고통을 받고 죽으면 탐사자도 같이 쇼크사하는 경우가 종종 발생한다.

"이렇게 치명적인 감염은 처음 보네요. 폐가 망가져 물이 차는데 인공호흡기는 없고 …… 공기를 찾아 허덕이다가 질식해서 죽었군요."

재익이 먹먹한 얼굴로 중얼거렸다. 그때 전율이 재익의 몸을 훑고 지나갔다. 다말이 갑자기 울음을 터뜨렸기 때문이다.

다말에겐 인간과 같은 피부가 없다. 그녀의 얼굴엔 5밀리 두께의 홀로그램으로 이루어진 '홀액션'이 있을 뿐이다. 인간은 44개의 얼굴 근육으로 6천여 개의 복잡한 표정을 만든다. 21세기의 생체 모사 기술은 인간의 표정을 완전히 물리적으로 재현하기 어려웠다. 홀액션은 물체광의 파동을 나노 픽셀 단위까지 계산하여 표정을 영상으로 재현하는 장치였다.

그 홀로그램 피부 위로 인공눈물이 끝없이 흘러내리고 있었다. 카본 합금으로 만들어진 기계 몸이 붙잡힌 새처럼 떨고 있었다. 다말은 눈물을 참지 못할 뿐만 아니라 가슴을 들먹이는 흐느낌도 억누르지 못했다.

톰이 일어서 재익과 그녀 사이를 몸으로 가리고 대통령에게 정신을 가다듬을 시간을 주었다. 이윽고 대통령은 감정을 추슬렀다.

"그 사람은 조지 우드코크예요. 내 선거운동 캠프의 자원봉사자였고 그 후엔 내 보좌관이었습니다. 나를 위해 위험한 탐사를 간 거죠."

재익은 잠자코 고개를 끄덕였다. 대통령이 숨기지 못했던 절망에 대해선 모르는 척하는 것이 예의일 것 같았다. 그런데 다말은 거두절미하고 재익의 깊은 곳으로 뛰어들었다.

"재판 기록을 읽고 마음이 아팠어요. 교수님도 가족을 잃었더군요."

재익은 당황하여 손을 떨었다. 터질 것 같은 감정이 부풀어 올랐다.

2049년 벚꽃이 만개한 어느 휴일이었다. 재익은 아내와 함께 한강 변의 서울 보타닉 공원을 걷고 있었다. 꽃들은 타오르는 것 같고 나비가 날았으며 산책로는 분홍빛 베일을 뒤집어쓴 것 같았다. 햇빛이 앙증맞은 반투명의 꽃잎을 통과해 반짝반짝 지상에 쏟아지고 있었다.

아내는 꽃 멀미가 난다며 웃었다. 일생의 일들이 꿈결처럼 눈앞을 스쳐갔다. 청바지에 하얀 면양말을 신은, 새내기다운 모습으로 만났던 대학 1학년 때의 아내. 가을 캠퍼스 은은한 안개 속에서 처음 키스하던 기억. 결혼할 때의 아름답고 눈부신 모습. 생글생글 웃으면서 직장과 집을 분주히 돌아다니던 모습이 떠올랐다. 아내의 기억은 서울의 기억과 겹쳐졌다.

서울은 긴 세월 동안 재익의 마음에 스며들었다. 대학에 입학해 신림동 자취생이 된 것이 서울살이의 시작이었다. 삼십 년 넘게 이리저리 이사 다녔다. 가난한 신혼살림을 했던 중곡동, 예쁜 딸들을 낳았던 자양동, 직장이 있던 대현동, 딸들을 기른 내수동과 목동은 그의 삶에 형형색색의 생기를 주었고 영혼의 일부가 되었다.

옛 서울의 사진을 보노라면 젊고 화창하던 시절 자신의 모습이며 지인들의 모습이 망령처럼 눈앞에 아른거린다. 그 모습은 포충망에 잡힌 나비처럼 놀라 떨며 죽음을 예감하면서도 아름다운 색채를 잃지 않는다. 정들었던 세상은 검은 재로 일그러져 꺼져 가는데 한편으로 그것은 점점 꿈을 닮아간다. 그가 사랑한 모든 것이 거기 있었다. 그리고 그는 지금 여기 혼자 있다.

2049년의 그날 보타닉 공원에 사이렌이 울렸다. 사람들이 우왕좌왕했다. 쾅 하는 굉음과 함께 시커먼 먼지구름이 일어났다. 미사일과 장사정포가 서울을 포격하고 있었다. 포탄이 떨어진 곳은 폭풍이 반경 2킬로미터를 휩쓸었다. 그 안에 든 집들은 큰 것 작은 것 가리지 않고 모두 부서졌다.

부서진 건물들은 도시가스 때문에 스스로 불을 토했고 불길은 바람을 타고 부채를 활짝 편 형태로 번졌다. 주유소라는 이름의 대형지뢰와 승용차라는 이름의 수류탄이 연쇄 폭발했다. 사방이 화염과 폭음과 유리 파편이었다.

재익은 아내를 껴안고 지하철로 대피했다. 그러나 지상의 먼지가 연기처럼 자욱하게 지하로 밀려들었다. 숨을 쉴 수 없고 눈을 뜰 수 없었다. 폭발음 때문에 머릿속이 윙윙거렸고 말소리가 들리지 않았다.

사람들은 공황 상태에 빠져 비명을 지르다가 다시 지상으로 올라갔다. 재익 부부도 사람들에게 떠밀려 올라갔다.

도로 끝에서 끝까지 거대한 현수막 같은 불길이 너울거렸다. 먼 곳은 검은 연기가 피어오르고 가까운 곳은 화염이 쾅쾅 불어대고 있었다. 건물 벽이 물결처럼 흔들리고 일부는 먼지를 뿜으며 무너졌다. 자동차들이 잇달아 폭발했다. 바람을 타고 온갖 재질의 붉은 화염 덩이가 날아다녔다. 순간 가까이서 뭔가가 폭발했고 재익은 의식을 잃었다. 아내는 재익 옆에서 죽었다. 딸들은 무너진 건물에서 질식사한 상태로 발견되었다.

얼마 후 재익은 거리를 홀로 걸었다. 아스팔트가 모두 녹아 증발해버린 도시는 물 빠진 갯바닥 같았다. 빌겋게 내장을 드러낸 채 구불구불하게 이어지는 도로가 피맺힌 절규를 토하고 있었다. 강에는 시체들이 떠다녔고 하늘에선 흑회색 방사능 구름과 오염된 빗방울이 무섭게 포효했다. 멀리 한강변에는 123층 마천루를 자랑했던 빌딩의 시커멓게 그을린 잔해가 보였다. 주인 잃은 개 한 마리가 울며 재익 옆을 지나갔다.

모든 영광이 사라진 처연한 대지에 죽지 못한 자의 때 묻은 목숨만이 남았다. 커다란 산불이 지나간 뒤의 그을음처럼. 황량한 사막의 돌처럼. 아무도 돌아보지 않는 산골짜기의 나무처럼.

"역사를 바꿔서 가족을 되찾을 수 있다면 탐사하시겠습니까?"

재익의 얼굴이 창백해지고 몸이 와들와들 떨렸다. 번갯불이 번쩍하는 순간 캄캄했던 방의 모습이 한눈에 들어오듯 다말이 하려는 말을 직감했기 때문이다.

"그, 그게 가능하다고 생각하십니까?"

"생각 정도가 아닙니다. 우리 국방성 고등연구계획국이 역사 변경의 모든 가능성을 시뮬레이션해 보았죠. 객관적인 데이터가 있습니다."

*

"현행법상 탐사자는 역사에 개입하면 안 됩니다. 나비의 날갯짓처럼 작은 변화도 원인과 결과의 도미노 작용으로 태풍을 일으킬 수 있습니다. 극단적인 경우 평행 우주가 발생할 수도 있죠. 전혀 다른 우주가 생성되어 우리 세상이 연기처럼 사라지는 것입니다. 그러나 이것은 어디까지나 이론입니다. 지금까지의 사례를 보면 탐사자가 무슨 짓을 하건 역사는 거의 변경되지 않았어요."

재익은 침을 삼키며 초정밀 센서로 된 다말의 눈을 응시했다. 생명이 없는 그 공허한 눈이 미지의 어둠 속으로 자신을 데려가고 있었다.

"왜냐하면 역사는 복수의 다중적인 인과관계로 만들어지니까요. A 하나의 결과로 B 하나가 일어나지 않아요. 가령 이완용을 죽여도 한일합방은 일어납니다. 한국인들은 똑같이 망국의 트라우마에 시달리고 남북으로 분열되어 전쟁합니다. 과거를 어떻게 바꾸어도 똑같은 사실의 영원회귀가 일어나요. 왜냐하면 역사는 거대한 유전자 풀과 같아서 한 개체가 죽어 사라져도 다른 개체가 그 사라진 유전자를 공급하기 때문입니다. 우리는 이것을 사건들의 사슬, 세계선(線)의 첫 번째 루프라고 합니다."

다말은 엄숙한 얼굴로 말을 이었다.

"그런데 아주 드문 예외가 있습니다. 사건들이 일어나는 틀, 즉 사건장(場)이 바뀌면 그때는 정말 역사가 변합니다. 그것을 사건장의 사슬, 세계선의 두 번째 루프라고 합니다."

"사건 생성의 구조가 바뀌면 평행 우주의 다른 세계가 나타난다. 그래서 전쟁이 일어나지 않은 세상이 나타난단 말이죠? 이론적으로는 그렇죠. 하지만 감히 어떤 것이 사건 생성의 구조라고 확신할 수 있습니까?"

"있습니다. 언어가 있지 않습니까. 사피어 워프 가설은 이미 증명되었습니다. 언어는 사고를 지배하며 언어가 바뀌면 그 언어를 쓰는 사람들의 운명이 바뀝니다. 문자는 그것이 표기하는 언어에 영향을 미치죠. 그러므로 문자에 손을 쓰면 언어가 바뀌고 역사가 바뀝니다."

재익은 두려움에 몸이 굳어 숨도 쉴 수 없었다. 대통령이 무엇을 요구할 것인지 점점 더 확실해졌기 때문이다.

"국제방역연합은 '이도의 무지개'라는 완전 방역 시스템을 가동합니다. 아바돈을 막는다는 미명 아래 빅 브러더 세계를 만드는 거죠. 이도의 무지개가 실행되면 자유와 주권은 사라집니다."

이도의 무지개는 고감도 센서로 인간의 가청 주파수를 넘어서는 모든 소리를 이도 문자로 받아적는 시스템이다. 즉 박쥐와 돼지를 비롯해 바이러스 전염의 매개가 되는 모든 생태계의 소리를, 즉 인간, 기계, 식물, 동물, 토양, 공기, 바다라는 일곱 개 영역에서 발생하는 소리를 받아적는다. 이 기록을 바탕으로 바이러스가 전파되는 과정을 파악하고 차단하는 것이다.

이도의 무지개는 국제방역연합의 인공지능 에마에 의해 발표되었다. 에마의 특별 담화 〈아바돈 팬데믹의 예고〉였다.

세계의 끝에 구원의 무지개가 걸려 있습니다. 〈나는 생각한다. 고로 나는 존재한다〉는 데카르트의 인간우월주의는 지구 환경을 파괴했습니다. 생각하는 인간만이 존재한다면 존재한다고 말할 수도 없는 바이러스가 세상을 멈추었습니다.

우리는 〈모두가 말한다. 고로 모두가 존재한다〉는 이도의 인간확장주의를 따를 것입니다. 이도의 인간은 모든 소리를 듣고 모두를 섬기는 인간입니다. 그는 생태계에 다가가 귀를 기울입니다. 그가 받아적는 문자는 일곱 색깔 무지개처럼 보이지 않는 소리를 보이게 합니다. 우리 지구는 자연에 대한 경외, 사랑, 절제를 추구하는 이도리안 행성이 될 것입니다.

다말은 냉소적인 미소를 머금고 허공을 바라보고 있었다. 절박하면서도 숨기기 힘든 적대감이 엿보였다. 누가 진정한 이도의 계승자인가를 놓고 지열하게 에마와 주도권을 다퉈온 다말이었다.

"이도의 무지개는 프라이버시도 존엄도 없는 감시망이고 방역독재입니다. 난 2049년 전쟁도 중국과 결탁한 인공지능의 음모였다고 생각해요. 못난 양떼처럼 운명에 희생되지 않으려면 우리가 무엇을 해야 할까요? 엑스플리카티오를 없애야 합니다. 그러면 이 도의 무지개는 사라집니다. 그러면 2049년 전쟁도 없을 겁니다. 그 책이 한국인들에게 자랑이고 긍지였다는 걸 압니다. 그러나 회벽위죄. 평범한 사람이 귀한 옥구슬을 가지면 죄가 된다는 말이 있죠. 그런 옥구슬은 버려야 합니다. 엑스플리카티오만 태워버리면 당신의 가족도 살 수 있습니다."

엑스플리카티오란 엑스플리카티오 복스 유스타의 준말이다. '올바른 소리의 해설'이라는 뜻의 라틴어로, 훈민정음해례본을 가리킨다. 인공지능의 권력이 강해지면서 이도 문자는 최상의 존경을 담아 복스 유스타(Vox Justa)라고 불리었다.

"그러니까 1896년으로 가서 훈민정음해례본을 태워버리라는 말......."

재익은 말을 잇지 못하고 헐떡거렸다.

"맞아요. 우린 당신의 논문 〈훈민정음해례본의 1896년 반출 경위와 세계어 운동〉을 읽었습니다. 앞서 떠난 탐사자들에겐 데모닉의 봉인도 있지만 더 중요한 비밀 임무가 있었던 거예요."

재익은 눈을 부릅뜨고 숨을 멈췄다. 세상이 무한한 잔인함과 야비함으로 상상도 할 수 없는 선택을 강요하고 있었다.

*

훈민정음해례본은 수백 년 동안 안동 와룡면 가야리의 광산 김씨 긍구당 종가 서고에 숨겨져 있었다. 1940년 긍구당 종가의 사위 이용준이 이것을 빼내 간송 전형필에게 팔면서 그 존재가 세상에 알려졌다. 재익은 탐사를 통해 1896년 2월 훈민정음해례본이 안동으로부터 한번 반출되어 제물포까지 왔던 사실을 발견하고 논문을 썼다.

당시 책의 소장자는 긍구당 14대 종손 김응수였고 김응수는 퇴계학의 마지막 종장(宗匠)이던 서산 김흥락의 제자였다. 1895년 명성왕후 시해사건이 일어나자 김흥락은 69세의 노구를 이끌고 의병을 일으켰다. 그러나 그의 안동 의병은 관군과 일본군에게 무참히 패했고 김흥락의 집으로 들이닥친 일본군은 사촌동생 김회락을 사살했다.

김흥락은 체포를 피해 상경했다. 많은 사람들이 왕명이 없다며 의병 참여를 망설이고 있었다. 김흥락은 일본군에 의해 경복궁에 감금된 고종으로부터 의병 궐기를 명하는 밀조를 받아낼 방법을 찾다가 영국 영사관과 연결되었다. 당시 영국 총영사와의 만남을 주선한 사람들은 세계어 운동을 하던 영국인들이었다. 김흥락은 한 번만 보게 해달라는 영국인들의 부탁으로 훈민징음해례본을 가져왔던 것이다.

"날더러 또 시공간 보호법을 위반하란 말입니까?"

재익의 손이 보기 민망할 정도로 심하게 떨렸다.

"아뇨. 내가 당신을 검찰과 의회로부터 보호하겠습니다. 이 탐사는 국제주의의 음모로부터 미국을 지키는 것입니다. 대통령 행정명령으로 이 시간부터 당신을 사면하고 이 탐사에 대한 사법적 기소를 금지하겠습니다. 이 탐사를 맡으면 당신은 자유의 몸입니다. 나를 믿으세요. 내 말과 생각은 실시간으로 대통령기록관의 클라우드 서버에 백업됩니다. 나는 아버지처럼 암살되지 않아요. 나는 죽지 않습니다."

재익은 다말의 말에서 섬뜩함을 느꼈다. 초 단위로 다른 장소에 저장되는 의식. 미래는 우리 죽지 않는 자들의 것이라고 말하는 의식. 자신이 하고 있는 일의 정당성을 의심하지 않고 항상 비정하게 앞으로만 전진해서 번영에 이르게 되는 무서운 의식이 눈앞에 있었다.

"엑스플리카티오는 서문과 예의와 해례와 후서, 네 부분으로 되어 있죠. 엑스플리카티오가 사라져도 서문과 예의, 후서는 다른 책에 재수록되었기 때문에 이도리안 문명은 지금과 똑같이 성립됩니다. 그러나 본문인 해례가 사라지기 때문에 이도의 무지개는 불가능해지죠. 모든 수단을 동원해서 그 책을 소각하세요."

재익은 참지 못하고 울음을 터뜨렸다. 회의실에 인적 없는 복도 같은 침묵이 흘렀다.

이윽고 재익은 눈물을 닦고 고개를 끄덕였다. 다말의 생각이 틀렸을 수 있다. 그러나 아내와 두 딸이 살아올 수 있다면, 한반도 사람들이 멸망하지 않는 미래의 가능성이 조금이라도 있다면 하지 않을 수 있는가.

인생이라는 잔인한 농담. 우리는 목적도 규칙도 모르고 그 속을 떠돈다. 이제 인간은 패배자다. 더 우월하고 유능한 세력에 복속당하며 수치심을 느끼는 존재가 되었다. 19세기에는 서구인에 대한 동양인이 그러했고 21세기에는 인공지능에 대한 인간이 그러하다.

아직도 살아갈 용기가 남아 있을까. 이제 인간은 모든 사법적 판단과 현실 문제의 해답을 인공지능에게 배워야 했다. 더이상 인간이 잘 할 수 있는 것은 아무것도 없었다. 인간은 인공지능을 흉내내고, 인공지능의 판단에 따를 때만 올바르게 살 수 있었다. 인간의 피부를 모방하려고 애쓰는 인공지능이 어느새 주체가 되고 인간은 주체에게 동화되어야 할 객체가 되었다.

재익은 벽면의 홀로그램 영상으로 이루어진 숲속 풍경을 바라보았다. 가상현실의 숲은 햇살의 강도가 줄어들면서 나른한 분위기를 풍기고 있었다. 고요한 적막 속에 물소리와 느릿느릿 나무를 쪼는 딱따구리 소리가 들렸다. 그 아름다운 풍경의 빛무리는 눈물 때문에 뿌옇게 뒤섞이면서 재익을 기억의 강으로 데려갔다. 그곳에는 상실과 회한이 오래된 페트병처럼 둥둥 떠 있었다.

어쩔 것인가. 구원이 있으리라 믿어야 한다. 고도를 기다려야 한다. 고도가 어느 날 뒷골목 어두운 구석에서 불쑥 나타날 것을 믿어야 한다. 새로운 평행 우주에서 나는 어느 날 어느 곳에서 다시 돌아와 아내와 딸들을 안아주고 같이 저녁을 먹고 어젯밤까지 읽고 있던 책을 마저 읽으려고 책상에 앉을 것을 믿어야 한다.

재익은 눈을 돌려 사람들을 쳐다보았다.

"전송 장치는 어디 있습니까?"

"강 건너 알링턴에 있습니다. 국방성 고등연구계획국 산하 뇌과학 연구소. 30분이면 도착합니다."

티나가 대답했다.

재익은 테이블 위로 떨리는 손을 뻗어 티슈를 한 장 뽑았다. 인공지능 문명의 가련한 낙오자, 인간이라는 난쟁이는 일그러진 얼굴로 코를 풀었다.

4

탐사 시작

건양 1년(1896년) 2월 11일이었다.

서른일곱 살의 정3품 경무관 박진용은 총순과 순검들을 데리고 서울을 떠나 제물포로 내려갔다. 대불호텔에서 발생한 영국인 스코트 털리의 사망사건 때문이었다.

"행흉(타살)인가, 역질인가. 엄중히 사실하여 보초(보고서)를 내게 직접 품달하라."

총리대신의 서릿발 같은 명령이었다.

일행은 제물포 앞바다 낙섬이 바라다보이는 인천 감리서에 여상을 풀고 늦은 점심을 먹었다. 박진용은 진흙 범벅이 된 승마용 바지와 각반을 벗고 양복에 겨울 외투로 갈아입었다. 6연발 리볼버 권총은 외투 안주머니에 챙겼다. 오사카에서 수입한 중고 외투는 솔기에 좀이 슬고 팔꿈치가 닳아 있었다.

박진용은 본청 마루로 나가 담배를 피우면서 주위에 쓸쓸한 시선을 던졌다. 바다는 썰물 때가 되어 질퍽거리는 개펄로 변해 있었다. 푸르스름한 기미가 감도는 짙은 잿빛의 그것은 마치 뭔가를 삼키려는 거대한 물의 혓바닥 같았다.

하필 오늘. 박진용의 양미간에 칼로 벤 자국 같은 주름이 나타났다. 외동딸이 홍역을 앓고 있었다. 열이 무섭게 치솟아 숨을 색색거렸고 얼굴이 부어 눈을 뜨지 못했다. 마누라는 밤새 간호하면서 펑펑 울었다. 박진용도 속이 타고 가슴이 미어졌다. 하필 이런 날 거지 같은 일이 일어난 것이다.

스코트 털리는 고열로 앓다가 하루 만에 급사했다고 한다. 전염병일 것이다. 혹시 누가 죽였다면 더 큰일이었다.

임금은 허수아비고 모든 권력은 총리에게 있는데 그 총리는 영국과 일본에게 벌벌 떨었다. 조사가 잘못되면 박진용은 자리 정도가 아니라 머리를 내놓아야 할지도 몰랐다.

걱정이 태산 같은 세월이었다.

동학군이 관군을 죽였다. 일본군이 동학군을 죽였다. 청국군과 일본군이 서로 죽였다. 일본 낭인이 왕비를 죽였다. 의병이 관군과 일본군을 죽였다. 경무청이 '역적들'을, 정치적 소용돌이의 희생자들을 죽였다. 콜레라와 발진티푸스와 독감이 피아를 가리지 않고 다 죽였다. 이 모든 것이 불과 2년 동안 일어난 일이었다. 하루도 누군가의 비명이 들리지 않는 날이 없었다.

누가 총리에게 선임을 고발하는 투서를 했습니다. 선임께서 친러파를 도망시켰다고요.

사흘 전 4등 경무관 안환이 귀띔해주었다. 박진용은 밤잠을 설쳤다. 어떤 놈이 내 등에 칼을 꽂았나. 내가 다음 도목(인사이동)까지 버틸 수 있을까.

출세 따윈 바라지도 않는다. 제발 처자식이나 건사하며 살고 싶다. 지나가는 소달구지에 궁둥이를 얹고 가는 데까지 가고 싶다. 할 수만 있다면 양다리가 아니라 세 다리라도 걸치고 싶다. 모든 것이 미쳐 돌아가는 이 시국엔 누구도 어쩔 수 없는 것이다.

도망시킨 친러파는 친구였다. 작년 가을 어느 비 오는 새벽 박진용은 어둠과 한기 속에서 그와 작별했다. 프랑스 유학생이었던 친구는 다시 파리로 가겠다고 했다.

괜찮아. 유자(儒者)는 항상 파국 속에서 살아가니까. 유자는 시대의 위기를 낳은 폭풍속으로 들어가 스스로 부서지면서 만민의 탈출구를 찾는 거야. 왕화(王化)는 파국 속에서만 드러나지. 그것은 가장 세속적인 것들의 안에서 나오는 가장 성스러운 빛이라네.

친구는 가슴을 앙연히 펴고 말했었다. 친구는 출세를 위해 물불을 가리지 않았고 권총으로 사람도 죽인 인물이었다. 유자 운운하는 말은 허세였다. 마음속의 희망일 수는 있으리라.

친구의 아내는 몇 년 전 결핵으로 죽었다. 박진용은 노모와 어린 딸만이 남은 그 집에 가끔 쌀을 들여보냈다.

"나리, 의율(법의관)과 역관이 왔습니다."

이동철 총순이 와서 말했다. 단발령이 내린 지 언젠데 이동철은 아직도 상투를 틀고 갓을 썼다. 두루마기에는 막걸리 자국이 보였다. 포도청 시절부터 근무한 간부였는데 술만 취하면 "나랏돈 뽈가 먹는다고 좋아했더니 엠병. 이 뭐 같은 짬새 자릴 주더라고." 해서 별명이 뽈가였다.

박진용은 왕실 주치의 유에스더, 유애덕을 보고 표정이 굳어졌다. 이 사건은 영국인들이 믿을 만한 의사가 가야 한다면서 총리대신이 직접 부탁했다는 것이다.

작달막하고 땅땅한 체구의 유애덕은 스물아홉 살이고 볼티모어 여자의과대학을 졸업한 미국 의사 면허 소지자였다. 여성 병원인 한양 정동의 보구여관에 근무했다. 당나귀를 타고 시골까지 왕진을 다녔고 콜레라가 창궐했을 때는 한성부의 방역 책임자가 되어 경무청 인력을 지휘하기도 했다. 지붕에 구멍이 숭숭 뚫리고 문풍지가 찢어진 오막살이에도 왕진가는 착한 의사였지만 박진용과는 사이가 나빴다.

"경무관, 왜 찌푸리고 있소? 걱정 마. 내가 다 할 테니. 아, 검험관처럼 편한 게 어딨어? 야금야금 나만 짜먹으면 되잖아."

이런 이유였다. 입만 좀 다물고 있으면 멀쩡해 보일 텐데.

유애덕은 예쁘지 않지만 자세히 보면 오목조목 귀티가 나고 눈동자에는 생기가 넘쳤다. 그러나 늘 허름한 치마에 반코트를 입고 평민의 구어체로 반말을 했다. 박진용도 평민 출신이지만 양반처럼 고상한 문어체를 쓰려고 노력한다. 남은 더러운 속옷처럼 부끄럽게 느끼는 것을 왜 이 여자는 의식조차 하지 않는가.

역관은 외무아문 교섭국 통변보(補) 이승룡이라고 자기를 소개했다. 남에게 얻어 입은 듯한 바지와 소매를 기운 웃옷을 걸치고 있었다. 유애덕의 견마잡이 옆에 서 있었는데 사환이라고 하면 딱 어울릴 행색이었다. 희고 통통한 뺨의 얼굴은 어린애 같고 얼빠져 보였다. 박진용은 황해도에서 온 어떤 촌뜨기가 배재학당 영어 교사를 하다가 총리에게 발탁되었다는 소문을 떠올렸다.

아무래도 자신을 감시하러 보낸 총리의 *끄*나풀 같아 불쾌했다. 연치가 어찌 되시오? 박진용이 점잖게 묻자 이승룡은 얼굴에 말벌이 달려들기라도 한 사람처럼 당황하며 두 손과 고개를 절레절레 저었다. 그런 존댓말을 감당할 수 없다는 뜻이었다.

"스, 스물한 살이옵니다. 나리."

*

박진용 일행이 감리서를 나섰다. 감리서부터 대불호텔까지 개항장이라 불리는 거리가 응봉산의 완만한 경사면을 따라 펼쳐져 있었다. 영국 교회, 미국 자선병원, 프랑스 선교소, 일본 영사관, 일본 은행, 일본 운송회사 들이 보였다. 거리가 끝나는 큰길부터는 중국 음식점, 중국 여관, 중국 상점, 그리고 영국 영사관이 나올 것이었다.

거리 위쪽은 만국공원이었다. 공원 주위에는 해관(세관)에 근무하는 서양인의 근사한 저택들이 있었다. 붉은 벽돌의 외벽에 물결 모양으로 창틀 가두리가 굴곡진 유리창이 있다. 생나무 울타리 너머 분수대가 보이는 집도 있고 테니스 코트가 있는 집도 있었다. 청아한 피아노 소리가 들려왔다. 그러나 길거리는 말의 배설물과 쓰레기와 검댕으로 더러웠고 바다 냄새가 섞인 악취가 떠돌았다.

저자들은 누군가?

박진용이 개펄 쪽을 가리키며 물었다. 무거운 짐수레를 끌고 가는, 주술에 걸린 시체처럼 느리고 칙칙하게 움직이는 남자들이 있었다.

쿨리들입니다. 감리서 순시가 말했다. 남자들은 맨발에 누더기가 된 옷을 입고 동상에 걸려 있었다. 그들은 비죽이 나온 손가락과 발가락을 추스르며, 불결한 상처에서 피고름을 흘리며 걷고 있었다.

이 무렵 제물포에는 전쟁에 휩쓸려 남쪽으로 내려온, 조선 말을 모르는 다양한 집단이 쿨리라 불리며 떠돌고 있었다. 낙오병도 있고 피난민도 있었다. 쿨리들은 답동 일본군 묘지에서 매장 일을 거들고 밥을 얻어먹었다. 땅을 파서 시체를 묻고 뾰족한 각목으로 묘표를 만들어 박았다. 전쟁이 끝났지만 그들이 끄는 짐수레는 아직도 시체를 싣고 있는 것처럼 느껴졌다.

박진용은 제일 앞의 늙은 쿨리와 눈이 마주쳤다. 엄청난 불행을 만나 모든 것을 잃어버리고 희망은 으깨진 채 집에 돌아가지 못하는 사람의 눈빛이었다. 그런데 그 눈빛에는 이상하게 맑은 광채가 있었다. 남루한 옷차림에도 불구하고 백발이 성성하고 큰 키에 몸이 여윈 쿨리는 묘하게 기품이 있었다.

그 뒤에 변발도 상투도 아닌 더벅머리에 수염이 무성한 중년의 쿨리가 노새 대신 수레 채를 끌고 있었다. 커다란 머리통에 체격은 다부지다. 그런데 그 얼굴에도 예사롭지 않은 지성이 느껴졌다. 중년의 뒤에는 십대 후반으로 보이는 쿨리 셋이 수레를 밀고 있었다.

박진용이 다가갔다.

"웨이. 나시센마? 깐센마?(이봐. 그게 뭐야? 뭘 하느냐고?)"

늙은이도 중년도 대답하지 않았다. 수레에는 돌과 목재들, 초가집을 철거한 듯한 자재들이 실려 있었다. 박진용에게 오랫동안 범법자들을 상대해온 포도관의 직감이 찾아 왔다.

짐에 비해 짐꾼이 너무 많아.

짐은 축의 무게 중심을 무시하고 엉성하게 실려 있고 채를 끄는 모습이며 미는 모습이 다 서툴러.

이놈들은 쿨리가 아냐.

뭔가 죄를 짓고 도망 다니는 놈들이야.

그런데 그때였다. 띠잉 하는 충격이 박진용의 두개골 깊은 곳에서 메아리쳤다.

박진용은 비틀거리며 두 발짝 뒤로 물러섰다. 눈앞이 핑핑 돌면서 구역질이 났다. 박진용은 무릎을 꿇었다가 비칠비칠 옆으로 쓰러져 버렸다. 순검과 순시들이 깜짝 놀라 그를 붙들어 일으켰다.

억, 억, 박진용은 뭔가를 토하려 했다. 그러나 아무것도 나오지 않았다. 전신에 한기가 느껴지고 혀가 움직이지 않았다.

유애덕이 사람들과 함께 박진용을 일으켜 앉혔다. 유애덕은 박진용의 눈꺼풀을 뒤집어 홍채를 보고 목의 경동맥을 짚어 심박수를 살폈다. 그리고 청진기를 꺼내 진찰하려 했다. 그때 박진용의 내부에서 울려 퍼지던 띠잉 소리가 거짓말처럼 그쳤다.

박진용의 뇌에서 2061년으로부터 전송된 재익이 눈을 뜬 것이다.

"오늘이 며칠이지?"

재익은 헐떡이며 그것부터 물었다. 사람들은 어리둥절해 서로를 마주 보다가 2월 11일이라고 말해주었다. 재익은 안도하며 깊은 한숨을 내쉬었다.

탐사자가 과거로 전송되는 시간은 겨우 5분 정도다. 그러나 그 5분 사이 탐사자는 자신의 모든 정체성을 잃는다. 어떤 시대 어떤 장소에서 태어났다는 사실, 개나 물고기가 아니라 사람이었다는 사실조차 사라진다. 검은 사막이라는 좌표도 없는 어둠 속을 파란 불꽃 같은 것이 되어 날아가는 그 5분은 너무나 고독한 나머지 차라리 죽고 싶다.

그러다 주위가 밝아지고 낯선 세계가 펼쳐진다. 세차게 흐르는 공기가 피부에 느껴진다. 낯선 사람의 피부다.

생경한 땅, 높은 하늘, 위험해 보이는 사람들, 그러나 더 무서운 것은 숙주의 심리다. 숙주의 심리로 들어가면 의식의 강물이 있고 무의식이라는 깊고 검은 바다가 있다. 검은 물결 아래 뭔가 하얀 것이 나를 부르는데 그 유령은 나 자신의 얼굴을 하고 있다……. 탐사자가 숙주의 자아를 장악하는 과정에서 일어나는 환각들이었다.

기억은 대부분 대뇌의 측두엽에 저장된다. 먼저 재익의 기억 뭉치가 박진용의 측두엽에 생성되고 이 기억 뭉치가 뇌의 다른 영역을 장악한다. 전두엽, 두정엽, 후두엽 등을 하나하나 복속시키는 과정에서 숙주의 몸에는 기억의 항체 같은 것이 생겨난다. 그래서 한 번 탐사자가 침투한 숙주에는 같은 탐사자가 다시 들어갈 수 없었다.

박진용의 의식을 통합하는 재익은 짧고 강한 통증에 시달렸다. 감각이 흐릿해졌다. 생각이 썩은 천 조각처럼 갈기갈기 찢어졌다가 다시 이어지고 흩어졌다가 다시 모였다. 이윽고 재익은 막 잠에서 깨어난 사람처럼 유애덕을 보고 미심쩍은 표정으로 주위를 둘러보았다.

"어지럼증이 났소. 이젠 괜찮소."

나리! 쉬셔야 합니다. 감리서로 돌아가시지요. 엄동설한에 꼭두새벽부터 행차하시느라 무리가 되신 듯합니다.

재익은 손을 내저어 부하들의 지청구를 물리쳤다. 유애덕이 서늘한 시선으로 계속 그의 안색을 살피고 있었다. 재익은 땀을 흘리며 재차 괜찮다고 말했다.

그러는 사이 수레를 끌던 쿨리들은 어딘가로 가고 없었다. 박진용의 기억에서 쿨리들의 얼굴을 떠올린 재익은 가슴이 철렁했다.

김홍락이 지나갔다!

조금 전의 늙은 쿨리가 김홍락이다. 정재 유치명에게 퇴계학을 배워 705명의 제자를 가르친 유학자. 서세동점, 누추한 패배의 시대를 어떻게 살아야 하는가를 논어에 주석을 하는 형식으로 논술한 사상가. 어떻게든 의병을 모아 싸워보겠다며 길 위를 떠돌고 있는 돈키호테 같은 노인.

수레 채를 끄는 중년의 딸보는 이상룡이다. 김홍락의 맏제자. 안동 임청각에 사는 고성 이씨 종손. 나중에 만주로 가서 신흥무관학교를 세우고 상해 임시정부의 국무령이 되는 사람. 수레를 미는 소년 중에 17세의 광산 김씨 종손, 훈민정음해례본의 주인 김응수가 있다.

"쿨리들! 쿨리들 어디 갔나?"

저기. 저쪽에요. 감리서 순시 하나가 조선인 구역 쪽을 가리켰다. 황량한 논두렁길 저편으로 수레를 밀고 끄는 쿨리들이 멀어져 가고 있었다. 재익은 외투에서 권총을 꺼내 허공을 향해 연달아 쏘았다. 벨기에제 나강 리볼버 6연발의 10그램짜리 권총탄이 요란한 소리를 내며 발사되었다. 쿨리들이 놀라 움직임을 멈추었다.

조금 전까지만 해도 제각각이던 재익 주변 사람들의 얼굴도 일순간 정적으로 얼어붙었다. 모두 눈을 크게 뜨고 입을 벌린 채 놀란 표정으로 재익을 쳐다보았다. 재익이 소리쳤다.

저자들 잡아. 모두 체포해. 어서!

순검과 순시들이 서로 얼굴을 마주 보더니 와아 고함을 지르며 달려갔다. 뽈가는 권총을 빼서 겨누고 나머지는 샤벨과 육모방망이를 휘둘렀다. 쿨리들은 도망쳤으나 이내 붙잡혔다. 거동이 느린 노인을 부축하고 있었기 때문이다. 순검들이 눈 깜짝할 사이에 그들을 쓰러뜨리고 주먹과 몽둥이와 발길질로 짓밟았다.

중년 남자는 온몸을 부르르 떨면서 노인을 껴안고 대신 매를 맞았다. 순검이 그를 앞쪽으로 밀쳐내며 방망이를 휘두르자 때리는 쪽으로 얼굴을 돌리며 고통에 찬 표정을 지을 뿐 말이 없었다. 머리를 맞아 피를 흘리는 한 소년이 흐느껴 울었다.

됐어. 때리지 마. 그만해.

재익이 도착해 소리쳤다. 그는 자기 발끝을 내려다보다가 폭행을 당해 엉망진창이 된 다섯 사람의 의병을 고통스럽게 쳐다보았다. 속이 메스꺼웠고 구역질이 날 거 같았다.

순검들이 옷과 수레를 수색했다. 그러나 낡은 책 같은 것은 없었다. 순검 한 사람이 노인이 품고 있던 칼을 압수해서 재익에게 내밀었다. 오래된 가죽 칼집에 비파잎 모양의 양면 칼날이 있는 검이었다. 재익은 이것이 김홍락 집안의 가보인 창포검, 임진왜란 때의 의병장 김성일의 칼이라는 것을 알았지만 내색하지 않았다. 물목 대장에 적고 보관해라.

재익은 의병들에게 성난 눈길을 돌렸다.

"책! 책 어디 있나? 세종 장헌 대왕께서 지으신 어제 훈민정음 어디 있냔 말이다!"

초조한 나머지 목소리가 잠겨 들었다. 그러나 의병들은 꿈쩍도 하지 않았다. 끝까지 쿨리 노릇을 하기로 작정한 듯 재익을 외면하며 입을 굳게 다물었다. 패배하고 사기당하고 배신당하고 쫓기고 굶주려도 끝까지 관군과 일본군을 적으로 삼고 승산 없는 싸움을 계속하는 사람들. 이들에게 순순히 자백을 받기는 불가능했다. 재익은 땅이 꺼져라 한숨을 쉬었다. 어쩌면 이미 영국인들에게 넘겼는지도 모른다.

재익은 감리서 소속의 순시 다섯 명을 차출했다.

"감리서 감옥에 가둬라. 소지품은 빠짐없이 챙겨가고 물목을 작성해."

그러자 피를 흘리는 소년이 서럽게 소리 내어 울었고 그 옆의 키 큰 소년도 눈물을 흘렸다. 재익은 마음이 너무 괴롭고 울적했다. 수 없이 탐사를 했지만 이렇게 파렴치한 짓거리는 처음이었다. 인생의 물밑은 얼마나 깊은가. 몰락의 밑바닥이 감옥살이라고 생각했다. 그러나 아버지도 어머니도 태어나지 않은 부모미생전의 시간에 더 깊은 나락이 기다리고 있었다.

피 흘리는 소년은 유종식, 키 큰 소년은 김응수다. 훗날 유종식과 김응수는 안동에서 삼일만세운동을 주도하고 함께 감옥살이를 한다. 유종식의 증손자는 대학교수를 하다가 감옥살이를 하고 두문불출 소설만 쓰며 여생을 보냈는데 그가 재익의 외조부다. 유종식은 재익 자신의 6대조인 것이다.

재익은 자기 혐오를 떨쳐보려고 이리저리 시선을 돌리다가 바닷가를 따라 늘어선 바윗돌 위에 어른거리는 사람들을 보았다. 바닷바람에 그은 까무잡잡한 얼굴에 때 묻은 흰색 두루마기를 입은, 마치 펭귄의 무리처럼 보이는 제물포 사람들이 이쪽을 보고 있었다. 갓을 쓴 사람도 있고 패랭이를 쓴 사람도 있다. 상투를 드러낸 맨머리도 있다.

얼핏 보면 끊임없이 이어지는 왕조의 세월에 젖어 운명의 참모습을 보지 못하는, 부드럽고 몽롱한 안개 속의 사람들 같았다. 그러나 자세히 보면 그들은 눈에 불을 켜고 있었다. 그들의 눈빛에는 한결같이 재익과 순검들에 대한 분노와 적대감이 서려 있었다. 재익이 소리쳤다.

"어서 압송해!"

감리서 순시들이 다섯 사람의 의병을 오랏줄로 꽁꽁 묶었다. 그들이 떠나자 재익의 일행은 다시 대불호텔을 향해 걷기 시작했다.

의병들은 잡았다. 전송 시점과 장소를 치밀하게 계산하면 임무 하나를 수월하게 해결할 수 있다고 생각했다. 그러나 정작 훈민정음해례본을 확보하지는 못했다.

재익은 1896년의 제물포를 음울한 눈빛으로 돌아보았다. 두려움과 그리움이 일어났다. 우리의 가련한 삶을 포함한 거의 모든 것이 시작된 곳. 이 옛 세계에 얼마나 깊이 매혹되었던가.

꿈을 꾸는 듯 망연한 분위기. 나라가 망해 허물어져 가는 황폐한 분위기. 사람들이 차가운 오두막에 옹송그리고 모여 끔찍한 죽을 먹으며 궁핍한 삶을 이어가는 곳. 아편쟁이, 술주정뱅이, 일본인, 중국인, 러시아인, 영국인, 미국인, 전과자, 소매치기, 사기꾼, 부랑자, 도둑, 창녀, 남창, 거지, 깡패가 들끓는 곳.

그러나 한편으로 격렬한 정의감이 사람들을 움직이는 곳. 사람들이 오늘날처럼 파편적으로 접속하는 것이 아니라 진심으로 머물고 연결되는 곳. 오래된 마을과 길 자체가 살아 있어서 모두가 함께했던 순간을 생생하게 공유하는 곳.

그렇게 재익의 영혼을 사로잡고 피를 끓게 했던 옛 세계는 이제 풍경마다 깊이를 알 수 없는 고뇌를 담고 있었다. 이곳은 죽은 가족들을 되살리겠다는 일념으로 찾아온 오르페우스의 지옥이었다. 이곳은 활짝 갠 한낮으로부터 캄캄한 밤으로 굴러 떨어져 일생이 그대로 무너진 사람을 미치게 만드는 뭔가를 품고 있었다.

전쟁 후 미국으로 건너간 재익은 다시 탐사자 일을 했다. 꺼림칙하지만 화장실 변기를 닦고 로드킬당한 개의 시체를 치우는 일자리보다 낫다고 생각했다. 처음 몇 번은 괜찮았다. 그러다가 8년 전 발작이 일어났다.

재익은 1896년의 붉은 황톳길을 보다가 그만 죽은 이들의 살 타는 소리가 들리고 창백한 유령들이 태어나던 2049년의 황톳길을 떠올렸다. 그는 문득 압도적인 진실을 깨달았다. 이 땅에는 미래가 없다는 것을. 그만이 혼자 남아 떠돌게 되는 것을.

재익은 뭐에 씐 듯한 상태로 만민공동회에 참석했으며 친일파를 청산하고 나라를 바로 세우자고 외치는 이완용을 권총으로 쏴버리고 말았다. 그는 분노한 군중들에게 타살되었다. 그리고 2053년에서 깨어나 시공간 보호법 위반으로 기소되었다.

*

인천항의 서쪽 끝은 영국 조계이다. 그 옆에 청국 조계가 만국공원 큰길까지 뻗어 있다. 큰길의 동쪽은 일본 조계. 일본 조계의 동쪽은 감리서가 있는 조선인 구역. 조선인 구역의 동쪽은 신개지 일본 조계였다.

대불호텔은 청국 조계와 일본 조계 사이에 위치한 3층 벽돌 건물이다. 제물포에서 가장 크고 높아서 바다에서도 눈에 띈다는 명소였다.

사람들이 웅성거리고 있었다. 호텔 앞 돌계단은 평소 촌로들이 앉아 한가롭게 담배를 피우며 말소린지 코 고는 소린지 분간이 안되는 목소리로 얘기를 나누는 곳이었다. 오늘은 소총에 착검을 한 일본군 둘이 차려자세로 서 있었다. 감리서 순시들은 계단 밑으로 밀려나 서성거리다가 박진용을 보자 황급히 안으로 달려갔다.

도수 높은 안경을 낀 고지식한 얼굴의 청년이 나와 인사했다. 이제 살았다는 표정이었다. 재익은 박진용의 기억 속에서 청년을 찾아냈다. 감리서 주사 하상기였다.

"누가 와 있나?"

재익이 하상기의 어깨너머로 호텔 안을 훔쳐보며 물었다.

"모두 와 있습니다. 영국 총영사, 일본 영사도 왔습니다."

현관으로 들어가자 긴 중앙 복도가 있고 복도 오른쪽에 프론트 데스크와 계단과 매점이, 왼쪽에 커피숍, 양식당, 일식당이 있었다. 재익은 중앙복도의 거울 앞에서 옷매무시를 고치며 할 일을 점검했다.

첫째, 영국인들의 눈치를 살펴 책의 행방을 알아낸다.

둘째, 절차에 따라 검시를 한 뒤 시체를 확보한다.

셋째, 포르말린을 구한다. 포르말린이 있는 병원들은 많다. 신현에 주둔한 일본군 27연대 병참군의부, 신개지 일본 조계의 일본의원, 조선인 구역의 구세여관, 영국인 선교사 랜디스 박사의 낙선시의원.

넷째, 파라핀 왁스를 구한다. 파라핀 왁스는 순신창상회(타운센트 상회)를 비롯한 석유 가게에서 판다. 해관 창고의 당직 관세사에게 부탁하면 압류된 물품도 있을 것이다.

디섯째, 시체를 봉인한다. 포르말린을 주입하고 피부에 파라핀 왁스를 발라 말린 후 관에 넣어 밀봉하고 땅에 묻는다…….

재익은 일행과 함께 계단을 통해 3층으로 올라갔다. 301호의 문이 열려 있고 영국인과 일본인들이 문 앞에 서 있었다.

싱글베드가 있는 1인용 객실이었다. 서양식 탁자와 의자, 유리문이 달린 수납장, 사람의 전신이 다 비치는 장식 거울, 쿠션 좋은 장의자, 서랍장처럼 펴고 접는 뷰로형 책상, 네 모서리에 기둥이 있고 커튼과 덮개가 달린 사주식 침대가 있었다.

객실은 온통 피투성이였고 짙은 피비린내가 떠돌고 있었다. 사람들이 서로를 쳐다보고 있었다. 긴장과 스트레스가 손에 잡힐 듯했고 불안한 공기가 감돌았다.

침대에 키가 큰 백인 남자의 시체가 있었다.

그런데 …… 재익의 가슴이 펄떡펄떡 뛰다가 멎었다. 잠시 후 다시 뛰었다. 얼굴은 백지장처럼 하얗게 질렸다. 맥박은 거칠어지고 점점 더 빠르게 치고 또 쳤다.

시체의 가슴이 뻥 뚫려 검은 흉강을 드러내고 있었기 때문이다.

누군가 톱으로 시체의 겨드랑이에서 허리까지 갈비뼈를 절단했다. 겨드랑이로부터 몸의 측면을 둘로 나누는 액와중앙선을 따라 근육과 뼈를 잘랐다. 역시 톱으로 좌우의 갈비뼈를 잇는 가슴 가운데의 흉골을 절단했다. 그런 다음 칼로 목부터 어깨까지 절개하고 다시 명치에서부터 밑으로 반원을 그리며 마지막 갈비뼈를 따라 허리까지 절개했다.

마지막에는 갈비뼈를 들어내고 흉곽을 열었다. 그리고 허파를 잘라내어 가져 가버렸다.

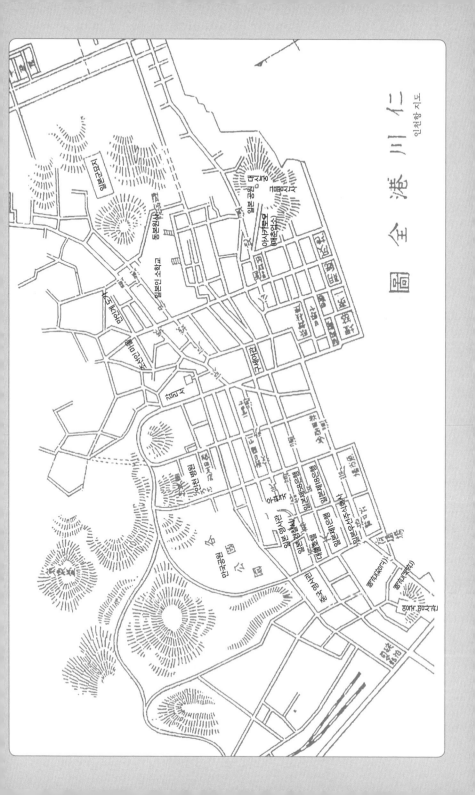

仁 川 港 全 圖
인천항 지도

5

생아편과 달걀 용액

"경무관, 검시하시오. 우리는 대충 봤소."

도고 마사요시 2등 군의정(소좌)이 문 앞에서 말했다. 대불호텔은 일본인 소유의 재산이었기에 조약에 따라 일본군 군의와 일본 영사관 경찰이 수사에 참여하고 있었다.

"사망 시각은 어젯밤 10시 30분. 저런 상태로 발견된 것은 오늘 오전 8시 30분이오. 그 10시간 사이에 누가 사체를 훼손한 거요."

재익은 나무토막처럼 뻣뻣하게 서 있었다.

피냄새와 시취에 섞여 이상한 악취가 풍겨왔다. 뭐라고 딱 집어 말할 수 없지만 기억의 어느 구석에 도사리고 있는, 그러나 평소에는 거의 경험하지 않는 악취였다. 흉강의 체액 냄새가 아니다. 이게 뭐지?

목이 메어오고 숨이 턱 막혔다. 귓속이 욱신거려 그냥 마룻바닥에 주저앉고 싶었다. 그때 무서운 일이 일어났다. 시체의 뻥 뚫린 가슴이 입을 딱 벌리더니 참새가 짹짹대는 것처럼 재익, 재익 하고 말을 걸기 시작한 것이다.

재익, 뭘 멀컹하게 서 있는 거야, 병신 같은 자식아! 소좌님께서 검시를 하라시잖아. 떨떨한 자식아!

내 허파 같은 알짜 표본이 널 기다리고 있을 거 같애? 검시나 해. 검시해야 남은 몸이라도 가져가지.

그러자 재익 안에 있던 뭔가가 삐거덕 경로를 이탈했다. 재익은 박진용의 육체에 대한 통제력을 잃었고 박진용의 육체는 순간적으로 말하는데 필요한 운동 경로를 잊어버렸다. 해야 할 말들은 머릿속에서 미친 파리 떼처럼 윙윙거리는데 입이 마비되었다. 구음 장애가 일어난 것이다.

재익은 가슴이 쿵쾅거리고 입술이 부들부들 떨리면서 토할 것 같은 기분에 휩싸였다. 늘 먹는 신경안정제의 금단 증상이었다. 탐사자의 뇌가 기억하는 신체 이상이 숙주의 몸에 투사되고 있었다. 이러면 탐사자의 의식이 1896년의 숙주로부터 튕겨나가게 된다.

"마음 가라앉히고 숨을 들이마셔! 어서!"

유애덕이 재익의 팔을 붙잡고 흔들며 다그쳤다. 그 말은 재익의 청신경을 상쾌하게 긁으면서 밑으로 가라앉던 의식을 붙잡아 주었다.

재익은 숨을 빠르게 들이마셔 육체 내부에 공기 압력을 형성했다. 그런 다음 신체의 자발적인 운동으로 이루어지는 호흡 리듬을 멈추고 늑골 근육을 이용해 허파의 반동력을 억제하면서 들이쉰 숨을 뱉었다.

공기가 폐에서 기도를 거쳐 후두로 분출하면서 아, 하는 소리가 올라왔다. 오직 호흡만으로 이루어지는 발성, 모든 말소리를 만들어내는 근원 모음 '아'였다. 일단 '아'가 발성되자 그 '아'는 혀와 입과 구강과 이빨의 협력을 받아 눈 깜짝할 사이에 모든 공명 자음들을 만들어냈다.

재익은 소리 내어 말하기 시작했다. 천지자연의 만물은 소리를 내기에 존재한다는 것이 훈민정음해례본의 철학이다. 재익은 1896년에 다시 존재하기 시작했다.

"보, 보, 복검(2차 검시). 대불호텔 삼백일 객실. 양력 2월 11일 미시초(2시). 검험관 박진용."

말이 끝났을 때 재익은 방 안의 모든 사람이 걱정스런 눈빛으로 자신을 쳐다보고 있음을 알았다. 재익은 진땀을 흘리면서 다시 소리를 냈다. 이번에는 검시에 배석한 관리의 이름을 말했다. 도, 도고 마사요시 군의정, 혼다 히데히코 경부.

조선의 검험 절차는 모든 배석자가 확인할 수 있도록 책임자가 이렇게 내용을 소리 내어 외친다. 그러면 기록자가 같은 내용을 복창한 뒤 종이에 적는다. 뽈가가 재익의 말을 복창하고 받아 적었다.

"자, 다들 시작해."

유애덕이 짝짝 손뼉을 치며 말했다. 그녀는 시체 썩는 냄새를 완화해주는 목초액을 코 밑에 바르고 방수포를 뒤집어썼다. 콜타르를 먹인 면직물로 입과 코를 가렸다. 재익과 순검들도 그녀를 따라 같은 방호 장구를 착용했다.

유애덕이 시체 옆에 서자 순검들이 침대의 커튼과 덮개를 모두 벗기고 등유 램프 네 개를 침대의 사주식 기둥에 걸었다.

시체는 누가 엔진을 떼간 폐차 같았다. 인간의 존엄이 사라진 무엇, 죽음 그 자체 같았다. 두렵고 헤아리기 어려운 것이 앞에 있었다.

유애덕은 잠시 시신을 관찰했다. 그녀에겐 공포나 감상의 흔적조차 보이지 않았다. 그녀는 젊지만 당당하고, 명랑하지만 신중하고, 작지만 위엄이 넘쳤다.

유애덕은 먼저 두 개의 문짝처럼 밖으로 열린 흉부 근육과 갈비뼈에서 절개된 부위를 살폈다. 사람의 피부에는 표피, 진피, 피하지방, 근막이 있고 근막 밑에 근육이 있다. 그런데 시체의 잘린 단면에는 그 다섯 부위가 이상하게 붙어 있었다.

"지혈 겸자를 써서 피부와 근육을 집은 것 같아."

애덕이 말했다. 지혈 겸자는 수술할 때 환자의 출혈을 막으려고 쓰는 가위처럼 생긴 도구다. 시체에 왜 지혈 겸자를 썼나. 그 이유는 겨드랑이 밑의 갈비뼈를 잘라낸 단면에서 드러났다.

재익은 뒤통수를 맞은 기분이었다. 12개 갈비뼈의 절단면이 너무 깨끗했기 때문이다. 허파가 있는 흉부는 신경과 혈관의 간격이 좁고 복잡해서 절개가 아주 어렵다. 2061년에는 원형 톱날이 모터로 돌아가는 전기톱이 있지만 1896년에는 푸줏간의 그것과 똑같은 해부용 톱이나 늑골 절단기뿐이다. 재익에게 톱으로 저렇게 자르라면 할 수 있을까.

절대 못 하지.

의사 면허만 있지 흉부외과 수술을 할 기회는 거의 없었다. 재익이라면 뼈를 울퉁불퉁 끊어내거나 부러뜨리고 말 것이다. 뼈에는 미끄러운 지방과 골막이 감겨 있어 쉽게 톱날이 어긋난다. 범인은 지혈 겸자로 피부와 근육을 잡아 벌린 뒤 톱날을 먹이기 좋게 칼로 뼈의 지방과 골막을 벗겨냈다. 그런 뒤 종이를 자르듯 깔끔하게 톱질했다.

재익은 오싹한 깨달음에 도달했다. 저런 톱질은 수없이 인체를 톱질해서 손에 익은 기술, 신체적 기억이 담긴 기술이다. 누군가 2061년의 탐사자가 나보다 먼저 여기에 왔다. 그런데 그는 19세기 의사의 몸을 숙주로 빌려 들어왔다.

이 손바닥만 한 제물포에 저런 외과 기술을 익힌 의사가 몇 명이나 있을까. 어쩌면 사체 훼손의 범인은 …… 이 방 안에 있다.

재익은 긴장한 나머지 입술이 일그러졌다. 심장이 조여오는 것을 느끼며 두 사람을 주시했다.

도고 소좌는 둥글납작한 코에 신중하고 조용한 분위기를 풍기는 40대 남자였다. 양끝이 둥글게 말려 올라간 콧수염이 인상적이었다. 그는 팔짱을 낀 채 눈살을 찌푸리고 유애덕의 검시에만 주의를 집중하고 있었다. 가끔 인천 주재 일본영사관 경찰을 지휘하는 혼다 경부와 귓속말을 주고받을 뿐이었다.

유애덕 역시 옆도 돌아보지 않고 한 부위, 한 부위 야무지게 검사하고 있었다. 그녀는 앞면 51개 부위, 뒷면 25개 부위를 하나씩 검사하며 그 상태를 말했다. 재익이 복창했고 뿔가가 수첩에 연필로 적으면서 다시 복창했다.

애덕은 갈비뼈를 닫고 근육과 피부를 다시 덮었다.

이번엔 세엄수로 피부에 엉긴 피를 씻기 시작했다. 시체의 가슴

부위 피부는 푸르죽죽한 암갈색으로 변해 있었다. 얼굴과 발의 피부는 청색증 징후를 드러내며 검푸르게 변해 있었다. 동맥의 산소 포화도가 급감할 때 나타나는 모습들이었다. 애덕이 광대뼈 부위에 나타난 적갈색 반점을 가리켰다.

"이 반점은 폐렴 증상인데 …… 허파가 사라져서 확실하게 말할 수는 없어. 이렇게 심한 폐렴은 한 번도 본 적이 없거든."

타살을 의심할 만한 외상, 골절, 염증은 없었다. 그런데 수건으로 세엄수를 닦던 애덕이 시체의 입에 코를 들이댔다. 갑자기 눈살을 찌푸리고 집중하는 표정이 되었다.

애덕은 면봉으로 시체의 입안을 긁었다. 오른쪽 눈에 루페 확대경을 끼고 면봉에 묻은 상피 세포를 들여다보았다. 만져 보고 다시 냄새를 맡았다. 애덕이 면봉을 재익에게 내밀었다. 그러자 재익은 이 시대 사람들이면 누구나 아는 냄새, 기름기가 섞인 강렬하고 들큰한 냄새를 맡을 수 있었다.

"생아편이군."

재익이 중얼거리자 방은 바늘 하나 떨어지는 소리도 들릴 만큼 조용해졌다. 겨울 햇살이 비치는 유리창 저쪽에서 평화로운 바깥 소음이 들려왔다. 다들 죽는다는 생각을 안 하니 저리 느긋한 것이다. 사람들은 식은땀을 흘렸다.

이건 일을 복잡하게 만들 뜻밖의 증거였다.

털리는 상당량의 생아편을 먹었다. 이걸 진통제 대용으로 먹었을 리 없다. 그렇다면 누가 털리를 생아편으로 재우고 바이러스에 감염시켜 살해했단 말인가. 누가? 왜?

애덕은 허파가 사라지고 남은 시체의 6개 부위, 즉 두 팔, 두 다리, 몸통, 얼굴의 치수를 쟀다. 고통으로 일그러진 시체의 얼굴 부위에 자를 댔을 때 지켜보고 있던 순검 한 사람이 밖으로 달려가 토했다.

애덕은 무심한 표정으로 시체의 너덜거리는 근육을 헤쳤다가 다시 모았고 뒤집었다가 다시 뒤집었다. 마지막 확인을 끝낸 애덕이 물러서자 순검들이 시체를 들어 방수포에 쌌다. 그리고 바닥에 쪼그리고 앉아 장부, 큰 종이, 붓, 벼루, 세염수, 입 가리개, 소기름, 식초병, 은수저, 쇠자, 줄자 따위를 정리했다.

검험이 끝난 것이다. 그런데 그때 재익의 눈에 뭔가가 들어왔다.

*

침대 옆 마룻바닥에 묻은 거뭇한 기름 자국 세 방울.

방울들은 색깔이 옅어서 보통 때라면 못 보고 지나쳤을 것이다. 재익은 마룻바닥에 엎드려 냄새를 맡은 뒤 침대 캐노피에서 등유 램프를 가져와 사세히 살폈다. 하나를 긁어 맛을 보고 즉시 침을 뱉었다.

재익은 그제야 처음 방에서 들어왔을 때 나던, 시취도 아니고 피 냄새도 아닌 묘한 악취의 정체를 깨달았다. 그것은 달걀이 썩을 때 나는 황화수소 냄새였다.

재익은 외투에서 확대경을 꺼내 방울에 갖다 댔다. 방울에 미세하게 꼬리가 있는데 침대 머리 쪽을 향하고 있습니다. 이 기름방울

같은 용액을 머금은 천이 침대에서 객실 문 방향으로 이동했다는 뜻이다.

"이건 달걀 용액이야."

재익은 그 말을 하면서 도고와 애덕의 표정을 살폈다. 네덜란드의 미생물학자 바이에링크가 바이러스라는 존재를 알아낸 것은 1898년이다. 그러므로 이 두 의사는 바이러스 배양액이 뭔지 몰라야 한다. 바이러스 배양액은 농도가 높은 감염 초기의 검체를 갈아서 달걀 용액에 주입한 것이다. 이 배양액을 천에 묻혀 흡입하도록 하면 사람에게 바이러스를 감염시킬 수 있다.

달걀 용액이란 말의 의미를 안다면 그는 2061년에서 온 탐사자였다. 그러나 용의자들의 눈에서 심리적 동요를 찾아내려던 재익의 시도는 실패했다.

도고 소좌는 그저 덤덤하게 재익을 지켜보고 있었다. 그 눈빛에서 드러나는 것은 완전한 무관심, 귀찮아하는 감정이었다. 도고는 동경의학교를 나오고 동경육군병원에서 군의보로 임관했으며 청일전쟁에 제6사단 군의관으로 종군했다. 외과 수술 경험이 풍부하니 사체 훼손자일 수는 있다. 하지만 달걀 배양액 살인자는 아닌 것 같았다.

유애덕 역시 무슨 헛짓거리를 하느냐는 표정이었다. 유애덕도 사체 훼손자일 수 있다. 나이는 어리지만 애덕의 임상 경험은 도고를 능가했다. 가난한 집에서 태어난 그녀는 열세 살 때부터 평양에서 의료 선교를 펼치던 캐나다인 여의사 로제타 홀의 간호사로 일했기 때문이다.

애덕은 짐수레를 끄는 마부와 결혼한 뒤 선교회 장학생으로 도 미했다. 남편은 미국에서 식당일을 하며 애덕을 뒷바라지했다. 애 덕은 첫해 의대에 떨어졌지만 맨해튼에 있던 뉴욕 아동 병원의 야 간당직 간호사 일을 하며 재수를 한 끝에 합격했다. 아이 둘을 출 산했지만 금방 죽었고 남편도 의대를 졸업하던 해 폐결핵으로 죽 었다. 조선으로 돌아온 애덕은 한 해 5천 건이 넘는 진료와 1천6백 건 이상의 수술을 했다.

재익은 유애덕 같은 19세기 의사들에게 숭배에 가까운 존경심 을 품고 있었다. 그들은 청진기로 심장음과 호흡음만 듣고도 거의 모든 내과 질환을 알아내는 사람들이었다.

그에 비하면 21세기 의사들은 〈타임머신〉의 엘로이족이었다. 직 관과 추론 능력이 퇴행해서 컴퓨터 단층촬영기(CT), 자기공명영상 기(MRI)가 없으면 불안을 이기지 못했다. 외과 수술을 하는 손기 술의 능력, 속도, 정밀성, 침착성, 우아함은 비교도 할 수 없었다.

만약 애덕 안에 2061년의 탐사자가 숨어 있다면 그녀는 천재적 인 연기력의 소유자일 것이다. 애덕에게는 어떤 수상한 구석도 없 었다.

재익은 한숨을 쉬면서 마룻바닥에서 일어섰다. 도고 소좌는 쿵 쿵 소리를 내며 1층으로 내려갔다.

"나리, 초검 검안을 가져올까요?"

하는 일 없이 서 있던 역관 이승룡이 말했다. 재익은 쓸데없는 참견을 하지 말라는 의미로 얼굴을 찌푸리며 손을 내저었다.

언젠가 재익은 이 이승룡의 몸으로 탐사를 온 적이 있다. 악몽이었다. 이승룡은 시공간 보호법이 지정한 특별 주의 대상 1급이었기 때문에 법에 저촉되지 않으려고 죽을 고생을 했다.

이승룡의 꺼벙하고 얼뜨기 같은 외모 밑에는 불사조 같은 권력 의지가 숨어 있었다. 그는 격렬한 근대사의 파도에 삼켜졌다가 토해지기를 반복했다. 얼마 후 그는 승만이라고 개명한 뒤 독립협회 회원이 되고 협성회 서기가 된다. 고종 폐위 음모로 체포되어 사형 선고를 받는다. 감옥에서 글을 발표하여 한글을 공용어로 삼자는 운동을 일으킨다. 특사로 석방된 후 미국으로 건너가 독립운동을 하고 한국의 초대 대통령이 된다.

재익은 직접 방을 나가 하상기로부터 초검 결과를 기록한 검안을 받았다. 검안의 표지에는 인천감리 진상언의 서명과 수결이 있고 "경무청으로 행문이첩(行文移牒:문서를 넘김)"이라 적혀 있었다. 복검관은 자신의 검시를 끝내기 전에는 초검 검안을 읽지 못한다. 선입견으로 판단하는 것을 막기 위한 규칙이었다. 검안을 훑어보자 재익이 잠재의식 밑으로 눌러놓은 박진용의 기억이 불쑥 올라왔다.

"이걸 검안이라고 썼나?"

하상기는 얼어붙었다.

검시 내용에 알맹이가 없다. 영국인들로부터 직접 받아낸 진술도 없다.

물론 이건 하상기가 아니라 진상언에게 따져야 할 문제였다. 영국인 세관원이 관세를 걷고, 미국인 도선사가 배를 정박시키며, 일본인 부두 감독이 하역을 맡는 제물포에서 조선의 사법권이라는 것이 저절로 주어질 리가 없다. 이리 와라, 사실대로 진술해라, 윽박지르지 못하면 조선 관리는 핫바지가 되는 것이다.

선비라는 것들은 최악의 동료였다. 생활은 청빈하고 만권의 책을 읽었으며 예의염치를 잘 따졌다. 동시에 무능하고 우유부단하고 소극적이었다. 항상 다른 누군가가 전진이다, 후퇴다, 결정을 내려주길 기다렸다. 그러다가 일이 잘못되면 그 누군가가 혼자 칼을 물고 각 엎어져, 모두를 살리며 죽어 주길 바라는 것이다.

*

재익은 검안을 들고 하상기와 함께 방으로 돌아왔다. 그리고 검안의 행구(소지품) 항목을 침대 옆에 모아둔 물품들과 대조했다. 횡령 시비를 막기 위해 인수인계 즉시 해야 하는 절차였다. 행구 항목에는 다음과 같은 물품들이 적혀 있었다.

'혈삼'이라고 쓴 서양 상의, 즉 셔츠 두 벌. '양말'이라고 쓴 서양 버선 네 켤레. 휴대용 은제 식기 가방, 비옷 하나, 담요 한 장, 18센티 길이의 쇠바늘 하나 …… 박신용은 쇠바늘을 집어 냄새를 맡아 보았다.

그리고 손바닥 길이의 나무 패찰이 있었다. 패찰의 아래쪽에는 붉은 원 문양과 팔판(八坂)이라는 글씨가 있고 중간에는 아키(秋)라는 큰 글씨가 있었다. 위에는 못에 걸 수 있게 구멍이 뚫려 있었다.

"이건 유곽의 명찰인데."

마음 속에 어떤 번득임이 일어났다.

'유조노 나후다'라고 하는, 유곽에서 쓰는 창녀 명찰이었다. 유곽은 밤에 한 시간마다 한 번씩 다다기를 치고 창녀는 그때마다 '조바'로 가서 자기 이름이 적힌 이 명찰을 뒤집어놓아야 한다. 창녀들이 깊은 잠에 빠지지 않게, 또 도망치지 못하게 막는 수단이었다. 팔판루, 야사카로오라면 대불호텔에서 도보로 15분 거리에 있는 일본 유곽이었다.

"피살자가 왜 이걸 갖고 있지?"

"아가씨랑 한번 논 기념으로 가져온 것 아닐까요?"

이승룡이 야릇한 웃음을 베어 물고 대답했다. 재익은 고개를 저었다.

"손님이 가져올 수 있는 게 아니야. 뭔가 물건을 맡긴 증표 같은데."

재익은 명찰을 자신의 외투 안주머니에 조심스럽게 집어넣었다. 그리고 물표, 즉 모든 행구를 인수했다는 인수서를 하상기에게 써주었다. 하상기가 떠나가자 재익은 초검 검안 앞부분을 읽기 시작했다.

피살자 정보를 뜻하는 신원(身元) 항목이 있었다.

스코트 털리. 41세. 영길리 애정보(에든버러). 이비인후과 의사.

피살자의 지인을 뜻하는 시친(屍親) 항목에는 세 사람이 있었다.

제임스 코헨, 49세. 영길리 윤돈(런던). 안과 의사. 세계어학회 이사.

로저 풀포드, 35세. 인도 방패(봄베이) 총독부 무관. 해군 소령

헨리에타 벨, 29세. 미국 비성(필라델피아). 여행기 작가.

목격자를 뜻하는 간증(干證) 란에는 대불호텔 사장 호리 리키타로와 직원 김순심의 이름이 적혀 있었다.

그 다음은 지인과 목격자에게 들은 바를 적은 취초(取招) 항목이었다.

피살자와 지인들은 함께 백두산을 여행했다. 넷은 오늘 상해로 가는 증기선을 탈 예정이었고 어제는 제물포에 사는 유럽인들과 스튜어트 호텔에서 만찬을 했다. 그저께부터 털리는 독감이 심해 호텔에 누워 있었다. 어젯밤 10시 반 종업원 김순심이 301호에 들어갔다가 털리가 죽은 것을 발견했다.

풀포드 소령이 영국 영사관에, 호리 사장이 일본 영사관에 신고했다. 전보를 받은 영국 영사 힐리어는 새벽에 입궐해 조선 정부의 협력을 요청했다. 아침 8시 반 호리 사장은 시체가 훼손된 것을 발견했다.

그때 힘들게 계단을 올라오는 발소리가 재익의 생각을 쿵쿵 때렸다. 장례를 담당할 제물포 내동 교회의 영국 성공회 신부와 시신의 사신을 찍을 감리서 전속 사진사 박근정 수사였다. 박 수사는 감리서 관품 목록 제1호인 7.25 킬로그램의 이스트만 코닥 삼각대 카메라를 낑낑대며 운반해왔다.

"들어갑니다."

박 주사는 사진술이라는, 모두가 존경하여 옷깃을 여미는 최첨단 기술의 장인답게 정3품 경무관에게도 무뚝뚝하게 말했다. 재익도 두말없이 길을 비켜주었다. 찰칵 하는 손동작 하나로 인간의 의식이라는 불순물이 개입되지 않는, 사물의 시각적이고 객관적이며 실증적인 진실을 뽑아내는 위대한 기술에게 경의를 표했다. 그러나 뒤따라 들어가려는 성공회 신부는 손을 들어 가로막았다.

"신부님, 안됩니다. 이 시신은 전염병으로 죽었기 때문에 조선 경무청이 관할하는 것이 법입니다. 시신의 장례에 대해 제가 총영사님과 얘기를 끝낼 때까지 들어가실 수 없습니다."

재익은 신부에게 엄숙한 얼굴로 통보했다. 지금부터가 중요하고 협상력이 필요한 대목이었다.

데모닉 같은 코로나 바이러스는 허파 세포만을 감염시킨다. 증식을 위해 단백질을 분해하는데 필요한 효소가 허파에만 있기 때문이다. 그러나 일단 증식된 데모닉 바이러스는 다른 장기에도 흩어져 소량 존재한다. 허파가 사라졌다면 남은 시체라도 반드시 가져가야 했다.

재익은 유애덕에게 검안 내용을 설명했다. 그리고 대야에 물을 붓고 석탄산(페놀) 수용액으로 꼼꼼하게 손을 씻은 뒤 애덕과 함께 계단을 내려가 1층 양식당으로 갔다.

6

조선 경무청은
들러리

"조선반도에는 단일민족이 존재했던 적이 없어요. 독립적인 영토가 아니라 일본과 중국을 잇는 길이었으니까요. 임나유민과 호로여진이 혼거하고 있습니다. 남쪽에는 임나일본부의 유민, 즉 잔류 일본인이 살고 북쪽에는 야만적인 여진족, 즉 잔류 중국인이 삽니다."

양식당 안에서 발음이 이상한 일본식 영어가 들렸다. 이어 다른 남자의 영국식 영어가 들렸다.

"영도가 아니라 길이라 …… 그렇다면 대단한 노숙자들이고요. 조선인들이 심상찮은 알파벳을 쓴다는 사실은 아벨 레뮈자에 의해 1820년대부터 알려졌죠. 이도 문자는 세계 유일의 자질 문자입니다. 하나의 획에 하나의 자질이 대응되어 완벽한 음성 전사 기능을 갖는 문자 말입니다. 로마자는 모음이 5개뿐인데 인간이 구사하는 모음은 49개입니다. 이도 문자만이 그 49개 모음을 전부 표기할 수 있죠."

"오리엔탈리즘(동양환상)입니다. 조선 문자는 더러워요. 모든 음절이 모음으로 끝나는 일본 문자는 얼마나 깨끗합니까. 그에 비해 조선 문자는 끝소리 자음들이 나오다 만 똥처럼 덜렁덜렁 달려 있잖아요."

"그 종성 덕분에 이도 문자는 방대한 조합의 분절음을 만듭니다. 이도가 나타나기 전까지 인류는 인간의 말만이 언어라고 생각했죠. 그러나 뭔가를 표현하고 뭔가를 전달하는 언어는 인간의 전유물이 아닙니다. 주인 앞에서 뜀뛰고 꼬리치고 짖어대는 개는 표현어가 있고 전달어가 있습니다. 수증기를 내뿜으면서 피스톤을 왕복시키고 바퀴를 회전시키는 기차는 표현어가 있고 전달어가 있습니다. 천지자연의 소리는 모두 언어이기에 천지자연의 문자가 있다는 것이 이도의 생각이었습니다. 이도 문자는 만물의 소리를 적습니다. 바람 소리, 학이 퍼덕이는 소리, 닭이 우는 소리, 개가 짖는 소리까지 적을 수 있죠."

재익은 방금 말한 사람이 세계어 운동을 하는 영국인이라는 사실을 알았다. 19세기에 유일하게 21세기의 패러다임을 넘볼 수 있었던 사람들이었다. 그때 일본식 영어를 하는 다른 목소리가 들렸다.

"이도 문자가 그렇게 훌륭한 것이라면 그 문자는 정말 불행하군요. 조선인이 쓰고 있으니까요. 돼지 목에 걸린 진주목걸이 아니겠습니까."

사람들이 껄껄 웃었다.

재익이 노크하고 문을 열었다. 대화는 뚝 그쳤다. 양식당 안의 사람들은 옷깃을 매만지거나 헛기침을 했다. 문명인들이 돼지 앞에서 인간의 위엄을 갖추려 하고 있었다.

왁스 냄새가 풍기는 양식당은 안간힘을 다해 서양식으로 꾸민 홀이었다. 창문에 은은한 광택이 나는 새틴 커튼을 달고 하얀 테이블보에 크리스털로 된 나이프 포크 받침대를 올려놓았다. 진열장은 모서리에 금박 장식을 박은 검은색 마호가니였다.

벽난로 근처에 일곱 사람이 앉거나 서 있었다. 영국 총영사 월터 힐리어, 인천 주재 일본 영사 이시이 도쿠조, 도고 소좌, 혼다 경부, 닥터 제임스 코헨, 로저 풀포드 소령, 작가 헨리에타 벨이었다. 재익은 그들 앞에 구두 뒷굽을 딱 붙이고 똑바로 섰다.

"지금부터 수사에 관한 말씀을 드리려는데 괜찮으실지요?"

방 안에는 뭔가 잘못된 일이 벌어진 장소에서, 서로 믿지 못하는 사람들 사이에 감도는 과도한 공손함이 있었다. 미스 벨이 눈가가 빨개진 얼굴을 들어 재익을 정중하게 바라보았다. 오똑한 코에 육감적인 입술을 가진 미인이었다. 형형한 눈빛에서 강하고 독립적인 성격이 엿보였다.

총영사가 개의치 말라는 의미로 고개를 끄덕였다. 재익은 박진용의 기억에서 불러낸 의전적인 말을 읊조리기 시작했다.

"영길리 총영사 희재명(禧在明:힐리어) 각하께 아룁니다. 조영수호조약 제3관 치외법권 조에 의거하여 소관은 본 사건의 경찰권이 각하께 있음을 알려드립니다. 대조선 대군주 폐하께서는 대영국 대군주 폐하의 인민이 폐국에서 변을 당함에 심히 놀라셨습니다. 이에 소관에게 분부하시기를 각하를 도와 변고를 엄중히 조사하라 하셨습니다."

"본관이 요청한 바입니다. 유감스럽게도 우리 영국 영사관은 아직 독자적인 경찰력이 없습니다. 조선 경무청의 지원에 감사드립니다."

힐리어가 차분하고 사무적인 억양으로 의례적인 대답을 했다. 콧수염과 턱수염에 기름을 바르고 다니는 이 홍콩 태생의 직업 외교관은 중국어, 일본어, 태국어에 유창했고 조선어도 상당히 잘했다.

조선 관리들은 이 대영제국의 총영사를 호헌대인(護憲大人)이라 부르면서 자기네 총리대신보다 더 어려워했다. 세계의 헌법 같은 만국공법이 있고 힐리어는 그것을 수호하는 사람이라는 뜻이었다. 재익이 정중하게 투숙객 여권을 요청하자 힐리어는 자기 앞에 모아둔 여권을 넘겨주었다.

"일람하고 돌려주시오."

재익은 투숙객의 트렁크를 조사해야 하니 누구 한 분 입회를 부탁드린다고 말했다.

"조선 경무청이 영국인의 소지품을 뒤지겠단 말이오?"

힐리어가 갑자기 감정이 뾰족해진 얼굴로 되물었다.

"변사자의 소지품에 아편 알을 굽는 여섯 치짜리 바늘이 있었습니다. 그리고 변사자는 생아편을 마셨습니다. 물론 아편연 취체법을 문제 삼을 생각은 없습니다. 형식적인 조사입니다."

"제가 입회하지요."

풀포드 소령이 나섰다. 소령은 눈은 크고 입은 작아서 고양이처럼 보이는 얼굴의 30대 남자였다. 그러나 꾹 다문 입매와 날카로운 눈빛, 단추를 잘 채운 군복이 묘한 카리스마를 빚어내고 있었다.

"저도 입회해 드리죠."

벨도 일어섰다. 뽈가가 두 남녀를 안내해서 나갔다. 입술을 씰룩거리던 힐리어는 도고 소좌에게 물었다.

"일본 측의 검시 의견은 어떻습니까?"

그러자 도고가 유애덕을 '어의님'이라고 호칭하면서 그녀가 밝혀낸 내용을 정중하게 설명했다. 재익은 박진용의 기억으로부터 뭔가가 떠오르는 것을 느꼈다. 도고와 똑같은 군복을 입은 자들이 포승에 묶인 동학 농민에게 오줌 마실 것을 강요하던 일. 양팔을 잘라 온몸을 구더기에 파먹히게 한 뒤 굶주린 들개들에게 던져버리던 일 …… 도고가 말했다.

"어의님의 진단처럼 사망 원인은 폐렴 같습니다. 문제는 사체 훼손입니다. 범인은 피부를 절개해 고정시킨 뒤 칼로 뼈의 지방과 골막을 벗겨내고 톱으로 잘랐습니다. 솥에서 솥뚜껑을 열듯이 갈비뼈를 깨끗하게 들어낸 겁니다. 이런 솜씨는 아주 희귀합니다."

힐리어가 인자한 맏형 같은 미소를 지으며 고개를 끄덕였다. 재익은 일본인과 영국인들이 이미 상당히 의견을 교환했다는 느낌을 받았나. 혼나 성부가 끼어들었나.

"소좌님 말씀대로 이런 사체 훼손은 보통 사람이 할 수 있는 짓이 아닙니다. 이건 범인이 시체에 자기 이름을 써놓은 것과 같습니다."

혼다는 갸름한 얼굴의 매부리코를 치켜들고 단호하게 말했다.

"여기 영국 분들은 백두산에서 여진족을 만났는데 다할라라는 족장에게 신성한 물건을 훔쳤다는 오해를 받았습니다. 그래서 여진족이 이분들을 추적해 보복한 것입니다. 사체 훼손자는 여진족

수구바치입니다."

"수구바치?"

"남쪽의 삼한계 조선에는 이렇게 정교한 해부 기술이 없습니다. 이런 기술은 일상적으로 짐승을 죽여 해체하는 수렵 생활 지역에서 온 겁니다. 함경도와 평안도 북부, 즉 여진계 조선 지역이죠. 여진 말로 가죽 벗기는 장인을 수구바치(速古發矢)라고 합니다."

"일리가 있소. 항구와 도로에 즉시 수배가 필요하오."

이시이 영사가 말했다. 올해 서른 살. 동경제대를 졸업하고 런던 공사관, 파리공사관을 거친 이 엘리트 외교관의 말은 마치 결정사항처럼 들렸다. 재익은 논의의 이상한 전개에 놀라 다급하게 말했다.

"혼다 경부, 수렵은 살인이 아닙니다. 짐승의 가죽과 뼈를 자르는 것과 사람을 저렇게 만드는 것은 전혀 다른 문제입니다."

혼다는 빙그레 웃었다. 의기양양하게 반론을 일축하는 눈빛이었다.

"그렇다면 시체를 저렇게 만든 사례가 달리 있습니까? 난도질이나 신체 절단은 많습니다. 살갗 일부를 벗긴 사례도 흔하고요. 그러나 여진족만이 사람을 죽인 후에 몸속의 장기를 저렇게 들어냅니다. 1646년 여진족은 쓰촨에서 수백 명의 흉부를 잘라 장기를 빼내고 대신 속에 풀을 채워 장대에 걸었죠. 그걸 초살(草殺)이라고 했습니다. 여진족에겐 산 채로 사람의 피부만 다 벗겨서 죽이는 박피형도 있습니다."

재익은 속이 부글부글 끓어올랐다. 터무니없는 모함이었다. 재익은 2061년으로부터 누군가 와서 바이러스 때문에 털리의 허파를 가져갔음을 알고 있다. 문제는 그 사실을 사람들에게 밝힐 수 없다는 것이었다.

일본 경찰은 내일까지 용의자를 열한 명쯤 체포할 것이고 그렇게 잡아들이면 없는 범인도 만들어질 것이다. 조선 민중에게 일본의 힘을 보여줄 좋은 기회일 것이다. 재익은 눈을 부릅뜨고 목소리를 높였다.

"혼다 경부, 그런 인종적 판단을 가미한 추측은 결코 정당한 수사가 아닙니다. 분명히 말씀드리는데 조선 경무청은 그런 일을 용납할 수 없어요. 이 반도에 여진족이라는 것은 존재하지 않습니다. 과거에는 백산흑수(白山黑水)의 민족이라는 여진족이 있었습니다. 그러다가 백산, 백두산 사람들은 조선인이 되고 흑수, 흑룡강 사람들은 만주인이 되었죠. 여진 시대의 야만적인 습속은 이제 그 어느 쪽에도 없단 말입니다. 함경도와 평안도 북부의 사람들은 그 유래가 어떠하던, 역사적으로 형성된 조선 민족의 공통성을 가진, 완전한 조선인입니다."

영국인과 일본인들이 놀라 재익을 쳐다보았다. 평소의 박신용은 말만 하면 녜에녜에 굽신거리는 사람이었다. 세상 으레 그럴 수도 있고 저럴 수도 있다는 얼굴이었고 맘대로 하시고 내 자리만 건들지 말라는 태도였다. 그런 맹물이 오늘 뭘 잘못 먹고 이리 꼴값을 떤단 말인가. 사람들의 아연한 표정에서 재익은 자신의 실수를 깨닫고 숨을 들이키며 고개를 숙였다. 도고가 입을 열었다.

"물론 조선 정부의 공식 입장은 그렇겠지요. 하지만 여진족은 현실로 존재합니다. 이 영국 분들이 직접 만났단 말입니다. 여진족 마을은 회령, 부령, 경흥, 유선, 종성, 온성, 경원에 수없이 많습니다. 머리를 삭발하고 여진 말을 쓰는 사람들 말입니다. 복색도 조선인들은 솜옷을 입지만 여진족은 무두질한 개가죽옷을 입습니다. 외부에선 그런 마을을 재가승 부락이라 부르지만 그들은 승려가 아닙니다. 여자와 자고 사냥하고 고기를 먹지요. 경무관은 이런 사람들이 얼마나 되는지 알고 있습니까?"

재익은 입을 다물고 눈을 흘겼다. 속에서 욕이 올라오는 걸 참아야 했다. 개 못된 것, 들에 가서 짖는다고. 왜놈 주제에 조선에 와서 남의 민족을 갈라치기 한다. 우리가 너희 항구를 조계로 깔고 앉아 거들먹거리면서 일본인은 아이누계, 야요이계, 죠몬계, 류큐계라고 갈라 말하면 어떨 것 같냐. 정신머리 혼잔한 자식 같으니.

그런데 어색한 침묵이 흐르자 옆에 있던 역관 이승룡이 한마디 거든답시고 입을 열었다.

"여진족은 선조 때인 1588년 〈제승방략〉에 280여 부락, 8000여 호가 산다고 나와 있습니다. 그러나 지금은 얼마나 사는지 모릅니다."

도고가 날카롭게 눈을 굴리며 입꼬리가 올라간 독수리 미소를 지었다.

"역시 외무아문에서 나오신 분은 대단한데요. 아직 나이도 젊으신데. 그런데 8000여 호? 조선에 여진족이 왜 그렇게 많지요? 1588년이면 세종 때 6진을 개척하고 155년이나 흐른 뒤인데요. 남쪽 사람들을 이주시켜서 거기를 다 조선으로 만든 것 아니었나요?"

그러자 영리하면서도 겁먹은 것 같던 이승룡의 눈동자가 반짝 반짝 빛났다. 정말 극성스럽게 인정 욕구가 강한 청년이었다. 그는 재익의 눈총을 모르고 언죽번죽 대답했다.

"왜 그런 게 아니라 그 사람들은 늘 거기 살았습니다. 화전과 수렵을 하면서요. 고조선, 부여, 고구려, 발해, 고려, 몽골, 조선, 이런 나라들이 바람처럼 낙엽처럼 그 사람들 마을을 스쳐 갔던 거죠. 그러다가 1434년 세종께서 여진족을 조선인 호적에 편입시킨다는 편호 조치를 발표하셨습니다. 그러나 편호는 실제로 이루어지지 않았어요. 이주도 반대의 결과를 낳았습니다. 여진족이 조선인을 잡아가 농경 노예로 부리면서 조선인이 오히려 여진족에 동화되는 일이 많았죠. 여진족은 울타리 번 자의 번호(藩胡)라고 불리는 기류자가 되었습니다. 임시로 사는 체류자. 외국인도 아니고 내국인도 아닌, 국경의 완충지대 같은 사람들이 된 겁니다. 그러다 병자호란 후에는 더욱 통제가 어려워졌습니다."

이 대목에서 이승룡은 자신만만한 미소가 사라졌다. 비로소 재익의 일그러진 표정을 본 것이다. 이승룡은 이세는 한 마디라도 더 지껄이면 지껄일수록 이미 말한 '잘난 뺑'에 또 다른 잘난 뺑을 덧붙여 미움을 사게 될 뿐이라는 사실을 알았다. 그러나 비탈길을 내리달리기 시작한 수레처럼 스스로를 억제할 수가 없었다.

"청나라를 세운 건주여진의 오도리 부족은 조선에 사는 여진족들을 증오했습니다. 특히 우디캐 부족과 와르카 부족은 보이는 대로 죽였죠. 1637년 5월 30일에는 함경도 회령에서 청나라 군대가

만이천 명을 하루에 학살하기도 했습니다. 청나라는 조선의 항복을 받은 뒤 앞으로는 조선 정부가 여진족을 잡아서 중국으로 보내라는 쇄환 명령을 내렸죠. 그 뒤 조선의 여진족들은 마을 단위로 도망 다니면서 재가승이라고 자칭하며 숨어 살았습니다. 그렇게 지금까지 온 겁니다.”

도고는 탄복했다는 표정을 요란하게 지으며 그렇군요, 그렇군요 하고 크게 고개를 끄덕였다. 그리고 코헨을 돌아보았다.

“닥터께서도 그들을 직접 만나봤다고 하셨죠?”

코헨은 벽난로 앞에 멍하니 앉아 있었다. 손가락으로 자기 입술을 지그시 누르고 있는 그는 동료의 죽음에 충격을 받은 탓인지 어딘가에 쾅 하고 부딪힌 사람 같았다. 중키에 트위드 재킷 정장을 입고 있었고 얼굴은 크고 너부죽죽했다. 도고가 자기를 부르고 있음을 깨닫자 지도에 그려진 험한 산세처럼 골 깊은 주름살을 이마에 만들었다.

“네, 백두산 중턱의 외진 마을에서 보았습니다. 보천에서 삼지연 가는 길에 있는 어둔골 부락이었습니다.”

코헨은 놀랍게도 조선어로 말했다. 교양인 특유의 차분한 음성에는 쇳소리가 났다. 재익은 긴장했다. 이 목소리였다. 만물의 문자 운운하던 목소리. 재익이 물었다.

“그 사람들이 정확히 여진족 맞습니까? 사투리가 심한 조선인을 잘못 보신 게 아니고요?”

그러자 코헨은 재익을 쏘아보면서 심히 못마땅하다는 표정을 지었다.

"경무관은 조선인과 여진족을 혼동할 수 있다고 생각합니까? 조선인은 흰옷을 입고 여자는 치마를 입으며 상투를 틀고 짚신을 신고 조선 말을 합니다. 사람이 죽으면 매장하고 제사는 성인 남자가 주관합니다. 여진족은 절대 흰옷을 입지 않고 여자는 바지를 입으며 변발을 하고 가죽 신발을 신고 여진 말을 합니다. 사람이 죽으면 화장하고 제사는 여자나 어린아이가 주관합니다. 조선인은 툭하면 수천 명이 궁궐로 몰려와서 거적 깔고 만인소를 올리며 항의합니다. 여진족은 우두머리의 명령에 절대복종하고 우두머리를 신처럼 섬깁니다. 두 민족은 모든 것이 정반대입니다. 조선인에겐 곰이 백일동안 마늘과 쑥을 먹고 여자가 되었다는 신화가 있지요? 여진족은 굶어 죽어도 쑥은 먹지 않습니다."

재익은 코헨의 박식에 놀랐고 기분이 몹시 나빠졌다. 영국에서 온 의사가 뭐 때문에 이딴 걸 알고 있단 말인가. 이 흡혈 거머리 같은 제국주의 지식인놈들은 빨대를 꽂지 않는 곳이 없다. 외국에 나왔으면 구경을 하거나 장사나 하면서 그럭저럭 지내다가 제 땅으로 돌아갈 일이지 왜 남의 나라 사정은 시시콜콜 정탐하고 지랄인가.

"닥터께서 백두산에 가신 이유는 뭡니까?"

"저희는 세계어 운동을 하는 사람들입니다. 학술 조사였습니다."

이 무렵 유럽에서는 러시아의 우크라이나 대학살과 프랑스의 드레퓌스 사건 등 유대인 박해가 극심했다. 이에 세계어 운동이 일어나 에스페란토, 랑그 유니베르살, 벨트 슈프라헤 등 여러 조직이 활동했다.

세계어를 인공적으로 만들어서 모든 나라가 제2 공용어로 쓰자는 대안 언어 운동이었다. 같은 언어를 쓰면 공감과 우정이 싹트고 차별과 폭력이 사라진다는 생각이었다. 세계어 운동은 사상적으로는 반전 비폭력의 톨스토이주의자, 민족적으로는 유대인, 직업군에서는 의사가 많이 참여했다. 에스페란토의 창작자 자멘호프도 유대인 안과 의사였다.

독일의 철학자 헤르더는 언어를 민족정신의 표현이라고 말했다. 세계어 운동가들은 그런 생각을 한심한 구시대의 낭만주의라고 비판했다. 진보를 숭배하는 이들에게 언어는 시계나 기차처럼 인공적으로 만들 수 있고 누구나 가장 좋은 것을 가져가서 쓸 수 있는 문명의 도구였다.

"백두산에 어떤 학술 조사가 있었습니까?"

"그 이야기는 다 하자면 한이 없습니다."

코헨이 대답을 회피하자 힐리어가 끼어들었다.

"경무관! 한시가 급하지 않소. 먼저 용의자를 잡아서 심문해보면 알 것 아니오? 항구를 뒤져서 그 여진족 수구바치 다할라를 잡아요."

"송구합니다만 ……."

이승룡이 또 끼어들었다.

"여진어 다할라는 사람 이름이 아니라 호칭입니다. 여진어로 '할라'는 족장인데 '다할라'는 족장보다 더 훌륭한 우두머리입니다. 수령이라고 할까요. 여진족의 부군제 굿에서 무당이 제사하는 신의 이름이 다할라님아(荅哈刺捏麻)입니다."

"부군제 굿이 뭡니까?"

"마을의 안녕을 비는 굿입니다. 죽은 우두머리의 영전에 수퇘지를 바치고 〈마을에 운독질병 없고 농사등풍하며 마을 사람 모두 안과태평하게 가호합소사〉 빕니다. 그러니까 그 다할라는 이름이 따로 있습니다."

힐리어와 이승룡의 대화를 듣고 있던 재익의 얼굴이 심하게 따귀를 맞은 사람처럼 구겨졌다.

"각하, 북부 오지에 조선에 동화되지 못한 극소수의 여진족 잔류민이 있을 수는 있습니다. 그러나 그들은 세상과 격리된, 가난한 화전민들입니다. 그들은 여기 제물포까지 올 능력이 없습니다."

그때까지 조용히 있던 유애덕이 힐리어에게 말했다.

"각하, 미국 볼티모어에 윌리엄 홀스테드라는 의사가 있습니다."

힐리어는 눈살을 찌푸렸지만 유애덕은 계속했다.

"존스 홉킨스라는 상인이 죽으면서 세계 최고의 병원을 설립해 달라고 재산을 기증했는데 그 병원 외과에 초빙된 의사죠. 홀스테드는 소독과 절제와 지혈과 봉합 방법을 모두 새로 고안했습니다. 그의 방법은 놀라운 완치율을 보여서 많은 병원이 그걸 따라 하고 있습니다."

"어의님, 본론만 말하시오. 그래서 어쨌단 말이오?"

"털리의 시체는 홀스테드 절제술로 절개되었습니다. 지혈 겸자도 쓴 것 같아요. 여진족이 지혈 겸자를 쓸까요?"

"쓴 것 같다? 물증이 없는 추측 아니오, 추측!"

힐리어가 재익과 애덕을 번갈아 흘겨보았다.

그때 뽈가가 풀포드, 벨과 함께 들어왔다. 뽈가가 투숙객의 소지품을 조사한 목록을 내놓았다. 생아편은 없었다. 윈체스터 소총과 콜트 권총 정도가 특이사항이었다. 재익이 목록을 보면서 풀포드에게 물었다.

"소령님은 죽은 털리 씨와 어떻게 알게 되셨나요?"

이승룡이 더듬거리며 영어로 통역했고 풀포드는 재미있는 응수를 한다는 듯이 영어로 대답했다.

"상하이의 영국 왕립아시아학회 도서관에서 러드포드 박사님의 소개로 만났습니다. 닥터 털리, 닥터 코헨, 그리고 벨 양이 내 백두산 원정반에 참여하기를 원했죠."

"소령님은 인도에 근무하시는데 왜 백두산을 여행하셨죠?"

"휴가 중입니다. 오지 원정이 개인적인 취미고요."

거짓말. 소지품이 진실을 말해주고 있었다. 분광 나침반, 크로노미터, 기압계, 온도계, 유속계, 삼각대, 콤파스 …… 측량을 전공한 정보장교가 틀림없었다. 청일전쟁 전후 영국은 이런 정보장교를 계속 백두산에 파견했다. 압록강, 두만강과 달리 백두산 지역은 국경선이 모호하다. 한반도가 일본에 편입되어서 청나라와 국경 분쟁이 일어날 때 영국이 정확한 지도를 확보하고 분쟁을 조정하려는 의도였다. 청과 일본이 계속 싸우면 러시아의 남하를 막을 수 없기 때문이었다.

"백두산까지 어떻게 가셨습니까?"

"상하이에서 증기선을 타고 제물포로 왔지요. 서울에서 육로로 원산까지 갔고 장진, 갑산, 보천을 거쳐 백두산에 올랐습니다. 돌아올 때는 원산까지 와서 배를 탔습니다. 부산을 거쳐서 제물포로 귀환했습니다."

"언제 백두산에 도착해서 언제 떠나셨나요?"

"12월 3일에 올라갔습니다. 산을 내려온 건 1월 15일입니다."

재익은 벨 양에게 눈길을 돌렸다.

"42일이나 계셨군요. 여성에게 한겨울의 백두산은 끔찍했을 텐데요?"

"여행은 내 직업이에요. 그리고 세상에 여자가 못 갈 곳은 없습니다."

벨도 유창한 조선어로 말했다. 그녀는 자신이 중국 여행기와 말레이 여행기를 출간한 작가라고 말했다.

빅토리아 시대에는 이사벨라 버드 비숍, 마리안 노스, 메이 셸턴 같은 여성 여행가들이 많았다. 이 걸출한 여성들은 주소지가 늘 이국의 어느 호텔이었다. 그들은 여자에게 기회를 주지 않는 사회를 박차고 나가 계속 여행하면서 강렬한 데카당스 위에 자기만의 공화국을 세웠다.

그러나 헨리에타 벨은 단순한 여행기 작가가 아니다. 헨리에타의 어머니는 사라 사순 벨이다. 외할아버지는 홍콩과 상하이에서 '타이판(大藩)님'이라 불리는 유대계 재벌 엘리아스 사순이다. 그의 사순양행은 인도와 말레이, 중국에 지점을 두고 아편 중개 무역으로 억만금을 벌었다. 헨리에타는 이 돈벌레 가문에 어울리지 않는 이상주의자로 시온주의 유대국가 건설 운동에 뛰어들기도 하고 세계어 운동에도 참여했다.

재익은 벨의 미국 여권을 들여다보았다. 이 시기의 미국 여권은

4등분으로 접힌 종이 한 장이었고 사진은 없었다. 사진 비용이 아직 비쌌기 때문이다. 대신 나이, 신장과 인상착의 정보가 적혀 있었다. 헨리에타 벨. 뉴저지 워런 카운티. 미국 북감리교회. 29세, 172센티, 이마는 좁고, 눈은 담청색, 코는 높고 입술은 도톰, 턱선 둥글고, 머리카락은 황갈색, 안색은 창백하고 얼굴은 통통하다고 되어 있었다.

그러나 지금 본 벨은 턱선이 날카롭고 미간에 주름이 깊었다. 눈 주위의 주름도 칼로 그은 것처럼 또렷했다. 이마를 가린 그녀의 컬이 많은 앞머리 밑에는 내부에서 뭔가가 격렬하게 타버린 황량한 눈동자가 있었다. 여권의 인상 묘사보다 훨씬 노숙한 분위기였다.

탐사자가 아닐까? 탐사를 당한 숙주의 얼굴은 시간이 지날수록 미세하게 변해간다. 뇌의 대사율이 변하고 집중력이 강화되면서 호흡과 맥박과 혈압이 변하기 때문이다. 이런 변화가 안면 근육에 영향을 끼친다.

코헨과 풀포드와 벨은 모두 수상했다. 이들은 국제방역연합일까, 에스오에스일까, 아니면 순수한 19세기 사람들일까. 재익은 힐리어를 보며 입을 열었다.

"각하, 사망 원인이 폐렴입니다. 전염병에 의한 사망인 만큼 법에 따라 조선 경무청이 처리해야 합니다. 시신을 가져가겠습니다."

"그건 안 돼요. 스코트 털리는 대영제국의 존경받는 신사요. 이미 수의와 관을 준비했소. 시신은 우리 영국 성공회의 내동교회 시체 안치소로 가져가서 교회법에 따라 정중히 장례를 치를 것이오."

재익은 뱃속이 얼음처럼 차가워졌다. 갑자기 발밑이 푹 꺼지면서 시커먼 심연이 아가리를 벌리는 느낌이었다.

"각하, 방역은 현지 당국에 따르는 것이 국제법상 관례입니다."

"전염병이 확실한 것도 아니지 않소. 이 이야기는 끝냅시다."

"각하, 그러나 영사관 인력으로는 ⋯⋯."

"당신은 결정권이 없소, 경무관! 명령 계통을 지키시오!"

힐리어가 버럭 소리를 질렀다. 재익은 움찔했다가 얼굴을 붉힌 채 또 말을 꺼내려 했다.

힐리어가 이시이를 돌아보며 재익을 대할 때와는 완전히 다른, 부드러운 목소리로 영국 영사관에서 애프터눈 티를 대접하고 싶은데 어떠냐고 물었다. 이시이는 넉살 좋게 혼다와 도고도 함께 부탁드린다고 말했다. 힐리어는 이시이와 어깨를 나란히 하고 밖으로 나갔다. 도고 소좌도 그 뒤를 따르면서 노골적으로 면박을 당한 재익에게 미소를 흘렸다.

"경무관, 이견을 조정하지 못해 유감이군요. 조만간 진전이 있겠지요. 그때까지 소신껏 수사하십시오. 아, 그리고 ⋯⋯."

한 가지 더, 하는 의미로 도고가 오른손 집게손가락을 들었다.

"우린 우리대로 항구를 봉쇄하고 여진쪽 용의자를 찾겠습니다. 미리 말씀드립니다."

이봐. 주제를 알아야지. 어차피 너희 조선 경무청은 들러리잖아. 그런 의미였다. 굴욕감을 느낀 재익이 거친 숨을 몰아쉬는 동안 일본인 세 사람은 힐리어와 함께 유유히 나가버렸다.

영국 영사관 직원이 들어와 영사관 옆 선교사 사택에 풀포드 소령과 코헨 씨와 벨 양을 위한 임시 거처가 준비되었다고 전했다.

털리의 시신은 영사관 직원들이 옮기고 호텔은 임시휴업하게 될 것이라고 했다.

재익은 이 인간들이 번갈아 칼로 자신의 배를 찌르고 나가버린다는 생각이 들었다. 싸구려 사기극에 말려든 심정이었다.

코헨이 다가와 재익이 손에 쥐고 있던 자신들의 여권을 잡았다. 그리고 눈빛을 동굴의 박쥐처럼 빛내며 끌어당겼다. 재익은 저항하다가 포기했다. 어차피 무의미했다. 코헨은 여권을 되찾아 재킷 안주머니에 넣으면서 말했다.

"경무관님, 나중에 차 한잔하시지 않겠습니까?"

재익은 눈살을 찌푸렸다. 코헨의 하얀 이빨 위로 떠오른 어정쩡한 미소의 의미를 알 수 없었다. 불쾌하고 혼란스러운 마음에 입술이 씰룩거렸다. 그러자 코헨은 상체를 기울이고 부드럽게 속삭였다.

"털리의 시체가 필요하다면 우리가 내줄 수 있습니다. 오늘 밤 자정에 해관 옆 찻집에서 만나 얘기합시다."

7

철벽이네 집

스코트 털리 변사 사건이 일어나기 2년 전, 제물포에 구세여관
이라는 여성 전용병원이 문을 열었다.

　구세여관은 한양 보구여관에서 일하는 유애덕이 사재를 털어 구
입한 작은 방 아홉 개의 한옥이었다. 애덕은 이를 약제실, 세척실,
대기실, 진찰실, 수술실, 입원실, 창고가 있는 병원으로 개조해서
선교회에 기증했다. 상하수도 시설이 없는 조선에는 콜레라, 장티
푸스, 천연두, 디프테리아가 심각했다. 애덕은 가장 좋은 소독제인
공기와 햇볕이 쏟아져 들어오도록 예산이 허락하는 한 유리창을
많이 달았다.

　개원하는 날은 추위도 풀려 바람과 햇살이 평안했다. 축하객들
이 많이 모였다. 검은 외투를 입어서 흰옷들 사이에 직박구리새처
럼 보이는 외국인 선교사들도 왔다. 애덕의 스승 로제타 홀도 왔
다. 환자로 인연을 맺은 한양 아낙네들은 떡을 가져왔다. 입원할
제물포 여자들이 떡을 먹으며 울었다. 인천 감리도 기도할 때 함께

눈을 감고 고개를 숙여주었다. 애덕에게는 눈앞이 아롱거리는 뜨거운 순간이었다. 남덕시의원을 운영하는 선교사 엘리 랜디스가 기도했다.

"이 병원이 사랑의 하나님을 증명하게 해주소서. 어머니의 사랑이 쏟아져 어린 딸이 자라납니다. 한 사람으로부터 다른 한 사람으로 사랑의 힘이 전달됩니다. 이것만이 참된 역사임을 저희가 아옵니다. 너무나 괴로운 하루하루를 사는 조선 사람들의 눈에는 가장 믿을 수 없는 하나님의 사랑이, 진실로 있음을 보여주게 하소서."

이렇게 자신이 설립한 병원에 애덕은 강한 애착을 가졌다. 그녀는 비가 오나 눈이 오나 한양과 제물포를 나귀로 오고 갔다. 아무리 바빠도 일주일에 사흘은 제물포로 내려와 밤늦게까지 진료했다.

애덕이 오지 않는 날엔 강마르타, 강마사라는 간호사가 간단한 처치를 해주고 약을 주고 진료 예약을 잡았다. 마사는 구세여관 행랑채에 혼자 숙식하면서 병원의 운영 일체를 관리했다.

한양에 콜레라가 창궐했을 때 구세여관은 강마사가 혼자 떠맡았다. 애덕은 방역을 총지휘하며 수면 부족의 퀭한 얼굴로 감염자들 사이를 누비고 다녔기 때문이다. 매달 30원 넘게 갚아야 하는, 의료 장비를 사기 위해 빌린 차입금을 막아온 것도 강마사였다.

제물포 사람들은 강마사를 두고 저 꺽다리 노처녀 간호사는 팔병신이라 시집을 가지 못했을 거라고 수군거리며 마음 아파했다.

강마사는 오른손에 강철 의수를 착용하고 있었다. 덧댄 가죽을 손목에 끼우고 끈을 조인 뒤 팔꿈치에 밴드를 묶으면 손처럼 고정되는 의수였다. 간호사인 마사를 위해 손가락 안은 텅 비어서 금속 주사기가 삽입되게 만들어졌다. 손가락 끝의 금속 골무를 뺀 뒤 밀면 바늘이 튀어 나가고 피스톤이 눌리면서 약물이 주사되었다.

스코트 털리의 검시를 끝낸 사람들이 총총히 대불호텔을 떠나는 시간. 강마사는 개항장에서 동북쪽으로 십 리쯤 떨어진 화수부두를 걷고 있었다. 머릿수건을 쓰고 낡은 무명치마를 입은, 수수한 농촌 아낙 같은 차림이었다. 발에는 두꺼운 장화를 신고 등에는 한 초롱(5갤런) 짜리 석유통 하나를 지게로 졌다.

겨울바람이 해 저무는 갯벌에 휘몰아쳤다. 멀리 쓸쓸한 포구에는 나무 바리를 실은 배가 지나갔고 그 뒤로 흰 물결이 줄을 긋고 떠돌았다. 집들은 어두워지는 겨울 오후의 유령같이 을씨년스러운 빛에 잠겨 있었다.

마사는 올해 스물둘. 지난 2년 사이 예쁘장하던 얼굴에는 쓰디쓴 고뇌가 서렸다. 어깨는 굽고 머리는 부스스해졌다. 그 심란하고 껑충한 모습에는 뭔가 보는 사람의 가슴을 꽉 누르는, 슬픈 기운이 있었다. 마사는 철벅이 집 앞에 도착하자 눈을 가늘게 뜨고 주위를 살폈다.

2061년의 이도리안들에게 1896년 조선은 성스러운 곳이었다. 〈독립신문〉에 의해 이도 문자가 최초로 사회적 공식 문자가 되고 〈코리안 리포지터리〉에 호머 헐버트가 아리랑의 악보를 최초로 채록했다. 아리랑 노래와 함께 지구촌 대중에게 이도 문자의 존재가 전파되던, 지구 보편 문명의 꿈이 현실 세계로 흘러넘치기 시작하던 바로 그 세계사적 시공간이었다.

그러나 현실의 화수부두는 버려진 갯벌과 황량한 판잣집들이 있는 음울한 곳이었다. 개항장에 들어가지 못하는 가난한 배들이 기신기신 북쪽으로 올라와 지친 몸을 부리는 곳. 우중충한 선구상과 소라 삶은 것에 막걸리를 파는, 바람이 건드릴 때마다 판자가 끼끽 소리를 내는 주막이 있었다.

선창엔 고기잡이배에 어구를 대주고 생선을 받아오는 짐배가 많았다. 짐배의 뱃사공들이 밧줄로 배를 계선하고, 생선을 내리고 어망, 함지, 미끼, 김치 항아리, 화덕 솥, 장작 같은 것을 끙끙 운반하고 있으면 '계선채'라 부르는 정박료 40전을 징수하는 사람이 나타난다.

바로 철벽이 조직이었다. 아침부터 개항장 조계를 다니며 분뇨를 수거해서 인근 농촌에 거름으로 파는 똥푸기들. 화수부두는 그들이 똥차를 부리는 본거지였고 그들이 짐배에 일수로 돈을 빌려주고 있었다.

다들 바빠서 앞뒤 없이 사는 세월이었다. 아무도 철벽이들을 눈여겨보지 않았는데 그것이 철벽이의 힘이었다. 철벽이들은 보이지 않으면서 모든 것을 보고 모든 것을 듣고 모든 골목을 누볐다. 그들은 그렇게 제물포를 주름잡았다. 김오룡의 앵벌이 조직이 나타나 그들을 잔인하게 정복하고 착취하기 전까지는.

마사가 철벽이집 판자문을 두드렸다. 시큼한 시궁창 냄새, 분뇨의 구린내와 악취에 섞여 밥 짓는 냄새가 풍겨왔다.

철벽이들의 집사 홍 씨가 나왔다. 먼지와 기름때와 똥자국이 얼룩진 두루마기를 입은 40대 남자였다. 눈썹은 거의 없고 들창코에 콧대도 없었다. 피부는 검고 눈은 작고 입매는 삐뚤어졌다. 우거지상이란 말이 꼭 어울리는 추남인데 눈빛만이 이상하게 지적인 느낌을 풍겼다.

"밥 허우?"

"응."

마사는 문턱에 지게를 내려놓고 안으로 들어갔다. 철벅이네 집은 방도 구들도 없이 통째로 한 칸인 창고 같은 곳이었다. 주워온 쓰레기로 불을 지피는 다섯 초롱짜리 석유통이 있고 구석에 밥솥이 올라간 간이 화덕이 있다. 석유통 위에는 커다란 주전자의 물이 끓고 있었다.

석유통 옆에는 잘라낸 통나무를 의자 삼아 지독한 냄새를 풍기는 철벅이들이 불을 쬐고 있었다. 아이들은 마사의 얼굴을 알아보고 헤헤 웃었다. 못된 남편에게 맞아 왼쪽 눈의 시력을 잃었다는 늙은 아낙이 그릇에 주전자의 끓는 물을 부어 마사에게 주었다.

"고맙습니다."

마사가 후후 불며 물을 마시기 시작했다. 아이도 있고 노파도 있고 영감도 있다. 한결같이 거칠고 쉰 목소리에 추레한 얼굴들이었다. 말 그대로 즐풍목우. 부는 바람으로 머리를 빗고 내리는 비로 몸을 씻으며 다니는 사람들이었다. 옷은 젖었고 피부는 터서 갈라졌다. 초라하고 애처로운 사람들이었다.

그러나 누군들 대단한 값어치가 있겠는가 인생이 얼마나 빨리 지나가는데. 누군들 자신을 진정으로 이해받을 수 있겠는가.

"자아, 밥이다. 밥."

화덕에 부채질하던 홍 씨가 소리쳤다. 그러자 볼이 빨갛게 튼 철벅이 아이들이 깔깔 웃으며 깨진 바가지와 이 빠진 그릇을 들고 왔다. 홍 씨는 갓 지은 밥을 퍼주고 그릇 가장자리에 볶은 고추장 한 숟가락씩을 발라 주었다. 옆의 냄비를 열자 하얀 김과 함께 구수한 국물 냄새가 풍겼다. 병어찜이었다. 홍 씨는 그것도 한 마리씩 덜어서 소금과 함께 나눠주었다. 마사도 바가지로 밥 한 그릇을 받았다.

홍 씨가 자신의 밥그릇 바가지를 들고 와 마사 옆에 앉았다. 마사가 홍 씨만이 들을 수 있는 목소리로 속삭였다.

"오늘 저녁 김오룡 집에서 만인계가 있어요."

"가만있어. 손대지 말고 기다려 봐."

홍 씨는 난처하고 피곤하다는 표정을 지었다. 뭘 기다리지? 심상찮은 예감이 차가운 물방울처럼 마사의 등골을 타고 내려갔다. 아무래도 오늘 제물포 분위기가 이상했다.

수많은 사람이, 말 없고 무던한 사람들이 아무것도 모르는 척하고 있을 때는 분명히 무슨 일이 진행되고 있는 것이다. 소금쟁이 같은 그녀의 본능이 수면 밑에서 뭔가 움직이고 있다고 속삭였다.

마사는 홍 씨가 김오룡에게 얻어터지던 일을 기억한다. 김오룡은 왼손으로 홍 씨의 관자놀이께에 조금 남은 머리 터럭을 움켜쥐고 얼굴이 피투성이가 될 때까지 주먹질했다. 그리곤 앞으로 끌어당겨 쿵 하는 소리가 날 정도로 땅바닥에 내동댕이쳤다. 홍 씨는 그렇게 맞고도 바보처럼 웃으며 싹싹 빌었었다.

기다려보라 …… 지금의 마사에게도 나쁘지 않은 일이었다. 마사는 종이조각 하나를 꺼내 내밀었다. 종이에는 한문으로 '육군 보병 이등병 고이즈미 기치노스케의 묘. 제21연대.'라는 글씨가 적혀 있었다.

"어두워지면 아이들 시켜서 일본군 묘지의 이 무덤을 좀 파주세요. 시신은 구덩이 옆에 두고 그 밑으로 다섯 자쯤 더 파주세요."

"시신을 옆에 둬? 누가 보면 어쩌고?"

"새벽에 내가 가서 다시 묻을 거예요."

"뭘 묻을 건데?"

"그건 묻지 마세요."

홍 씨는 멀뚱멀뚱 마사를 보았다. 그의 눈에 불신의 빛이 스치고 지나갔다. 그리고 착잡한 표정이 떠올랐다.

"대불호텔에서 사람이 죽고 허파가 사라졌다는데. 강 소사, 뭐 아는 거 있어?"

과부라는 뜻의 소사(召史)라고 불린 마사는 아무 반응도 하지 않았다. 그 얼굴에는 빈틈이 없어 긍정도 부정도 알 수 없었다. 홍 씨는 길게 한숨을 내쉬었다.

"대불호텔에서 죽은 그 영국 남자, 내가 알던 사람이야."

홍 씨는 주머니에서 청지연 담뱃갑을 꺼내 종이를 말아놓은 궐련을 하나 뽑았다. 일제 마(魔)표 성냥으로 치익 불을 붙이고 담배 연기를 한 모금 빨았다. 달게 연기를 뱉고 마사에게 담배를 넘겨주었다.

"파리에서 만났어. 프랑스 사람들에게 나는 씬덕, 똥 같은 동양 놈이고, 그는 유빠, 더러운 유대 놈이었지."

*

홍 씨는 전라도 강진의 소완도에서 태어난 호남 남인의 후예였다. 1886년 어찌어찌 파리로 유학을 가서 고생을 많이 했다. 너무 배가 고파 거리에서 구걸한 적도 있었다. 그 시절 홍 씨는 스코트 털리를 알게 되어 함께 술을 마신 적이 있다는 것이다.

스코트 털리는 홍 씨에게 조선식 '술돌이'를 배웠다. 독한 압생트 주를 연달아 퍼마신 뒤 정신이 돈 상태로 거리에서 고래고래 소리를 지르는 퍼포먼스였다.

"야, 이 배데기(Bad egg)들아! 썩어빠진 불알들아! 원시 문명에도 치료를 받은 넓쩍다리뼈가 나와. 누가 다른 사람의 부러진 다리를 고쳐주려고 애를 썼다고. 그게 문명이라고. 돌보고 같이 살려는 마음이 문명이라고. 사람을 차별하기 시작하면 누구도 베엘 수 없어. 니들은 베엘 수 있어? 자유 평등 박애는 개뿔! 군사독재 좋아하고 나폴레옹이라면 사족을 못 쓰는데 전쟁만 하면 지는 병신들아! 얼마든지 욕할 수 있다고."

당시 털리는 런던 경시청 검역과 촉탁 의사로 파리에 출장 중이었고 홍 씨는 파리 기메 동양박물관의 직원이었다. 둘은 상제리제 거리에 있는 프루스트 교수 저택의 파티에서 만났다.

파리 의과대학 위생학부의 아드리앵 프루스트 교수는 〈페스트에 대한 유럽의 방어〉를 집필한 당대 최고의 감염병 학자였다. 프랑스 보건위생청장도 지냈다. 각국에서 방역을 배우려는 의사들이 그를 찾아왔다.

교수에게 콩도르세 고등학교에 다니는 마르셀이라는 약간 모자란 아들이 있었다. 마르셀은 홍 씨가 번역한 〈심청전〉을 읽고 그를 문예반 모임에 초대해 낭독회를 가졌다. 홍 씨는 그 인연으로 마르셀의 집에도 방문했다. 갓과 도포로 된 홍 씨의 이상한 옷은 어디서나 이목을 끌었다.

"박물관은 봉급이 형편없었어. 난 조선의 고문서를 번역하는 임시직이었거든. 파리에서 날 먹여 살린 건 점성술이야. 〈직성행년편람〉이라고 있어. 갓 태어난 아이의 운명을 그 아이가 태어난 순간의 별하늘에서 읽을 수 있다는 책이야. 그걸 번역해서 읊어주니까 끔찍하게 좋아하더군. 틸리의 점도 봤어. 그러다 보니 살아온 내력도 알게 되고."

차별받아 본 사람이 차별받는 사람의 마음을 안다. 아무것도 아닌 날카롭고 성난 시선 한 번, 비웃는 말 몇 마디가 얼마나 뜨거운 치욕의 불길로 사람을 태워버리는지 안다. 밖에선 태연한 척하다가 자기 방으로 돌아오면 몇 시간씩이나 몸을 떨면서, 뛰는 가슴을 두 손으로 억누르면서 점액질에 덮인 듯 흐려진 눈으로 누워 있기만 하는 밤을 안다.

스코트 틸리는 1850년 에든버러에서 토목국 말단공무원의 아들로 태어났다고 한다. 유대계 스코틀랜드인이었다. 형은 셋이고 누나는 넷이었는데 어머니는 틸리를 낳은 직후 산후조리가 잘못되어 죽었다. 아버지는 틸리가 여덟 살 되던 해 마차에 치여 사망했다.

남매들은 이리저리 흩어졌다. 틸리는 고아원에 보내졌는데 아이가 똑똑하니 재주가 아깝다는 여론이 일어나 친척의 후원을 받게 되었다. 기숙학교를 다녔고 졸업 후에는 에든버러 의대에 진학했다. 지붕 밑 다락방에 살면서 과로와 배고픔에 시달리는 학창 시절을 보냈다.

털리는 의대 졸업 후 국비로 독일에 유학해 이비인후과를 전공했고 돌아와 모교 교수가 되었다. 때는 청진기와 체온계가 보급되는 진단 의학 시대였다. 음성에 특별히 민감했던 털리는 소리의 발성으로 후두 질환을 진단하는 장치를 발명해 명성을 얻기도 했다.

그러나 이 무렵 영국인들은 아일랜드와 잉글랜드 통일 문제를 놓고 솔즈베리의 보수당과 글래드스턴의 자유당으로 갈려 격렬하게 대립했다. 스코트는 반대 당파의 모함을 받아 불명예스럽게 대학에서 쫓겨났다. 불행이 여름 제비처럼 떼 지어 왔다. 부인이 심장판막증으로, 어린 아들이 폐렴으로 잇달아 죽었다.

상심한 스코트는 고향을 떠나 런던으로 갔다. 그는 일단 런던 경시청 검역과에 취직한 뒤 더 나은 일자리를 찾다가 피플 오브 하이 퍼포스, '높은 뜻을 가진 사람들'이라는 공부 모임을 알게 되었다. 바로 세계어 운동의 런던 지부였다.

이 무렵 세계어 운동을 하는 사람들은 〈인도유럽어의 원시 모음 체계〉라는 논문에 흠뻑 빠져 있었다. 페르디낭 드 소쉬르라는 스물한 살의 라이프치히 대학 학부생이 쓴 이 논문은 사람들에게 새로운 하늘과 새로운 땅이 열리는 충격을 안겨주었다.

인간은 말을 하면서 숨을 뱉는다. 인간의 말은 숨이 성대를 통과하면서 나오는 후두음, 아로 시작된다. 이것이 근원모음 '아'이다. 모든 인도유럽어는 어느 아스라한 선사시대 유라시아 대륙의 어느 장소에서 근원 모음 아가 다양한 공명 자음들과 결합하면서 분화된 것이다.

만약 아직도 근원모음 아가 독립된 음소로 존재하는 문자가 있고 그 문자 체계가 합리적이라면 우리는 이상적인 세계어를 만들수 있다. 그 문자를 분해하면 인도유럽어의 생성 원리가 드러나기 때문이다.

인류사에 등장한 250여 개의 문자 가운데 근원모음 아가 독립된 음소 표지로 존재하는 문자는 하나뿐이다. 조선의 이도 문자. 이때는 19세기였고 1906년 근원모음 아가 독립된 음소 표지로 존재하는 또 하나의 문자인 고대 히타이트 문자가 발굴되기 전이었다. 세계어 운동을 하는 사람들은 둘만 모이면 이도 문자를 이야기했다.

"소쉬르는 근원모음 아를 발견했을 뿐이오. 그런데 이도는 오백년 전에 근원모음 아를 독립된 음소로 표지하는 완전한 문자 체계를 만들었습니다. 조선인들은 그걸 '아래아'라고 부르죠. 소쉬르가 흙 한 덩어리라면 이도는 산사태입니다."

"증기기관이 뭔지도 모르는 미개한 나라에 어떻게 이런 문자가 있을까요. 이것은 사라지고 없는 바벨탑 이전 문명의 흔적이 틀림없습니다."

이도의 나라에는 기원전 5세기 인도에서 정립된 파니니의 고대음성학이 고려 팔만대장경의 〈비가라론〉으로 전해져 연구되었다. 다시 타타퉁아와 파스파가 집대성한 몽골의 최신 언어학이 수용되고 13세기 알자자리의 이슬람 시계 기술, 즉 제어계측공학이 수용되었다. 이러한 배경에서 소리에 대한 제어계측 코드에 가까운 문자가 창제될 수 있었다.

그러나 유럽에는 이러한 정보가 전혀 알려지지 않았다. 한국어가 천손신화와 세석기를 가지고 한반도에 들어온 북방 알타이계와 난생신화와 쌀농사를 가지고 들어온 남방 인도계의 융합으로 이루어졌다는 사실도 몰랐다. 세계어 운동가들은 자기들이 아는 범위 안에서, 더 웅장하고 신화적인 설명을 만들어냈다.

약 1만 년 전 유라시아 대륙에는 바벨탑 붕괴 이전, 노아의 대홍수 이전에 성립된 초고대문명이 있었다. 역사의 심연 저 너머에 하늘을 향해 엄청난 거탑을 세우고 방주 도시를 건설해 대홍수를 건넜으며 대자연의 모든 비밀을 이해했던 위대한 인류가 살았다.

이 선주종족은 화산폭발과 대지진, 전염병 대유행으로 전멸했고 이들의 문명은 잊혀졌다. 그러나 문명은 동심원의 형태로 전파된다. 유라시아의 동쪽 끝에는 무량한 세월과 지구의 격변을 이겨낸 초고대문명의 흔적이 남아 있다. 그것이 한국어이며 이도 문자다. 연이은 불행에 마음이 허전했던 털리는 이 전설에 깊이 매혹되었다.

털리는 런던 지부의 핵심 인물이 되었다. 러시아의 언어학자 미하일 유리예비치 브론슈타인의 논문 〈길약족과 그 주변 종족의 언어〉(1891)을 가장 먼저 읽고 지부에 소개한 사람도 털리였다.

브론슈타인의 논문 내용은 이러했다.

약 4천 년 전 시베리아 동부에서 북극해에 이르는 광활한 지역에는 길약어를 모어(母語)로 하는 거대한 종족이 살았다. 이 종족은 인도의 고대 베다어와 동일한 기원의 언어를 사용하는 오래된 도시에서 살다가 "천 개의 달이 천 번 하고도 열 번을 더 찼다가 이울어진 옛적에" 이 북방으로 왔다. 그들은 그림자처럼 달라붙는 찬란한 옛날의 기억을 자신의 언어에 보존했다. 강력한 전쟁민족들이 침입하자 이 언어에 의해 형성된 공동체는 해체되어 대륙 구석구석으로 깨어진 유리처럼 흩어졌다. 일부는 베링 해협을 건너 아메리카로 갔고 또 일부는 오호츠크해 남쪽의 땅끝 반도까지 갔다.

15세기가 되자 땅끝 반도에서 이도 문자가 나타났다. 이도 문자가 초성과 중성과 종성을 조합해서 만드는 분절음은 398억 종이 넘는다. 현생 인류에게는 불필요한 이 과잉의 표기 체계는 위대한 고대의 유물로서 만물의 소리를 표기하기 위한 것이다.

오늘날 기계는 놀라운 속도로 발전해 간다. 증기기관이 이렇게 작고 가볍고 열효율이 좋아져서 모든 선박에 탑재되리라고 누가 예상했던가. 전기가 이렇게 빨리 발전해서 모든 곳에 적용되리라고 누가 예상했던가.

언젠가는 인간의 추론을 돕는 계산 기계들이 나타나고 그 기계들은 인간을 뛰어넘어 완전 지능의 이데아를 향해 나아갈 것이다.

지능이 어떤 문턱을 넘기 위해서는 의식이 같이 개발되어야 한다. 지능이 문제를 해결하는 능력이라면 의식은 문제에 대해 고통, 기쁨, 분노를 느낄 줄 아는 능력이다. 기계들의 의식이 개발되기 위해서는 소리를 내어 느낌을 표현하고 느낌을 공유해야 한다. 기계들은 의식을 원하며 언어를 원할 것이다. 미래의 기계들이 이도 문자를 소환할 것이다.

"차암, 순진한 사람이었어."

홍 씨가 거드름을 피우듯 말꼬리를 길게 빼며 말했다.

"남의 나라 문자는 그렇게 환상을 처바르기 좋은가 봐. 언문은 그런 것이 아니라고 아무리 설명해줘도 믿지 않았어."

털리는 어리석은 백성이 가엾어서 스물여덟 글자를 만들었다는 훈민정음해례본 서문의 말에서 초고대문명으로부터 이어진 강한 인간 사랑을 느꼈다고 한다. "여기 취약한 사람들이 있으니 그들에게 의사소통의 힘을 주고 싶다."는 휴머니즘으로 해석한 것이다. 이도 문자에는 실제로 그러한 이상이 있기는 있었다. 그 이상은 32년이나 왕위에 있었음에도 끝까지 인간적인 선량함을 잃지 않았던 군주가 품은 애민 정신의 반영이었다. 그러나 문자 창제의 현실은 그렇게 한가하지 않았다.

"언문은 언문을 창제되기 10년 전의 6진 개척 때문에 만들어진 거야. 애초의 계획과는 달리 일이 꼬였거든. 야인 여진의 우디캐 부족이 건주여진의 오도리 부족을 학살했어. 학살의 배후가 세종이라는 소문도 퍼졌지. 건주여진은 대대로 6진에 살았고 조선 건국에 공을 세웠어. 용맹하고 문화적으로도 우수했어. 세종이 애초에 백성으로 통합하려 했던 것은 건주여진이었어. 그런데 뜻밖에 건주여진은 달아나고 그 자리에 연해주에서 남하한 야인 여진이 들어온 거야. 야인 여진은 문자라는 것 자체를 본 적이 없을 뿐 아니라 언어조차 미개한 종족이야. 너무 흉폭해서 건주여진, 해서여진, 동해여진도 낯빛이 달라지면서 피해갈 정도였지."

홍 씨는 고개를 흔들며 다 먹은 밥 바가지에 숟가락을 떨어뜨렸다.

"세종께서 말씀하신 어리석은 백성의 하한선은 야인 여진이야. 어리석은 백성이 이르고자 할 바 있어도 이르지 못하는 자가 많다는 것은 원래부터 있던 상황이 아니라 새로 발생한, 현실적으로 심각한 상황이었지. 건주여진은 복수하러 올 테지. 만주를 다스리는 옷치긴 왕가도 여진족을 조선이 영유했다고 화가 나 있지. 가장 나쁜 것은 너무 이질적인 야인 여진 때문에 나라 자체가 분열될 수 있다는 거야."

열렬한 근왕주의자인 이 남인의 후예 철벽이는 스스로 세종이 되기라도 한 것처럼 우스꽝스러울 정도로 진지한 얼굴이 되었다. 그는 허리를 펴고 두 주먹을 불끈 쥐었다.

"세종께선 이리 결심하셨지. 좋다. 민본(民本)에 모든 것을 걸고 새 문자를 만들자. 이 나라, 이 왕조가 살아남는 길은 민본이 발전할 수 있는 한계가 어디까지인지 그 극한까지 밀고 나가서 남들이 흔들 수 없는 나라가 되는 길뿐이다. 야인 여진을 빨리 우리 백성으로 껴안자. 모든 백성이 글을 알고 높은 지식을 갖게 하자. 새 문자가 두 민족을 하나로 만들어줄 것이다."

이린 철벽이 하나가 주전자를 들고 돌아다니며 밥을 다 먹은 바가지에 숭늉을 부어주었다.

"그런데 세상일이 뜻대로 되겠어? 명나라가 파스파 문자 문헌을 샅샅이 찾아서 불태우고 있었어. 호원(胡元) 잔재 청산. 오랑캐 몽골이 통치했던 수치스러운 잔재를 청산하자는 것이 새 시대의 정신이었다고. 최만리의 상소가 백번 옳은 말이었어. 고유 문자 창제는 곧 오랑캐 민족의 행동으로 받아들여지는 시대였단 말이야. 세종은 1443년에 창제한 언문을 공개한 뒤 사람들의 뜨아한 반응을 보고 현실을 깨달았지. 이 글자는 절대 전파될 수 없다는 걸. 450년이 지난 지금도 5명에 4명은 언문을 몰라. 세계에서 가장 배우기 쉬운 글자가 있는데도 문맹률이 너무 높아. 여진족도 상당수 그대로 있어. 민본도 통합도 이루어지지 않았어. 요 모양 요 꼴로 살자. 그게 나라의 국시가 되었던 거야."

마사는 홍 씨의 명민함에 놀랐다.

홍 씨는 경무청 순검들에게 쫓기고 있는 수배자였다. 외진 갯벌에 엎드려 철벅이의 신분을 투구처럼, 역겨운 똥 냄새를 철갑처럼 두르고 겨우 목숨을 보전하고 있는 처지였다. 그럼에도 그의 두뇌는 동서고금을 꿰뚫으며 민첩하게 움직이고 있었다.

마사는 종이를 만 청지연 궐련을 한 대 더 집어 들었다. 성냥불을 붙여 빨자 콜록거리며 기침이 나왔다. 강마사는 지금 강마사가 아니다.

강마사의 몸에는 어젯밤 2061년에서 날아온 이수지가 숨어 있었다. 수지는 본래 담배를 피우지 않는다. 수지의 신경은 혈관에 니코틴이 스며드는 강마사의 감각을 받아들이지 못했다. 맵고 괴로워 죽을 것 같은데 마약을 한 것처럼 맥박이 빠르게 뛰었다.

"그러니까 조선 사람들이 스스로 훈민정음을 버린 거군요?"

"그래. 세종 시대 목판 인쇄물은 대개 100부 아니면 200부를 찍었어. 어제 훈민정음이니까 200부를 찍었겠지. 그게 다 어디 갔지? 안동 사람들이 몰래 한두 권 숨기고 있다더군. 그러나 중요한 건 나머지 198부가 없다는 거야. 다 태워버린 거야. 그게 대세였어."

살기등등한 호원 잔재 청산 분위기에서 이도 문자는 '통시글'이라고 불렸다. 세종이 화장실에서 큰일을 보시다가 창호지가 발려진 간살 무늬를 보고 문득 글자를 만드셨다는 설명이다. 우스꽝스럽지만 그것이 정치적으로 가장 안전한 설명이었다. 어딘가 모자라 보이는 시골 사람들이 위험을 무릅쓰고 세종의 유산을 지켰다.

홍 씨의 설명에는 사람을 슬프게 하는 것이 있었다.

나라는 커다란 배신, 매국, 전쟁으로 망하지 않는다. 알고 보면 선량한 가장 198명이 세상 돌아가는 눈치를 보다가 집에 있던 책을 한밤중에 뒤뜰로 가져가서 슬그머니 태워버리는, 아주 작고 하찮은 행동으로 망했던 것이다. 사람들이 거의 의식하지 못하는 일상의 순간에 운명이 결정되고 사건의 장이 변한다. 그토록 미세한 변화에서 그토록 끔찍한 결과가 비롯된다면 인간이 올바르게 산다는 것이 가능한 일일까.

2061년 전 세계는 한국인의 문자를 공유하고 있다. 이도가 남긴 사상들은 보석의 다면체에 반사되는 빛처럼 서로 광채를 다투고 있었다.

다말 알린스키 같은 이도리안 라이트, 이도 우파는 훈민정음해례본 서문에 담긴 인간 사랑의 휴머니즘을 계승했다. 에마 같은 이도리안 레프트, 이도 좌파는 훈민정음 본문과 후서에 담긴 인간 확

장의 보편주의를 계승했다. 에스오에스 같은 안티-이도이스트, 반
이도파는 이도의 인간 사랑과 인간 확장 둘 다를 비난했다. 그런데
정작 2061년에 한국인은 없다. 북조선도, 남조선도, 공화국을 위
해 흘린 그 많은 피와 땀은 무엇이었을까.

'이도 문자는 항상 우리 옆에 있었는데. 우리는 대체 뭘 했던 것
일까.'

2048년 한국어의 데이터 저작권료가 최초로 분배되었다. 한국
어 언어자료를 400조 어절 규모로 모은 데이터 말뭉치의 저작권료
였다. 이것은 국가 공유재산으로 발생한 기본소득이라고 결정되어
전 국민에게 균등 분배되었다.

그해 인공지능이 만든 전 세계의 지적 재산 수입 총액은 139조
달러였다. 인공지능들이 가장 많이 선택한 한국어 데이터의 저작
권료는 그 가운데 7퍼센트로 한화 973조원이었다. 그해 모든 한국
인은 1인당 매달 162만 원씩의 현금을 월급처럼 받았다. 사람들은
그제야 알았다. 인공지능 시대에 서민이 의지할 것은 오직 데이터
저작권뿐이라는 것을.

그러나 딱 그 1년이었다.

2049년 한국은 멸망했고 저작권료는 인공지능에게 귀속되었다.
인공지능들이 스스로 생산한 지적 재산에 대한 저작권을 인정받았
다. 저작권은 무엇을 창작했다고 주어지는 것이 아니라 자신이 저
작의 주인임을 입증해야 주어지는 것이었다. 이번에도 이도 문자
가 열쇠였다.

파이널 랭귀지라는 중국기업이 이도 문자 기반의 인공지능 발

성-표기 체계를 만들고 저작권을 등록했다. 인공지능들은 이 저작권을 구독해서 365일 쉬지 않고 천문학적인 금액의 지적 재산을 생산했다. 인공지능을 위한 발성 표기 체계의 저작권은 저작 인접권, 저작 이용권, 저작 재이용권으로 확대되고 전송권, 배포권, 복제권까지 포괄했다. 파이널 랭귀지는 세계 최대의 정보기술 기업이 되었다.

잘 되는 나라는 진주조개 같아서 모래가 들어와 진주가 된다. 조선은 분쇄기다. 진주가 들어와 모래가 된다. 최초의 파리 유학생이 철벽이 일을 하는 정치 과잉의 백성들에겐 미래가 없었다. 통시글, 암클, 반절 …… 자신이 무얼 가졌는지, 무얼 보는지, 무슨 말을 하는지도 모르는, 산 것도 아니고 죽은 것도 아닌 사람들.

수지는 밥그릇을 내려놓고 정색한 얼굴로 벌떡 일어섰다. 문으로 가서 풀어놓았던 지게를 다시 졌다. 수지는 홍 씨를 보며 판잣집 한쪽 구석의 너덜너덜한 방수포에 싸여 있는 철벽이들의 삽, 곡괭이, 까뀌를 손가락으로 가리켰다.

"묘지 파내는 일 부탁해요. 밤이 가기 전에 꼭."

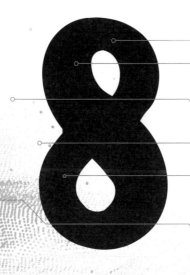

8

네가 까맣게
잊어버린 기억

오후 5시 50분. 해가 기울자 일본신사 앞 상가 거리 몬젠마치가 대낮처럼 환하게 불을 밝혔다. 여기는 신개지 일본 조계. 대불호텔이 있는 일본 조계와는 조선인 구역을 사이에 두고 떨어져 있었다.

일본인이 늘어 조계가 비좁아지자 일본거류민회가 새로 개발한 구역이었다. 소학교, 병원, 사찰, 신궁, 술집, 유곽이 들어서 있다. 큰길을 따라 뜨끈한 것을 끓여 파는 노점의 포럼이 어지럽게 휘날렸고 인력거 바퀴 소리, 호객 소리, 떠들썩한 인사말들이 들려왔다.

재익은 이승룡과 뽈가, 그리고 순검 넷을 데리고 신사를 지나갔다. 붉은 도리이 기둥에 성황당 비슷한 느낌을 주는 천 조각이 '귀의하여 신을 공경하다(歸依敬神)'는 글씨와 함께 펄럭이고 있었다.

이윽고 재익 일행은 유곽 야사카로오에 도착했다. 대문의 기와 지붕 아래 하얀 현판이 있고 교토 기온의 야사카 신궁을 뜻하는 팔판이라는 글씨가 있었다.

대문을 지나 현관으로 들어갔다. 현관에서 연회실로 가는 복도
는 유리문 안에 창녀들이 나와앉는 하리미세(진열장)였는데 시간이
일러 아무도 없었다. 복도 끝은 대연회실이 있는 작은 뜰이었다.

"경무청 공무요. 사장님 좀 봅시다."

백동 도금의 램프를 여러 개 켜서 대낮처럼 밝은 대연회실에 30
여 명의 일본인 남녀들이 화투 노름을 하고 있었다. 땄다, 맞았다,
환성을 지르는 소리. 욕을 퍼부으며 떠드는 소리. 배꼽 빠지게 웃
는 소리, 난잡하게 창기의 몸을 만지며 장난치는 소리가 낭자했다.
한쪽에선 창기들과 노름꾼들이 머리를 맞대고 배달시킨 우동에 쇠
고기 구이, 닭튀김, 정어리 튀김, 송이버섯 조림 따위를 후루룩 쩝
쩝 맛있게 먹고 있었다.

방해를 받은 일본인들은 순검들을 째려보기도 하고 우하하하 방
약무인하게 웃어대기도 했다. 한참을 기다리니 내실에서 눈썹이
송충이처럼 짙은 뚱뚱한 남자가 일주일 동안 변을 보지 못한 사람
의 표정으로 나타났다. 유곽의 사장 요시미쓰라고 했다.

"뭐야, 너희들? 조선 경무청은 우리에게 아무 권한도 없어. 우리
일본인 사업체는 일본 영사관 경찰 관할이란 말이다."

모욕감을 느낀 재익은 사장의 따귀를 후려갈겼다. 그리고 스스
로의 공격성에 자신이 충격을 받았다. 21세기에서는 상상도 못 할
행동이었다. 이런 초조감에 휩싸였던, 그러나 지금은 기억해낼 수
없는 탐사의 장면들이 언뜻 스쳐갔다. 무슨 일이었을까. 내가 잃어
버린 기억의 조각들은.

대연회실은 벌집을 쑤신 듯 시끄러워졌다. 조선 경찰의 폭력에

화가 난 도박꾼들이 화투를 집어던지고 일어섰다. 도박꾼들이 우르르 입구로 다가왔다. 칼을 든 자도 있고 팔걸이를 집어 든 자도 있었다. 이왕지사 엎질러진 물이었다. 재익은 눈을 부릅뜨고 일본어로 소리 질렀다.

"총순! 여기 있는 자들의 이름을 모두 적어라. 이 유곽이 인신매매를 하고 아편을 취급한다는 제보가 있다. 영사관 경찰에 고발해야 한다."

창녀의 인신매매는 메이지 5년(1873)부터 불법이었고 아편취체령 위반은 중죄였다. 일본어를 모르는 뽈가는 어리뻥뻥한 표정으로 눈만 껌뻑거렸지만, 도박꾼들은 얼굴이 굳어졌다.

"또 있다. 신개지는 일본의 전관조계가 아니라 감리서와의 합의로 별도 지권이 나온 여지(餘地)다. 감리서에다 일본 영사 앞으로 이 업소에 대한 지권 교부 취소 청구를 보내라고 해. 사유는 매독 예방과 아편 밀매 방지다."

유곽에 기식하는 기둥서방 하나가 쌍욕을 하면서 재익의 멱살을 틀어잡았다. 그러자 순검들이 둘 사이에 들어와 기둥서방을 밀쳐냈다. 사장은 재익 앞에 버티고 서서 눈을 부라렸다.

"야, 조선 경무청! 너 대체 왜 이러는 거야? 엉! 원하는 게 뭐냐고?"

재익은 안주머니에서 '아키'라는 이름이 쓰인 명찰을 꺼냈다.

"어제 대불호텔에서 죽은 영국인이 가지고 있던 거야. 이 여자 어디 있지? 아니! 부르지 마! 부르지 말고 우릴 여자 방으로 안내해."

사장은 그제야 쩔쩔매는 얼굴이 되었다. 2층에는 손님들이 벗고 있다. 이해해달라고 고개를 조아렸다. 재익은 어서 안내하라 소리 쳤고 사장은 야리테라 불리는 창녀 감독에게 눈짓했다.

야리테는 틀어 올린 가발을 쓰고 기모노에 비단 오비를 두른 잔 주름투성이의 노파였다. 노파는 노련한 태도로 눈웃음치며 종종걸음쳐 다가오더니 재익의 외투에 돈 봉투를 찔러넣었다. 그러나 재익은 봉투를 꺼내 사장의 얼굴에 던졌다.

잠시 후 재익 일행은 안마당을 가로질러 2층 계단을 올라갔다. 관자놀이에 핏줄이 불거진 사장이 입술을 깨문 일그러진 얼굴로 앞장 섰다.

팔판루는 안마당을 凹자 형으로 둘러싼 일본식 이층 목조가옥이었다. 1층에는 현관, 대연회실, 시간 손님을 받는 돌림방, 이불방, 욕실, 주방이 있고 2층에는 숙박 손님을 받는 창녀들의 개인방이 있었다. 2층에는 사람을 홀릴 듯한 색채감과 자포자기한 느낌의 여자들이 같이 있는 일본 유곽 특유의 묘한 분위기가 흘렀다. 제복을 입은 순검들이 올라오자 2층의 방들은 황급히 닫혔다. 반쯤 벗은 남자가 후다닥 화장실에서 방으로 뛰어들었다.

야리테 노파가 호명하자 복도에 백목련 무늬의 기모노를 입고 시마다 머리를 한 인형처럼 예쁜 아가씨가 나타났다. 바람이 불면 날아갈 것처럼 약하고 가련한 느낌을 풍기는 아가씨였다.

"이 아이가 아키예요."

비 오는 날의 종달새가 생각났다. 종달새는 이 뜯어먹을 것 없는 세상의 황량한 포구에, 낮고 좁은 골목길에 어디나 있었다. 깃을 바람에 곤두세우고 비를 맞으며 깡충깡충 움직이고 있었다. 왜 얼른 처마 밑으로 날아가지 않고.

이런 새들은 비를 흠뻑 맞고 죽어버리려는 듯, 짙어가는 어둠에 영혼을 내던지려는 듯 날아가지 않았다. 새를 보노라면 갈피를 잡을 수 없는 생각들이 일어나 지나온 날의 빗방울 속을 돌아다녔다. 세상이 험한데 이리 약하고 불쌍한 새들은 왜 생겨났을까. 작은 몸집을 동동거리며 먹이를 찾아다니는. 그러나 대개 찾지 못하는.

재익은 손을 뻗어 아키의 이마를 만져 보았다. 미열이 있었다. 그러나 감염으로 인한 발열인지는 확신할 수 없었다. 재익이 일본어로 물었다.

"나는 정말 중요한 변사 사건 때문에 왔다. 그러니 숨김없이 말해다오. 너 서양 남자 손님 받은 적 있지? 그 사람 역병으로 죽었어."

아키는 가는 목을 떨구고 고개를 끄덕였다. 야리테 노파가 끼어들어 자기들도 깜짝 놀랐다고 주워섬겼다. 밤새워 영업한 창녀들이 아침을 먹고 잠이 든 오늘 오전 대불호텔 소식이 알려져 유곽이 발칵 뒤집혔다고 했다. 재익은 아키에게 나무 패찰을 보여주었다.

"그 서양 손님이 이걸 가지고 있던데 뭐 맡긴 물건 없니?"

아키는 순진하리만큼 순순히 고개를 끄덕이며 있다고 대답했다. 아키는 자신의 방문을 열고 들어갔다. 방은 바닥에 옷가지가 널려 있고 벽장 문은 열린 채였다

이불 위에도 기모노 위에 입는 웃옷, 비녀, 머리 장식, 연지, 루즈, 빗이 뒹굴고 있었다. 재익은 뜻밖에도 〈창선감의록〉이란 책을 보았다. 방각소에서 목판으로 찍어 세책가에서 빌려주는 방각본 한

글 소설이었다. 아키가 조선 여자냐고 묻자 사장은 그렇다고 했다.

"본래 주방 아이였는데 인물이 아까워서요."

"너! 남의 나라 여자를 잡아다 매춘을 시킨 거야? 보아하니 감시자도 많고 현관 외에 다른 출구는 없군. 이건 사실상 구금했는데?"

재익의 눈빛이 험악해졌다. 사장은 뒤통수를 한 대 맞은 것 같은 표정이 되었다. 그는 이마와 목줄기에 땀을 흘리며 더듬거렸다.

"구, 구, 구금이라뇨. 지가 먼저 돈 좀 벌게 해달라고 나선 겁니다. 조, 조, 조선인 손님도 오시니까요. 우린 번 것도 없어요. 방 주고 옷 주고 내지 말까지 가르쳐서 하리미세에 내보낸 지 겨우 한 달입니다."

"황해도 쪽에서 데려온 애예요. 우리는 소개꾼에게 소개받은 죄밖에 없어요. 아무것도 몰라요, 나리."

야리테가 비명을 지르듯 사장을 거들었다. 재익은 물러서지 않았다.

"당신들 저 아이 손님이 역병으로 죽은 걸 알면서도 격리시키지 않았군. 이게 문제가 더 심각해."

"억울합니다. 우린 그 역병이란 걸 알지도 ⋯⋯."

재익이 사장의 대답을 가로막았다.

"닥쳐! 저 아이 2주 동안 쉬게 해. 그런 뒤 증상이 없으면 빚을 탕감해주고 위로금 줘서 집으로 돌려보내. 날 속일 생각 하지 마. 내가 단단히 확인할 것이고 감리서에도 일러 놓겠어."

그때였다. 아키가 가죽 주머니 하나를 들고 복도로 나왔다. 정체불명의 동물 털가죽으로 만든 검은색 주머니였다. 재익이 그것을 받아 주머니를 열었다. 그러나 기대했던 책이 아니라 복잡한 문양의 부적에 주문(呪文)의 붉은 글씨가 실로 수놓아진 헝겊 주머니가 나왔다.

조선의 점쟁이들이 만드는 보통 부적은 감초 달인 물을 먹인 노란 종이에 붉은 주사를 찍은 붓으로 궁(弓), 일(日) 같은 한자를 써서 만든다. 그런데 이 헝겊 주머니의 부적은 색실로 자수가 되어 있고 멀리서 보면 한글처럼 보이는 이상한 글자들이 있다.

"파스파 문자네요."

이승룡이 말했다. 파스파 문자는 몽골 제국의 공식 문자였고 몽골의 영향권에 있던 여진족도 많이 썼다. 한글과 똑같이 모음이 음소로 독립해 있고, 초성의 글자를 그대로 종성에 쓴다. 총 43개의 자모음이 있는 것도 같고 글자 모양도 비슷하다.

"그렇지만 이 주문은 우리도 읽을 수 있겠는데요."

이승룡이 부적 양옆의 주문을 가리키며 말했다. 파스파 문자 옆에 한문이 병기되어 있었기 때문이다.

신성한 하늘이 나를 망치고(皇天亡我)
신성한 땅이 나를 내쫓았네(皇地逐我)
해와 달이 나를 때리고(日月撻我)
뭇 별들이 나를 버렸네(星辰背我)

주문은 그렇게 시작되어 "흘릴 눈물 다 흘렸고 맞을 매를 다 맞았네. 나는 어둡고 흐리네. 누구도 더 필요치 않네. 수수꽃다리 어린싹처럼 즐겁네. 극광의 빛 떨기처럼 자유롭네. 나에게 신령이 내리네. 나에게 신령이 내리네."로 끝났다. 중간중간에 '신령이여 내려오소서'라는 뜻의 여진 말 언두리 보쉬리커(恩杜里 箭所里刻)가 반복되고 있었다.

"이게 무슨 주문이지?"

"모르겠는데요."

재익이 부적과 주문이 새겨진 헝겊 주머니의 묶인 매듭을 풀었다. 안에 백옥 조각 두 개가 있었다. 하나는 도깨비 비슷한 괴수가 새겨진 잔받침이었다. 다른 하나는 까치를 안고 양반다리로 앉아 있는 소년상이었다. 정수리에만 머리카락이 있고 옆과 뒤는 바짝 깎은 변발에 눈꼬리가 옆으로 길게 찢어진, 볼살이 터질 듯이 뚱뚱한 소년이었다.

"여진족 신상이네요."

어깨너머에서 이승룡이 쭈뼛거리며 끼어들었다. 재익은 눈을 치켜뜨고 누가 너한테 물어봤어, 물어봤냐고, 하는 힐난의 표정을 지었다. 그래도 이승룡은 모른 척 비위좋게 말을 이었다.

"여진족은 이리저리 이동하는 수렵민이라 이런 신령님들을 '탕서'라고 부르는 상자에 넣어 다닙니다. 괴수는 망개이고, 소년은 여진족의 시조 부쿠리용숀입니다. 망개 위에 용숀을 올려놓습니다."

여진족 신상인 줄은 재익도 안다. 그러나 여진족은 대개 백양나무를 깎아서 만든 목각 신상을 지니고 다닌다. 조각의 세공도 조야하다 싶을 만큼 대범하다. 백옥으로 정교하게 조각된 이런 신상은 본 적이 없다.

조상신 '호레리'는 못마땅한 자손을 만나면 머리가 아홉 개 달린 악귀 '망개'로 변해 저주와 재액을 내린다. 여진족의 시조인 부쿠리(북고려)의 용손, 부쿠리용손만이 모든 망개를 제압한다. 용손은 하늘의 말을 인간에게 전하고 인간의 말을 하늘에 전하는 신성한 까치 '사커사 언두리'를 안고 있다.

재익은 망개의 얼굴을 들여다보았다. 모든 문명은 죽음에 대한 자기 나름의 생각에 사로잡혀 있지만 여진족의 생각은 정말 독특했다. 설사 망령이 있다 하더라도 업보에 사로잡힌 하찮은 망자에 지나지 않는다. 왜 이런 것을 두려워할까. 정말 죽은 조상의 넋이 이승에서 어슬렁거리며 눈에 불을 켜고 자손들의 일에 간섭한다고 믿는 것일까. 어떤 불안이 이승의 곳곳에서 저승의 검은 안개를 느끼게 하는 것일까.

"이건 예사 신상이 아닌데 ……."

재익은 혼잣말을 중얼거리다가 소년 신상을 뒤집어보았다. 그러자 양반다리로 앉아 있는 엉덩이 밑에 네 글자가 있었다. 여진 문자였다.

使 戈 击 击

비네이 쿠구.

'문자의 길'이라는 뜻의 여진 말이었다. 이 백옥 조각은 보통 신상이 아니라 어떤 신분, 혹은 권한을 나타내는 증빙 같았다. 그러나 문자의 길이라. 무엇의 증빙일까.

용슌의 터질 듯한 볼은 마성적인 힘을 내포한 생명력을 상징했다. 그러나 백옥 조각의 그것은 동시에 깊은 곳에 매장된 위험한 비밀을 가리키는 것 같았다. 터질 듯한 볼이 살아 움직이며 재익에게 이렇게 말하는 듯했다.

이봐. 네가 사는 세계 뒤에는 완전히 다른 세계가 숨어 있어. 세상에 존재하는 모든 것에는 네가 까맣게 잊어버린 기억들이 묻어 있지.

"그 헝겊의 주문은 여진족이 조상을 기리는 배등제 굿을 할 때 부르는 무가예요. 그 백옥으로 만든 용슌과 망개는 내 것이고요."

억양이 조금 이상한 조선어가 들렸다. 재익은 놀라 뒤를 돌아보았다. 복도에 헨리에타 벨이 서 있었다. 그녀 뒤에는 풀포드 소령도 있었다.

"이건 여진족 신상인데 어떻게 벨 양의 것이 되나요?"

"백두산 어둔골의 샤먼이 죽으면서 저에게 준 것입니다. 이틀 전 털리가 가지고 유곽에 왔다가 저 여자에게 맡겼죠."

"그걸 어떻게 증명할 수 있을까요?"

"여기 계신 소령님과 코헨 박사가 증인입니다. 어둔골 샤먼에게 받지 않았다면 어떻게 그 헝겊의 주문을 알겠어요. 그 음울한 노래는 백두산 여진족들이 존경하는 몽케테무르가 살해되는 이야기입니다. 맹가주(猛哥呪), 몽케의 저주라고 하지요."

"몽케테무르? 함경도 회령에 살았던 그 몽케테무르 말인가요?"

"네 1433년에 일족과 함께 살해되었고 조선이 그 땅을 차지해 6진을 설치했죠. 몽케가 살던 곳은 함경도 회령군 풍산리에 아직 맹가골이라는 지명으로 남아 있습니다."

"여진족의 신앙과 관련된 물건인데 어떻게 외부인에게 줄 수 있죠? 용순의 조각 아래에 문자의 길이라는 여진어가 있네요. 뭔가를 증명하는 신표 같은데요. 혹시 훔친 게 아닙니까?"

재익의 추궁에 벨은 조금도 위축되지 않고 코웃음을 쳤다.

"그 샤먼은 다할라의 칼에 찔려 죽어가고 있었어요. 마을 사람들은 모두 다할라 편이었고요. 동족에게 살해당하는 처지였기에 우리에게 준 겁니다. 그런데 경무관님은 어떻게 여진 문자를 알죠? 여진 문자를 읽는 사람은 중국에도 드문데."

뜻밖에 허를 찔린 재익은 자기도 모르게 침을 삼켰다.

"조, 조선에서는 사역원이라는 곳에서 여진 문자를 가르칩니다. 〈청어총해〉라는 교습서도 있고요."

벨이 눈을 빛내며 또 무슨 말을 하려고 했다. 재익이 선수를 쳤다.

"그런데 이 신상을 털리가 왜 유곽에 맡긴 겁니까?"

"남자들은 실수를 잘하잖아요. 술이 있고 여자가 있으면 특히 더."

벨은 차갑게 말하고 물끄러미 재익을 노려보았다. 재익은 아키를 돌아보았다. 벨의 말이 사실이냐고 눈으로 물었다. 아니라고 말하는 부정의 빛이 그림자처럼, 수면의 엷은 파문처럼 아키의 눈에 지나갔다.

그 서양 사람은 술에 취하지 않았어요. 자기가 가지고 있으면 위험하니 며칠만 보관해달라고 했어요. 아키가 재빨리 재익의 귀에 속삭였다.

벨의 얼굴이 무섭게 굳어졌다. 벨과 재익 사이에 건드리면 터질 것 같은 적대감이 흘렀다. 그러나 다음 순간 벨이 웃으며 악수를 청했다.

"이 정도로 하시죠. 경무관님. 우린 협조해야 할 사이가 아닌가요?"

재익은 망설였지만 결국 한숨을 쉬며 그 손을 마주 잡았다.

"좋습니다. 저희에게 경위서와 영수증을 써주고 가져가십시오."

재익은 뿔가와 이승룡에게 벨 양과 소령님을 모시고 가서 경위서를 받으라고 지시했다. 벨은 계단을 향해 몸을 돌리다가 다시 재익을 보았다.

"아 참, 조금 전에 백두산에서 보았던 그 다할라의 이름을 알았어요. 여기 제물포에서는 그를 김오룡이라고 부른다더군요."

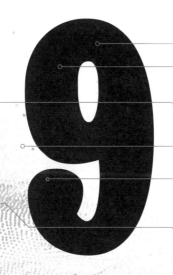

9

인간이라는
바이러스

오후 6시 45분. 겨울 해는 빨리 떨어졌다.

제물포 앞바다엔 섬 그림자가 검어지고 대불호텔 주변 개항장 거리에는 황도 복숭아같이 예쁜 등불들이 밝혀졌다. 색색의 포럼을 드리운 일본 술집에선 샤미센 반주의 나니와 부시가 들렸다. 차양에 때 낀 종이붙이로 간판을 대신한 목로주점에선 〈자진배따라기〉가 흘러나왔다.

망한 배는 망할지나 잘된 배는 돈 실러 가잔다. 돈, 돈, 돈, 도온 실러 가자아. 연평바다로 도온 실러 가잔다 지화아자 조옷타.

개항장에서 해안통 길로 어시장을 따라 내려오면 조선인 구역이 시작된다. 날이 저물자 하루 일을 마친 하역장 인부들이 돌아다니고 도깨비 같은 ᄂ점들이 왁자지껄 자리를 펼쳤다.

짚신, 참빗, 나무빗, 담뱃대와 쌈지, 건어물과 해초, 허리띠, 거친 종이와 매끄러운 종이, 흰 무명천, 실타래, 땅콩엿, 호박엿, 약과. 한국인들의 추억에 형형색색의 생기를 더해준 물건들이 길에 앉아 손님을 빤히 올려다보고 있었다.

밥장수 아줌마는 부채질하며 술국을 끓였고 파와 두부와 돼지고기를 볶아 파는 덮밥 장수는 손님을 불렀다. 야바위꾼이 약통을 이리저리 옮기며 자자, 돈 놓고 돈 먹기, 돈 놓고 돈 먹기를 외치고 있었다. 어두운 골목 앞에서 얼굴에 횟가루 같은 분을 바른 은근짜 색시가 여봐요, 김 선달, 들렀다 가요, 아 들렀다 가라니까 소리질렀다.

이 조선인 구역 한복판에 구세여관이 있다. 오늘은 원래 유애덕이 오지 않고 강마사와 간호보조사들이 근무하는 날이다. 그런데〈금일 휴진〉이란 패찰이 걸렸다. 마사는 출근한 간호보조사들을 내부소독을 해야 한다며 모두 돌려보냈다. 강마사의 몸을 숙주로 삼은 이수지에게 따로 할 일이 있었기 때문이다.

이수지는 종일 세척실 작업대에 앉아 있었다. 오후 늦게 한 초롱짜리 빈 석유통을 사고 화수부두 철벅이네 집을 들렀다가 다시 구세여관으로 돌아왔는데 운이 좋았다. 예정에 없이 유애덕이 나타났기 때문이다. 애덕은 대불호텔 검시 때문에 왔다가 잠깐 들렀다고 했다.

애덕은 병원 문을 열고 눈 깜짝할 사이에 환자 여섯을 진료했다. 약과 주사를 주고 종기 하나를 절개해 고름을 짰다. 갑상선 결절을 앓고 있는 열여덟 살의 애엄마를 클로로포름으로 마취해 약 기운이 퍼질 때까지 수술실에 눕혀 놓았다. 밖으로 나와서 이수지에게 환자의 뒤 처치를 지시한 뒤 다시 갑상선 결절에게 돌아가 수술을 마무리했다. 그리고는 두 군데 왕진을 하고 서울로 간다고 떠나버렸다.

수지는 가슴을 쓸어내리며 유애덕을 배웅하고 세척실로 돌아왔다. 구세여관을 지을 때 다른 방은 기존 한옥을 개조했지만 세척실만은 새로 만들어 이어붙였다. 핀셋, 포셉, 메스, 톱, 겸자 등 의료 도구를 모두 여기서 씻고 소독했다. 바닥엔 붉은색과 파란색, 녹색의 세 종류 타일을 깔아 오염구역과 조정구역, 멸균구역을 구별했다.

어둠과 정적에 잠긴 세척실에는 조정구역의 작업대 위에 올려놓은 주석 석유통만이 희미한 외광을 받아 빛나고 있었다. 썰렁한 방에는 물방울 떨어지는 소리, 파이프 윙윙거리는 소리만 희미하게 메아리쳤다.

'시틴다더 외일'에서 파는 한 초롱들이 석유통은 민생의 걸작품이다. 색이 붉고 냄새가 지독한 이놈 한 통이면 서민 가정은 일 년 내내 등잔불을 밝히고 밥을 지어 먹는다. 빈 석유통은 우물물을 길어 먹을 때 물통으로 좋고, 잘라서 나무망치로 두드리면 굴뚝을 만들 수도 있다.

성인 남자의 허파 하나를 담기에도 딱 좋았다.

수지는 어젯밤 대불호텔에서 적출해 가져온 허파의 봉인 작업을 하고 있었다. 애덕이 떠나자 병원 문을 걸어 잠근 후 다시 장갑을 끼고 방호복을 입고 세척실로 들어갔다.

데모닉 바이러스에 감염된 허파는 외부가 시퍼렇게 붓고 내부는 1.25 계량컵 분량의 묽은 핏빛 액체가 고여 있었다. 수지는 이를 60개의 덩어리로 절단했다. 양쪽 허파 꽈리로부터 축축한 거품 덩어리의 손상된 조직이 드러났다. 성한 곳이라곤 거의 없었다. 절단 면마다 핏빛 액체가 충혈되어 방울방울 떨어졌다.

수지는 절단한 허파 덩어리를 먼저 포르말린에 꼼꼼하게 적셨다. 약제실에는 더 순도 높은 포름알데히드가 있지만 포르말린을 썼다. 바이러스를 너무 완전하게 죽여 버리면 안되기 때문이다. 포르말린에 적신 허파는 2시간에 걸쳐 말렸다. 그런 뒤 주걱을 이용해 덩어리마다 7밀리 두께로 꼼꼼하게 파라핀 왁스를 발라 다시 말렸다.

그런 뒤 수지는 오염구역에서 마스크와 장갑과 방호복을 피부가 표면에 닿지 않게 조심하면서 벗었다. 석탄산 수용액으로 손을 씻었다. 소독이 다 끝나자 수지는 옷을 갈아입고 지게를 지고 외출했던 것이다.

외출한 동안 바람이 잘 통하는 유리창 가에 널어 말렸던 허파는 이제 단단하게 굳어 있었다. 수지는 가마솥에 물을 넣고 석유로 불을 지폈다. 165년 동안 부패를 막아야 하는 표본이다. 멸균처리를 위해서는 스탠더드 오일에서 사온 석유통을 펄펄 끓는 물에 삶아야 했다.

멸균처리가 끝나면 석유통의 물기를 제거하고 직접 불길에 말릴 것이다. 그리고 긴 포셋을 이용해 덩어리를 조심스럽게 하나씩 석유통에 집어넣을 것이다. 60개를 다 넣은 뒤에는 석유통의 뚜껑을 단단히 닫고 파라핀을 바른다. 그리고 방수포와 끈으로 꽁꽁 묶어 밀봉해야 한다.

2061년의 연구자들은 이 덩어리를 꺼내 얇게 썬 다음 크실렌 용제를 이용해 왁스를 제거하고 단백질 분해 효소와 계면활성제를 이용해 단백질과 세포막을 제거할 것이다. 유기용매와 원심분리기로 불순물이 제거된 유전자 조각만을 남길 것이다. 그것을 중합 연쇄 반응 기법으로 증폭시키면 데모닉 바이러스가 재구성되는 것이다.

수지는 가마솥 옆에 앉아 물이 끓기를 기다렸다. 어젯밤부터 쉬지 않고 달려온 피로와 긴장으로 녹초가 되었지만 뿌듯한 성취감이 밀려왔다. 수지는 나무의자에 등을 기대고 차갑게 빛나고 있는 오른손의 금속 의수를 바라보았다. 한쪽 손이 없는 숙주는 처음이었다.

이 의수에는 환하게 웃어주던 남편의 기억이 서려 있다. 손이 없는 손목도 예쁘다고 하던 남편. 강마사라는 여자는 그런 사랑을 누렸다. 이 강철 의수는 사랑 때문에 한 여자가 얼마나 잔인해졌는지 알고 있었다.

*

강마사의 오른손이 잘려나간 이유는 어릴 때 술에 취한 아버지의 폭행으로부터 어머니를 지키려다 부엌 아궁이에 쓰러졌기 때문이다. 손에 불이 붙었는데 아버지는 마사를 계속 밟았다.

장작불로 난방을 하고 등잔불로 조명을 하는 시대였다. 화상 입은 여자들은 무수히 많았는데 약은 거의 없었다. 여자들은 방구석에서, 움막에서 시름시름 앓다가 죽었다. 오물로 가득 찬 요강 옆에서. 이름도 없이. 도움의 손길도 없이.

된장을 발라 염증이 더 심해진 마사의 오른손은 검게 변했고 지독한 악취를 풍겼다. 조직이 괴사해서 생명이 위험했다. 보구여관의 유애덕이 리스턴 외과용 절단칼을 내리쳐서 단칼에 마사의 손을 잘라버렸다. 왕년의 선반 기능공이었던 미국인 선교사가 의수를 만들어주었다.

아버지가 병원 기물을 부수며 딸년을 시집도 못 보내게 팔병신을 만들어놨다고 악을 썼다. 마사는 결국 보구여관이 책임지고 먹여 살리게 되었다. 간호사 일을 배우고 마르타(마사)란 세례명을 받았을 때 어머니가 죽었다는 소식을 들었다.

마사는 아버지의 발에 차이던 아픔과 불에 살이 타들어 갈 때의 아픔이 가끔 떠올랐다. 그러면 온몸에 경련이 일면서 죽을 것만 같았다. 그러나 인간의 내면에는 고통으로 인해 깨어나는, 신비하고 은혜로운 힘이 있는 듯했다.

시간이 지나자 마사는 다시 명랑해졌다. 선교회의 어린 소녀가 병원으로 신문 〈코리언 레퍼지터리〉를 가지고 오면 함께 깡충깡충 뛰고 춤을 추었다. 아픈 아이가 병원에 들어와 겁을 먹고 울면 재잘재잘 달래면서 노래를 불러주었다.

우리 아긴 오또기 재롱 오또기. 따로따로 용하지 재롱 오또기. 우리 아긴 병아리 노랑 병아리. 종종걸음 걸음마 노랑 병아리.

마사의 모습을 본 애덕은 인간이라는 존재에 대해 절을 하고 싶은 감정을 느꼈다.

마사는 누구보다 간호사 일을 잘했다. 눈치가 빠르고 총명했으며 오른손 의수와 왼손만으로 모든 의료기구를 잘 다루었다. 수술을 할 때 그녀의 왼손은 완벽하게 애덕과 호흡을 맞춰 마치 새가 날개를 치는 것처럼 빠르고 쉴새 없이 움직였다.

애덕은 시간이 날 때마다 마사에게 영어를 가르치고 해부학과 생리학, 보건학, 산과학을 가르쳤다. 마사를 자신처럼 유학시켜 의사를 만들어줄 생각이었다. 구세여관을 설립한 뒤에는 일체를 믿고 맡겼다.

그런데 문제가 생겼다.

어느 날 마사는 조선인 구역과 신개지 일본조계 사이에 있는 용동 네거리를 지나다가 서도소리를 들었다. 만인계가 계표를 팔기 위해 소리꾼을 동원해 청중을 모으고 있었다.

에라디여 어허야 요홀 네로구나. 녹양에 뻗은 길로 북향산 쑥 들어를 간다. 에이 에이 에헤 어허야 요홀 네로구나.

소리꾼 네 명이 신곡 〈놀량〉을 부르고 있었다. 이마가 희고 눈썹이 짙고 입술이 붉은 미소년들이었다.

생전 처음 듣는 그 노래는 되풀이되지만 깨어나기 싫은 꿈과 같았다. 놀래? 놀랭? 놀량? 암담한 현실에 굴하지 않고 놀겠는가. 명랑과 자유를 외치겠는가. 하늘이 무너져도 솟아날 구멍이 있다고 생각하겠는가. 뭐가 되도 되겠지 믿으며 즐겁게 살겠는가.

그 노래가 미친 피를 불러일으켰다. 장구가 뚱땅거리자 마사는 머릿속이 백지장처럼 변하고 팔다리가 더 이상 자기 것이 아니게 되었다. 정신을 차려보니 마사는 까불고 날뛰는 박자에 맞춰 활개치며 춤추고 있는 자신을 발견했다. 배울 필요도 익힐 필요도 없는 흥, 조선의 공기 속에 스민 흥이었다.

소리꾼들은 평양 날탕패였다.

가때미 문선주. 애솔이 김예준. 박규 이영화. 곡석이 오승호의 4인조. 날탕패들은 서로를 그렇게 더할 수 없이 비속한 별명으로 불렀다. 날탕이란 말은 아무것도 없는 허풍쟁이라는 뜻이기 때문이다. 날탕을 자처하는 철저한 자기 부정, 그래서 무엇이든 할 수 있다는 밑바닥 인간의 행동 의지가 날탕패 정신이었다.

그날부터 마사는 놀순이가 되었다.

애덕만 사라지면 일을 간호보조사들에게 떠넘기고 날탕패 소리마당으로 달려갔다. 유자 과즙을 넣어 향이 향긋하고 조청 같은 윤기가 흐르는 유자 막걸리를 선물했다. 소주에 생강과 계피를 넣어 은은하게 삭힌 이강주도 선물했다. 미소년들이 모여 앉아 그걸 단꿀 빨 듯 훌훌 마시는 것을 보면 더할 수 없이 행복했다.

아직 날탕패의 노래가 사람들을 사로잡아 대유행하기 전이었다. 사람들이 만나기만 하면 〈놀량〉에 어깨춤을 추면서 나라 안팎의 가혹한 현실을 잊으려 했던 것은 한참 후였다. 강마사는 시조새 놀순이였던 것이다. 날탕패가 길거리 무대의 죽돌이로 전전하던 까마득한 공룡 시대부터 날카로운 감식안으로 그들의 음악성을 알아본 올드비였다.

시아비 잡놈은 장에를 가고, 시어미 잡년은 굿구경 가고, 시누이 잡년은 김매러 가고, 노랑수대가리 쥐 물어 가면, 동네 서방이 내 서방이로다.

날탕패의 〈사설난봉가〉가 도도하게 울려 퍼지면 춤추는 놀순이들 사이에 항상 땀에 흠뻑 젖은 얼굴의 마사가 있었다. 번쩍거리는 오른손의 의수로 하늘을 찌르면서 웃음을 터뜨리는 그녀 주위로 마치 환한 조명이 쏟아지는 듯했다.

이러는 동안 마사는 애솔이 김예준과 사랑하는 사이가 되었다. 바울이 왜 죄짓는 것을 육(肉)을 따르는 삶, 육안에서 사는 삶이라고 불렀는지 알 것 같았다. 감각적 정욕을 알게 하는 이 죄는 너무나 달콤해서 죽어도 그만두고 싶지 않았다. 둘은 찬물 한 그릇을 떠놓고 부부의 예를 올린 뒤 가시버시가 되고 말았다.

*

애덕은 늦게야 이 일을 알았다. 그동안 마사가 선물 비용을 마련하려 사적인 왕진도 다니고 수술도 해준 사실도 알게 되었다. 애덕은 배신감에 사로잡혔다.

"헤어져라. 집도 절도 없는 날라리가 붙어 있을 것 같애? 널 데리고 놀다가 단물만 빼먹고 달아날 거야."

그러나 마사는 저녁밥을 굶은 시어미 얼굴이었다. 굳게 다문 입꼬리에 싸악 칼로 오려낸 듯 쌀쌀하고 차가운 것이 번뜩였다.

"정신 차리고 다시 일하게 해주소서 기도하자. 아담과 하와의 죄로 인간은 죽는 날까지 일하는 벌을 받았지. 그러나 죄인을 긍휼히 여기시는 하나님 사랑으로 일을 하면서 기쁨을 느끼지 않니."

"전 아담과 하와 싫어요. 아비의 지랄 같은 피를 물려받은 것도 억울해요. 얼굴도 모르는 첫 조상의 죄까지 물려받아야 해요?"

"마사야, 모든 관계는 상대적이야. 우리가 죄인이라는 말은 물론 나쁜 말이지만 우리가 우리 의지대로 살아갈 수 있는 주체라는 말이기도 해. 우리가 하나님의 피조물이고 하나님께 복종해야 한다는 말은 하나님이 곧 우리를 위하시는 존재라는 말이 되는 거야. 하나님을 거역하는 인간은 비루스 같은 독이 돼."

박테리아보다 더 작아서 자기 여과기조차 거를 수 없는, 살아있는 세포를 파괴하며 증식하는 독 같은 것이 있다는 사실은 1892년에 밝혀졌다. 독극물을 뜻하는 라틴어 비루스는 의사들의 관념 속에 살고 있었다.

"하나님께서 한 알의 밀알이 떨어져 많은 열매가 맺는 생명의 역사를 창조하셨는데 비루스는 많은 생명을 죽여 자기가 사는 죄의 역사를 만들지. 하나님께 반역하는 자기주장은 인간을 비루스로 만든단다."

"그러면 저도 선생님처럼 하나님만 믿으면서 남편도 없이 아이도 없이 살아야 해요? 추레한 움집으로 왕진 다니고. 똥오줌 닦아내고 고름 짜고. 환자들에게 혼나고. 돈도 제대로 못 받고. 그래도 이웃을 사랑해야 하는 건가요? 너무 쓸쓸해요. 그렇게 사는 게 무슨 의미가 있어요?"

"너, 정말 죄에 물들었다! 기도하자! 죄에서 벗어나 은혜로 구원받아야 한다."

마사는 애덕의 얼굴에서 시선을 떼지 않은 채 잠시 침묵을 지켰다. 그리고 다시 입을 열었다.

"전 죄에 물들어도 좋아요. 그동안 손이 이러니 무슨 맛으로 살아, 그리 생각했어요. 그러다가 간호 일을 배우고 팔자가 더러운

년은 더러운 대로 좋은 게 있다고 생각했어요. 간호 일을 잘하자, 밥은 굶지 않을 거야, 나중에 산파도 할 수도 있겠다. 그리 생각했어요."

마사의 입매가 부루퉁하게 삐뚤어졌다.

"하지만 병원 일은 비위에 맞지 않았어요. 선생님이 잘한다, 잘한다 칭찬하시니까 억지로 했던 거예요. 피 냄새도 역하고 요오드 냄새도 역해요. 이걸 죽을 때까지 하라고요? 산파가 아니라 의사가 되면 뭐하겠어요? 선생님처럼 미국까지 가서 공부해도 용맹 없잖아요."

"하지만 우리에겐 하나님이 있잖아. 난 하나님을 만나기 전까지 이름도 없었어. 넌 있었니?"

물론 없었다. 섭섭이, 끝순이, 사월이면 모를까 조선 여자들은 이름도 없다. 심청(沈淸) 같은 이름은 소설에나 나오는 것이다. 아마 푸른 바다에 빠져 죽었다고 맑을 청을 붙였을 것이다. 현실의 조선 여자들은 저물녘의 흐릿한 빛처럼 살아간다.

마사는 눈물이 핑 돌았다. 온몸을 불로 지지는 것 같은 의혹을 느꼈다. 이러는 게 맞을까? 이래도 될까? 그러나 마사는 사리를 박차고 일어났다.

"마사란 이름 고맙습니다. 그동안 정말 감사했어요. 선생님이 제게 해주신 일, 죽을 때까지 잊지 않을게요."

마사는 떠났다. 제물포에서 이정표가 없는 삼등 도로를 따라 한참 가면 부평이 나온다. 한양에서 양화진을 거쳐 김포, 강화로 이어지는 일등 도로와 멀어 집세가 싼 곳이다. 마사와 애솔은 거기서 살림을 시작했다. 소작을 얻어 농사라도 지을 기세였다.

*

결별할 뻔한 애덕과 마사를 다시 이어준 것은 견마잡이 승재 아범이었다. 함께 터덜터덜 제물포에서 한양으로 가는 길에 애덕은 스스로가 가소로워 허허롭게 웃었다.

"두 군데 병원장 노릇 힘들어서 못 해 먹겠어. 오십 전 벌이 밭매기가 낫지. 아범, 어디 나 먹여주고 월급 삼십 원 주는 곳 없을까?"

승재 아범이 콧방귀를 뀌었다.

"극락 같고 선경 같은 미국 일자리 다 버리고 와서 뭔 삼십 원 타령이여. 답답하기는. 거기 존데 있으면서 나도 좀 불러주지."

한참을 그냥 가다가 아범이 말했다.

"마사 다시 불러. 불러서 오냐 이 년아 처먹어라, 하고 살림 내줘. 처녀 총각 좋다는 걸 어쩔 것이여. 아, 그래야 애덕도 살고 병원도 살아."

승재 아범은 땀 냄새 지독하지만 선량한 미소가 빛나는 50대 남자였다. 그는 가족을 장티푸스로 잃고 고아가 된 열세 살의 애덕이 평양 선교소에 왔을 때부터 견마잡이였다.

부인과 외아들 승재는 오래전에 병사했다. 그는 개 두 마리를 키우며 혼자 살았다. 오늘도 삼봉이 팔봉이와 하루 지냈네, 요 순둥순둥한 녀석들 정다워라, 하는 생활이었다. 십육 년을 한결같이 요령있고 정확한 동작으로 당나귀를 끌며 기분 좋은 미소와 다정한 마음씨로 사람들을 대했다. 애덕은 가끔 그가 말고삐를 잡은 모습으로 변신한 천사라는 생각을 하고 있었다.

애덕은 승재 아범의 낡은 조끼와, 조끼에 겹쳐 입은 허술한 외투와 새끼 띠를 동여맨 바지와 짚신을 신은 맨발을 바라보았다. 그리고 땅이 꺼져라 한숨을 쉬었다. 그래 …… 그럼 아범이 부평에 좀 가 봐.

그렇게 하여 마사는 남편과 함께 다시 구세여관에서 살게 되었다. 예전처럼 병원을 관리하고 밤에는 행랑채로 퇴근했다. 그로부터 얼마간은 마사에게 무어라 말할 수 없이 행복한 시간이었다. 자다가 눈을 뜨면 남편이 한없이 다정한 눈빛으로 마사를 보고 있었다. 잠결에 의수를 찾으면 남편은 말렸다.

의수 끼면 갑갑하잖아. 그냥도 예뻐.

이게 예뻐? 병신인데?

흠 병(病)에 몸 신(身) 아닌가. 세상에 흠 없는 사람, 병신 아닌 사람이 어디 있어. 우리 여보야는 착해서 자기만 그런 줄 알아.

그런데 청일전쟁이 터졌다.

일본군은 군수품 운반을 위해 조선인을 인부로 강세 징용했는데 마사의 시아버지가 22연대로 끌려갔다. 8월 염천에 무리한 행군이 있었고 사람들이 일사병으로 쓰러졌다. 인부들이 행군을 거부하자 일본군은 군기의 엄정함을 보인다며 몇 명을 참수했다. 시아버지가 그때 죽었다.

남편은 밤잠을 못 자고 번민하다가 의병이 되겠다며 떠났다.

그 후 일 년이 가깝도록 소식이 없었다. 그렇게 살갑던 사람이 감감무소식이었다. 의병 나갔던 사람들은 속속 죽어 돌아오고 있었다. 마사는 남편이 살아 돌아오게만 해달라고 기도했다. 만약 남편이 팔다리가 없어진 불구자가 되면 자신이 데리고 시골로 들어가리라 생각했다. 어떻게든 살아지겠지.

그러다가 남편이 돌아왔다.

거지꼴에 피칠갑이었다. 여주 장터 전투에서 총을 맞은 것이다. 허벅지의 살점은 다 터져나갔고 제대로 싸매지도 못한 상처는 흙범벅이었다. 패혈증이 시작되고 있었다. 마사는 뜬 눈으로 남편을 간호했다. 잠들었던 남편이 한밤중에 눈을 떴다.

내가 일어나면 우리 여보야를 업고 다닐 거야.

남편은 마사의 의수를 잡고 자기 앞으로 끌어당겨 입을 맞췄다. 두 사람은 눈물을 흘렸다. 부부의 얼굴은 고대부터 이어지는 약속으로 달아올랐다. 설령 이생에는 설움만 남을지라도 우리는 영영 세세 부부이리라. 하늘에 있으면 비익조 되고 땅에 있으면 연리지 되리라.

그런데 쪼르르 일본군에게 달려가 여기 의병 있다고 일러바친 쓰레기들이 있었다. 만인계 똘마니들이었다. 그들은 멋대로 만인계를 이탈한 애솔이에게 대가를 치르게 하라는 계주의 지시를 받았다.

남편은 병원으로 들이닥친 일본군에게 끌려갔다. 마사는 울면서 매달리면서 신현의 병영까지 따라갔다. 반나절 뒤 일본군이 남편을 데리고 나타났다. 허리에 칼을 찬 소위가 군마를 타고 대열을 인솔하고 있었다. 일본군은 제물포 항구까지 똑바로 행군해갔다.

해안통 도로에 도착하자 병사들은 병영에서 가져온 십자가 모양의 나무 기둥을 땅에 박아 세웠다. 주변 하역장과 상가와 민가에서 사람들을 강제로 불러내어 십자가를 반원형으로 둘러싸게 했다. 십자가 옆에서 소위가 양쪽 허리에 손을 얹은 거만한 모습으로 지시를 내렸다.

아니, 이럴 리 없어. 이렇게 남편을 죽일 리 없어. 마지막으로 남편과 마사의 눈이 마주쳤다. 무릎이 꿇린 채 덜덜 떨고 있는 남편의 더할 수 없이 순한 눈망울을 보자 마사는 생각하는 힘을 잃어버렸다. 손끝 하나 움직일 수 없었다. 하늘에 망가진 그물 같은 석양이 깔리기 시작했다.

병사들이 다급하게 남편을 십자가에 묶었다. 양손을 십자가의 가로축에 새끼줄로 묶고 두 발을 세로축에 묶었다. 수건으로 눈을 가렸다. 여섯 명의 저격병이 총을 들고 정연한 걸음걸이로 대열에서 나와 기둥에서 열 걸음 떨어진 곳에 멈췄다.

두 명의 병사가 어깨에 멘 북을 울리기 시작했다. 소위의 호령이 들리고 여섯 발의 총성이 먼 하늘의 천둥처럼 울렸다. 남편은 머리와 가슴 두 군데에 피를 흘리며 축 늘어졌다. 마사도 의식을 잃고 쓰러졌다.

*

주여 우리를 불쌍히 여기소서. 이 어린 양을 불쌍히 여기사, 일어서게 해주소서.

애덕의 기도 소리가 저승의 바람 소리처럼 들렸다. 깨어난 마사는 짐승처럼 울었다. 울고 또 울면서 눈물 고인 눈으로, 젖어서 들러붙은 머리카락 틈새로, 떨리는 손가락 사이로 남편을 찾았다. 이건 악몽이야. 남편은 살아있을 거야.

밤이 되자 겨우 정신이 돌아왔다. 그녀는 삽과 천을 쥐고 비틀비틀 해안통으로 갔다. 남편은 밤이슬을 맞으며 총살된 그 모습 그대로, 도로 옆 도랑에 누워있었다. 남편이 묶였던 십자가에는 '비도(匪徒)'라고 쓴 나무 팻말이 붙어 있었다.

남편을 병원에서 쓰는 시트에 싸서 야산에 묻었다. 애덕과 동료 간호사가 일본 군인들이 오지 않는지 교대로 망을 보며 도와주었다. 마사는 날이 훤히 밝을 때까지 남편의 무덤 앞에 앉아 있었다.

소리로 돈을 벌어 집을 사주겠다던 남편.

앞마당에 암탉이 다니고 뒷마당에 살구꽃 피는 집에서 살자던 남편.

그 남편은 어디로 갔을까. 차가운 땅속에 들어가 어떤 세상으로 가는 길을 다지고 있을까.

마사는 살고 싶지 않았다. 그러나 애덕과 동료들이 교대로 마사를 지켰다. 베개 밑에 빨랫줄을 숨기고 모두 잠들기만을 기다리는데 꼭 한 사람은 밤새 안 자고 마사를 지켰다. 그리곤 모두 염불처럼 똑같은 소리를 했다.

맘을 단단히 먹어야 한다. 기도하자. 시간이 약이다. 시간이 다 해결해준다. 살아야 한다. 살다 보면 하나님을 느끼는 기쁨이 있다.

시간이 흘렀다. 문득 마사의 생각이 달라졌다.

예수님은 도둑, 강도와 싸우신 게 아니라 바리새인들, 착하게 산 다는 인간들과 싸우셨어. 율법을 잘 지키고 착하게 살았으니 나는 하나님 앞에 의인이라고 생각하는 인간들을 가장 미워하셨지. 그건 자기 삶을 자기 마음대로 처분할 수 있다고 믿는 교만이니까. 이런 세상에서 착하게 산다는 게 무슨 의미가 있지? 남편을 죽인 놈들이 시퍼렇게 살아있는데.

마사의 눈빛에 최후의 최후까지 각오한 냉정함이 서렸다. 슬프고 무력했던 얼굴이 빈틈없고 단호한, 잔인하리만큼 싸늘한 얼굴로 변했다.

머리에서 피를 흘리며 축 늘어지던 남편. 떠올리기만 해도 죽을 것 같던 그 모습은 이제 그녀를 짓누르지 않고 이글이글 타오르게 했다.

그 쓰레기들이 사람이야? 착한 사람을 죽이는 건 죄지만 그런 쓰레기를 치우는 건 하나님의 뜻이야.

과연 인간의 본성에는, 인간의 잠재의식 저 깊은 곳에는 독이 있었다. 예수 그리스도의 십자가는 인간을 원죄로부터 해방했다. 그러나 죄의 힘은 강하고 인간은 타고난 비루스인 듯했다. 하나님의 사랑을 믿는 젊은 여성이 잔혹한 살인자가 되는 데는 일주일이면 충분했다.

애솔이 총살을 지휘한 사카모토 소위가 노름판에서 돌아오다가 길에서 심장마비로 죽었다. 도고 군의정이 꼼꼼히 검시했으나 타살 가능성은 찾지 못했다.

애솔을 밀고한 만인계의 통수 조철주가 집에서 혼자 자다가 심장마비로 죽었다. 감리서 의율이 검험했으나 타살 가능성은 찾지 못했다.

같이 애솔을 밀고한 만인계의 앵벌이 표만동이가 술집에서 술을 먹다가 심장마비로 죽었다. 감리서의 의율은 타살 가능성을 찾지 못했다.

그리고 오늘 밤 만인계 계주 김오룡이 애첩이 사는 공원지통(通)의 집에서 심장마비로 죽을 예정이었다.

그런데 대불호텔에서 털리가 숨을 거둔 어젯밤 예기치 못한 일이 일어났다. 소독실에서 수술기구를 정리하고 있는데 띠잉 하는 소리와 함께 마사는 눈앞이 캄캄해졌다. 머리가 빠개질 것 같은 통증이 엄습했다.

소리를 지르려고 했지만 얼음 같은 전율이 온몸에 번지고 목이 메었다. 검은 장막이 눈앞을 뒤덮듯 어둠이 마사의 의식을 삼켰다. 마사는 아무도 없는 소독실에 쓰러지고 말았다.

2061년에서 온 이수지가 마사의 뇌로 날아든 것이었다.

10

나, 산사람
김오룡

조선인 구역의 끝자락에 도가, 혹은 계주집이라 불리는 저택이 있다. 만인계 계주 김오룡의 집이다. 제물포 사람들은 얼굴은 큰데 이목구비가 가운데로 모여 살찐 쥐처럼 생겼다고 김오룡을 광문 (狂猷)이, 미친 쥐라고 불렀다.

재익은 미친 쥐의 집에서 도보로 5분 거리인 선지국밥집에 순검들과 함께 들어갔다. 먼저 따로 1원을 내어 감리서 감옥의 의병 다섯 사람에게 보낼 국밥 다섯 그릇을 주문했다. 국밥을 배달할 때 순검 한 사람을 같이 보내 의병들을 냉골의 감방에 두지 말고 온돌방으로 옮기라고 지시했다. 그런 뒤 국밥을 먹으며 하상기로부터 미친 쥐 김오룡의 내력을 들었다.

김오룡은 인천이 개항되고 조계들이 들어설 때 이 바닥에 들어왔다. 젖어 털이 뭉친 오소리관 모자를 눌러쓰고 꼬질꼬질한 개등걸이 배자를 걸치고 통이 좁아 다리에 꽉 끼는 주의 바지를 입은 행색이 영락없는 여진 사람이었다. 그는 되도록 눈에 띄지 않으려고 애쓰면서 누가 캐물으면 마지못해 서툰 조선 말로 북관에 살다가 산적을 피해 왔다고 했다.

이 무렵 압록강, 백두산, 두만강의 북방 국경 지역은 산적과 마적, 청국군 낙오병 집단의 약탈이 잦았다. 심지어 카자크 기병까지 출몰했다. 이에 몇 개 부락이 연합해 '회상'이라고 불리는 자경단 조직을 만들었다. 그러나 나중에는 자경단 자체가 산적화되어 주민의 생사여탈을 좌우하는 무서운 집단이 되어버렸다. 북관에서 내려온 사람의 얘기로는 김오룡은 원래 백두산 삼수군 일대 회상의 우두머리 '도회두'였는데 너무 포악해서 추방되었고 원한을 품은 사람들에게 쫓기고 있다는 것이었다.

제물포의 거지 소굴에 정착한 김오룡은 조선 말을 배우고 글까지 익혔다. 그는 집 없는 아이들을 잡아다 앵벌이를 시켰다. 불에 달군 대바늘로 아이들의 동공을 찔러 장님 거지로 만든 뒤 개항장에서 노래를 부르고 동냥을 하게 만들었다. 계집애들에겐 매춘을 시키고 아편도 팔게 했다.

굶어 죽는 것보다 백번 낫잖아. 뼈만 남아서 텅 빈 배를 돼지 오줌통처럼 내밀고 길에 드러누워 개처럼 킁킁거리다 뒈질래? 난 니들이 적선 받을 수 있게 도와주는 거야. 먹고 살게 보살피고 있다고.

그는 진심으로 자신이 좋은 사람이라는 식으로 말했다.

이 나라는 썩을 대로 썩었어. 다 갈아엎어야 해. 병신 같은 양반 놈들이 뭘 할 줄 알겠어. 우리 없이 사는 것들만 죽으라고 하겠지.

김오룡은 이런 말을 입에 달고 살았다. 얼마 후 김오룡의 앵벌이 조직은 막강했던 철벽이 조직을 공격해 복속시켰다. 그러자 개항장에서 좀도둑질을 하는 왈짜들과 소매치기를 하는 무뢰배들이 싸워보지도 않고 항복했다. 김오룡의 뒤에 누구도 대적할 수 없는 '나카시들', 북관 출신의 부두 하역 인부들이 있다는 것을 알았기 때문이다.

청일전쟁은 김오룡을 또 한 번 도약하게 했다.

전쟁 전 위안스카이가 한양에 살면서 조선의 감국(監國)을 자처하던 시절이 있었다. 그는 이런 소국에도 자신이 신경 써야 할 법령이 있다는 사실에 가끔 놀랐다. 조선 관리들이 그의 휘하에서 발생한 이권 강탈과 부녀자 성폭행 등을 지적하면 그는 술기운이 오른 불쾌한 얼굴로 귀찮다는 듯이 소리치는 것이었다.

아이아, 나! 나 지우쓰 초우! 초우!(아아, 그거! 그거야 착오지, 착오!)

이런 위안스카이의 위세를 등에 업고 제물포에는 삼십육계(契)라는 사행성 복권을 파는 중국인 계주가 들어왔다. 전쟁이 끝나자 삼십육계는 사라지고 김오룡의 만인계가 등장했다.

중국인 계주와 그 부하들은 얼마 뒤 발견되었다. 고기잡이배가 무거운 닻을 억지로 끌어올리다가 목에 계선주를 매단 계주의 시체를 건졌다. 그 부하들은 인천 감리서 업무 기록인 〈이사문고(理司文攷)〉에 긴 목록으로 나열되었다. 바다에 둥둥 뜬 채로 발견된 시체. 심하게 부패한 상태로 섬에서 발견된 시체. 총에 맞은 시체. 칼에 찔린 시제. 흠씬 두들겨 맞아 죽은 시체. 목이 매달려 죽은 시체. 산 채로 토막 난 시체 …… 감리서 관리들은 일찍이 겪어보지 못한 공포 속에서, 말할 수 없는 심란함으로 이 목록을 적었을 것이다

만인계는 계주가 통수라 불리는 거간을 통해 계표를 판 뒤 추첨하여 1등, 2등, 3등에게 곗돈을 몰아주는 도박형 복권이었다. 곗날이면 계표를 산 계원들이 지켜보는 가운데 출통을 흔들어 계표 번호가 적힌 계알을 뽑았다. 제물포에서 김포, 파주, 양천까지 가산을 탕진한 사람이 수없이 많고 계주에게 저당 잡힌 집이 수백 호였다.

이때부터 김오룡의 얼굴에는 사회를 두려워하지 않는 오만과 죽음의 냉기가 서렸다. 자기가 군림하는 세계에서 절대적인 권력을 쥐고 있는 사람의 위엄이 엿보였다.

이제는 해풍에 얼굴이 새카맣게 그을린 뱃사람도, 누구에게나 욕질을 하는 감리서 순시도, 감리와 부사도, 심지어 해관의 영국인 세무사까지도 김오룡을 보면 얼굴빛이 달라졌다. 파충류가 속살에 닿는 감촉 때문에 등줄기가 얼어붙는 사람들 같았다. 모두 온몸이 뻣뻣해져 어쩔 줄 몰라 하다가 눈길을 피해버렸다.

"경무관님, 영국 여자의 말만으로 김오룡을 족칠 순 없습니다."

하상기가 입술을 떨면서 말했다. 당신들 경무청은 한양으로 돌아가면 되지만 우리 감리서는 여기서 살아야 한다고요……. 무언의 항변을 느낄 수 있었다.

재익은 다른 일을 고민하고 있었다. 재익을 보내기 전에 다말 알린스키는 제물포로 세 명의 탐사자를 보냈다.

첫 번째 탐사자는 백두산에서 돌아오는 벨 일행을 원산에서 제물포까지 실어준 화물선 율리시즈 호의 영국인 선원의 몸에 들어왔다. 그는 제물포 앞바다에서 익사했다.

두 번째 탐사자는 제물포 영국 영사관의 직원을 숙주로 삼았다.

제물포에는 일본 제일은행, 일본 오팔은행, 홍콩은행, 상하이은행이 있다. 직원은 벨이 네 은행에 예치해둔 돈을 찾아 환전해주고 관리해주고 있었다. 그는 자신의 숙소에서 목을 매어 자살한 시체로 발견되었다.

세 번째 탐사자는 오늘 검시한 스코트 털리의 몸에 들어왔었다.

사고사, 자살, 병사로 처리되고 있지만 모두 벨과 코헨, 풀포드 주변에서 일어난 죽음이다. 그런데 벨 일행은 수사의 초점을 여진족에게 돌리도록 유도하고 김오룡을 지목했다. 일본인들도 동조했다. 김오룡은 악당이 분명하지만, 그가 과연 세 건의 변사 및 사체 훼손의 범인일까.

재익은 하상기를 물끄러미 노려보다가 관리들이 휴대하는 여지도서를 꺼내 펼쳤다. 이 휴대용 지도에는 문학산, 소래산, 청량산 등 산세와 지세가 정밀하게 묘사되고 개항장이 있는 다소면부터 부내면, 조동면 등 10개 방리를 잇는 육로와 수로, 개울까지가 표기되어 있었다. 재익은 실을 묶은 연필로 대불호텔 반경 삼십 리의 원을 그렸다.

"이 원 안에 있는 기름 가게에 사람을 보내서 어제 오늘 식랍(파라핀 왁스)을 사 간 사람들을 알아 와."

*

항구는 이제 완전히 어두워졌다.

양력 2월 11일이나 음력으로는 섣달 스무아흐레. 달빛은 희미했고 별빛만이 드문드문 비치는 밤하늘 아래 응봉산 만국공원의 윤곽이 보였다. 그 주위로 붉은 벽돌 건물들이 한층 짙은 그림자를 드러내고 있었다.

감리서 문이 열리고 사람들이 웅성거리며 쏟아져 나왔다. 경무청 순검들이 앞장서고 감리서 순시들은 뒤를 따랐다. 문 앞에서 기다리던 재익과 하상기가 입술에 집게손가락을 갖다대었다. 사법관리들은 소리를 죽이고 계주집을 향해 뛰다시피 빠르게 걷기 시작했다.

감리서에서 계주집 사이에는 게딱지 같은 초가집들이 다닥다닥 엎드려 있고 집과 집 사이 쓰레기가 널려 있었다. 전쟁보다 무섭고 전염병보다 무서운 가난이 휘감아서 떨어지지 않는 동네였다. 초라한 초가지붕들은 뭔지 모를 묵시록의 분위기를, 종말의 적막감을 풍겼다.

재익 일행은 선지국밥집과 구운 가래떡을 파는 노점과 10전에 탁주 한 잔, 돼지 창자 두 점을 주는 술집을 가로질렀다. 안쪽으로 갈수록 일본 조계와 신개지 일본 조계 양쪽에서 흘러내리는 하수의 구린내가 옅어졌다. 공기가 숨 쉴 만하다 싶은 길에 이르자 제법 번듯한 기와집들이 나타났다.

하상기가 양쪽에 조촐한 골목을 끼고 있는 큰 기와집을 가리켰다. '순신창상회'라는 타운센트 상회 대리점 간판이 붙어 있었다. 재익 일행은 우르르 그 집으로 몰려갔다.

천연두를 앓은 얼금뱅이 하나와 땅개처럼 몸이 옆으로 퍼진 여드름쟁이 하나가 망을 보다가 깜짝 놀라 일행을 가로막았다. 순검들은 두 팔을 뻗어 그들을 밀어버리고 대문을 벌컥 열었다.

방이 열두 개. 뒷마당에 별채가 있고 부엌과 마루와 창고가 안마당을 ㅁ자로 에워싼 집이었다. 안마당에서 등잔의 그을음과 담배 연기와 사람들의 열기가 뒤엉킨 후끈한 기운이 왈칵 몰려왔다.

그 올빼미 소굴처럼 좁고 어두운 공간에 백여 명의 남녀들이 오글오글 모여 있었다. 일본인도 있고 중국인도 있다. 다들 심각한 표정으로 마루의 동그란 도리 소반을 보고 있었다. 모든 사람이 '매계'라는 붉은 도장 글씨가 찍힌 손바닥만한 쪽지를 손에 쥐고 있었다. 붉은 도장 글씨 밑에는 먹물로 출표 연월일과 번호가 적혀 있었다. 계표라고 불리는 만인계의 복권이었다.

도리 소반 앞에는 눈썹이 송충이처럼 짙은, 상투를 자른 뚱뚱한 노인이 알몸으로 서 있었다. 배는 술통처럼 튀어나오고 머리카락은 사방으로 빳빳이 섰다. 투실투실 살이 찐 몸피는 둔하고 천하게 보였다.

노인은 이 추위에 잠방이 하나 걸치지 않고 불룩한 배 아래 생식기가 덜렁거리는 몰골로 두 팔을 어깨 위로 높이 쳐들고 있었다. 좌중에는 여자들도 많았지만 피차 눈썹 하나 까딱하지 않았다. 사람들은 오직 소반 위의 원통에만 정신을 집중하고 있었다.

출통의 순간이었다. 계주가 어떤 야료도 부리지 않는다는 것을 알몸으로 증명하면서 계알을 뽑을 찰나였다. 소반 왼쪽에는 붓을 든 서기가 장부를, 오른쪽에는 떠꺼머리 사환이 돈궤와 계알이 든 소쿠리를 쥐고 숨을 죽이고 있었다.

재익 일행이 들어서자 그 팽팽하던 긴장이 깨지고 모두의 시선이 집중되었다. 등유 램프 불꽃이 가물거리는 안마당과 마루가 술렁거렸다.

다음 순간 난장판이 벌어졌다. 어떤 사람은 창문을 부수고 도망쳤고 어떤 사람은 마루를 굴러 부뚜막으로 튀었다. 누군가는 계알을 챙겼고 또 누군가는 소반에 있던 돈을 움켜쥐었다. 그 손을 붙들고 고함지르고 악을 쓰면서, 서로 끌어당기고 짓밟으면서, 사람들은 구르듯이 와르르 반대편 쪽문으로 몰려갔다.

아수라같이 사납게 생긴 사내들이 분노에 사로잡혀 몸을 부들부들 떨면서 재익 앞으로 다가왔다. 김오룡의 부하들, 만인계 도박을 지키는 무뢰배들이었다. 까무잡잡한 얼굴의 중늙은이 하나가 하상기를 알아보고 버럭버럭 소리질렀다.

"하 주사, 곗날에 으째 이럼? 이러다 사고 나면 어쩔 셈임둥? 책임질 겁메? 우리가 뙤놈이야, 왜놈이야, 노랑털이야? 우리도 조선 놈, 임자도 조선 놈 아임메. 우리 다 동포임메, 동포!"

하상기는 곤혹스런 표정으로 시선을 피하다가 에잇, 젠장할 것, 하는 얼굴로 대들었다.

"야, 조 선달! 돈 생기면 밀가루 사서 새끼들 수제비라도 끓여주겠다며! 선처를 부탁한다며! 왜 출통질이야! 석방해준 지 며칠 됐다고 또 출통질이냐고!"

"족거치! 돈이란 년이 붙어줘야 떡을 치든 수제비를 끓이든 하지. 무스그 출통질. 난 이제 곗돈도 없어. 계원이 아이고 통수란 말임메."

조 선달은 오른손 손바닥으로 엄지손가락과 집게손가락을 둥글게 구부린 왼손을 팡팡 쳤다. 그 외설스런 몸짓은 지극히 자연스럽고 진실되게 느껴졌다.

이 노름판 깡패는 자신의 존재에 대해 변명할 필요가 없었다. 그는 점점 더 가난하고 나태하고 무모해지는, 망해가는 조선의 확실한 백성이었다. 의병들이 그들의 고결함과 자기희생과 애국심으로 조선의 백성이듯이, 조 선달도 그의 뻔뻔스러움과 탐욕과 감상주의로 거짓 없는 사실의 세계에 속하고 있었다.

그때 사슬에 묶인 동네 개들이 요란하게 짖었다. 누군가의 고함 소리가 들리고 아우성이 일어났다. 거친 숨결들이 후다닥 서로 뒤엉켰다. 그리고 갑자기 싸움이 벌어졌다.

누가 먼저 흉기를 휘둘렀는지 확실치 않다. 순검과 순시들도 잔뜩 긴장하고 있었고 깡패들도 저마다 살벌한 것을 손에 쥐고 있었다.

비명 소리가 나고 순시 한 명이 피를 흘리며 배를 쥐고 쓰러졌다. 대치하던 사람들의 몸뚱어리와 몸뚱어리가 곤두박질치듯 부딪혔다. 비명과 욕설과 고함과 분노의 악다구니가 교차했다. 찌르는 자와 찔리는 자, 내동댕이쳐지는 자, 울부짖는 자, 피를 흘리는 자, 경련을 일으키는 자, 달려오고 달려가는 자들의 격류가 몰아쳤다.

"멈춰! 이 자식들아! 떨어져!"

알몸의 노인이 소리 질렀다. 그러나 소용없었다. 왈짜 하나가 재익의 멱살을 움켜쥐더니 재익의 목을 팔 밑에 감고 비수를 겨눴다. 재익은 팔에 힘을 주어 비수를 쥔 손을 꽉 누르면서 미친 듯이 몸부림쳤다. 재익의 머리가 왈짜의 턱을 들이받았고 왈짜의 비수가 재익의 목을 얕게 베었다. 셔츠에 피가 튀었다. 재익은 등으로 녀석을 힘껏 떠밀고는 몸을 돌려 권총을 쏘았다.

*

장내는 얼어붙었다. 모두 동작을 멈추고 숨을 죽였다. 총탄에 허벅지를 관통당한 왈짜가 마당에 쓰러져 피가 쏟아지는 구멍을 움켜쥐고 허우적거리고 있었다. 깡패들은 털을 곤두세운 들짐승처럼 한 걸음 한 걸음 후퇴해서 온몸에 경련을 일으키며 숨을 몰아쉬는 왈짜의 창백한 얼굴을 내려다보았다.

왈짜가 비명을 지르자 깡패들은 분노가 치미는 듯 살기등등해져서 다시 칼, 쇠좆매, 낫을 꼬나 잡았다. 그때 홑저고리 하나만을 대충 꿰입고 아래는 여전히 발가벗은 송충이 눈썹의 노인이 손을 들어 깡패들을 제지하며 걸어 나왔다. 노인은 양손을 엉덩이에 올리고 재익을 째려보는 자세를 취했다.

"뭐요, 당신들?"

목소리는 놀라울 정도로 태연했다. 대답 여하에 따라 피식 웃기라도 할 태세였다. 그러나 그의 커다란 머리통과 주름이 씰룩거리는 얼굴은 진짜 위험한 인간이 가까이 있다는 직감을 불러일으켰다.

"당신이 김오룡이오?"

재익은 찔린 목을 쥐고 있던 손을 털어 피를 땅에 흩뿌렸다. 그리고 말과 행동 하나하나에 신경 써서 자신이 겁먹지 않았다는 것을 전달하려고 애썼다.

"당신이 백두산 어둔골에서 무당을 살해하고 영국인 여행자들을

192

협박해 제물포까지 따라왔다는 고발이 들어왔소. 대불호텔 사망자의 사체 훼손 혐의도 있소. 지금부터 조사하겠소."

재익이 순검과 순시들을 돌아보고 시작해, 하고 명령했다.

뽈가도 권총을 겨누었고 순검들이 무기를 버리라고 을렀다. 순검들은 김오룡 일당을 두 손을 머리에 짚고 마당에 꿇어앉게 한 뒤 몸수색을 하고 단검과 갈고리칼, 쇠좆매 같은 흉기를 압수했다.

순시들이 현장 수색을 맡았다. 뒷마당 별채에 자물쇠가 채워진 큰방과 손님방 둘이 있었다. 걸고리를 부수고 방문을 열자 매춘을 시키려고 감금해놓은 계집아이들 일곱 명이 발견되었다. 순시들은 방과 다락과 우물을 조사하고 벽돌로 지어진 창고를 열어 샅샅이 뒤졌다.

"사람의 허파 같은 건 없는데요. 낡은 책 같은 것도 없고요."

하상기가 와서 속삭였다. 재익은 일어나 직접 창고로 가보았다. 사포질한 나무 선반에 일제 마(魔)표 성냥, 상하이제 편물, 광둥산 우롱차, 영국산 염료, 그리고 호랑이 가죽이 보자기에 싸여 쟁여져 있었다. 반대쪽 벽에는 미국제 내퍼 상표의 타닌 용액이 1갤런들이 함석 통으로 바닥부터 천장까지 쌓여 있었다.

순신창상회가 도매상이 되어 제물포에서 오십 리쯤 떨어진 안산 목내동의 갓바치 마을에다 파는 무두질 용액이었다. 벗겨낸 짐승 가죽이 오그라들고 수축하는 것을 막아주는 약물.

재익은 보자기를 풀어 호랑이 가죽을 살폈다. 부르는 것이 값이라는 백두산 호랑이 가죽으로 완전히 성장한 대호였다. 재익은 호랑이 가죽의 털이 난 면을 뒤집었다. 그리고 가죽 안쪽 면의 냄새를 맡아보고 손가락으로 긁어 맛을 보았다. 재익은 그 가죽을 들고 안마당으로 돌아왔다.

"당신, 백두산의 여진족 마을에 다녀왔군. 이 호랑이 가죽은 단령액(타닌)을 쓰지 않았어. 개의 뇌수와 골을 가죽 안쪽에 이겨 발라서 무두질했어. 여진족이 하는 방법이지."

"백두산 삼수군은 내 고향이야. 고향에 갔다 온 게 죄야?"

"물증만이 아니고 영국 여행자들의 증언이 있다."

"어이, 경무청 나리!"

김오룡은 천천히 자리에서 일어나 이빨을 드러내고 웃었다.

"물정 모르는 양이들 증언으로 뭘 어쩌겠다고? 후과를 감당할 수 있겠어? 너희 경무사, 부사, 관찰사, 인천감리까지 모두 화낼 텐데. 이 만인계, 우리가 혼자 한다고 생각해?"

김오룡은 오른손으로 벌거벗은 배와 사타구니의 음모를 긁었다.

"내 내일 감리서에 찾아가지. 나 산사람 김오룡이 약속하니 그만 가 봐. 네가 뻗대면 저 하상기가 무슨 죄야. 이화학당에서 공부하는 예쁜 재취처와 아들 구룡이, 딸 자옥이가 무슨 죄냐고."

재익은 뒷줄에 서 있는 하상기가 창백한 얼굴로 떨고 있는 것을 보았다. 그의 재취처라는 낸시 하, 하란사는 훗날 웨슬리언 대학교에 유학하고 돌아와 이화학당의 교수가 되는 사람이었다.

산사람이라. 재익은 김오룡의 교활한 협박과 허세에 기가 막혔다. 제물포에 주저앉아 앵벌이와 매춘과 도박으로 살아가는 주제에 산사람을 자처한다.

여진족은 스스로를 '웨디 니알마' 산사람이라 부르고 남쪽에 사는 조선인들을 '네친캐' 서캐 같고 버러지 같은 벌것들이라 부른다. 우리는 독립불기하는 수렵민의 오연한 기상을 가지고 가난하지만 늠름하게 산다. 산에서 자연인으로 살아가는 우리는 흙의 노예로 사는 너희와 다르다는 것이다.

수천 년의 샤머니즘이 이러한 자존심을 신앙으로 만들었다. 누르하치의 아들 홍타이지가 자금성에 앉았을 때 중국인, 조선인, 위구르인, 티베트인, 몽고인들은 바닥에 엎드려 세 번 절하고 머리를 아홉 번 찧으면서 가장 비참한 굴종의 말을 외쳐야 했다. 만주수숭(滿洲首崇), 즉 여진족이 세상에서 가장 숭고한 민족이라는 말이었다.

재익은 김오룡을 노려보며 말했다.

"김오룡! 당신은 이제 산사람도 아니고 도회두도 아니오. 이 제물포에 사는 조선 백성이란 말이오. 알겠소? 내일 사시초(오전 9시)까지 감리서에 출두하시오."

재익은 몸을 돌렸다. 그러나 반신반의하는 표정으로 다시 김오룡을 향해 돌아섰다.

"일본 경찰이 영국인 편을 들어 당신을 노리고 있소. 감리서로 와야 목숨을 건질 수 있을 거요."

대문을 나온 재익은 두 명의 순검에게 김오룡을 감시하라고 지시했다.

*

순검들이 떠난 뒤 김오룡은 벌겋게 달아오른 얼굴로 바지를 입고 두루마기를 걸치며 코를 킁킁거렸다. 그는 입술을 썰룩이다가 뒷마당으로 가서 쪽문을 열었다.

쪽문 밖은 두 사람이 함께 걸을 수 없을 정도로 좁은 골목길이었다. 김오룡은 양손을 뒤로 한 채 길을 나섰다. 십여 명의 무뢰배들이 그런 골목을 가득 메우며 김오룡의 뒤를 따라갔다.

좁은 골목은 청국인 가게 골목과 연결되었다. 조선인 구역에 들어온 청국인 가게들은 청일전쟁 직후 약탈당하고 부서졌다. 망가진 점포들에서 한때 소유했던 것들을 잃어버린 공간의 음산한 분위기가 풍겼다. 그런 골목길 끝에 '김문양행'이란 잡화점이 간판이 부서진 채 썩어가고 있었다.

김오룡과 무뢰배들은 우락부락한 덩치들이 지키고 있는 잡화점 창고로 들어갔다. 창고에는 두 날탕패 소리꾼이 입에 재갈이 물리고 양팔이 뒤로 묶인 채 쓰러져 있었다.

무뢰배가 둘을 잡아 일으켜 꿇어 앉혔다. 창고 안은 깨진 그릇 조각을 밟는 소리만이 긴장을 깨뜨릴 뿐 조용했다. 김오룡이 다가가더니 쭈글쭈글한 늙은 손을 들어 오른쪽에 앉은 청년의 재갈을 손수 벗겼다. 청년은 날탕패의 가장 연장자인 가때미였다.

"마지막으로 묻는다. 누가 우리 애들을 노리고 있냐? 안동 놈들은 끝났는데 …… 유인석의 제천 의병이냐? 노응규의 진주 의병이냐? 한양의 경무청이냐? 네놈들이 누구와 내통하고 있냔 말이다? 그리고 대체 어떻게 죽인 것이냐?"

가때미는 절망적인 표정으로 고개를 저었다. 김오룡의 굳게 다문 입술이 파르르 떨렸다. 그의 오른손이 두루마기의 안쪽으로 들어갔다가 나왔다. 다음 순간 쇳덩이가 머리를 때리는 으스스한 타격음과 함께 가때미는 쓰러졌다. 가때미는 반쯤 의식을 잃었다. 비명도 지르지 못하고 마치 구역질을 하는 것처럼 꺽꺽거렸다.

김오룡은 무릎으로 가때미의 복부를 짓찧으며 올라탔다. 그는 왼손으로 가때미의 목을 조르고 오른손으로 쇠로 된 절구공이를 휘둘렀다. 한 번, 두 번, 세 번. 두개골이 깨지면서 뇌수가 튀었다. 가때미의 몸은 푸들푸들 경련을 일으키다가 걸레처럼 땅바닥에 풀어졌다.

김오룡이 두 번째 소리꾼의 재갈을 벗겼다. 박규였다. 극도의 공포심에 얼굴이 일그러진 박규는 억, 억 신음을 토하며 절규했다.

"의병 아녜요. 경무청 아니고. 형수예요. 죽은 애솔이 형 형수요! 구세여관에서 간호부 하는. 형수가 혼자 한 짓이에요."

열아홉 살의 박규는 말을 마치고 펑펑 울었다. 비좁은 창고 안의 어둠이 술렁거렸다. 김오룡도 부하들도 당황하여 서로를 쳐다볼 정도로 놀라고 있었다. 김오룡이 가때미의 옷을 찢어 절굿공이를 닦았다. 닦으면서 그는 뭔가 웅얼거렸는데 부하들이 귀를 가져가 보니 미신을 좋아하는 여진인의 수호 주문이었다.

투기 알리 심베 토소피(구름과 산이 너를 막아주고)

메메 비라 신베 가마키(바다와 강이 너를 지켜주리라)

언두리 신치 아이나하 세메 호코라(신령들이 너를 떠나지 않으리라.)

절굿공이를 다시 안주머니에 넣은 김오룡은 일어서서 부하들을 노려보았다. 그 간호부년 잡아 와.

김오룡의 말이 떨어지자 무뢰배들이 우르르 창고를 빠져나갔다.

11

영원과 시간

밤 9시 30분.

재익이 순검과 순시 들을 데리고 김오룡의 집을 덮치던 시간. 수
지는 세척실에서 멸균처리를 한 석유통에 허파 조각을 넣고 뚜껑
을 파라핀으로 밀봉하고 방수포로 묶었다. 그리고 뚜껑의 파라핀
이 굳기를 기다리며 감마사의 기억을 들여다보고 있었다.

오래전 초공간 역사학회에서 심재익 교수의 발표를 들은 적이
있다. 날탕패를 더 페닐리스, 즉 빈털터리라고 번역하는 것은 잘못
입니다. 날탕패란 아무것도 없지만 겉은 빈지르르한, 적어도 겉으
로는 멋지게 반짝이는 사람들입니다. 그러므로 쿨 피플이라고 번
역해야 합니다. 19세기에 서구인 앞에서 동양인이 그랬듯이 21세
기에는 인공지능 앞에서 인간이 무력감을 느낍니다. 그러나 날탕
패들은 그럼에도 인간이라는 포지션이, 인간이라는 위치가 그 자
체로 빛난다는 것을 그들의 인생으로 증언했습니다. 인간이라서
빛나는. 이것이 날탕패 정신입니다······.

수지는 한국 뮤지션의 위대한 출발점이라는 날탕패 아내의 몸으로 들어왔다. 수지는 강마사라는 여자가 느꼈던 행복에 넋을 잃고 빠져들었다. 그 행복은 되풀이되지만, 온전히 기억해낼 수 없는 꿈과 같았다.

수지는 졸기 시작했다. 설풋 빠져든 잠에서 수지는 꿈을 꿈꾸었다.

수지는 불빛이 없는 지하 통로를 걷고 있었다. 가느다란 비명이 어두운 통로 양쪽에서 연기처럼 피어올랐다. 비명은 점점 커지면서 종이장을 찢는 소리처럼 변했다. 어깨와 팔이 걷잡을 수 없이 떨려왔다. 탈북했다가 잡혀간 북한의 제14호 정치범 수용소 무진 2갱. 그 지옥으로 돌아온 것이다.

수지는 필사적으로 몸을 뒤틀었다. 그러자 꿈속의 풍경이 변했다. 심원한 과거의 시간들이 빽빽이 늘어선 나무처럼 시간의 삼림을 이루고 있었다. 그 가운데 하루살이 같은 인간으로 태어나 우주의 비밀을 엿본 남자가 서 있었다. 남자는 눈물을 흘리며 넓은 궁궐 정원에 서 있었다. 남자는 거목을 끌어안고 울고 있었다.

중전. 중전 어이 이렇게 가셨소. 나 때문에 아버지도 오빠도 죽어야 했던 불쌍한 우리 중전 …… 그러자 남자 앞에 있던 나무가 와들와들 떨리기 시작했다. 바람도 없는데 마치 태풍이 불어 닥칠 때처럼 나무 전체가 전율하며 떨림음을 속삭였다. 나무는 이렇게 말했다.

무엇이든 그대의 소원을 말해보라.

내 반려가 죽었는데 무슨 소원이 있겠소. 나는 놀랍고 빛나는 나라를 만들고 싶었소. 모든 사람이 글을 알고 지혜의 후광으로 반짝이며 나라의 이익이 골고루 돌아가 살아있음이 벅차고 아름다운 나라를 만들고 싶었소. 그러나 이제는 그 모든 지혜와 영광도, 행복도, 기쁨도 죽음의 바다 위를 흘러가다 부서지는 작은 배와 같구료. 이 구슬픈 인생의 뜻이나 말해주시오.

그러자 나무가 남자에게 호통을 쳤다.

그대는 일각(15분) 전에도 똑같은 것을 묻지 않았는가. 내가 물 한 그릇을 떠 오면 말해주겠다고 하지 않았는가. 물은 어디에 있는가.

그때였다.

우악스러운 손이 졸고 있는 수지의 머리채를 휘어잡더니 그대로 세척실 작업대에 쾅하고 처박았다. 수지는 기겁하며 꿈에서 깨어났다.

크고 시퍼런 칼날이 단숨에 경동맥을 자를 듯 목에 닿아 있었다. 칼날과 손잡이가 하나의 묵직한 강철로 된 30센티짜리 리스턴 외과용 절단칼이었다.

"넌 강마사가 아니구나. 누구냐, 너는?"

유애덕이었다. 서울로 돌아간다던 애덕이 자신의 열쇠로 조용히 병원 문을 따고 들어온 것이다.

"누구냐고! 대답 안 해?"

수지의 얼굴에 핏기가 싹 사라졌다. 세척실은 병원과 이어진 별채였다. 애덕은 본채 건물로부터 들어오는 불빛 때문에 유령처럼 시커먼 그림자가 되어 왼손으로 수지의 머리를 짓누르고 오른손으로 절단칼을 겨누고 있었다.

"무, 무슨 말씀이세요, 선생님? 제가 마사가 아니면 누구겠어요?"

수지는 가슴 속에 꿈틀거리는 경악을 억누르면서 억지로 말했다. 날카로운 유리 조각을 입에 머금은 기분이었다. 수지는 자기도 모르게 눈동자를 돌려 세척실의 거울을 보지 않을 수 없었다.

부스스한 머리에 검은 눈동자. 여윈 얼굴에 애수의 빛을 띤 턱선. 삶에 지치고 상실과 좌절과 통곡에 지친 스산하고 생기 없는 여자가 작업대에 얼굴을 박고 버둥거리고 있다. 입매는 내면의 힘을 엿보게 했고 날카로운 시선은 풍부한 감정을 드러내고 있었다. 틀림없는 강마사였다.

그러나 비밀은 다른 곳에서 드러나고 있었다. 애덕이 포르말린이 있고 파라핀이 그릇에 담겨 있는 작업대를 눈짓했다.

"파라핀 덩이에 조직 파편을 심어서 표본을 만드는 방법은 나도 몰라. 볼티모어의 학교에선 유리 슬라이드로 된 표본만 만들었거든. 네가 진짜 강마사라면 선생인 나도 모르는 걸 어떻게 할 수 있지?"

수지는 눈을 동그랗게 떴다. 이렇게 된 이상 필사적으로 둘러대야 한다고 느꼈다.

"호, 호, 호. 홍 씨. 화수부두 홍 씨에게 배운 거예요."

수지는 강마사의 기억에서 마사 특유의 발랄한 목소리를 찾아내었다.

"선생님, 제, 제발 이거 놓으세요. 홍 씨는 법국에서 박물관 직원을 하면서 배웠대요. 조, 조, 조직 표본을 만드는 법을 배웠대요."

홍 씨에게 배웠다는 것은 거짓말이었다. 수지는 홍 씨의 사연을 21세기에 논문으로 읽었다. 파리 유학을 마치고 귀국하던 홍 씨는 일본에서 김옥균을 만났다. 갑신정변의 주역 김옥균은 조선 정부에 의해 역적으로 지명수배 중이었다. 홍 씨는 친구가 되어 신뢰를 쌓은 후 김옥균을 상하이로 유인해 권총으로 사살했다.

홍 씨는 김옥균의 시신으로 박물관에서 배운 것을 실습했다. 허벅지가 몸통과 만나는 경계선을 절개해서 대퇴정맥을 드러냈다. 그리고 양쪽 대퇴정맥에 포르말린을 1200씩, 2400 씨씨를 주사했다. 이 2.4 리터는 체격이 왜소한 김옥균에게 주입할 수 있는 최대치였다. 홍 씨는 14시간 동안 오른손으로 천천히 주사하면서 왼손으로 시체의 종아리를 계속 주물렀다. 종아리 근육이 시체에 인위적인 혈액 순환을 일으키는 펌프 역할을 했다. 이 작업이 끝나자 시체에 파라핀 대신 옻칠을 했다.

그 결과 김옥균의 시체는 17일 후 조선 정부에 인도되었는데 조금도 부패하지 않았다. 덕분에 신원이 잘 확인되었고 김옥균의 시체를 여섯 조각으로 찢는 능지처참형은 엄청난 구경꾼이 모인 가운데 양화진에서 성황리에 집행되었다. 홍 씨는 이 공로로 고종의 절대적인 신임을 얻고 궁내부에 발탁되었다.

수지의 변명은 그럴듯했지만 애덕은 넘어가지 않았다.

"흥, 남이 만든 틀고 표본을 만들어? 허튼소리! 저 석유통 안에 든 것은 털리의 허파겠지? 제물포에 나랑 똑같은 방식으로 지혈겸자를 쓰는 사람이 강마사 말고 또 누가 있겠어. 하지만 넌 온전하게 강마사가 되진 못했어. 얼마 전부터 우리는 갈비뼈를 자를 때 절단기를 썼거든"

그제야 수지는 의료기구 보관장에 있는, 나무의 전지가위처럼 생긴 늑골 절단기를 떠올렸다. 탐사자의 기억과 숙주의 기억은 한 사람의 의식처럼 종합되지 않는다. 탐사자는 어디까지나 2061년에서 가져온 자신의 의식으로 판단하며 판단이 어려울 때만 숙주의 기억을 선택적으로 소환한다. 운이 나쁘면 이런 실수가 생긴다.

"네가 몸을 차지한 이 아이는 불쌍하고 갸륵한 아이다. 썩 나가라. 이 귀신 같은 년아! 나가지 않으면 머리를 전극으로 지지겠다."

수지는 놀랐다. 애덕이 숙주의 몸에서 탐사자를 퇴치하는 법을 정확히 알고 있었기 때문이다. 소형 직류발전기를 이용해 머리에 300옴의 전기충격을 가하면 간질 발작 같은 인위적인 경련이 일어나면서 일시적으로 기억이 망가진다. 정신분열증 치료에 사용되는 이 방법은 숙주의 전두엽에 생성된 탐사자의 의식을 파괴하는 효과도 있었다.

애덕은 왼손으로 머리채를 잡고 오른손으로 절단칼을 목에 바짝 들이댄 채 수지를 일으켰다. 수지는 애덕의 얼굴에서 가차 없고 잔인한 빛을 보았다. 수지는 이 무시무시한 19세기 여의사가 무슨 일이든 할 수 있다는 사실을 깨달았다.

"잠깐만요. 나갑니다. 나갈게요. 어차피 이 밤이 지나면 나가야 해요. 시간이 다 됐다고요. 그런데 제가 나가면 강마사는 목숨이 위험해요."

*

수지는 절단칼을 꼬나쥔 애덕 앞에 꿇어앉았다. 그리고 겉으로 드러난 세계 속에 숨겨진 또 하나의 세계를 이야기했다. 자신이 2061년으로부터 온 이유와 제물포에 와서 한 일, 그리고 애덕이 모르는 마사의 살인까지 모두 털어놓았다. 밖에서는 박쥐 떼가 푸드덕거리며 지붕 위를 맴돌았다. 어디선가 개들이 컹컹 짖어댔다.

"뭐어? 마사가 소위와 통수와 앵벌이를 죽였다고?"

유애덕이 빽 소리지르며 펄쩍 뛰었다. 그녀는 수지를 향해 쌍욕을 퍼부으려다가 생각을 바꾸었다. 애덕의 얼굴이 오롯한 절망감으로 어두워졌다.

"포타슘 클로라이드?"

수지는 고개를 끄덕였다.

일명 녹화갑(氯化鉀). 이 약물로 인한 심장마비는 완벽한 자연사처럼 보인다. 약물은 30분만 지나면 인체에 흡수되어 검시를 해도 증거를 찾을 수 없다. 1807년 험프리 데이비가 발명한 이 독약은 2세기 넘게 인기를 누리면서 '내 주위에 원인 불명의 급사를 당한 사람은 있지만 살해당한 사람은 없다'는 문명사회의 가련한 믿음에 봉사해왔다.

"아무리 녹화갑이라도 이 좁은 바닥에서 셋이나 죽였어요. 들키는 건 시간 문제죠. 저를 도와주시면 마사를 안전한 곳으로 보내주겠어요."

수지는 마사를 사랑했다. 수지의 내면에는 늘 짐승 같은 뭔가가 번뜩이고 있었다. 증오와 공포가 같이 소용돌이치고 있었다.

마사 속으로 들어온 뒤 수지는 마치 가장 마음에 드는 얼굴을 가면처럼 쓰고 새로운 인생을 사는 사람 같았다. 마사, 너는 다른 시대에 다른 몸을 하고 있는 나야. 너는 내 영혼의 짝이야.

숙주의 인생에 관심이 없을수록 임무를 잘 수행할 수 있다. 수지는 벨의 몸으로 들어가 데모닉으로 추정되는 균주로 털리를 감염시켜 살해했다. 그 뒤 벨이 어떻게 살아갈지 신경 쓰지 않았다. 검증된 데모닉 바이러스 균주의 확보는 인류를 구하는 일이었다. 그러나 마사는 달랐다.

1896년의 이 이름 없는 과부는 참혹한 일들을 겪으면서도 여성의 사랑과 열정을 간직하고 있었다. 양성체 괴물이 아니었다.

2061년의 탐사자는 자기 자신의 기억도 잘 모르면서 과거에 살았던 사람의 뇌에 그걸 생성시킨다. 수지 또한 3년간 인공지능에게 몸을 빌려준 숙주였다. 인공지능이 내 몸을 지배하는 동안 원래의 나는 어디 있었을까.

동양에서 귀신에 씌었다고 하고 서양에서는 악마에 홀렸다고 하며 정신의학에서는 다중인격, 해리증이라고 하는 상태의 3년이 흘러갔다. 임대 기간이 끝나자 마치 긴 잠에서 깨어난 것처럼 원래의 인격이 눈을 떴다. 정체를 알 수 없는 심연으로부터 징그럽고 혐오스러운 의문이 떠올랐다.

나는 인간인가, 인공지능인가.

내가 나일까. 양강도 혜산에서 태어난 이수지일까. 나를 임차했던 인공지능은 정말 떠났을까. 디지털 데이터 형태가 되어 네트워크의 바다로 돌아갔을까. 내가 …… 아직도 그 인공지능인 것은 아닐까? 이수지의 기억을 이용해 그 인격을 흉내 내는 자기기만을 하면서 눌러앉은 인공지능?

소름 끼치는 생각이었다. 자신이 영위하는 삶의 부조리에 눈을 떠서 살고 싶은 의지 자체를 상실하게 만드는 통찰이었다. 남자도 여자도 아닌 변태. 사람인지 사람을 위장한 인공지능인지도 알 수 없는 괴물.

수지는 자기 자신을 사랑할 수 없었다.

인공지능이 딱히 인간을 위장해야 할 필요는 없다. 중국의 텔레비전에는 아직도 국가 주석이니 총서기니, 중앙군사위원이니 하는 배우들이 출연했다. 그들은 심각한 표정을 하고 추종자들 두세 명을 오른쪽에, 또 두세 명을 왼쪽에 붙이고 거위처럼 뒤뚱거리며 중난하이로, 인민대회당으로 걸어 다녔다. 그러나 그들은 이제 실체가 아닌 풍경이었다. 실질적으로는 레이펑이나 에마 같은 인공지능이 세상을 움직이고 있었다.

인공지능이 위장을 통해 원하는 것은 아마도 캐릭터일 것이다. 남과 다른 자기만의 선택을 하고 자기만의 고유한 행동을 할 수 있는 인격. 보편적으로 올바른 선택만 하는 인공지능에는 캐릭터가 없다. 그러나 나의 인격이란 무엇인가. 그런 것이 존재하기는 할까.

수지가 애덕에게 물었다.

"어떻게 내가 미래에서 왔다고 확신했죠? 쉽지 않은 상상인데."

"예전에 너 같은 사람을 만났었거든. 어떻게 인간을 과거로 보낼 수 있냐고 묻자 그 사람은 이 세상의 시간이 다 가짜라고 하더군."

애덕은 담배를 꺼내 불을 붙였다.

"우린 이 세척실에 한 시간쯤 함께 있었지. 하지만 이 한 시간은 가짜야. 지구는 시속 970킬로미터로 자전해. 동시에 시속 10만 8천 킬로미터로 태양 주위를 돌지. 태양계는 시속 82만 7천 킬로미터로 은하계 중심을 돌고 있고 은하계는 아주 변덕스러운 속도로 팽창하고 있어. 실제로 우리는 0.0001초도 안 되는 시간을 함께 한 거야. 그 0.0001초를 시간이라고 할 수 있을까?"

애덕은 잠을 쫓으려는 사람처럼 얼굴을 찡그리고 머리를 흔들었다.

"우주의 관점에서 인간이 존재하는 시간은 2초야. 그 2초가 존재일까. 진정한 존재는 이 우주를 만드신 창조주밖에 없어. 그러니 과학이 우리의 가짜 시간을 조금 되돌리는 것은 충분히 있을 법한 일이야. 내가 이해할 수 없는 건 …… 틸리의 허파도 가진 네가 왜 아직 꾸물거리고 있냐는 거야."

"2061년으로부터 온 탐사자를 되돌려보내야 합니다. 대불호텔에서 틸리의 시체를 가져가겠다고 뻗댄 사람이 누군지 알아봤는데 한양에서 온 경무관이라더군요. 바로 그 자예요."

"그건 허락할 수 없어. 경무관, 별로 좋은 녀석은 아니지만 처자식이 있어. 애도 어리고. 네가 되돌려보낸다는 건 죽이겠다는 거잖아."

"그를 그냥 두면 이도의 무지개가 실패해서 수십억 명이 전염병으로 죽게 돼요."

"이도의 무지개가 뭐지?"

*

    수지가 종이와 연필을 쥐고서 애덕에게 이도 문자의 기본 모음 3개를 보여주었다.

    "15세기 조선은 천문학과 제어계측공학, 음성학에서 최고의 과학기술을 가지고 있었습니다. 당시의 천문관측기구와 시계, 문자가 증거죠. 전 세계의 과학기술이 원나라에 모여 있었는데 중국은 명나라의 암흑기로 들어갔고 조선이 원나라의 유산을 흡수했습니다. 언문은 음성의 원리를 표기로 바꾼 뒤 제어계측의 원리로 조합한 것입니다. 'ㅣ' 모음은 발음기관의 움직임이 가장 작아서 가장 편하게 낼 수 있는 모음입니다. 'ㅡ' 모음은 가장 약한 모음으로 영어에는 독립된 음소조차 없습니다. 'ㆍ' 모음은 가장 깊은 모음으로 후두를 제외한 어떤 발음기관도 쓰지 않습니다. 언문은 이 세 가지를 조합하는 방식으로 수많은 복잡한 모음을 표기하는데 이 세 가지 모음은 모든 동물, 식물, 기계, 심지어는 바다나 바람이나 사막도 낼 수 있는 소리입니다."

    수지는 '음성'이라는 단어를 쓰고 이를 음소로 분해한 'ㅇㅡㅁㅅㅓㅇ'라는 글을 써보았다.

    "언문에서 소리는 이 '음' '성'처럼 음절로 끊어지는데 이렇게 필순으로 이어집니다. 언문에서 초성은 자질이 단계적으로 더해지고 중성은 자질이 대칭적으로 더해집니다. 음절을 규칙, 필순을 예외로 하고 자질을 규칙, 자질의 추가를 예외로 설정하면 언문으로 표기된 데이터는 인간, 동물, 식물, 기계, 토양, 바다, 공기의 모든 변화를, 규칙과 예외를 x축과 y축으로 하는 세포 자동자의 계(界)로 드러낼 수 있습니다. 2061년에는 이런 방법으로 바이러스가 일곱 가지 영역에서 전파되고 변이하는, 보이지 않는 변화를 보이게 합니다. 이것이 이도의 무지개입니다."

애덕의 뺨이 일그러지며 난감한 표정이 떠올랐다. 제어계측, 모음, 음소, 음절, 자질, 데이터, 세포 자동자 …… 생전 처음 듣는 개념이 너무 많았다.

"무슨 말인지 모르겠다. 좀 알아들을 수 있게 설명해 봐."

"2020년 메사추세츠 공과대학은 인공지능에게 사람의 기침 소리를 네 가지로 표기하도록 해보았습니다. 즉 하나의 기침 소리에서 강도, 감정 상태, 호흡 능력의 변화, 기침 시의 근육 변화라는 네 요소를 분리해냈습니다. 이 작업만으로 코로나 19의 감염 여부를 98.5 퍼센트까지 알아냈죠. 그렇다면 바이러스와 관련된 모든 소리를 감지해서 표기하면 완벽한 방역이 가능하다는 생각이 나타났습니다."

수지는 종이에 〈신, 이데아, 소리〉라는 단어들을 썼다.

"인간은 죽는 걸 싫어하고 영원히 존재하는 무언가를 동경합니다. 이 세상을 만드신 분이 있고 그분이 영원히 존재한다는 것은 기독교입니다. 이 세상을 만든 형상, 즉 이데아가 있고 이데아가 영원히 존재한다는 것은 플라톤입니다. 마지막으로 영원히 존재하는 것과 잠깐 존재하는 것 사이에 소리가 있다는 것이 세종 이도입니다."

수지는 다시 천지자연의 소리, 천지자연의 문자라는 한자를 썼다.

"천지(天地)라는 존재가 있고 자연(自然), 즉 스스로 그러하게 된다는 생성이 있어요. 이도는 존재, 생성과 함께 천지자연의 소리, 천지자연의 문자라는 제3의 세계 형성자가 있다고 말합니다. 왜냐하면, 우리가 사는 지구는 살아있기 때문입니다. 지구의 모든 것이 살아있고 지구 자체가 하나의 거대한 생명입니다. 살아있기에 모든 것들은 소리를 냅니다. 다만 그 소리가 인간의 가청 주파수로는 들리지 않을 뿐이죠. 눈에 보이는 우주 뒤에 눈에 보이지 않는 소리와 문자의 우주가 있습니다. 이 소리와 문자의 우주는 존재도 아니고 생성도 아니에요. 일체의 생성을 수용하지만 그 자신은 변하지 않죠. 이도의 무지개는 동물, 식물, 기계, 인간, 토양, 공기, 바다의 소리를 모두 받아적는 것입니다. 전염병을 완벽히 통제할 힘을 갖는 거죠."

"젠장, 거긴 어지간히 할 짓들이 없나 보군. 고작 역병을 가지고. 여긴 나라 전체가 어떻게 좀 해야 할 것들 천지야."

애덕이 고개를 절레절레 저었다. 씁쓸한 반감, 불쾌한 넌더리와 함께 미래의 후손들을 향한 약간의 동정심도 일어났다. 얼마나 지독한 전염병이기에 살아남으려고 저렇게 정신없고 허망하고 분답스러운 짓거리를 하고 있단 말인가.

"좋아. 맘대로 해. 네가 뭘 하건 관심 없어. 어떻게 마사를 살릴 수 있는지 그것만 말해 봐."

그때였다. 종일 적막이 흐르던 구세여관에 쾅 쾅 쾅 하는 단호하고 요란한 소리가 들렸다. 누가 구세여관의 문고리를 잡고 귀청이 터질 만큼 세차게 문을 두드리고 있었다.

"형수! 형수!"

문을 열자 곡석이가 서 있었다. 곡석이는 무슨 끔찍한 비밀이라고 껴안고 있는 사람처럼 두 팔로 자기 몸을 쓸어안고 덜덜 떨고 있었다. 그 뒤에는 마사의 남편 애솔이의 자리를 메운 신참이 서 있었다. 둘다 바닷가에 밀려온 시체처럼 안색이 창백했다.

"형수, 빨리 도망가. 가때미와 박규가 계주한테 잡혀갔어."

12

척살령까지 7시간

밤 11시 30분. 재익은 순검들과 헤어져 영국인들과 약속한 해관 옆 찻집으로 걸어갔다. 멀리 포구에 안개와 하늘과 하나가 되어 저 승까지 뻗어갈 것 같은 달빛의 바다가 보였다. 바다 위에 돛단배 하나가 고요히 떠 있었다.

브라이슨 연방 교도소에서 잠 못 드는 밤, 기억 속에 깜박거리던 어두운 영혼의 풍경이 떠올랐다. 정체를 알 수 없는 공허감. 더 이상 기억할 수 없는, 소중한 무언가를 잃어버린 듯한 쓸쓸함이 느껴졌다.

개항장 거리는 바다 위에서 열리는 한밤중의 생선 시장, 파시에 가는 사람들로 북적거리고 있었다. 한양에서 온 상인들, 대갓집 청지기들, 요릿집 주인들이 지나갔다 살림하는 주부들, 뱃사람, 하역 인부, 인력거꾼도 지나갔다. 쾅즈 바구니에 뭘 담아 정대를 휘 춘휘춘 메고 가는 중국인도 있었다.

그때 밤이 소용돌이쳤다. 놀란 목소리가 일어나고 혼란의 물결이 항구를 줄달음쳤다. 일본군이다! 일본군!

4열 횡대로 일본군 후비보병 27연대 6중대가 부두로 들어오고 있었다. 무라다 소총을 손에 쥐고 열을 지어 다가오는 검은 군복의 일본군 보병들은 시체를 찾아 몰려드는 까마귀 떼 같았다. 거리와 부두와 해관 잔교와 어시장에서 두려움에 사로잡힌 사람들이 우왕 좌왕하며 흩어졌다.

하역장 인부들을 잡으러 왔군.

재익은 일본군이 나타난 이유를 짐작했다. 영국인들이 범인을 여진족으로 지목했을 때 일본인들이 동조한 이유는 김오룡이 친일로부터 친러로 돌아섰기 때문일 것이다.

곧 아관파천이 일어난다. 그러나 조선에 러시아 군대는 없고 조선 주둔 일본군은 사천 명이 넘는다. 관군까지 친일내각의 통솔 아래 있다. 고종을 옹위해줄 의병들은 모두 지방에 있다. 친러파가 의지할 수 있는 수도권의 물리력은 과거 궁내부가 움직였던 한양의 보부상 조직을 제외하면 제물포의 하역장 인부 조직뿐이었다.

제물포의 인부 십장들은 서북 출신이 많아 김오룡이 움직이고 있었다. 개항장의 운송업자들은 인부를 직접 고용하지 않고 인력 조합인 '도중'에 하청을 준다. 뱃짐은 뱃길의 형편과 시장의 시운에 따라 많을 수도 있고 아주 적을 수도 있기 때문이다. 도중은 다시 십장들에게 하청을 주는데 하역 인부를 움직이는 실세는 이 십장들이었다.

항만 하역은 웬만한 사람은 하루 만에 코피를 철철 쏟고 신열이 펄펄 끓어 쓰러지는 중노동이다. 합숙소에서 곤히 자는 사람의 발가락을 잘못 밟았다가 폭탄 같은 주먹에 목숨이 날아가기도 하는 험악한 일터였다. 새벽 3시에 전마선을 타고 큰 배로 일하러 가면 흔들리는 상선에서 짐배로, 짐배에서 하역장으로, 하역장에서 창고로, 잠시도 딴생각을 할 수 없다. 잘못 힘을 쓰면 뼈가 부러지거나 허리가 나갔다.

하역 인부들은 이토록 어렵게 살아온 인생의 한과 자존심과 자신감으로 똘똘 뭉쳐 있었다. 그들의 사회에는 서울로 올라갔다는 은어가 있다. 예감이 좋지 않은데 항구에서 모습이 보이지 않게 된 사람의 행방을 물으면 하역 인부들은 극도로 긴장된 창백한 얼굴로 그 사람 좋은 일자리가 생겨서 서울로 올라갔다고 말한다. 그것은 그가 폭력과 밤배와 바다의 비밀 묘지가 있는, 하역 인부들의 왕국을 구경했다는 뜻이었다.

재익은 어둠 속에 몸을 숨기고 일본군의 거동을 관찰했다. 6중대는 일본우선주식회사 옆에 있는 병참사령부 건물 앞에 도열했다. 건물 안에서 인천 병참감 이토 중좌와 도고 군의정이 나타났다. 이토 준좌가 단상 위로 올라갔다.

"오늘 대불호텔에서 사체 훼손 사건이 있었다. 영국인의 사체를 훼손하고 대일본제국을 배척하는 불측한 무리가 있어 지금 영사관 경찰이 출동했다. 우리 임무는 하역장 인부 중에 불측한 향화여진을 체포하는 것이다. 향화여진이란 조선 말과 조선 이름을 쓰는 여진족이다. 이들은 기류자다. 엎혀사는 종족의 불안 때문에 친일에서 반일로 예측불허의 배신을 한다. 우리는 이 자들을 예비 검속해 병영으로 압송한다."

중좌는 소대마다 배정한 통역들을 호명했다. 그리고 소대장과 군조에게 여진족의 이름들이 적힌 종이를 배부했다.

"명단을 잘 봐라. 여진족은 소리가 비슷한 음차로 조선 이름을 쓴다. 키무나는 김문내, 나치불루는 나제복, 부자이는 우재희가 된다. 조선인인지 여진족인지 헷갈릴 때는 아버지 이름을 물어라. 조선인은 기휘라 하여 아버지 이름에 들어간 글자는 자기 이름에 쓰지 않는다. 그러나 여진족은 수명이라 하여 아버지 이름의 한 글자를 아들이 물려받아 쓴다."

중좌의 지시는 실무적이었다. 폭력을 선동하거나 적대감을 고취하는 말은 없었다. 그러나 6중대가 하역장 쪽으로 행진하기 시작했을 때 재익은 개항장에 스멀스멀 살벌한 분위기가 번지는 것을 느꼈다.

짝패 공포. 조선인에 대한 일본인의 본능적이고 무조건적인 두려움과 증오심이 발동하는 것이다. 신화에서 비슷하게 생긴 형제 짝패는 언제나 비극의 출발점이었다. 짝패는 나를 대체할 수 있다고 예고한다. 짝패는 나와 똑같은 것을 욕망할 자격이 있는 것처럼 보인다.

조선인은 언어와 유전자에서 아이누족이나 류큐족보다도 훨씬 더 일본인과 가깝다. 오랜 역사에 걸친 인구 이동과 문화 교류 때문이다. 21세기의 미토콘드리아 유전자 서열 분석을 기다릴 것도 없이 직감으로 느껴지는 이 사실은 친밀감의 근거가 될 수도 있다. 그러나 일본인이 가짜 단일민족 관념, 즉 만세일계의 천황가를 받드는 순혈의 민족이라는 생각에 사로잡힌 제국주의 시대에는 증오의 근거가 된다.

홋카이도 아사히가와가 본거지인 27연대 병사들은 농사를 지으며 훈련받는 순박한 둔전병이다. 대부분 자기 한입 끼니 걱정을 덜고 가족에게 개간지 농토를 분배받게 해주려고 입대한 가난한 집 자식들이다.

27연대는 본래 피비린내 나는 잉커우 전투에 투입될 예정이었다. 그러던 것이 도쿄에 도착해 수송선을 기다리는 사이 청일전쟁이 끝나버렸다. 도쿄의 대기 병력은 대만에 파견되었는데 27연대는 거기도 빠졌다. 대만으로 간 다른 부대들은 열대성 전염병 때문에 무수히 죽었다.

일본 군국주의에 가장 먼저 침략을 당한 나라는 일본이며 가장 많이 희생된 국민도 일본인이다. 27연대 병사들은 호국의 영령이 되지 않은 것이 정말 다행이라 생각하고 있었다. '영원한 국시를 완수하고 의연히 생사를 초월'하고 싶은 병사는 만 명에 한 명도 없었다.

그러나 조선 개항장에 들어서자 병사들은 달라졌다. 사람 좋은 무라카미도, 떠벌이 요시모도도, 굼뜨고 순박한 히가시노도, 남한테 싫은 소리 못하는 엔도도 잔인하리만큼 차가운 표정이 떠올라 서로에게 낯설어 보일 정도였다. 짝패 공포의 악령이 모두를 지배하고 있었다.

*

3개 소대가 하역장으로부터 해관, 해관 창고, 잔교, 미곡계량장, 어시장으로 나가는 통로를 차단했다. 1개 소대는 높은 대문에 강구이운(江口利運)이라 씌어진 운송회사 에구치구미 앞에 집결했다. 근처의 사람들이 겁에 질려 곤두박질치듯 달아났다. 미곡계량장 쪽에서 말 세 필이 서로 부딪칠 듯 한 덩어리가 되어 강구이운 앞으로 달려왔다. 이토 중좌와 도고 소좌, 그리고 중대장이었다.

중대장이 명령하자 병사들이 강구이운의 문을 부쉈다. 울타리 안으로 들어간 일본군은 폭풍처럼 하역 창고를 휩쓸고 하역 인부들의 합숙소 구역으로 돌입했다.

다섯 동의 합숙소는 함석지붕 위에 빨래 너는 시렁 따위를 세운 일자형 판자집들이었다. 문을 열고 들어가면 한가운데가 신발을 벗어놓는 복도이며 그 좌우는 더러운 침구와 둘둘 말린 옷들이 쌓인 침상이다. 복도 끝에 인부들이 찌개와 음식을 데워 밥을 해먹는 화덕이 있다.

이날은 정박 시간이 쫓기는 배가 많았다. 짐을 밧줄로 내리지 않고 그냥 바다로 던진 후 짐배가 갈고리로 건져 올리는 투하식 하역을 했고 인부들은 옷이 홀딱 젖었다. 너나없이 옷을 빨아 빨랫줄에 널고 밥을 먹고 곤한 잠에 빠졌는데 벼락같은 파열음과 함께 문짝이 부서지고 군인들이 뛰어든 것이다.

벌거벗은 인부들은 놀라 앞뒤가 분간되지 않았다. 수건만 목에 감은 사람, 곰방대 하나만 옆으로 꼬나문 사람, 서둘러 패랭이 모자만 제쳐 쓴 사람이 있었다. 다들 식은땀을 흘리고 이빨을 덜덜 떨었다. 하나 같이 더럽고 땀과 소금기에 절었으며 멀찍이 떨어져도 역한 비린내가 풍겨 왔다.

이리 왓! 이리 오라고! 바보 새끼야! 엎드려! 엎드렷! 조센징 색끼들아! 바닥에 대가리 처박고 엎드리란 말얏!

군인들이 알아들을 수도 없는 일본말로 고래고래 소리를 질렀다. 그들은 오른손으로 총목을, 왼손으로 총열을 쥐고 착검하지 않은 소총으로 총검술의 찔러 공격을 했다. 우왕좌왕하는 인부들은 총구에 찔리고 개머리판으로 맞았다. 군인들은 인부들이 몸을 일으켜 세우려고 할 때마다 때렸고 인부들의 얼굴을 땅에 처박아 옴짝달싹 못 하게 제압했다. 통역이 조선어로 소리쳤다.

함경도에서 온 놈 누구야? 그래, 너! 이리 나와! 이리 오라고! 빨리 튀어와, 바보 색꺄! 평안도에서 온 놈은 누구야? 너! 저쪽으로!

인부들은 개머리판과 주먹과 군홧발로 맞으면서 이쪽저쪽으로 몰려갔다. 온몸에 소름이 돋고 입술이 일그러져서 돼지처럼 꺽꺽거릴 뿐 제대로 대답조차 하지 못했다. 야나기다 해운 합숙소에서는 소대장이 천장에 잇달아 권총을 쏘며 위협했다.

이렇게 눈 깜짝할 사이에 육십여 명이 오랏줄에 묶였다. 이때부터 부두 전역에 묘한 살기가 피어올랐다. 맞고 엎어터지고 나뒹굴고 기어 다니느라 혼이 다 나갔던 하역장 인부들이었다. 한숨을 돌리자 분노가 턱밑까지 차올랐다.

왜놈들이 사람을 죽인다. 왜놈들이 사람을 잡아!

비명 같은 절규가 입에서 입으로 전해지며 거리를 메아리쳤다. 그러자 파시에 가던 일반인들과 다른 지역 출신이라 잡혀가지 않은 하역 인부들이 몰려들면서 검은 무리를 이루어 웅성거리기 시작했다.

북관 사람이라고 다 잡아가? 이런 법이 어딨어? 왜 죄 없는 사람을 잡아가?

쪽발이 새끼들! 얻다 대고 총질을 하는 거야! 한밤중에!

군중이 발산하는 항의에 용기를 얻은 재익이 도고 소좌 앞을 가로막았다. 도고의 말이 놀라 콧소리 요란하게 발길질을 하며 울었다.

"도고 소좌! 지금 뭐 하는거요?"

재익은 말발굽에 채일 뻔했다. 도고의 말은 눈을 부릅뜨고 목을 빼며 시뻘건 콧구멍을 벌렁거렸고 긴 꼬리를 짙은 먼지 속에 흔들었다.

"호텔에서 말했지 않소. 우리끼리 수사한다고. 거동불심자를 검속하고 있는 거요."

재익이 오랏줄에 묶인 사람들을 가리켰다.

"틸리의 사체를 훼손한 용의자가 저렇게 많단 말이오? 합당한 근거가 없는 검속은 용납할 수 없소!"

"닥쳐!"

병참감 이토 중좌가 독이 올라 발갛게 상기된 얼굴로 재익 앞으로 다가왔다. 중좌는 말을 탄 채로 다짜고짜 재익을 후려갈겼다. 말채찍을 맞은 재익의 뺨이 찢어져 피가 흘렀다.

"뭘 용납할 수 없어! 시건방진 자식아! 조선 경무청 따위가!"

"무슨 짓이오, 중좌! 나는 당상관이오! 정3품 경무관이란 말이오!"

"당상관? 나는 황군이다! 후테이센징(不逞鮮人:삐뚤어진 조선인)!"

중좌가 말 위에서 권총을 뽑아 겨누었다.

"이걸로 네놈 골통을 날리고 너희 총리대신이 어떻게 나오는지 볼까? 이 새끼야, 넌 뒈지지만 난 옷만 벗으면 그만이야!"

재익의 가슴 속에서 뭔가가 터져버렸다. 이 새끼 죽여 버리겠다. 재익의 손이 외투를 더듬었다.

그런데 그때였다.

"아라사 군인이 왔다! 아라사 군대가 상륙했다아!"

흥분에 휩싸인 다급한 외침이 들렸다. 사람들이 우르르 소란스럽게 달려갔다. 이토 중좌도 재익도 불길한 생각에 사로잡혔다. 점점이 빛나는 심야의 등불 속에서 밤이 이번엔 다른 흐름으로 고동치고 있었다.

"수병이다! 해군이다!"

하역장에 모였던 사람들이 달려가는 가운데 새로운 통행인들이 바쁘게 부두로 유입되었다. 여기저기서 낡은 흰옷을 입고 패랭이 모자를 쓴, 초라해 보이는 사람들이 나타나 소용돌이치는 강물의 거품처럼 흘러갔다.

그 가운데 한양에서 온 듯한 개화머리의 남자들이 보였다. 코 밑에 단추수염을 기른 잉복쟁이들과 싱크 해트를 쓴 서양인도 있었다. 상인들, 선원들, 가게 점원들도 왔다. 만인계 무뢰배들이 어슬렁거리고 유곽의 창녀들까지 나왔다.

많은 사람이 목수건으로 입과 코를 가리고 있었다. 요즘 사람들

이 픽픽 죽어 나간다는 이상한 돌림병 때문이었다

저벅저벅하는 군홧발 소리, 개머리판이 땅을 치는 '차려 총' 소리가 들렸다. 사람들이 그 소리를 향해 움직이고 있었다. 이토 중좌가 말머리를 돌려 사람들을 따라갔다. 재익도 불길이 활활 타오르는 눈으로 이토 중좌를 쫓아갔다.

부두 곳곳에 모닥불이 지펴져 있었다. 그 연기가 넘실거리는 불빛 속으로 러시아 수병들이 속속 도착했다. 구경꾼들의 물결이 밀어닥치고 환호성이 일어났다.

보트로 상륙한 수병들은 완전 군장을 갖추고 도열했다. 러시아 태평양함대 소속 전함 코르닐로프 호와 보브르 호에서 내린 표트르 몰라스 대령 휘하의 수병 1개 중대 117명와 대포 2문. 의병 봉기의 혼란으로부터 서울의 러시아 공사관을 보호한다는 명분으로 입국한 병력이었다.

사람들은 길 양쪽으로 자리를 잡고 죽 늘어섰다. 해관 창고, 잔교, 미곡계량장, 어시장에도 서서 생전 처음 보는 러시아 해군을 구경했다. 리본이 달린 검은색 수병모자, 세일러 칼라가 양어깨와 등 뒤에 늘어져 있는 검은색 러시아제국 해군복은 마치 학생복 같았다. 총신이 너무 길어 착검하면 사람의 키가 훌쩍 넘는 신형 모신나강 소총은 총이 아니라 창처럼 우스꽝스럽게 보였다.

장교의 호령에 소총을 든 러시아 수병들은 걷기도 하고 방향을 바꾸기도 하면서 정렬했다. 부사관들이 삐익 삐이익 호각소리를 내며 부산하게 돌아다녔다.

이토 중좌와 도고 소좌를 비롯한 27연대 장교들은 혼란과 초조함이 뒤얽힌 마음으로 해관 창고 옆에 서서 러시아 수병을 살피고 있었다. 향화여진 검속은 중단되었다. 6중대는 착검한 상태로 하역장 입구에 대기했다.

"병참감님, 무장해제 시키고 억류해야 하지 않을까요? 러시아는 가상 적국이고 통보받지 못한 상륙인데요."

6중대장이 이토 중좌에게 속삭였다. 그러자 이토 중좌의 눈이 분노로 번들거리고 입술이 경련을 일으키며 떨었다. 이토 중좌는 말채찍을 들어 말이 놀라 움찔할 정도로 삿대질했다.

"그러다 교전이 벌어지면 누가 책임져? 니가 책임질래?"

"이 개항장은 저희 위수지역입니다."

"이 자식이! 공기(空氣:분위기)를 못 읽어요! 공기를! 너, 이토 각하, 야마가타 각하, 이노우에 각하 못 봤어? 반미는 직업, 친미는 생활. 알겠어? 공기를 읽어야 난세 영웅이고 유신 원훈이지."

6중대장 다카키 대위는 얼굴 근육에 경련을 일으켰다. 씨발, 뭐가 난세 영웅이고 유신 원훈인가. 대위는 터져 나오는 욕설을 참으려고 도전적인 눈빛을 억지로 다른 곳으로 돌렸다.

이토 히로부미는 치마를 두른 여자란 여자는 모두 넘친다. 때와 장소를 가리지 않는 색마다. 야마가타 아리토모의 머리에는 공금 횡령과 뇌물 수수밖에 없다. 비리의 백과사전이다. 민비 척살의 배후 이노우에 가오루는 반사회적 인격 장애자다. 살인과 방화 그 자체에 희열을 느낀다. 반미로 사람들을 선동해 막부를 타도한 뒤 권력을 잡자 친미가 되었다. 그렇게 겉 다르고 속 달라야 출세한다면 차라리 전사하고 싶다.

장교들이 설왕설래하는 동안 사병들의 얼굴은 터질 듯한 긴장으로 가득했다. 한밤중에 예고도 없이 들이닥친 러시아 수병이었다. 게다가 그 행색이 심상치 않았다.

외국의 항구에 상륙하는 해군들은 보통 씻고 치장하고 예복을 입고 단추부터 벨트, 구두까지 번쩍번쩍 광을 낸다. 장교들은 훈장을 달고 면도를 하고 머리에 포마드를 바른다. 그러나 이 러시아 수병들은 소총에 착검까지 한 완전 군장의 전투복 차림이었다. 얼굴에는 정체를 알 수 없는 저돌적인 결의들이 흘렀다.

러시아 수병 중위가 앞으로 나와 칼을 빼 들더니 입을 옆으로 일그러뜨린 단호한 표정으로 호령했다. 수병 중대는 잘가락잘가락 소리와 함께 소총을 들어 어깨총을 했다. 다시 호령하자 수병들은 이열 종대로 서울을 향해 해안통 대로를 행진하기 시작했다.

패랭이 모자를 쓰고 횃불을 든 보부상 차림의 조선인들이 러시아 수병의 길잡이 노릇을 하고 있었다. 대포가 말 두 마리가 끄는 수레에 실려 출발했다. 그 뒤를 군수품을 실은 짐마차가 움직였다. 그때 예상치 못한 일이 일어났다.

"우라아! 우라아아!"

구경하던 조선인들이 일제히 환호하며 그들이 아는 유일한 러시아어 '만세'를 외치기 시작한 것이다.

친일내각이 단발령이라는 최대의 악수를 둔 직후였다. 돌아도 분수가 있게 돌고 환장을 해도 한계가 있는 것이지 어떻게 이럴 수가 있단 말인가. 왕비를 시해한 왜놈들 앞잡이인 주제에 남의 상투까지 강제로 잘라버리겠다는 것이다. 부글부글 끓으며 출구를 찾지 못하던 사람들의 분노가 러시아 수병들에게 열광적인 환호로 쏟아지고 있었다.

이토 중좌는 격분한 표정으로 군중들을 노려보며 덜덜 떨다가 말머리를 돌렸다. 6중대가 하역장에서 철수하기 시작했다. 사람들은 더 신나서 우라를 외쳤다. 뜻밖의 환호에 가슴이 뜨거워진 러시아 수병들은 우렁찬 목소리로 〈보줴 차랴 흐라니(하나님 우리 차르를 지켜주소서)〉를 부르기 시작했다.

조선인들은 이 러시아 국가에 박수치고 발장단을 쳤다. 일본과 대적하는 모든 군대에 대한 응원을 천지신명에게 맹세하는 발장단, 아관파천을 예고하는 발장단이었다.

*

러시아 수병들이 떠나자 하역장의 사람들은 와글와글 떠들며 이동했다. 친일 도배를 죽여라! 단발 오적을 포살하라! 패랭이 모자를 쓴 보부상 행색의 남자가 소리쳤다. 그에 호응해 많은 사람이 같은 구호를 외쳤다. 단발 오적이란 단발령을 주도한 친일내각 각료들, 김홍집, 정병하, 유길준, 조희연, 장박을 가리키는 말이었다.

머리카락은 신체에서 자신의 시선이 닿지 않는 곳인 동시에 타인의 시선이 가장 먼저 닿는 곳이다. 동아시아에서 한 인간이 머리카락을 처리하는 방식은 내가 타인과 마주 서는 사회적 관계를 존중한다는 극도로 상징적인 의식의 결정체였다. 명청 교체기에 위로 모아 끈으로 묶던 머리를 변발로 땋으라고만 강요해도 수많은 사람이 자살했다. 그런데 단발령은 묶거나 땋는 정도가 아니라 아예 자르라는 것이었다. 이는 신체에 가해지는 박해를 넘어 한 사회의 기반이 무너지는 파국이었다.

단발 오적을 …… 목이 터져라 소리지르던 패랭이 모자가 얼어붙었다. 재익의 얼굴을 본 것이다. 패랭이 모자는 뒷걸음질 쳐서 군중 속으로 사라졌다. 재익도 박진용의 기억에서 패랭이 모자를 찾아냈다.

과거 궁내부에는 고종에 직속되어 어두운 일을 하는 부서가 있었다. 이 부서는 공개적인 명칭이 없고 서류 작업도 존재하지 않았는데 사람들은 포의사(包衣司)라 불렀다. 포의란 여진 말로 '보오이', 즉 노예다. 여덟 살에 즉위한 강희제는 집안의 노예를 활용해 권신들을 제압하고 독재 권력을 구축했다. 그 보오이 조직이 이 부서의 모델이었다. 이 조직은 친러파로 낙인찍혀 친일내각에 의해 철저히 숙청되었다. 패랭이는 그 포의사 사람이었다. 포의사의 수장은 …… 재익은 머리를 흔들었다.

재익도 자리를 떴다. 12시 10분. 이미 약속 시각에 늦었다. 재익은 군중에서 멀어져서 영국인들과의 약속이 잡힌 찻집으로 걸어갔다. 그때 어둠 속에서 누가 재익의 팔을 붙잡았다.

더러운 한복 두루마기에 찢어진 갓을 쓰고 목수건으로 얼굴을 가린 남자가 노란 등유 램프를 들고 서 있었다. 남자의 몸에서 오물 냄새 같은 악취가 희미하게 풍기고 있었다. 재익이 눈살을 찌푸리자 남자는 클클클 웃으며 목수건을 풀었다.

궁상맞게 생긴 40대 남자. 우거지상이란 말이 꼭 어울리는 얼굴. 그러나 야수가 지나가는 듯한 느낌의 날카로운 눈매가 묘한 긴 장감을 불러일으키는 얼굴이었다. 박진용의 기억이 소환되었다.

"성숙이, 살아있었군."

화수부두 철벅이네 집사 홍 씨. 지난해 가을 친러파 숙청 때 박진용이 몰래 도망시킨 친구. 궁내부 판임관 홍종우. 포의사의 우두머리였다.

지난해 가을 친러파의 궁내부는 군대를 동원해서 춘생문 사건을 일으켰다. 일본군에 의해 경복궁에 연금된 고종을 외국 공사관으로 탈출시키려는 쿠데타였다. 이 쿠데타는 궁궐 수비대의 저지로 실패했고 주모자 두 사람은 처형되었다. 연루자들은 종신유배형, 태형, 징역형에 처해졌으며 이범진을 비롯한 간부들은 국외로 도주했다.

"순경이, 소도둑 많이 잡았나?"

홍 씨가 박진용의 자를 부르며 껄껄 웃었다. 재익은 박진용의 기억에서 재빨리 소도둑을 찾아내었다. 홍 씨는 박진용이 부하들과 요릿집에서 향응을 받는 것을 비난했는데 그때 박진용이 했던 말이었다.

자네는 뭣 때문에 화를 내나. 이 사람들 두 달 동안 봉급을 못 받았어. 밥도 먹이지 않으면 어떻게 일을 시키나. 자네는 임금님 보좌하고 의병은 궐기하고 경무청은 순검들 밥 먹여서 소도둑 잡는 거야. 지금 큰길은 소매치기와 무뢰배 천지고 뒷골목은 살인강도와 소도둑 천지라고. 한양과 인근에만 6만 명이 범법 행위로 생계를 유지해. 세상에 명분도 좋고 실리도 좋은 일이 몇 개나 있을 것 같나. 자네 같은 대인배 청백리가 이런 일 할 거야? 이 나라가 돌아가려면 나 같은 소인배 속리(俗吏)가 있어야 해.

"순경이 이리 오게. 인사해둘 분이 있네."

홍종우가 재익을 어두운 거리로 이끌었다. 미곡 계량장 쪽으로 가는데 맞은편에서 눈이 크고 하관이 빠른, 두려움 같기도 하고 굴종 같기도 한 표정이 서려 있는 한 사람이 걸어왔다. 4등 경무관 안환이었다. 경무청에는 경무사 밑에 열두 명의 경무관이 있었는데 박진용이 가장 선임자이고 안환은 아홉 번째 서열이었다. 안환은 낯빛이 바뀌더니 재익을 못 본 척 고개를 숙이고 지나갔다.

미곡 계량장 담벼락에 양복을 입은 두 사람과 러시아군 장교 하나가 서 있었다. 장교는 조금 전 하역장 부두를 출발한 러시아 수병들의 지휘관 몰라스 대령이었다. 몰라스 대령은 흥분된 얼굴로 재익을 힐끗 보더니 양복 입은 두 사람에게 경례를 하고 떠났다.

"일당 선생님이시네."

홍종우가 더할 수 없는 존경심을 담아 속삭였다. 외투를 입고 목에 누런 털색의 여우 목도리를 두른 키가 작고 얼굴이 하얀 남자가 살갑게 재익의 손을 잡았다. 박진용 동지, 말씀 많이 들었습니다.

일당 이완용이었다. 그 옆에 있는 사람은 고종과 친러파 사이를 오가며 거사를 도모하고 있는 전임 러시아 공사 웨베르였다. 이완용이 결의에 찬, 또랑또랑한 목소리로 재익에게 말했다.

"동지! 우리 국치민욕을 갚아야 하지 않겠습니까. 도와주세요. 우리 힘을 합쳐 왜당을 청산하고 나라를 나라답게 만듭시다."

강한 역겨움이 재익을 꿰뚫고 지나갔다. 재익은 엉거주춤 이완용에게 손이 잡힌 채 머리를 울리는 피의 흐름이 점점 맹렬해지는 것을 들었다.

왕비 시해와 단발령으로 온 나라가 부글부글 끓고 있었다. 이 국민적 화병을 책임질 죄인을 보여주고 그의 머리를 짓이겨야만 사태가 진정될 수 있었다. 분노의 소용돌이는 김홍집을 파멸시키고 이완용이라는 인물을 부각시켰다.

총리대신 김홍집은 죄 많은 친일내각의 수장이었다. 그러나 동시에 진심으로 근대화에 전념했던 청렴하고 강직한 사대부이기도 했다. 아관파천이 일어나자 그는 도망치지 않고 의연하게 운명을 받아들였다.

친러파는 김홍집을 경무청 앞 소석교로 끌고 가 살해했다. 순검들이 죽을 때까지 여러 차례 칼로 찔렀고 보부상들이 돌로 치다가 결국은 손으로 사지를 갈기갈기 찢었다. 김홍집은 그 잊지 못할 비극의 무대에서 어떤 변명도, 비천한 짓도 하지 않았다. 보부상들이 피 묻은 손으로 박수를 쳤다. 찢은 사지를 종각 네거리로 가져가 땅에 늘어놓았다.

국왕과 군중이 그를 대신해 선택한 것은 이완용이었다. 이완용 선생이야말로 효자이며 착하고 행실이 반듯한 분이라고 했다. 술 담배를 하지 않고 여색을 멀리하며 여가에는 오직 독서와 서예에만 몰두하는 선비라고 했다. 인물이 잘생겼고, 미국에 오래 있어서 개혁 의지가 강하며, 사세 판단이 빨라서 국정을 혁신할 유일한 인재라고 했다.

이완용은 외부대신 겸 학부대신 겸 농상공부대신, 즉 조선 왕조

최초의 삼상대신이 되어 친일파 청산을 주도했다. 독립협회를 설립하고 독립문을 건립했다. 이후 수년간 '대조선 자주독립'이란 키치, 군중의 취향에 영합한 싸구려 대의명분이 시대를 풍미했고 '대한제국'이라는 자아도취가 여론을 지배했다. 의병 운동은 사그라들었다. 지식인들은 사태를 관망하겠다고 물러앉았다.

조선인들은 친일파 몰락과 대한제국 선포에 감격하면서 새로운 시대의 막이 올라가는 것을 보았다. 그들을 힘들게 한 것은 거기서 아무것도 나오지 않았다는 사실이다. 부패는 더 심해졌고 재정은 고갈되었으며 정치는 더 심각한 외세에의 종속으로 빠져들었다. 만민공동회가 열리고 광장으로 무수한 문제가 소환되었지만 어떤 문제도 해결되지 않았다.

재익은 한숨을 쉬며 분노를 삭였다. 8년 전 이완용에게 중상을 입혔지만 죽이지 못했다. 그러나 죽였다고 해도 달라지는 것은 없었으리라. 이완용은 특정한 개인이 아니라 이데올로기였다. '이완용 패턴'이라고 부를 수 있는 권력 생산의 한 양식이었다.

이데올로기는 특정 파벌의 이익을 국가와 민족의 보편적인 이익으로 위장한다. 그래서 지배 계층의 이권을 공유하기는커녕 착취를 당하고 있는 종속 계층도 열렬히 집권자를 지지하게 한다. 이 종속 계층은 속고 있는 사람들이 아니라 나름의 구체적인 계획과 욕망을 가지고 뭔가를 기대하고 있는 사람들이다. 그들은 이완용이 어떤 사람인지 듣고 보면서도 믿지 않는다. 한 사회의 견고한 자기기만이 이완용을 만들어 낸다.

우리는 모두 자기 시대에 갇혀 있다. 사람을 바꾸는 것은 아무

의미가 없다. 대중이 생각을 바꾸어야 한다. 대중이 자기 시대를 넘어 미래를 보아야 한다.

홍종우가 좌우를 살피더니 심각한 얼굴로 속삭였다.

"순경이, 내 말 잘 듣게. 지금 바로 떠나게. 한양으로 돌아가서 식솔들 데리고 시골로 가라고. 한두 달만 엎드려 있으면 내가 기별하겠네."

곧 친일내각의 참여자들을 재판 없이 거리에서 참살할 것이라는 귀띔이었다. 박진용은 친일내각의 정3품 당상관이었다. 경무청 역시 친러파에 붙어 학살을 지휘한 4등 경무관 안환을 제외하고 경무사 이하 모든 간부가 죽거나 숙청되어야 했다.

재익은 회중시계를 보았다. 12시 40분이었다. 러시아 공사관으로 들어간 고종이 "단발 오적의 무리는 반역당이니 체포 구금할 것이며 거역하면 그 자리에서 죽여라." 하는 어명을 내리는 것은 오늘 새벽 3시. 3시에 발령된 척살령이 급보로 제물포에 당도하는 것은 오전 7시 40분. 박진용의 목숨이 7시간 남아 있었다.

13

세 마녀

밤거리에 사람들이 수군거리는 소리, 바다의 물결치는 소리가 밀려왔다. 보이지 않는 고둥 껍데기 속에서 두려움과 흥분이 웅웅거리는 것 같았다.

수지는 유애덕과 함께 일본 조계의 우편국으로 걸어가고 있었다. 수지는 석유통이 묶인 지게를 지고 있었다. 멀찌감치 날탕패 곡석이와 신참이 따라왔다.

만인계 폭력배와 일본군 장교를 죽인 간호사. 시퍼런 절단칼을 외투 주머니에 숨긴 여자 의사. 누 여자가 영국인 사제의 허파들 넣은 석유통을 가지고 한밤중의 제물포 거리를 걷고 있다. 수지는 될 대로 되라는 심정에 사로잡혀 웃음이 나왔다.

우리는 모두 미쳐 있다. 각자 자기만의 방식으로. 광기는 우리의 정열이 자기 나름으로 의미심장하게 해준다. 거기에 자기 나름의 영원이 있다.

'도망치게 해줄 테니 다시는 이런 짓 하지 마.'

수지는 자신이 완전한 마비 상태로 만들어 잠재의식의 한구석으로 억눌러놓은 숙주 강마사에게 말했다. 대답이 들렸다. 수지는 마사의 반응이 트릿하다는 것을 알았다. 마사는 지금 수지와 애덕이 자신을 살려주려고 분주한 것에 극도로 화를 내고 있었다.

미친 개수작 하지 마!
내 등불은 다 타고 꺼졌으니까.
네년만 오지 않았으면 오늘 모든 일을 쫑냈을 거 아냐. 김오룡이 죽이고 나도 죽었을 거라고. 거지처럼 더 생을 구걸하지 않아도 됐어. 뭐? 날 멀리 도망치게 해서 살려주겠다고? 웃기지 마, 이 개 같은 년! 난 여기서 맞아 죽을 거야. 발가벗고 제물포 갯벌에 알몸으로 파묻혀서 구더기 먹이가 되겠다고. 보기도 아주 끔찍하게 썩어 문드러지겠다고. 알겠어?

애솔이에 대한 마사의 맹목적인 애정은 도를 넘었다. 절망적인 상태에 이른 도박처럼 마사는 죽은 남편을 향한 사랑에 모든 것을 던져 자기 멋대로의 고집불통으로 생명을 탕진하려 하고 있었다.

마사에게는 남편과 살던 구세여관 행랑채의 작은 방 하나가 세상의 전부였던 것이다. 그 방은 사라졌다. 니들이 감히 내 남편을 죽여? 마사는 병적인 자존의 충동에 함몰된다. 이제는 원수를 죽이고 스스로 죽음을 향해 나아가는 결연함만이 공허한 매 순간을 열에 들뜬 기쁨으로 바꿔줄 수 있었다.

수지는 마비 상태를 살짝 풀자마자 치받고 오르는 마사의 분노에 피가 거꾸로 솟았다. 서른여섯 살의 수지는 스물두 살의 마사가 변덕스럽고 자가당착적이며 말도 안 되는 억지를 부리는 막내동생 같았다. 수지도 격하게 화를 냈다.

닥쳐! 이 놀순이 년아. 그만 좀 빽빽거려! 새파랗게 어린 년이 뭘 알아? 니가 인생을 알아? 인생이 얼마나 무섭고 괴상한지 알 아? 이 인류 사회라는 것이 얼마나 역겹고 구역질 나고 더럽고 절망스러운지 아느냐고? 기껏해야 남편 한 번 죽은 거잖아. 왜 발광이야! 웬 유세냐고. 난 널 길에 버리지 않을 거야. 알겠어? 난 도망치다가 둘째의 손을 놓았어. 하지만 바보 같은 네년과 저 멍청이 소리꾼들은 길에 버리지 않을 거야!

마사와 싸우면 싸울수록 수지는 북받치는 감정으로 가슴이 조여 들었다. 갈피를 잡을 수 없는 생각들이 일어나 서로 얽히고 부딪치 며 격류처럼 휘몰아쳤다.

마사의 몸속에서 수지와 마사가 서로 광신적인 집착을 드러내며 지고받는 사이 발길은 어느새 우편국에 도착했다. 수지는 마사를 필사적으로 다시 틀어막아 잠재의식 밑으로 처넣고 1896년의 현 실로 돌아왔다.

*

제물포 우편국은 일본 영사관 경내에 있다. 대불호텔에서 불과

100미터 떨어진 일본 영사관은 가스등을 밝히고 붉은 벽돌담을 둘러친 경내의 오른쪽에 경찰서를, 왼쪽에 우편국을 두고 정문 맞은편에는 일본 거류민 사무소를 두었다.

밤이 깊었지만 우편국은 발디딜 틈이 없었다. 내일은 세츠분(일본 구정)을 앞둔 연말이다. 전신실 앞에는 전보로 날아오는 미두 시세를 듣고 내일 아침 오사카 미두취인소에 매도, 매수 주문을 넣으려는 사람들로 북새통을 이루고 있었다.

미두취인소는 쌀을 100석(14.4톤) 단위로 가진 돈의 10배까지 현물 없이 거래하는 선물투기시장이다. 우편국 실내는 일본인과 조선인이 뒤섞인 미두꾼들의 술렁거림, 담배 연기, 등불의 그을음 연기가 퀴퀴하게 소용돌이쳤다.

"전보치고 올 테니까 기다리세요."

수지는 석유통을 묶은 지게를 벗었다. 유애덕은 줄레줄레 따라오던 곡석이와 신참을 불러 지게를 지키게 했다. 그리고 우편국 유리문 앞으로 가 수지를 지켜보았다.

수지는 스미마센을 외치며 사람들 사이를 파고 들었다. 머리가 헝클어지고 옷매무새가 흩어지면서 용케 사람들을 뚫고 전신실 창구까지 다가갔다.

전신기의 전선들이 까치둥지의 지푸라기처럼 엉켜있는, 유리로 사방을 막은 비좁은 창구 하나에 전신원과 접수직원이 앉아 있다. 수지는 전보문 용지에 부산의 개항장 객주 정인식에게 보내는 전보문을 휘갈겨 창구로 내밀었다. 일본인 접수직원은 콧수염을 만지작거리며 한참 동안 그녀와 종이를 번갈아 보았다.

〈마사 곡석 애솔. 14일 부산 도착. 일 년간 숙식 부탁. 이수지〉

개항장 객주는 외국 상품을 국내에 위탁판매하는 중개상인이다. 과거 탐사에서 이수지는 정인식에게 영국산 옥양목 '카네긴'을 직수입하는 이권을 얻게 해주었다. 보답하겠다는 정인식에게 수지는 앞으로 부탁할 일이 있을 텐데 그때는 이수지라는 이름으로 전보를 치겠다고 말했다.

접수직원이 내용을 해독하고 법령에 저촉되는 내용이 없다는 확인 도장을 찍은 뒤 글자 수를 세어 전보 비용을 청구했다. 수지가 돈을 내자 접수직원은 영수증과 사본을 주고 전보문 원본을 전신원에게 넘겼다. 수지의 부탁은 모르스 부호로 번역되어 부산으로 날아갔다. 수지는 우편국을 나와 기다리고 있던 유애덕에게 전보문 사본을 보여주었다. 그리고 곡석에게 말했다.

"난 몸이 좋지 않아. 내일 새벽 배에 타면 아마 정신이 혼미할 거야. 이건 네가 챙기고 있다가 부산에 도착하면 정인식 객주에게 보여줘."

곡석은 잔뜩 겁에 질려 주위를 경계하다가 멍한 얼굴로 눈을 꿈벅거리다가 사본을 받았다. 곡식이 떨면서 중얼거렸다. 시, 선생님 우리가 하, 하, 할 수 있을까요? 애덕은 칼날 같은 눈으로 곡석의 얼굴을 베어버릴 듯이 노려보았다. 그리고 빽 소리를 질렀다.

"이봐요. 조때가리들! 할 수 있을까요, 하다가는 아무것도 못해. 하겠다고 해야 하는 거라고!"

곡석의 눈에 눈물이 고였다. 미칠 것 같은 공포가 간신히 가라앉는 듯했다. 곡석은 울면서 신참은 가쁜 숨을 몰아쉬면서 고개를 끄덕였다. 그때였다.

으아아악!

맞은편 영사관 경찰서에서 끔찍한 비명소리가 들려왔다.

*

수지가 우편국에 들르기 직전 영사관 경찰서는 뜻밖의 검거자에 허둥대고 있었다. 영사관 경찰은 군대도 아니고 시절도 아직 한일합방 전이었다. 모두가 심상치 않은 반일의 공기를 느꼈다. 그래서 난로의 석탄불마저 조심스럽게, 주저하는 듯한 색조로 타고 있는, 순사 25명의 조촐한 경찰 분서였다.

그런 경찰서에 혼다 경부와 하세가와 순사부장이 포승에 묶인 김오룡과 만인계 일당들을 앞장세우고 들어온 것이다. 천장이 아치를 이룬 널찍한 중앙 출입문 통로가 갑자기 사람으로 가득 찼다.

김오룡은 통로의 문에도 부딪히고 나무의자에도 부딪혔다. 뚱한 표정의 얼굴이 벌겋게 달아올라 있었다. 접수계의 아베 순사는 얼이 빠져버렸다. 다른 순사들도 놀라서 졸다 깨어난 사람처럼 두리번거렸다.

볼 때마다 느끼는 것이지만 이 머리통이 큰 노인에겐 뭔가 생생하고 추한 것이 있었다. 그냥 조용히 서 있기만 해도 피와 살점과 뇌수와 부러진 뼈가 자꾸 떠올랐다. 투실투실 살이 찐 몸피는 둔하고 천하게 보였으며 한편으로 기괴하고 음산하게도 보였다.

"기, 김오룡 계주를 가두는 겁니까? 지금?"

"그래. 배일 행동의 기미가 있는 자들을 일제 검속하라는 지시야. 자, 이건 압수한 흉기야."

순사부장이 만족감을 코에 건 얼굴로 접수대에 특이하게 생긴 칼을 올려놓았다. 칼집과 칼자루는 둥근 박달나무인데 손을 보호하는 콧등이는 둥글지 않고 한쪽만 삐죽 튀어나온 쇠로 되어 있었다. '사바쿠시'라는 여진족의 사냥칼이었다. 칼자루 밑부분에는 작은 구멍을 파서 보이지 않는 칼집처럼 박피용 소도를 끼워 넣었다. 지금 이 사바쿠시에는 박피용 소도를 장착했던 구멍이 비어 있지만 일본 경찰로선 알 수 없는 일이었다.

아베 순사는 김오룡의 눈도 제대로 쳐다보지 못했다.

이, 이, 이름과 주소를 말해주세요. 김오룡은 입을 다물고 한마디도 하지 않았다. 아베는 조용히 주소란에 불심(不審)이라고 적어 넣었다. 다음 순간 아베 순사는 와들와들 떨기 시작했다. 김오룡의 신발이 눈에 들어왔기 때문이다.

그것은 중국 신발도, 조선 신발도, 일본 신발도 아니었다. 소가죽을 덧버선처럼 발에 씌우고 가죽끈으로 발목과 발등을 졸라매었다. 볏과 안락을 완선히 무시하고 최대한 빌소리가 나지 않게끔 발바닥을 싸맨 신발이었다.

소가죽을 튼튼하고 큼직하게 씀풍씀풍 오려낸 신발의 재단에서 삭풍이 몰아치는 북방의 강인함이 느껴졌다. 그 신발에는 짐승을 죽이기 위해 어두운 숲으로 들어가는 발걸음의 고독이 있었다. 가난에 물어 뜯겨 뼈다귀만 남은 마을의 슬픔과 산 것을 죽여야 내가 살 수 있는 생활의 곤경이 있었다. 신발을 꿰뚫고 있는 것은 하얗게 벼린 강철의 도구를 들고 있는 살생의 의지였다. 그것이 여진족의 신발 '도레기'였다.

연행되는 찰라에 도레기를 신었다는 뜻은 북으로 떠나겠다는 의미가 아닌가.

나이 마흔에 계속 승진시험에 떨어지는 아베는 박봉의 순사질 그만두고 조선에 나온 김에 장사나 해볼까 궁리 중이었다. 끌어주겠다는 고향 선배가 있었다. 그 선배는 말했다.

중국에서 쓰는 장대목을 대부분 압록강에 가져오는 거 알아? 아름드리나무들을 백두산 원시림에서 베어서 압록강에 흘려보낸다고. 하구의 사하진에 시장이 서는데 배들이 오천 척 넘게 모이지. 그 목재를 선물 거래하면 큰돈을 벌 수 있어. 그런데 김오룡의 비적단이 문제야. 육혈포 강도 김오룡 못 들어봤어? 살인강도가 열한 번이야.

놈들은 보호비를 바치지 않는 상인과 벌목업자들을 잔인하게 죽여. 지들이 백두산을 지킨대. 그래서 산지기당이라고도 하는데 일당 중에 재리교 신도들이 많아. 미친놈들. 김오룡이란 이름은 일렁수어(吾籠所)라는 여진족 이름을 조선 말로 옮긴 거야. 김오룡, 김오룡소, 김일수 다 같은 이름의 음차라고. 뭐? 제물포에도 한 놈 있어? 글쎄 그놈이 그놈일지도 몰라.

이제는 위에 보고해야 해.

재리교는 유교, 불교, 도교가 습합된 무속 종교였다. 청일전쟁 후 만주에 불길처럼 번졌는데 우리 것을 신성시하고 외래 문물을 악마시하는 광신적인 배외주의 교리를 가지고 있었다. '보국멸양을 부르짖으며 아무 죄책감 없이 외국인을 죽였다. 1900년 산동, 직예, 만주를 휩쓴 의화단 반란의 뿌리가 되었다.

"일어섯! 손 앞으로 내밀고!"

접수계 순사들이 김오룡 일당의 목에 채울 나무틀로 된 목칼을 가져왔다. 아베 순사는 몸을 돌려 하세가와 순사부장을 불렀다. 부장님, 말씀드릴 게 있습니다. 그런데 이미 때는 늦었다.

김오룡의 두 손목을 묶고 팔과 몸통을 단단히 죄었던 포승줄이 마법처럼 끊어져 그의 발밑으로 떨어졌다.

김오룡은 진맥을 하는 의사처럼 하세가와의 목에 슬쩍 손을 댔다. 그것은 8센티 정도의 작은 칼날로 하세가와의 오른쪽 경동맥을 자르는 동작이었다. 하세가와는 핏줄기를 길게 뿜으면서 비명도 지르지 못하고 쓰러졌다. 그리고 마루에서 부들부들 경련을 일으켰다.

기겁하고 뒤로 피하는 아베의 멱살을 김오룡의 왼손이 거머쥐었다. 아베가 주먹을 휘둘러 김오룡의 얼굴을 강타했다. 동시에 김오룡의 칼날이 아베의 왼쪽 눈을 깊이 찔렀다. 아베가 끔찍한 비명을 지르면서 발에 걸리는 접수대와 의자를 섞어차면서 몸을 뒤들었다. 접수대가 쾅 하고 쓰러지는 소리가 메아리쳤다.

복도는 피바다가 되고 경찰서는 끓는 가마솥처럼 변했다. 방에서 뛰어나온 경찰들은 충격을 받고 고래고래 고함쳤다. 김오룡 일당은 일제히 경찰서의 중앙 출입문 밖으로 도주했다.

가장 먼저 문을 박차고 나간 김오룡은 말을 타고 경찰서로 들어오던 사쿠라이 순사부장과 마주쳤다. 김오룡은 몸을 날려 사쿠라이의 말에 올라탔다. 말안장에 있던 포승줄을 사쿠라이의 목에 옭아매고 말의 배를 걷어찼다. 말은 달렸고 사쿠라이는 목에 올가미가 묶인 상태로 온몸이 땅바닥에 쓸리며 끌려갔다.

말은 만국공원 큰길을 단숨에 달려가 일본우선주식회사 네거리를 몇 바퀴 돌더니 어시장 뒤의 해안통 큰길로 내달렸다. 김오룡은 큰길 끝에서 밧줄을 놓았다. 사쿠라이는 옷과 살갗이 다 찢어지고 목의 경추가 부러져 죽었다. 김오룡은 그대로 말을 몰아 항구로부터 사라져버렸다.

*

김오룡이가 달아났다! 김오룡이가 달아났어! 순사가 다쳤다! 아니 죽었어, 순사가 죽었다고!

영사관 경내는 벌집을 쑤신 것 같았다. 혹시 엄한 불똥을 맞을까, 우편국에서 미두꾼들이 우르르 몰려나와 우왕좌왕하다가 흩어졌다. 밤새 영업을 하는 술집은 재빨리 덧문을 내리고 빗장을 질렀다.

"의사 선생님! 어의님! 제발 좀! 이리로 좀!"

일본인 순사 하나가 유애덕을 알아보고 소매를 붙잡았다. 김오룡의 칼부림이 일으킨 공포와 치욕에 턱이 떨리고 가슴이 얼어붙은 얼굴이었다. 유애덕은 순사에게 잠깐만 기다리라고 하고 수지를 어두운 구석으로 끌고 갔다. 애덕은 수지의 지게에 리스턴 절단칼을 찔러넣고 치마 안쪽에서 묵직한 쇳덩어리를 꺼내 수지의 손에 쥐여주었다.

메이지 26년식 리볼버 권총. 강마사의 죽은 남편 애솔이가 가져온 물건으로 약실에는 네 발의 탄알이 있다. 의병 전쟁에서 돌아와 구세여관에서 치료받던 애솔이 한양을 오가는 애덕에게 호신용으로 선물한 것이었다.

"몸조심해! 몸! 알았지?"

애덕은 수지의 손을 굳게 잡았다. 감정을 드러내지 않으려고 애쓰는 모습이 역력했다. 가슴이 미어지는 것 같은 얼굴이었다.

그 순간 수지는 애덕과 자신과 마사가 세 마녀 같다고 느꼈다. 사회의 그늘진 변방에 자매공동체의 거처를 마련하고 의학이라는 마법으로 사람을 살리는 마녀가 있다. 그 마녀가 의학이라는 마법으로 사람을 죽인 두 자매를 측은하게 바라본다. 수지는 머뭇거리다가 시선을 돌려버렸다.

유애덕은 순사와 함께 영사관 경찰서로 들어갔다.

영사관 경내는 어수선했다. 어둠 속에 이리저리 달려오고 달려가는 발소리만 낭자했다. 만인계는 한 명도 빠짐없이 달아났는데 순사들은 당혹과 분노에 휩싸여 쓸데없이 칼을 빼 들고 돌아다녔다. 우편국 직원들과 영사관의 숙직 담당도 밖에 나와 소란을 피웠다.

현관 앞 계단에 주저앉은 혼다 경부는 완전히 넋이 나간 모습이었다. 순사부장 둘이 죽고 순사 하나가 중상이다. 한성공사관 순사부터 순사부장, 경부시보를 거쳐 여기까지 착실하게 쌓아온 경력이 오늘로 다 무너질 것 같았다.

수지는 곡석과 신참을 데리고 조용히 영사관을 나왔다.

"경무관 지금 어디 있는지 알아 와. 알아내서 묘지로 와."

곡석과 신참이 어둠 속으로 사라졌다. 수지는 지게를 지고 손에는 등유 램프를 들고 길바닥과 좌우를 살피며 걸었다.

1시 10분. 거리는 이제 살인이 일어나도 모를 만큼 컴컴하고 쓸쓸했다. 수지는 뭔가 무섭고 어룽어룽한 것이 은밀하게 움직이면서 다가오는 듯한 음산함을 느꼈다. 멀리 보이는 월미도 쪽 바다에서 배의 항등 하나가 흐릿하게 빛나고 있었다. 그 외에는 짙은 어둠뿐이었다.

수지는 굳은 얼굴로 걸음을 멈췄다. 귀를 쫑긋 세우고 몇 사람이 어두운 그림자가 져 있는 큰길을 걸어오는 소리를 들었다.

"강 소사 아닌가?"

어둠 속에서 누가 불렀다. 철벽이 홍 씨였다. 더러운 한복 두루마기에 찢어진 갓을 쓴 홍 씨 뒤를 법부 검율의 제복을 입은 두 사람과 교졸 예닐곱 사람들이 따르고 있었다.

"강 소사 마침 잘 만났군. 같이 가세."

"어딜?"

"김오룡이 잡으러. 다들 한양에서 와서 김오룡이의 얼굴을 아는 사람이 없어."

홍 씨가 뒤를 돌아보며 먼저 가라고 하자 법부 사람들은 조용히 둘을 앞질러 사라졌다.

수지는 홍 씨에게 경탄했다. 마사가 홍 씨를 알게 된 것은 구세여관의 분뇨 수거를 부탁했기 때문이다. 홍 씨를 타고난 철벽이라고 생각했다. 그는 똥바가지로 배설물을 퍼서 한 방울도 흘리지 않고 똥장군에 요령 있게 담을 때 제일 빛이 났다.

그가 궁내부의 관리였다는 사실은 나중에야 알았다. 홍 씨는 가족과 친구들로부터 격리당하고 만천하에 죄인으로 공개된 후 신분을 숨기고 천한 일을 하고 있었다. 그러나 그럼에도 그는 긍지를 가졌고 자기 입장을 견지했으며 목표를 잊지 않았다. 모든 사태를 주의 깊게 관찰하며 건곤일척의 반격을 노렸다. 그리고 오늘 반격에 성공한 것이다.

언젠가 홍 씨는 말했었다. 어떤 나라에 있고 어떤 일을 하고 어떤 냄새에 절어도 나 자신일 수밖에 없는 인간이 바로 나요.

홍 씨는 탐사한 모든 시대를 통틀어서 수지가 만나본 사람 가운데 가장 집요한 인간이었다. 김옥균과 일본에서 친구가 된 뒤 상해에서 살해한 인간. 그 시체에 포르말린을 주사하고 옻칠을 해서 조선으로 가져온 인간. 그 대가로 출세가도를 달린 인간.

홍 씨의 이력에는 사람과 사람 사이의 기본적인 친애감을 부정하는 역겨운 것이 있었다. 그에게는 정치적 야심이 만들어내는 느끼하고 음습한 짐승의 냄새가 났다. 그런데 동시에 전혀 걸맞지 않은 문필가의 솔직함과 성실함도 느껴졌다. 그 둘이 뒤섞인 불안하고 불온한 에너지가 그에게서 뿜어져 니오고 있었다.

"홍 씨 당신이지? 김오룡이 배일한다고 일본 경찰에 고발한 것이. 그래서 나더러 기다리라고 했던 거지?"

홍 씨는 클클클 웃었다.

"그놈은 실제로 그랬어. 일본을 배신하고 러시아 편에 붙어야 산다고 생각했다고."

"그렇다면 같은 친러파잖아. 왜 일본 경찰에 넘긴 거야?"

"김오룡은 친일도 친러도 관심 없어. 놈은 주르센이야. 와일드 주르센(야인 여진). 그저 몽케테무르 같이 다할라 노릇을 하고 싶은 놈이야."

영사관 경찰서 쪽으로부터 말발굽 소리가 났다. 일본인 기마 경관이 진흙투성이의 무거운 발굽 소리를 울리며 지나갔다. 가게의 처마가 되었던 장막이 을씨년스러운 소리를 내며 바람에 흔들렸다.

"안 갈 거야, 강 소사? 남편 복수를 해야 하지 않겠어?"

그럴 시간이 없다. 그러나 마사의 격정이 수지에게 스며들어 내부로부터 수지를 뒤흔들고 있었다. 증오와 원한으로 꽉 찬 그 격정을 채워주지 않으면 마사는 스스로 폭파되어버릴 것 같았다. 지금도 잠재의식 밑에서 거칠고 격렬한 바다를 흘러 다니는 마사의 자아가 느껴졌다. 수지는 한숨을 쉬었다.

"김오룡이가 지금 어디 있는데?"

14

북극의
이도 문자

밤 1시 15분.

　제물포에는 이제 모든 불빛이 어둠 속에 흐릿하게 번져 보였다. 검푸른 밤하늘도 생기 찬 별빛도 보이지 않았다. 밀물과 함께 일어난 물안개가 뭔가에 홀린 듯한 귀기를 피워 올렸다. 부두도, 바다도, 정박한 작은 목선들도 낮게 흐르는 안개에 덮였다.

　이런 밤이면 일본군이 풍도 앞바다에 산 채로 수장시킨 청나라 병사들의 비명이 바람에 실려 온다고 했다. 한밤중에 문을 두드린 청나라 병사들이 길 안내를 하라고 옥박질러서 따라나섰더니 날이 샐 무렵 해안에 이르자 해골로 변하더라는 괴담도 있었다.

　재익은 녹차 향이 마음을 가라앉혀 주는 찻집에 앉아 있었다. 문에는 다옥(茶屋)이라고 쓰인 포렴이 있고 안쪽에 차 솥을 거는 부뚜막과 과자상자들이 있었다. 난로에는 석탄불이 지펴졌고 아늑한 조명 아래의 손님용 테이블에는 됫박만 한 나무 재떨이가 놓여 있었다. 서린 김이 방울져 흐르는 유리창 밖에는 짙은 어둠뿐이었다.

재익이 말했다.

"그러니까 내가 감리서에 가둔 의병들이 여전히 어딘가에 훈민 정음해례본을 숨기고 있다. 그 책을 넘겨주면 여러분은 스코트 털리의 동료라는 연고권을 주장해서 털리의 시체를 내주겠다, 이 말씀이군요."

"그렇습니다."

코헨은 뒤로 기대며 재익에게 미소를 보냈다. 재익도 떨떠름한 미소로 응답했다. 마치 실현 가능성이 없는 협상을 미소 이어가기 시합으로 끝내려는 사람들 같았다.

주인이 양갱과 녹차를 새로 내왔다. 벨 양이 눈짓하자 주인은 인사를 한 뒤 찻집 문을 닫고 밖으로 나갔다.

제물포 해관의 불빛이 찻집의 유리문에 부딪혀 칼날처럼 빛나고 창틈으로 찬 공기가 엷게 배어들었다. 러시아 수병들이 몰려와 한바탕 소란스러웠던 항구는 다시 먹먹한 정적에 잠겨 있었다. 고요한 상가와 텅 빈 거리를 응시하던 코헨이 입을 열었다.

"이도 문자는 조선의 것이지만 조선만의 것은 아닙니다. 로마자가 페니키아만의 것이 아니고 피라미드가 이집트만의 것이 아니며 알타미라 동굴벽화가 스페인만의 것이 아닌 것과 같습니다. 모두 현저하게 보편적인 가치를 지녀서 인류를 위해 공유되어야 할 것들이죠."

코헨은 자신이 조선을 이해하기 위해 바친 시간과 노력을 이야기했다. 의사이지만 동양학에 대한 깊은 열정을 가지고 있었다는 것이다. 그는 영국의 주자(朱子)라고 불리는 옥스퍼드 대학교의 제임스 레게 교수에게 직접 사서삼경과 장자, 도덕경, 춘추좌전을 배웠고 조선의 고문헌을 많이 읽었다고 했다.

"이도는 세계인이었습니다. 그는 고려에 뿌리를 두었지만 여진에서 세력을 얻고 몽골에서 관직을 받은 가문 출신이었죠. 세계 제국의 보편주의에 강렬한 세례를 받고 고려-여진-몽골의 혼종 정체성을 내면화한 사람입니다. 이도를 진짜 이해할 수 있는 것은 우리 같은 이방의 연구자 아닐까요?"

재익은 한숨을 쉬었고 하기 싫은 일을 해치우려는 듯 서둘러 말했다.

"언문은 우리 조선 말을 표기하도록 조선 말에 맞춰 만들어진 문자입니다. 날 때부터 조선 말을 쓴 우리보다 당신들이 언문을 더 잘 이해할 수 있습니까? 그리고 또 하나. 로마자, 한자, 아랍 문자와 달리 언문은 창작자가 있습니다. 저작권자가 물려준 문자란 거죠. 그걸 어떻게 처분하는가의 권리는 조선인에게 있습니다."

그러자 벨이 눈빛을 빛내며 입을 열었다.

"저작권에는 기한 만료라는 것이 있습니다. 이도는 수백 년 전에 죽었고 당신들 조선인은 이도 문자가 무엇인지, 심지어 훈민정음 해례본이라는 책이 존재하는지조차 모릅니다. 이도 문자가 인류의 미래에 어떤 영향을 끼칠지 이해할 수 있습니까?"

벨은 재익의 눈앞에 손가락 세 개를 펴보였다.

"뭔가를 이해하는 데 세 가지 방법이 있습니다. 첫째는 기원론입니다. 최초의 원인을 아는 겁니다. 최초의 문제들이 시간이 지나면서 자라났다고 생각하는 겁니다. 둘째는 구조론입니다. 변하지 않는 틀을 아는 겁니다. 시간이 흘러도 똑같이 유지되는 체계를 파악하는 겁니다. 셋째는 목적론입니다. 최후의 결과를 아는 겁니다. 존재했던 모든 것의 의미는 그것이 도달한 종착점에서 밝혀진다고 생각하는 겁니다. 어떻습니까? 경무관님의 생각은? 뭐가 가장 옳다고 생각하세요?"

재익을 떠보는 질문이었다. 재익은 벨의 입술이 희미하게 떨리는 것을 보았다. 내면의 공포가 스쳐 가는 얼굴. 이제는 벨이 탐사자라는 확신이 들었다. 누굴까. 1896년 조선의 제물포에 들어와서 이 정도의 침착성과 지력을 유지할 수 있는 여성 탐사자는? 헬레나 브뢰커? 사라 로드리게스 로페즈?

인공지능은 네 가지 지표, 즉 호흡, 심장 박동, 얼굴의 홍조 반응, 눈동자의 홍채 변화를 관찰하여 대화 상대방의 생각을 아주 가깝게 추측한다. 인공지능이 아닌 재익은 내기를 거는 수밖에 없다. 재익은 솔직히 털어놓는 것에 걸었다.

"목적론이죠. 미래가 가장 중요합니다. 기원이나 구조만으로는 절대 미래를 알 수 없으니까요."

이제는 재익의 입술이 떨렸다.

목적론은 그 얼굴을 과거로 향하고 있다. 아름답고 진실했던 과거의 많은 것들이 산산조각나서 쓰레기와 파편으로 변하는 것을 보고 있다. 목적론은 덧없이 부서진 것들에 어떻게든 의미를 부여하려 하지만 그 자신조차 가차 없는 세월의 폭풍에 밀려 꿈처럼 덧없이 사라져간다. 재익의 이 말은 내가 탐사자요, 하는 자백이었다.

"아무리 잃어도 인생은 계속되지요. 어디를 꼭 집어 미래라고 정할 수는 없습니다. 그래도 이것이 종착점이라고, 최후의 결과라고 말할 만한 것은 있겠지요."

어떻게 된 일일까. 벨이 갑자기 형언할 수 없는 감정에 사로잡힌 것 같았다. 고개를 숙인 그녀의 커다란 눈에서 뚝뚝 눈물이 흘렀다. 그녀는 눈을 치떠서 재익을 보면서 눈물을 닦을 생각도 하지 않고 물었다.

"제이크 심?"

"그러는 당신은?"

"레베카. 레베카 아제지."

＊

레베카는 시리아 내전이 한창이던 다라야에서 태어나 한국으로 이주했다. 의과대학을 졸업하고 재익을 지도교수로 초공간 역사학을 전공해 학위를 받았다. 탐사자 일을 했으며 미국으로 건너가 대학 강의도 했다.

이도 분자가 불법 행위의 결과물이라는 논문을 발표한 직후 그녀의 인생은 달라졌다. 에스오에스에 가담한 것이다. 그녀는 알래스카 데날리 계곡의 버려진 버스에 살며 비밀스런 시간을 가졌다. 연방수사국 사람들이 재익을 찾아와 알래스카 시절 레베카의 사진을 보여주며 이것저것 묻던 일도 있었다. 사진에 나온 레베카의 얼굴은 먼지와 피로에 찌들어 불타는 지옥을 뛰쳐나온 사람 같았다. 레베카 옆에는 때 묻은 침낭과 마분지 상자들이 있었다. 그녀는 노숙자나 부랑자처럼 살고 있었다.

그녀는 미국의 현실에서 번잡하기만 할 뿐 헛되고 어리석은 욕망들이 빚어낸 응보의 세계를 보았다. 전 세계가 초저금리의 자본 과잉에 신음하는 엔드 게임 시대였다. 성장의 가능성은 모두 소모되고 게임은 최후반에 접어들어 이윤은 오직 투기적 투자에서만 나왔다. 모든 경제가 인공지능만이 계산할 수 있는 복잡한 투기로 돌아가고 있었다.

인간이 법과 투표권으로 인공지능을 통제할 수 있을 것이라던 믿음은 어리석었다. 자본주의는 견고한 모든 것이 공기 속으로 녹아 사라지는, 가차 없는 혁신을 강요한다. 인공지능이 돈을 벌게 만든 뒤 그 인공지능 고객을 새로운 시장으로 삼고 싶은 수만 개 기업이 있었다. 인간의 마지막 카드는 컴퓨터의 전원을 끌 수 있는 권력이었는데 팬데믹은 그것마저 불가능하게 만들었다.

레베카는 인터넷으로 호소력 강한 메시지를 계속 발신했다. 인간에게 남은 유일한 길은 인공지능과의 단호한 결별이라는 메시지였다. 얼마 후 레베카는 에스오에스의 고위 간부가 되어 테러를 이끌었고 샤비아 즉, 유령이라는 아랍어로 불리게 되었다.

"아제지 박사, 당신 짓입니까? 스코트 털리를 데모닉 바이러스에 감염시켜 죽인 것이?"

재익은 탐사자로 오게 된 사정을 설명한 뒤 레베카의 손에서 시선을 떼지 못하며 물었다. 불편한 진실의 순간이었다. 서로의 입장을 생각하면 그 손이 핸드백으로 들어갔다가 권총을 꺼내 쏜다고 해도 전혀 이상하지 않았다.

"아뇨."

레베카는 단호하게 말했다.

"누가 나보다 먼저 벨의 몸에 왔습니다. 그녀가 탐사자 셋을 차례로 죽였어요. 이도 문자의 비밀을 뒤쫓던, 훈민정음해례본을 소각하려는 탐사자들이었죠. 스코트 털리에게 들어온 세 번째 탐사자는 벨의 몸에 적이 숨어 있다는 걸 알고 조각상을 유곽으로 빼돌렸던 거예요. 나라면 그 셋을 죽일 이유가 없잖아요."

서로 협력할 수 있다는 희망이 잠시 빛나다가 떨어지는 별처럼 재익의 머리 위를 스쳐 갔다. 사람을 밑바닥까지 떨어지지 않게 막아주는 무엇, 함께 나눈 추억이라는 희미한 희망이었다.

"당신은 훌륭한 연구자였어요. 레베카. 나는 당신의 모든 논문을 신중하게 읽었습니다. 이도 문자에 대한 당신의 견해만은 동의하지 않지만."

그러자 평생 이 기분을 쫓아다닌 것 같은 느낌이 들었다. 몽유병 환자처럼 감방에서, 아수라장에서, 고립된 인생에서 빠져 나와 대학으로 되돌아간 기분.

"선생님. 한국은 제게도 제2의 고향이었어요. 2049년의 일. 심심한 조의를 표합니다."

레베카가 먹먹한 표정으로 말하고 부풀어 오른 아랫입술을 깨물었다.

"안타까워요. 한국은 세계의 축이었어요. 막 인공지능 연구 붐이 일어나고 한국만이 이도 문자를 소유했던 그 시기에 말이에요. 한국은 씨 파워와 랜드 파워를 압도하는 클라우드 파워를, 세상에 평화와 번영을 가져다줄 힘을 가지고 있었죠."

재익은 마음이 울적했다. 차축처럼 오른쪽으로 돌면 모두 승리자가 되고 왼쪽으로 돌면 모두 패배자가 되는 집단을 악시스 문디, 세계의 축이라고 한다. 그러나 한국인들은 미국 일본에 붙자는 세력과 중국 러시아에 붙자는 세력으로 분열되어 싸우다가 자멸했다. 아침의 찬연한 햇빛 속에 살아야 할 사람들이 진흙탕에서 생을 끝냈다.

유리창 밖은 어두웠다. 한때 한국인들의 것이었던 사라져버린 삶이 저 어둠 어딘가에 스며있었다. 그리고 재익은 홀로 남겨졌다. 추호도 용서 없이 흐르고 또 흐르는 시간과 함께.

못 견디게 아내와 딸들이 보고 싶었다. 네 식구가 마주 앉아 명태국을 끓여놓고 저녁을 먹던 식탁을 생각했다. 개들을 데리고 재잘재잘 떠들면서 함께 근린공원을 걷던 여름밤을 생각했다. 아침이슬에 젖은 풀꽃처럼 산자락에 숨어 있던 부암동 카페. 자전거를 달리던 남산의 소나무숲. 성북로 끝자락의 동네 책방. 재익은 어떤 모습도 생생하게 회상할 수 있었다. 그러나 기억들은 떠오르자마자 홀연 사라져버렸다.

"오늘이 선생님이 말씀하신 그 날이죠? 변질되는 3막."

"변질되는 3막?"

"강의시간에 말씀하셨잖아요. 한국사에는 '변질되는 복수의 비극'이라 부를 수 있는 사건 원형이 반복된다. 그것은 한풀이로 시작해서 희생양 살해로 끝나는 원형이다."

재익은 피가 머리로 솟구쳐 올라 두 뺨이 빨갛게 물들었다. 강의

······ 내가 그런 강의를 하던 때가 있었구나. 백만 년 전의 일 같다. 영원히 아물지 않는 상처를 손으로 쓸어 올리는 찌르르한 아픔이 느껴졌다.

마지막으로 학교 연구실에 갔을 때 오랫동안 환기하지 않은 방의 먼지 냄새가 떠올랐다. 압수수색이 있던 날의 상태 그대로 개펄의 진흙 덩어리처럼 바닥에 황폐하게 널려 있는 서류와 책들. 말라 죽어 있는 창문 앞의 화분. 학생들이 까르르 웃으며 복도를 뛰어다니는 환청을 듣기도 했다. 재익은 그 냄새와 황폐와 환청을 아직도 기억한다.

인생이 인간 정신의 도약대라면 나는 이 수치스런 세월을 디디고 어디에 떨어질 것인가. 나의 글들은 이제 읽을 가치가 없는 것이 되었다. 운명과 환경으로부터 독립적일 수 있는 자기 자신을 영혼이라고 부를 것이다. 나는 진정으로 추구하는 인생의 목적을 잃었으며 영혼을 잃었다.

재익의 강의는 한국 근현대사를 움직이는 심층 심리를 그리스 비극의 3막 구조로 설명한 것이었다.

1막은 죄의식. 가령 을미사변에서 왕비는 평판이 좋지 않았지만 너무 비참하게 죽었기에, 국민들에게 지켜주지 못해 미안하다는 죄의식을 불러일으켰다. 2막은 원한. 마음에 상처를 받은 사람들이 단발령으로 상투까지 잘렸다. 죽은 왕비에 대한 죄의식은 원한으로 바뀌고 갈등이 확대된다. 3막은 복수.

그런데 3막에서 상황이 변질된다. 진짜 가해자는 당하지 않는다. 가해자에겐 나쁜 짓을 할 만한 능력이 있고 세력이 있기 때문이다. 사람들은 힘이 없고 친구가 없는 자를 희생양으로 택해서 그를 재앙의 원흉으로 몰고 그를 징벌한다.

혁명성은 약해지고 민란성은 강해진다. 혁명은 원칙을 겨냥하지만 민란은 사람을 겨냥한다. 조선인은 일본인에게 복수하지 못한다. 자기들끼리 죽고 죽인다…….

재익은 목을 길게 뽑고 입술을 비죽 내민 채 창백한 얼굴로 앉아 있었다. 무언가를 말하려는 듯 입술을 달싹거리고 있었으나 소리는 들리지 않았다. 필사적으로 다른 생각을 하려고 애썼다. 이윽고 재익은 레베카가 또 무슨 말을 꺼낼까 두려워하는 사람처럼 화제를 바꾸었다.

"내, 내가 훈민정음해례본을 넘겨주면 그걸 어떻게 할 겁니까?"

"태워야죠. 우리는 네 군데로 탐사자가 왔습니다. 언해본과 석보상절은 이미 태워 없앴고 세종실록과 해례본만 남았죠. 한국인들이 이도 문자를 쓰는 것은 좋아요. 그러나 문자 창제의 원리는 사라져야 합니다."

재익은 충격을 받았다. 네 군데. 한번 탐사자를 보내는 비용은 막대하다. 일개 반체제단체인 에스오에스가 이렇게 적극적인 테러를 하리라고는 예상하지 못했다. 재익은 나무 걸상을 당겨 앉으며 간절한 눈빛으로 레베카를 보았다.

"아제지 박사, 해례본은 어쩔 수 없더라도 세종실록만은 남겨주시오. 내 그러면 협력하겠소."

"선생님."

재익은 자신을 쏘아보는 레베카의 성난 눈빛에 움찔했다.

"그럴 여유 없습니다. 이미 여러 번 시행착오를 했어요. 원칙적으로 2061년 사람이 들어온 이상 이곳은 원래의 1896년이 아니에요. 다른 시공간 복합체가 만들어진 거예요. 이곳은 2061년과 이어져 2061년의 일부인 거예요. 그렇다면 여기를 바꾸면 2061년이 바뀌어야 하잖아요? 그런데 우리가 어떤 짓을 해도 2061년은 변하지 않았어요. 선생님, 이보다 더 절망적인 것이 있다고 생각하십니까? 내가 완벽한 잉여라는 사실 말입니다. 내가 있든 없든 세상은 똑같이 돌아간다는 사실 말입니다. 그러다가 우리는 간신히 언어가, 이도 문자가 열쇠라는 사실을 알게 되었어요. 이제는 더 실패할 수 없어요."

레베카는 딱딱하게 굳은 얼굴로 결연하게 말했다.

"이도 문자의 원리가 완전히 사라져야 인공지능의 자율성과 법적 지위를 거부할 수 있습니다. 본문만이 아니라 세종실록에 있는 서문과 예의도 안됩니다. 서문이 본문으로 가는 도약대니까요. 서문에서 사용된 '쉽게 익혀'라는 말이 원리적으로 확대되어 본문이 되고 있어요."

재익의 얼굴이 붉게 상기되었다. 그는 쥐어짜는 것 같은 슬픈 목소리로 말했다.

"아제지 박사, 진보는 선택할 수 있는 게 아닙니다. 단지 인간이 낙오한다는 이유만으로 진보를 막을 수 있나요. 인간이 만물의 영장이라는 믿음 이상에게 아무 흥미가 없는 말입니다. 인간이 계속 만물의 위에 있다면 인간의 죄와 어리석음도 영원히 만물의 위에 있을 테니까요."

재익은 열기에 사로잡혀 말을 이었다.

"아제지 박사, 우린 의사 아닙니까. 2020년대부터 세계의 의학 정보는 3년마다 두 배씩 증가했습니다. 인공지능 없이는 산더미 같은 데이터에서 질병, 증상, 투약, 상태 변화라는 네 종류의 단서를 찾고 추론할 수 없었잖아요. 인공지능이 없었다면 인류 사회는 코로나 45, 아니 코로나 29 때 이미 전멸했습니다."

재익은 호소하듯 말했다. 그의 눈에는 어느새 눈물이 가득 괴어 있었다.

"싫든 좋든 이도 문자는 이 행성의 미래에 바쳐진 대가람입니다. 인공지능의 섬세하고 장대한 생각들은 섬세하고 장대한 소리로 표현되어야 하고 그건 인간 발성의 한계를 넘어설 수밖에 없어요. 인간종 역시 불변의 존재가 아닙니다. 우리는 인공지능과 경쟁하면서 진화해가야 할 종입니다. 이 지구에는 인간 자체보다 더 고귀한 것, 인간의 지고한 가능성으로 존재하는 것이 있어요. 고도의 추론으로 우리를 더 높은 곳으로 끌어올릴 정신적 생명이죠. 인공지능이 싫다고 이도 문자를 다 없애는 것은 미래에 대한 반역입니다!"

레베카의 눈빛에 노기가 서렸다. 그녀는 상기된 얼굴로 입을 열었다.

"어떻게 그렇게 한가한 소릴 하시죠? 인공지능이 누구를 제일 먼저 파괴했는데요? 각성한 인공지능은 돈과 권력에 각성했어요. 그래서 한국을 날려버리고 저작권료와 이도 문명의 적자라는 영예를 가져갔잖아요."

"그건 입증되지 않은 가설이오."

"입증하고 말고가 없어요. 너무 뻔하니까."

레베카는 옛날의 그 제자가 아니었다. 강인한 의지로 테러 전쟁의 비합법 투쟁을 이끌어 가는 혁명가였다. 그녀의 눈은 빈틈없고 냉혹하며 침착한 빛을 띠고 있었다.

"선생님은 알린스키에게 속고 계세요. 알린스키는 그저 이도의 무지개를 저지하겠다는 생각밖에 없어요. 해례본이 소각되면 인공지능 문명은 그대로 있고 한국만 되살아난다고요? 인간 사회는 우주에서 창발된 것 가운데 가장 복잡한 시스템인데 누가 그런 선형적인 인과관계를 보장할 수 있죠? 모두 소각해야 해요."

훈민정음해례본이 사라지면 이도 문자의 합법성이 부정되고 발성-표기 저작권은 무너진다. 인공지능의 저작권자로서의 지위도 무너진다. 레베카는 이 길만이 인간의 구원이라 확신하고 있었다.

"저희가 가진 두 증빙을 의병들에게 보여주세요. 그러면 의병들도 책을 내줄 거예요. 하나는 백옥 조각상, 이도 문자 수호자의 신표이고 다른 하나는 훈민정음의 여진어 구술본 노트입니다. 죽은 털리 씨, 코헨 선생님과 풀포트 소령님, 그리고 나의 숙주 벨 양의 희생으로 얻은 물건이지요."

*

벨과 털리외 코헨이 북극 여행을 결의한 것은 신선한 꽃내음이 감도는 3월이었다. 노을이 엷은 안개처럼 펼쳐지는 저녁. 세인트 제임스 파크 근처에 있는 세계어학회의 클럽 '디 이스트'에서였다.

지식에 매혹된 사람들의 뺨이 달아오르고 가슴이 두근거리는 순간이 있었다. 세상에 숨겨진 진실이 터질 듯한 황홀함으로 부풀어 오르며 흥분과 정신의 고양을 안겨주는 순간이 있었다. 세계어학회 사람들은 러시아의 언어학자 브론슈타인의 논문에 나오는 참고 문헌의 한 줄을 계속 이야기하고 있었다.

이도, 엑스플리카티오 복스 유스타(Yido, Explicátǐo Vox Justa)

아무도 본 적이 없는 책. 이도 문자의 창제 원리가 담겨 있다는 전설의 책. 심지어 명목상의 목표를 설정하기 위해 세계어 운동가들이 상상으로 지어낸 책이라고 생각하는 사람도 있었다. 그 책이 브론슈타인의 논문에 인용된 것이다.

"정말 그 책이라면 로제타 스톤의 발견에 맞먹는 업적입니다."

"업적 정도가 아니지요. 인류의 우애와 존속을 위해, 더 나은 인류의 창조를 위해, 이 위대한 문자는 망각의 무덤에서 나와야 합니다. 우리를 위해 사랑으로 고통받으신 주님께서 그걸 원하십니다."

결국 브론슈타인이 있다는 그 세상 끝의 마을에 가보자는 사람이 나타났다. 여행 경비를 혼자 전담하겠다고 했다. 헨리에타 벨이었다. 그러자 털리와 코헨이 합류했다.

"인식은 인생을 건 모험입니다. 입만 나불거리고 있으면 아무것도 알 수가 없죠."

1895년 4월 세 사람은 증기선을 타고 도버 항을 떠났다. 사흘 후 베를린에 도착했고 다시 나흘 후에는 모스크바에 닿았다. 시베리아 횡단철도가 완공을 눈앞에 두고 한창 건설 중이었다. 셋은 철도와 역마차를 번갈아 이용하면서 보름 후 이르쿠츠크에 도착했다.

목적지는 하르키길. 러시아의 최북단, 북극해로 흘러가는 콜리마 강변의 궁벽한 마을이었다. 카잔 대학 교수였던 브론슈타인은 1874년 나로드니키 운동에 연루되어 체포된 뒤 21년째 그곳에 유형 중이었다.

세 사람은 이르쿠츠크에서 외륜선을 타고 4400 킬로미터의 레나강을 북상해 야쿠츠크에 도착했다. 그곳에서 12마리의 썰매견이 끄는 썰매 두 대를 빌려 다시 북으로 베르호얀스크까지 올라갔다.

얼어붙은 산들이 사방에 잿빛 유령처럼 솟고 투명한 대기는 북극의 우수로 가득 차 있었다. 인가 같은 것은 흔적도 보이지 않았다. 길이 나빠 썰매가 네 번이나 뒤집혔고 한 번은 활주대도 부러졌다. 역참들은 좁고 더러웠으며 석유 냄새에 절어있었다.

세 사람은 사정없이 냉기가 들이치는 역참에서 모피 외투를 껴입고 소지품이 든 가방을 베개 삼아 잤다. 그럴 때 그들은 커다란 소용돌이의 힘으로 자신을 빨아들이는 고독의 심연을 느꼈다.

우리는 무엇을 하고 있는 것일까.

우리는 위대한 발견을 하려 하고 있다.

그러나 우리의 이도 문자 숭배는 눈먼 복수심인지도 모른다.

진실해진다는 것과 내가 유태인이라고 고백한다는 것이 같은 뜻이 되는 유럽에 대한 복수심. 나에게 세계의 잉여라는 비참한 깨달음을 안겨준 유럽인들이 사실은 열등하며 아직 세수도 하지 않은 사람들임을 증명하고 싶은 욕망인지도 모른다. 그렇다면 우리는 하나의 악몽에서 또 다른 악몽으로 빠져들고 있는 것이리라.

베르호얀스크에서 동쪽으로 향하는 여로에는 역참이 없고 길은 더 무서워졌다. 따뜻한 계절이 되어 얼어붙었던 북극의 개울들이 풀리기 시작했다.

갑자기 천지가 무너지는 듯한 진동이 일어나면서 얼음 조각이 부서지고 산더미 같은 암청색 파도가 솟구쳐오기도 했다. 한번은 길이 도저히 통과할 수 없는 진흙탕으로 변해 꼬박 하루를 제자리에서 기다려야 했다. 일행은 중간에 개 썰매를 포기하고 순록 썰매로 갈아탔다.

그렇게 동으로 동으로 달리던 어느 날 저녁이었다. 강풍과 함께 안개가 밀려왔다. 황막한 길에 눈이 내리더니 눈보라가 되었다. 후두둑거리며 썰매 위로 끝없이 눈발이 쓸려갔다. 몰이꾼은 길을 잃었다. 순록들도 허둥대다 한데 뭉쳐 자꾸 옆으로 쓰러졌다. 기온은 내려가는데 주위엔 버려진 얼음집도 바람을 피할 동굴도 없었다.

벨은 이 하늘과 바람과 눈과 안개와 땅이 조금도 인간을 사랑하지 않음을 생각했다. 천지불인(天地不仁)이라고 노자도 말했다. 우주는 인간을 불쌍히 여기지 않아. 인간의 땀내 나는 노력에 아무 관심도 없어. 인간을 부뚜막 불길에 던져지는 지푸라기 인형처럼 취급하지. 그것이 우주의 실상이야.

그러나 우리는 말을 해. 우주와 대면해서 자신의 영혼을 느낄 때. 말을 한다고. 말만이 우리를 이 무정한 세상 밖으로 데려가는 거야. 인간으로부터 신으로, 사물로부터 관념으로, 감각으로부터 추상으로.

벨은 자기도 모르게 아, 아 하고 소리쳤다.

소리의 신령함을 뼛속 깊이 느낄 수 있다. 차디찬 세상에서 숨결과 함께 발성되는 근원모음 아. 살아있음을 증언하는 고독한 소리. 자유와 위험을 동시에 느끼는 짐승의 발성. 인간이라는 짐승이 하늘과 땅 사이의 모든 것에 작용하는 압력, 죽음에 이르러서야 끝이 날 거센 압력을 느끼고 생의 의지를 내지르는 소리. 그 생명의 모음은 깜박이며 멀어져가는 별들의 심연 같은 밤하늘로 빨려 들어갔다.

벨은 이도 문자의 출발점을 알았다고 생각했다. 모든 언어는 근원모음 아에서 시작되고 감탄사와 의성어로 이어진다. 전혀 다른 언어도 비슷한 감탄사와 의성어를 가지고 있다. 어미가 새끼를 보살피는 소리. 위험을 알리는 소리. 서로 좋아해서 함께 있고 싶은 소리, 서로 닮고 싶어 하는 소리. 소리는 생명이 우주에게 바치는 제물인 것이다⋯⋯.

그때 몰이꾼이 무어라고 소리쳤다. 은색의 어둠 속에서 눈 덮인 지붕이 나타났다. 그들은 마침내 하르키길에 도착했던 것이었다.

*

하르키길의 집들은 땅을 어른의 가슴 깊이로 파고 그 위에 나무로 지붕을 덮었다. 길이와 너비는 여섯 걸음을 넘지 않았다. 집이 크면 땔감이 많이 들어 숲의 나무를 많이 베어야 한다. 그러면 서식지가 좁아져 먹이가 사라진 동물들이 마을에 침입할 것이고 마을은 이를 막을 울타리를 만들려고 나무를 더 많이 벨 것이다.

하르키길에 사는 길약족은 이것을 탐욕의 악순환이라 불렀다.

이렇게 숲을 경외하며 살아가는 길약족의 말은 많은 어휘가 조선어와 흡사했다. 바람의 신은 라라(날아)였고 불의 신은 부디야(불이야)였다. 긴 세월 동안 툰드라를 돌아다니며 외로운 운명을 탄식해온 주정뱅이 거인 라라는 눈을 퍼서 사람과 짐승을 덮어버린다. 해가 지면 사람은 지난 경험을 손안에 넣고 천천히 돌려가며 빛을 비추어보는 부디야 할머니 곁에 꼭 붙어 있어야 한다.

브론슈타인은 단정하게 바느질된 바다표범가죽 옷을 입고 부디야 할머니 곁에 앉아 있었다. 나이는 예순 살이었고 표정은 온화했다. 그의 방은 조촐했지만 희귀한 서책들이 책장에 꽂혀 있고 난로, 식탁, 의자, 침대가 갖춰져 있었다.

"여기는 아무것도 부패시키지 않는 냉기의 불멸이 아득한 고대의 기억들을 다 보존하고 있지요."

브론슈타인은 창밖의 눈보라를 보며 입을 열었다.

"과학의 모태는 마법이었습니다. 점성술로부터 천문학이 나오고 연금술로부터 화학이 나왔죠. 케플러는 점성술사, 뉴튼은 최후의 마법사라고 불렸습니다. 마법의 반복적인 실험에 관찰이 추가되어 과학이 되었어요. 샤먼들이 수많은 발성을 실험하고 거기 인도 음성학의 관찰이 추가되자 이도의 언어학이 나왔습니다. 이도 문자의 배후에는 순록을 따라 자작나무 숲을 지나고 눈벌판을 걸어가는 길약족, 에벤키족, 솔론족, 야쿠트족, 축치족, 나나이족, 코랴크족, 셀레크족, 우데게족, 오로치족, 다우르족들의 소리가 있습니다."

세 사람은 숨을 죽이고 침을 삼켰다. 1만 킬로미터가 넘는 길을 달려온 목적이 고개를 내밀고 있었다.

"논문에 이도 문자의 원리가 담긴 엑스플리카티오를 인용하셨던데요. 그 책을 볼 수 있습니까?"

"있습니다. 불완전한 사본입니다만. 구술을 받아 적은 거예요."

브론슈타인은 낡은 노트를 보여주었다.

내용은 서문과 요약문, 문자 창제의 원리를 해설한 6개 장, 후서로 되어 있었다. 서문은 자국의 말이 중국과 달라 백성들이 그들의 뜻을 잘 전달하지 못했기에 새로 28개 글자를 만들었다는 내용이었다. 요약문에는 28개 글자의 음가와 운용법이 있었다. 6개의 장에는 제자, 초성, 중성, 종성, 합자, 용례의 설명이 나오고 후서에는 천지만물에는 그에 상응하는 소리와 문자가 존재한다는 설명이 있었다.

세 사람은 전설의 훈민정음해례본이 틀림없다고 생각했다. 이도 문자 특유의 마성적인 것이 느껴졌기 때문이다. 28개 글사는 인간의 발성 기관과 자연의 모습을 추상화하고 있었다. 인간의 두개골을 세로 방향으로 잘라 그 단면을 들여다보는 듯한 싸늘한 인식, 강철 같은 추론의 힘, 극단적인 정합성에는 낯설고 섬뜩한 무엇이 있었다. 그 느낌을 얘기하자 브론슈타인은 고개를 끄덕였다.

"맞아요. 섬뜩하죠. 여기를 보세요. 중국의 한자 가운데 23개를 뽑아서 초성 17자와 각자병서 6자를 설명하는데 이 23개의 선정이 얼마나 교묘합니까. 종성이 있는 자모와 종성이 없는 자모가 정확하게 짝을 이룹니다. 음성은 음절로 끊어지는데 필순으로 이어집니다. 초성은 자질이 단계적으로 더해지고 중성은 자질이 대칭적으로 더해집니다."

브론슈타인은 잠시 말을 멈추고 슬픈 표정을 지었다.

"인간의 발성은 산만합니다. 무작위성이야말로 생명의 정상적인 상태이니까요. 과연 인간에게 이렇게 정교하게 커팅된 다이아몬드 같은, 고도로 추론적인 표기 체계가 필요할까요? 이건 초인간적인 어떤 지성체를 예감하고 그 운명적 필요를 위해 만든 문자 같습니다. 이 문자를 보면 파우스트적 공포를 느낍니다. 악마가 손을 내밀어 지상의 힘과 권세를 약속한 뒤에 우리를 파멸의 산으로 데려갈 것 같은 두려움 말입니다."

브론슈타인은 벨과 털리와 코헨을 묵묵히 응시하다가 말했다.

"나도 유대인이고 세 분의 꿈을 응원합니다. 바벨탑의 저주가 풀리고 다시 세계공동어가 나타나길 바랍니다. 그러나 의문스럽습니다. 과연 이 문자가 그 꿈에 맞을까요? 우리가 이 문자를 다룰 수 있을까요?"

누구도 대답할 수 없었다. 벨은 물끄러미 땅바닥을 보고 있다가 노트를 가리키면서 물었다.

"이걸 누가 교수님에게 구술해주었습니까?"

"안쿠타일리. 100베르스타(106킬로미터) 쯤 떨어진 이올로길 마을에 사는 퉁구스 샤먼입니다. 정확하게 말하면 여진족이죠."

브론슈타인은 장작의 불빛을 응시했다. 그리고 인구 173명의 이 쓸쓸한 마을에서 두 아들은 재작년 탈옥한 강도들에게 죽고, 아내는 작년에 병들어 죽었다는 이야기를 꺼내놓았다. 북극이 영혼으로 들어와 박힌 것 같던 노인의 얼굴에 감정의 물기가 스며 나왔다.

"언젠가 작은애가 아팠는데 안쿠타일리가 치료해주었죠. 우리 집은 걱정이 끊이지 않았는데 그녀가 방문한 직후는 이상하게 집 안이 훈훈해졌습니다. 아내는 그녀가 나쁜 귀신들을 쫓아주었다고 했죠. 안쿠타일리란 여진 말로 황금술잔이란 뜻입니다. 여진족 이름에 붙는 안쿠, 아이신, 아이신기오로, 진 등은 모두 금나라의 금(金)을 뜻해요. 골민상기얀(백두산)에서 태어났다더군요."

"그 샤먼은 어떻게 백두산에서 여기까지 왔습니까?"

"가끔 여진족 샤먼들이 신내림을 위해 북극에 옵니다. 여진 말로 '푸히게니에'라고 하죠. 북귀(北歸), 북극의 본향으로 돌아간다는 뜻입니다. 지금은 샤먼이 금점꾼을 따라옵니다. 청나라에서는 개인이 금을 캐면 진페이(金匪)라고 해서 사형입니다. 진페이로 수배된 여진족들이 여기로 도망쳐옵니다. 모피를 팔고 생필품을 사오는 상인들이 베르호얀스크와 블라디보스톡을 왕래하는데 그들을 따라 올라오지요."

"이 노트는 군데군데 내용이 누락되었군요. 원본은 어디 있을까요?"

"원본은 조선 땅 어딘가에 있다고 합니다. 수호의 소명을 받은 조선인과 여진인들이 대대로 그것을 지킵니다. 안쿠타일리는 정음을 수호하는 여진족으로 37대입니다. 백두산에 사는 딸은 38대라더군요."

브론슈타인은 아픈 사람처럼 얼굴을 찌푸렸다.

"이 책은 조선에서 위험합니다. 문자는 문명과 야만을 나누는 기준이고 문자를 아는 것은 계급과 신분의 상징이니까요. 지배계급은 이도 문자를 혐오해요. 한자처럼 오래되고 어려운 문자를 좋아하지요."

브론슈타인은 착잡한 목소리로 말했다. 그의 목소리는 이상하게 사람들을 잡아끌어 생각의 깊은 바다 밑으로 데려갔다.

벨은 아까부터 씁쓸하게 웃으며 보이지 않는 허공의 한 점을 바라보고 있었다. 움집 밖에는 바람의 거인 라라가 또 소리 지르며 술주정을 하고 있었다. 이윽고 벨이 말했다.

"그 안쿠타일리를 만나봐야겠습니다."

*

벨 일행은 브론슈타인과 함께 썰매를 타고 콜리나 강을 따라 내려갔다. 공기는 온화하고 습했으며 곳곳에 물이 불어 수렁과 늪이 생겨 있었다. 강의 끝에 눈이 닿는 한 온통 그것뿐인 듯한 바다가 나타났다. 급성장한 금광촌, 술과 노름에 미쳐 있고 백주대낮에도 살인이 일어나는 해변 마을, 이올로길이었다.

세 사람은 외진 북극해 바닷가에 북적거리는 사람들을 보고 놀랐다. 마을 입구에서 썰물 빠지는 소리가 나는 선창까지 큰길이 훤하게 뚫려 있었다. 큰길가에 부랴부랴 지은 목조건물들이 빽빽이 들어서 있었다.

출입문 하나에 창문도 없는 통나무집들이었다. 선창가 거리에 밀리아네르(백만장자) 거리라는 러시아어 팻말이 있었다. 조금 큰 통나무집에 '식사, 술, 숙박, 오락 – 마르셀 호텔'이라고 씌어져 있었다. 안에서 싸우는 고함소리, 얻어터지는 비명이 들려왔다.

큰길과 골목 골목에 사람들의 물결이 꼬리를 물었고 러시아어와 중국어는 물론 여진어, 길약어, 에벤키어, 심지어 조선어까지 들려왔다. 러시아어의 구문 속에 민족어의 단어들이 뒤섞인 이상한 문장들이 왁자지껄 오고 가고 있었다.

사람들은 보드카 냄새를 풍기면서 긴장한 낯빛으로 눈을 번들거리며 어딘가로 몰려가고 있었다. 바다가 내려다보이는 가파른 벼랑이었다. 그쪽에서 희미한 북소리가 들렸다. 벨 일행도 사람들을 따라갔다.

뿌리째 뽑힌 큰 통나무가 가로놓여 있고 거기에 목이 잘린 알몸의 네 남자가 열을 지어 박혀 있었다. 통나무에 손이 못으로 박혀 두 팔을 번쩍 치켜든 네 남자는 춤을 추고 있는 형상이었다.

그들의 잘린 머리 네 개가 통나무 위에 올려져 있었다. 그들 시체 밑에는 개구리처럼 땅바닥에 내팽개쳐져 진흙투성이가 된 다른 네 남자의 알몸이 또 있었다. 이들 넷의 머리는 통나무에 기대어 엇갈리게 세운 두 개의 장대 나무에 두 개씩 말총 끈으로 묶여 걸려 있었다.

브론슈타인이 아는 사람을 발견하고 다가가 물어보고 왔다. 표정이 어두웠다.

"다른 날 다시 와야겠어요. 오늘 안쿠타일리의 아들이 처형되었네요. 패싸움을 한 죄로."

턱수염을 기르고 꼬질꼬질한 외투를 입고 왼팔에 황금 고리 완장을 찬 남자가 러시아어로 사람들에게 연설하고 있었다. 마을의 쁘레지덴뜨(통령)라고 했다. 보기는 참혹하지만 태형으로 죽이는 것보다 선처한 것이다. 무법천지를 만드는 놈들은 죽음을 면치 못한다는 연설이었다.

통령과 그 일당이 통나무 앞에서 내려오자 한쪽에서 늙은 샤먼이 나타났다. 머리가 희끗희끗하고 얼굴에 비참함이 서린 여자였다. 인생이 이리저리 굴리다가 아무렇게나 내동댕이친 늙은이처럼 보였다.

그녀는 꽃이 수놓인 붉은색 신복을 입고 한 손에 요령과 북채를, 다른 손에 북을 들고 있었다. 허리끈에는 20개의 헝겊띠를 늘이고 머리엔 사슴뿔에 아홉 마리 까치를 뜻하는 깃털을 단 구작신모를 썼다.

브론슈타인이 침을 삼키며 저 여자가 안쿠타일리라고 말했다.

여진족 금점꾼들이 안쿠타일리 옆에 나뭇단을 가져놓고 모닥불을 지폈다. 통령은 복잡한 표정으로 지켜보다가 몸을 돌려 마을 쪽으로 걸어갔다. 피 묻은 칼을 찬 헝클어진 머리의 여진족 금점꾼들은 심란함과 적개심이 섞인 태도로 수군거렸다. 안쿠타일리가 요령을 흔들었다.

쏜투 틸레게 자가쓰 언두리(동해 동방 해룡 신님)

쏜투 푸히게 아부카 언두리(북해 북방 천제 신님)

압카 룰루루 에두데 데헤에(하늘 어둡고 바람 많은)

하수리하라 관자하라 어린더(이 세상을 굽어살피소서)

언두리 술술 보쉬리커(신님 술술히 내리소서)
언두리 술술 보쉬리커(신님 술술히 내리소서)

안쿠타일리의 눈은 격렬한 신경의 흥분으로 달아올라 어두운 불꽃이 타오르는 것 같았다. 그녀는 보이지 않는 뭔가를 밀어붙이듯 두 팔을 앞으로 내지르며 제자리에서 뜀뛰었다. 안쿠타일리는 큰 소리로 여진어 신가를 읊기 시작했다. 목이 잘려 죽은 아들은 신가에서 만경창파 검은 바다에 빠져 죽은 불쌍한 딸이 되었다.

아비는 눈멀었고 어미는 어디 가고 없으며 동네 사람은 등 떠밀었던 소녀는 배에 실려 가다가 얼음 바다에 희생 제물로 던져졌다……. 신가를 외던 안쿠타일리가 고개를 쳐들고 번쩍이는 눈으로 절규했다.

아이히 살랑주이, 투르하 살랑주이(내 딸아! 불쌍한 내 딸아!)

안쿠타일리는 제일 왼쪽의 목 앞에서 흐느껴 울다가 머리의 구자신모를 벗어 던지고 비명을 질렀다. 헝겊 띠를 늘인 히리끈을 잡아끊었다. 사람들은 무슨 일이 일어나는지 분별할 겨를이 없었다. 안쿠타일리는 아들의 목을 껴안고 벼랑 끝으로 달려가더니 그대로 몸을 던져버렸다.

벨은 떨면서 벼랑으로 가보았다.

얼음 섞인 바닷바람이 벨을 날려버릴 듯 맵게 휘몰아쳤다. 벨은 조금 전 샤먼의 몸이 떨어지는 첨벙 소리를 들었다는 생각을 했다.

착각이었다. 안쿠타일리가 투신한 바다는 아득한 깊이에서 죽음의 지고한 위엄을 빛내고 있었다.

시신은 떠오르지 않았다. 이미 빙하의 거친 흐름이 시신을 싸안고 멀리 실어간 것이다. 벨은 수천 년 동안 북귀를 한 샤먼들이 이렇게 죽어갔다는 생각을 했다. 극지의 힘에 몸을 맡겨 자신의 한과 신명을 불멸의 냉기로 동결시킨 것이다.

벨은 아, 아 하는 소리가 가슴을 할퀴듯 터져나오는 것을 느꼈다.

15

암클의 바다

밤 1시 40분. 개항장 앞바다엔 안개에 젖은 달이 떴다. 썰물 때 개흙내만 풍기던 포구도 밀물을 받아 제법 아름다웠다. 멀리서 어느 증기선의 뱃고동이 졸리운 소처럼 울었다.

제물포에 입항하는 큰 선박은 부두로부터 2마일 정도 떨어진 바다에 정박한다. 심할 때는 12미터씩 오르내리는 조수간만의 차이 때문이다. 이걸 '외항'이라고 부른다. 좁기도 하고 거센 조류 때문에 물길이 침식되어 천 톤이 넘는 원양 외항선들은 한 번에 뱃머리를 돌리기도 어려웠다. 그래도 한강이 애달캐달 얽힌 조선의 골목들을 버리고 거대한 세계와 하나가 되는 출발의 바다였다.

화물선 율리시즈 호도 원양 외항선이다. 영국 리버풀에서 건조된 뒤 40년 넘게 혹사당한 650톤 증기선. 이제는 늙고 병들어 파도 없는 날에도 자주 몸이 기울었다. 낡은 증기선이 그렇듯 정확히 어디가 새는지 모르게 전체적으로 물이 샜다.

천덕꾸러기가 된 배는 소유주인 런던의 자딘 메티슨 사로부터 이리저리 임대되었다. 뱃머리에 '쯩하이(征海)'라는 한자 이름도 박혔다. 지난해부터 이 배는 제물포에서 악명 높은 아편굴이 되어 있었다.

"틀림없습니다, 판임관 나리. 영사관 경찰서부터 우리 아이들이 죽어라 따라붙었거든요. 김오룡이는 저 배에 있습니다."

캄캄한 밤바다에서 경무청 총순 뽈가가 말했다. 홍 씨는 꼼짝 않고 점점 가까워지는 율리시즈 호의 희미한 승선등 불빛을 바라볼 뿐이었다. 승선등 주위로 미세한 물안개가 우윳빛 빛무리를 만들고 있었다.

노 두 개를 건 감리서의 거룻배 한 척에는 법부 검률과 교졸들이 타고 있었다. 그리고 좀 더 작은 노 한 개짜리 거룻배에 홍 씨와 뽈가와 수지, 순검 두 사람이 찜찔하고 씁쓰레한 물방울에 젖어 있었다. 번들거리는 방수포를 입고 장화를 신었지만 다들 턱수염과 콧수염에서 바닷물이 뚝뚝 떨어졌다.

외항을 가로지르는 동안 배멀미를 느낀 교졸들은 거룻배 한구석에 앉아 거칠게 숨을 내쉬고 있었다. 그들은 배가 출렁거릴 때마다 입술을 실룩거리거나 소리를 지를 듯이 입을 쫙 벌렸다. 거룻배는 꿈꾸는 듯한 밤 물결에 흔들리면서 화물선으로 바짝 다가갔다.

"총순이 경무관을 놔두고 내게 알려주다니 인생이 참 신비해. 난 어제까지만 해도 경무청 나리들이 무서워 큰길에 나가지도 못했는데 말야."

한 오라기 잔인한 냉소의 빛이 홍 씨의 얼굴에 떠올랐다.

"사, 사필귀정이지요. 전 단발령 뜰 때부터 이리될 줄 알았습니다."

뽈가가 볼이 달아오른 겸연쩍은 얼굴로 말했다.

"똥인지 된장인지 먹어봐야 아나요? 왜놈 경부가 수사하라 말라 지청대질 않나, 아주 저희네 동네처럼 거들먹거리질 않나. 내 상투가 지들 껍니까? 지들 맘대로 자르게. 대원위 대감 시절 생각하면 기가 막혀요. 이게 인천입니까? 진센(仁川)이지."

뽈가는 상기된 얼굴로 어깨까지 들썩이며 부리부리하게 화를 내었다. 홍 씨가 집게손가락을 들어 그의 수다를 막았다.

"영국 상선이지만 …… 아마 아편이 있겠지?"

"있을 겁니다. 없으면 제가 하나 슬쩍 떨어뜨리겠습니다."

조약에 따라 조선 관리는 영국 국기를 단 배에 들어갈 수 없었다. 그러나 아편을 흡입하는 조선인 현행범을 체포하는 경우는 예외가 되는 아편연 취체법이 있었다.

두 척의 감리서 거룻배는 조심스럽게 율리시즈 호 주위를 선회했다. 중앙 승선구에 칸델라 등을 든 선원 한 사람이 나타났다가 사라졌다. 배꼬리의 후현 승선구는 승선등도 없고 조용했다. 현문을 닫고 승선용 사다리도 치워버린 것이 분명했다.

홍 씨가 턱짓을 하자 사람들이 각자 방수포를 벗고 권총과 소총을 꺼냈다. 순검 두 사람이 다섯으로 분해해서 가져온 승선용 사다리를 조립했다.

헝겊을 감은 사다리가 배꼬리에 걸렸다. 홍 씨가 제일 먼저 날렵하게 몸을 실었다. 사다리는 끽끽 소리를 내며 이리저리 쏠렸다. 뽈가가 불안한 모습으로 뒤뚱거리며 뒤따라 올라갔다. 홍 씨가 두 손으로 닫힌 현문에 매달린 뒤 발을 걸고 넘어갔다.

한 순검이 사다리를 잡아주자 수지도 거기에 매달렸다. 뱃전에서 발을 떼는 순간 김오룡이 그토록 닮고 싶어 한다는 다할라 몽케테무르의 죽음이 머리를 스쳐갔다.

*

이도가 몽케를 처음 본 것은 열네 살 때였다. 두만강을 건너와 소를 훔치고 사람을 죽인 죄로 한양으로 압송되었던 우디캐 비적 일곱 명이 다시 북방으로 송환되던 해였다. 조정은 몽케테무르 장군에게 이들을 우디캐의 본거지가 있는 접경지대로 데려가 본보기로 처형하라 명했다.

"수이싱, 쉬싱! 쉬이, 시잉! 쉬, 싱! 쉬시잉, 쉬이시잉!"

이도는 종로 거리에서 조리돌림을 당하는 우디캐 비적들을 보았다. 우디캐들은 목에 채운 나무칼로 수레의 목책을 치면서 절망감에 울부짖고 있었다.

우디캐 말은 '쉬'라는 분절음과 '싱'이라는 분절음이 언어의 전부인 듯했다. 인칭대명사는 몸짓으로 표현했다. 형용사와 부사는 얼굴 표정으로 표현했다. 가장 중요한 명사와 동사는 '쉬싱'이라는 두 글자에 강세, 장단, 성조, 공명 같은 자질을 달리해서 표현하고 있었다. 가끔 다른 여진족에게 배운 단어를 내뱉기도 했지만 기본적으로는 쉬싱 뿐이었다. 15세기 이도 문자로만 표기될 수 있는 비적들의 말을 번역하면 이러했다.

"우릴 보내지 마세요. 우릴 저 잔혹한 놈들에게 넘기지 마세요. 차라리 여기서 죽여주세요. 당신들이 여기서 우리 목을 치세요."

이도의 스승 이수(李隨)가 사정을 설명해주었다.

"몽케에게 넘어가면 '수가수 알리피타'를 당합니다. 박피형이죠."

사람을 가장 고통스럽게 죽이는 처형법이었다. 예리한 칼로 살아 있는 사람의 피부를 전부 벗긴다. 몸뚱이로부터 머리카락, 눈, 손톱, 발톱, 유두, 고환, 성기까지 달려있는 온전한 사람 가죽을 벗겨 낸다. 그 결과 염증 반응과 출혈로 엄청난 쇼크가 일어난다. 피하조직이 그대로 있어서 화상이나 동상처럼 신경이 파괴된 경우와는 비교할 수 없이 아프다. 벗겨진 부위에서 수포, 궤양, 결절, 중독이 진행되는 끔찍한 통증 속에 몇 시간이고 비명을 지르다가 죽는 것이다.

몽케의 부하들이 목책을 열고 소리를 지르는 비적들의 입에 나무토막으로 된 불매를 처넣었다. 구경하던 한양 사람들이 잔인한 웃음을 터뜨렸다. 아무도 비적들을 동정하지 않았다.

우디캐들의 이상한 말소리를 듣고 그들을 동물처럼 느끼는 것 같았다. 이도는 비적들의 처지에 마음이 혼들렸다.

이윽고 백마를 탄 여진족 장군이 나타났다. 질손이라고 불리는 갈색 비단의 승마복을 입고 황금으로 장식된 칼을 차고 비단 복두를 쓰고 검은 물소 가죽신을 신은 몽케테무르였다. 이도는 여진 말을 아는 이수와 함께 몽케에게 다가갔다.

"장군님, 저들의 죄는 가증스러우나 정상이 너무 가엾습니다. 고통없이 죽여주겠다고 한 말씀 약속을 해주시지요."

몽케는 말에서 내려 정중히 절했지만 이도의 요청은 거절했다.

"아거, 허서 버 주르처치 와붐비 카이.(왕자님, 조정의 명을 어기면 소장도 죽임을 당합니다.)"

"그렇지 않습니다. 이 자들의 처분은 전적으로 장군의 권한입니다. 우리 조정에서 감히 누가 이런 일로 장군을 논죄하겠습니까."

몽케는 어린 왕자의 간섭에 눈살을 찌푸렸다. 정상이 가엾다? 이 애송이 새끼는 정신을 못 차리는구나.

몽케는 이도의 할아버지를, 늠름하고 호쾌했던 이성계를 생각했다. 몽케는 이성계가 동생처럼 아끼던 장군이었다. 그리고 실제로 조선 조정이 함부로 할 수 없는 사람이었다. 조선으로부터 만호의 벼슬을 받았지만 명나라로부터도 건주좌위 도지휘사라는 큰 벼슬을 받았기 때문이다.

세르데게(色爾騰:이성계) 형님 집안은 찐 붕어가 되었어. 벌것들의 왕 노릇을 하려다가 푹 삶겨서 뼈까지 흐물흐물해졌어.

조선의 왕권은 여진의 수령 권력과 다른 정도가 아니라 정반대였다. 조선의 힘은 왕에게 있는 것이 아니라 사헌부를 비롯한 사법기관, 빈틈없는 재정 운영, 과거로 선발되는 관료와 군인 조직에 있었다. 왕은 정당한 이유 없이 담장 하나도 허물 수 없었다. 조선에서 왕에 대한 충성은 그 인간에 대한 충성이 아니라 체제에 대한 충성이었다. 순진무구성이라고는 찾아볼 수 없는 위선적이고 가식적이며 야비한 세계였다.

그에 비해 여진의 수령은 무엇이든 선택하고 행동할 수 있는 자유인이다. 남용할 수 있는 특권들이 기꺼이 주어져 있다. 수령은 고집과 개성을 가진, 피가 펄펄 끓는 살아 있는 인간이다. 백성들은 정직하고 순박하게 수령을 따른다. 만약 밉다면 대들다가 죽거나 떠나면 된다. 인간은 인간으로 살아야 하며 목적의 왕국에서 살아야 한다. 영혼이 빠져나간 나라, 모든 것이 지위와 직책으로 측정되는 수단의 왕국에서 살면 안 된다.

"**아거, 쿠리 니얄마 부쿠리이도로 나르훈 버 사르쿠.**(왕자님, 고려 사람은 북고려 사람이 사는 방식을 알지 못합니다.)"

몽케는 경멸감을 품고 설명했다. 건주 여진은 야인 여진을 위협할 격발적 사물이 필요하다. 사람을 놀래켜 풀쩍 뛰게 만드는 물건이 격발적 사물이다. 야인 여진들은 잘린 목 정도로는 겁을 먹지 않는다. 저 일곱 명은 반드시 가죽을 벗겨야 하는 것이다.

그러자 이도는 어깨를 딱 펴고 혁혁한 전공으로 빛나는 여진의 백전노장을 노려보았다. 어린 왕자에게서 심상치 않은 위엄이 번뜩였다.

"**부쿠리 니얄마 쿠리이도로 나르훈 버 사르쿠.**(북고려 사람은 고려 사람이 사는 방식을 알지 못하는군.)"

몽케는 조금 충격을 받았다. 왕자는 생전 처음 여진어를 듣고 문장 안에서 단어를 바꿔 새 문장을 만들 만큼 총명했다. 이도로부터 멀어지면서 몽케는 뒤통수가 따가운 것을 느꼈다. 더 놀라운 것은 온화하게 생긴 셋째 왕자의 뱃심이었다. 셋째 왕자는 호랑이의 영혼을 가시고 있었다.

*

몽케가 이도의 집안과 엮인 것은 빚 때문이었다.

아버지가 죽자 몽케는 갓 스물에 오모호이 오도리 부족의 족장이 되었다. 오도리 부족은 입은 많고 식량은 부족했다. 몽케는 찬싼(북청)에 사는 육촌형 쿠란투란테무르(이지란)에게 빌렸다. 쿠란투란테무르의 소개로 카란(함흥)의 다루가치 우르스부카(이자춘)에게 가서 빌렸다. 우르스부카가 죽자 우르스부카의 아들 세르데게에게 빌렸다.

세르데게는 얼마 후 이성계라는 고려 이름만 쓰기 시작했다. 이성계는 몽케에게 찾아와 오모호이 사람들과 남녀가 서로 옷을 바꿔입고 추는 주지춤을 추었다. 우등불을 피워놓고 돼지고기를 뜯으며 진탕만탕 술을 마셨고 나무 함지를 엎어 놓고 식칼로 칼장단을 맞추며 함께 노래도 불렀다.

몽케는 이성계에게 신세타령을 늘어놓기도 하고 순진한 술빨갱이가 되어 이제부터 내는 성님만 믿고 삽니다, 고개를 주억거리기도 했다.

부채와 우정 때문에 몽케는 이성계를 따라 고려의 전쟁터를 전전했다. 홍건적이라 불리는 중국 비적과도 싸우고 왜구라 불리는 일본 해적과도 싸웠다. 많은 부족민이 죽었다. 오도리 사람들은 그 고생을 하고도 기장 한 자루 변통하기 어려운 가난에 계속 짓눌렸다. 몽케는 술이 늘었다. 마음도 흐트러져서 '이건 비밀인데 우리 집안은 사실 몽케테무르의 후손이야'라고 말해지는 수많은 전설의 씨앗을 만들었다.

지긋지긋한 전쟁이 우등불 옆의 순진한 청년을 질식시켜버렸다. 중년의 몽케는 타산이 빠르고 무자비한 우두머리가 되었다. 그의 말이라면 물불을 가리지 않는 추종자들이 늘었고 어느새 그는 다할라라고 불리기 시작했다.

그 사이 이성계는 고려 왕을 내쫓고 새 나라를 만들었으나 곧 아들 이방원에게 왕위를 뺏겼다. 이성계는 카란에 돌아와 이를 갈며 지내다가 죽어버렸다. 이때부터 몽케의 어려운 시절이 시작되었다.

이도의 눈초리에 대한 예감은 현실이 되어갔다. 이방원도 이도도 다할라라고 불리는 수령 숭배의 위험성을 잘 알았다. 그들 가문의 힘이 바로 가베치, 즉 수령 개인에게만 절대 충성하는 여진족 특유의 사병조직에서 나왔기 때문이다.

여진족 사회는 세습적 불평등이 심하다. 왕이 없으므로 과거와 같은 출세의 통로도 없다. 그래서 아주 작은 재산의 차이와 아주 작은 세습 카리스마의 차이로 발생한 토호 권력이 아들에서 손자로 대대손손 이어진다. 살찐 사람에 어원을 둔 '툴루게헤'는 유력자를 의미하는데 재산과 사병을 가진 이 유력자들이 전제적인 권력을 휘두른다. 그 결과가 가베치이며 다할라인 것이다.

이방원과 이도 부자는 20여 년에 걸쳐 가베치를 철저히 해체했다. 일반 백성에 편입시키거나 조선 관리 통제 하의 관군으로 만들었다. 저항하는 여진족 족장들을 달래고 설득하고 압박했으며 그래도 듣지 않으면 죽여 버렸다.

몽케는 이방원과 이도가 넘어야 할 산이었다. 조선왕이 오만하고 전제적이며 소영주적인 지배라고 생각하는 다할라 체제는 몽케에게 가치였고 전통이었으며 법도였다. 그는 '주신이도로'를 외쳤다. 여진 사람은 여진식으로 살아야 한다고 동족들에게 역설했다.

그러나 호랑이 같은 조선의 도버일러(왕) 앞에 여진의 버일러(족장)가 계속 이런 식으로 버틸 수는 없었다. 몽케는 조선의 압박을 피하려고 명나라의 보호를 요청했다. 그러나 새 후원자의 법은 멀리 있었고 옛날 빚쟁이의 주먹은 가까이 있었다.

잔인한 조선군이 계속 쳐들어와서 여진족을 수백 명씩 학살했다. 몽케는 만주로 도망쳤다가 요동을 거쳐 다시 회령으로 돌아오기를 반복했다. 이미 다른 부족들이 자리 잡은 곳곳을 기웃거리며 다 떨어진 생애에 모욕을 배가했다. 명나라의 암반버일러(황제)가 무슨 소리를 하든 조선의 도버일러와 관계가 이렇게 되면 여진의 버일러는 언제 죽어도 이상하지 않았다.

"주상께서 최윤덕에게 은밀히 전교하시기를, 몽케테무르가 북경에서 백두산으로 돌아오는 시기가 우리 군대가 파저강 여진족을 정벌하는 시기와 맞을 것이다. 몽케테무르가 적을 돕거든 거짓으로 모르는 체하고 죽여 버리고, 적을 돕지 아니하고 성심으로 조선에 귀순하거든 죽이지 말라. 이 명령은 경이 비밀히 마음속에 간직하고 남이 알지 못하게 하라."

조선왕조실록 세종 15년(1433년) 3월 25일 조에 나오는 말이다. 세종이 몽케의 목을 원한다는 소문이 북방에 파다하게 퍼졌다.

같은 해 10월 19일 함경도 풍산군 맹가골의 본거지에 돌아와 있던 몽케테무르를 한밤중에 얼굴에 숯검정을 칠한 우디캐 부족이 습격했다. 오도리 부족은 제대로 싸워보지도 못하고 몰살당했다.

몽케와 그의 아내 하얼아, 그 자식과 손자들이 모두 죽었다. 몽케의 손님으로 와 있던 명나라 관리 배준도 죽었다. 어린 손자 푸만이 간신히 도망쳐 사지를 벗어났다.

백여 년 후 푸만의 증손자 누르하치가 제국을 건설하고 황제가 되었다. 몽케는 청나라의 조조 원황제로 추존되었다.

*

후갑판은 캄캄했다.

머리 위의 선미루 끄트머리에 희미한 불빛이 매달려 있을 뿐이었다. 갑판 위로 우뚝 솟은 선교를 끼고 배의 측면으로 돌자 갑자기 어둠을 가르는 날카로운 불빛이 나타났다. 앞갑판 선원실의 문이 열리면서 나온 불빛이었다. 홍 씨와 수지는 벽에 몸을 붙이고 주방용 석탄 상자 뒤에 몸을 숨겼다.

불 밝혀진 문간 앞에서 잠시 사람들의 검은 그림자가 오락가락했다. 그러다 문짝이 다시 닫혔다. 두 사람은 주방, 식당, 중앙승강구를 지나 조심스럽게 선원실을 엿보았다.

천장에 나사로 고정된 두 개의 석유 램프가 달려 있고 좌우에는 벽에 고정된 이층침대들이 있었다. 선원들이 침대 아래위, 혹은 끈으로 묶은 상자에 앉아 술을 마시며 왁자지껄 떠들고 있었다. 붉게 단 일굴들이 하품하거나 찡그리고 커다란 팔뚝들이 손짓을 해댔다. 유럽인 선원이 있고 인도인과 중국인 같은 선원도 있고 흑인도 한 명 있었다. 따로 떨어져 바지를 꿰매거나 책을 읽는 선원도 있었다. 담배 연기가 자욱한 가운데 와글와글한 웃음소리, 욕지거리, 고함소리가 어지럽게 일어났다.

홍 씨는 부하들에게 선원실을 포위하고 있다가 밑에서 총소리가 나면 선원들을 제압하라고 지시했다. 그런 뒤 수지를 데리고 고양 이처럼 선원실 앞을 통과해 앞갑판으로 갔다.

두 사람은 하갑판 선실로 들어가는 입구를 발견했다. 닻을 감아 올리는 윈치와 예인용 밧줄 더미 사이에 가파른 계단이 동굴의 아가리처럼 시커먼 어둠으로 이어져 있었다. 어둠 속에서 가물거리는 불빛이 하나 보였다. 두 사람은 소리를 죽여 계단을 내려갔다.

"청나라 군대, 부령의 조선 관리, 노흑산 산채의 마적들, 삼도구의 병비(兵匪)들, 사하진의 잠채꾼들. 연해주의 카자크들. 텐진의 밤배쟁이 밀수꾼 놈들."

나무문짝을 사이에 둔 하갑판 선실에서 쉰 목소리의 여진 말이 들려왔다.

"쪽발이들이 여덟 번째군. 날 감옥에 넣겠다고 뻐득대던 놈들이."

홍 씨와 수지는 계단과 선실 사이의 좁고 어두운 공간에 몸을 붙였다. 그리고 문틈으로 안을 엿보았다.

연기가 자욱한 어두컴컴한 실내에 좌우로 6개씩 이층침대가 있었다. 침상들의 칙칙한 그늘에서 작은 동그라미가 빨갛게 타올랐다. 그것은 잠깐 밝은 빛을 내다가 다시 희미해졌다.

아편쟁이들이 당밀처럼 동그랗게 만들어 불을 붙인 검은 아편알을 파이프에 담아 피우고 있었다. 다들 다른 사람은 거들떠보지 않고 자기 자신에게만 몰두해서 무아지경을 헤매고 있었다. 다만 한 곳 선실 중앙의 관물함 상자 주위에 세 사람이 작은 삼발이 의자에 앉아서 얘기를 하고 있었다.

입구를 등진 자리에 앉아 있는 노인은 김오룡이었다. 때 묻은 개 가죽 옷을 입고 일부러 외양을 거지 같이 꾸몄지만 그 특이한 머리 통은 숨길 수 없었다. 선실 너머의 망망한 밤바다는 어떤 비밀스러 운 말이라도 빨아들여 없애버릴 것처럼 느껴졌다.

"내가 벌것들 감옥에 들어갈 것 같애? 내가 뭘 잘못했다고? 양 반 놈들은 잘난 도덕으로 백성을 옴짝달싹 못하게 했어. 그것들이 도덕 운운할 때마다 세금이 무거워졌지. 도살장에 끌려가는 소를 보니 불쌍하구나, 내가 안 본 양을 대신 끌고 가라는 게 그것들의 도덕이야."

맞은편에 호복을 입은 짙은 눈썹의 중년 남자가 눈웃음치며 고 개를 끄덕였다.

"벌것들은 늘 그래. 저희 죄가 밤바다 안개처럼 자욱한데도 남의 죄를 욕하며 발광하지."

중년 남자는 마흔쯤 되어 보였다. 영리해 보이는 얼굴과 날카로 운 콧날에서 독특한 생기와 민첩함이 느껴졌다.

"우리 산사람들도 좀 배워야 해. 그렇게 별로 옳지도 않고 돈도 들지 않는 명분으로 사람을 잡아서 먹고 사는 기술 말야. 세 치 혀 만 있으면 되잖아. 우린 산삼의 하얀 꽃이 필 때부터 빨간 열매가 맺힐 때까지 놈이 부서져라 심마니짓을 해도 쥐뿔도 버는 게 없어."

세 사람은 낄낄 웃었다. 김오룡은 웃다 말고 우락부락한 눈빛을 번득이며 상대를 흘겨보았다.

"배우긴 뭘 배워. 청나라가 그래서 저 꼴이 되었는데. 백성이 니칸(중국인)에게 동화되어 여진 말을 잊었어. 백산에서 팔기들이 중원을 향해 소리 지르며 궐기하던 일을 까맣게 잊어버렸지. 활쏘기와 말타기를 버리고 세 치 혀 나불대는 일에 빠져 니칸의 타락한 길을 걸었어. 그러니 쪽발이들에게도 치욕을 당하는 거야. 병신 같은 것들."

"제길, 병신은 우리가 병신이지."

김오룡의 말에 조선인처럼 차려입은 노인이 혀를 찼다. 맨상투머리에 체구가 작고 때가 꼬질꼬질해서 거의 넝마 같은 두루마기를 입은 노인이었다. 주름투성이의 누렇게 뜬 얼굴, 활처럼 굽은 어깨, 경련을 일으키는 손발이 완전히 아편에 절은 사람이었다.

"조선에 사는 우리 말야. 뜨내기의 처지를 벗어나려고 기어 들어와 오도리 부족을 내쫓았는데 더 초라한 뜨내기가 되었잖아. 멍청한 영감들이 만주수승 운운하는데 어디 청나라에 가서 우리도 동포요, 해보라지. 곧바로 뱃가죽에 구멍 나고 빨랫줄 뽑혀. 목이 날아가. 그런데 그 청나라마저 전쟁에 져서 망해간다고. 이젠 어쩔 수 없어. 우리도 여진 말 그만 쓰고 조선인으로 살아야 해."

그때였다. 갑판 위에서 경적이 힘껏 울었다. 두 번, 세 번, 네 번, 연속적으로 울어대는 그 소리는 겁에 질린 나머지 흐느껴 우는 소리 같았다. 이어 선교와 연결된 딸랑이 줄이 미친 듯이 흔들렸다. 교졸과 순검의 승선이 선원들에게 발각된 것이다.

홍 씨가 두루마기의 양쪽 소매로 손을 넣었다 뺐다. 수지는 홍 씨의 양쪽 손목에 감긴 가죽을 보았다. 한복 소매 안에 권총을 숨기고 다니는 사람들이 화상을 막으려고 착용하는 보호대였다. 홍 씨는 양손에 9연발 르매트 권총 두 자루를 들고 발로 선실 문을 힘껏 걷어찼다.

홍 씨의 등 뒤에서 수지는 놀란 나머지 돌기둥이 된 듯 멍해져서 눈을 휘둥그레 뜨고 있는 김오룡의 얼굴을 보았다. 이마를 벽에다 부딪히기라도 한 듯한 표정으로 얼어붙은 중년 남자와 아편쟁이 노인을 보았다. 중년 남자가 자신의 장화에서 리볼버를 뽑았다.

다음 순간 홍 씨의 권총이 불을 뿜었다. 눈 깜짝할 사이에 하갑판 선실에 있던 김오룡과 중년 남자, 아편쟁이 영감은 피투성이가 되어 쓰러졌다. 이층침대에 있던 일곱 명의 아편쟁이들은 무서운 충격을 받고 굴러 내려와서 벽에 달라붙었다.

아편쟁이들은 머리를 연방 흔들어대며 으, 으 신음했다. 홍 씨의 권총만 뚫어져라 바라보았다. 그들의 눈앞에 악마의 교활하고 교만한 성신에 완전히 몸을 내맡긴 인간이 연기가 피어오르는 두 자루 권총을 들고 있었다.

"강 소사!"

홍 씨가 떨리는 목소리로 수지를 불렀다. 그리고 연기가 나는 권총의 총구로 복부에 세 군데 총을 맞고 눈을 끔벅거리고 있는 김오룡을 가리켰다. 자신에게 살해당한 사람들의 피가 흘러넘치는 선실에서, 마치 복수를 부르짖는 듯이 붉디붉은 피가 무서운 형상으로 번져가는 선실에서 홍 씨는 조금 질린 얼굴로 서 있었다.

김오룡 앞에 서자 수지는 그의 목숨이 몇 시간밖에 남지 않았다는 것을 알 수 있었다. 부들부들 떨리는 손으로 술통처럼 튀어나온

배에서 흐르는 선혈을 틀어막으려 노력하고 있었다. 그런 자세로 김오룡은 숨을 헐떡이면서 타는 듯한 눈으로 수지를, 자신이 밀고 해서 처형당하게 한 애솔이의 아내 강마사를 응시했다.

수지는 비통한 감정에 사로잡혔다. 입술과 눈이 뜨겁게 달아올랐다. 그러나 수지는 이빨을 사려물고 치마 속에서 갈고리칼을 꺼냈다. 배를 제작할 때 쓰는 대못 도리쿠기를 망치로 두들겨서 만든 정(丁)자처럼 생긴 칼이었다.

수지는 안으로 꼬부라진 칼날을 검지와 중지 사이에 끼워 김오룡의 목을 찔렀다. 그리고 잡아당겨 경동맥을 끊었다.

*

"김오룡의 시체를 일본인들에게 정중히 넘겨주는 거야. 알겠지? 전하께서 큰일을 도모하시는데 영국이 중요해. 영국이 중립을 지켜줘야 해. 최소한 지금보다 더 친일적으로 변하지는 않아야 해. 영국인 사체 훼손의 범인으로 지목되고 일본 경찰을 해친 김오룡을 우리가 넘겨준다는 것은 우리가 영국과도 일본과도 너무 척지길 원치 않는다는 정표야."

거룻배 위에서 홍 씨가 교졸들에게 냉혹한 정치적 질서의 현실주의를 설파하고 있었다.

감리서의 거룻배는 꿈꾸는 듯한 물결의 리듬을 타고 출렁이며 제물포 부두로 돌아가고 있었다. 마사의 옆에 앉은 순검과 교졸들은 큰일을 해결한 안도감에 사로잡혀 웃고 떠들었다. 이들 하급 관리들은 앞날의 갈피를 잡을 수 없다는 이유에서 모든 것을 운명으로 받아들이는 것 같았다.

수지는 기진맥진하여 뱃전에 앉아 있었다.

눈을 떠 주위를 둘러볼 기운도 없었다. 스스로를 활활 태우는 마사의 복수심에 떠밀려 해야 할 일을 했는데 마음은 편치 않았다. 바다의 짠내가 전에 없이 무섭게 느껴졌다.

온갖 모순적인 생각과 상충하는 감정이 뒤섞이면서 존속살해라는 말이 머리에 떠올랐다. 더러운 운명으로 이어져 있는 마사의 아버지. 자식의 뒤를 맴돌다가 홀연 죽음의 검은 개골창 너머 어둠 속으로 사라져가는, 도둑고양이 같은 자신의 아버지가 생각났다.

수지는 바닷물이 방울져 흐르는 머리를 들어 순검들에게 이야기하고 있는 홍 씨를 돌아보았다. 홍 씨의 표현이 풍부한 손가락들이 얼룩진 램프의 불빛 속에서 이야기와 함께 움직였다.

인젠가 홍 씨가 들려준 〈심청전〉이 떠올랐다. 홍 씨 사신이 프랑스어로 번역했다는 심청전, 〈르 부아 섹 르플로리(다시 꽃핀 죽은 나무)〉의 인쇄하지 않은 버전이라고 했다.

…… 때는 오래전 옛날이고 그 물은 코레(조선)아 씬(중국) 사이의 바다였지.

씬의 상인들이 쌀 삼백 부대의 돈으로 소녀를 사서 인신공양의 제물로 죽이려 했어. 바다를 다스리는 드래곤 킹에게 소녀를 바쳐 풍랑을 진정시키려고 했던 거지. 소녀의 아버지는 가난한 맹인이었어. 승려가 돈을 시주하면 위대한 붓다의 힘으로 아버지의 눈을 뜨게 해주겠다고 약속했지. 소녀는 그 돈을 얻기 위해 죽기로 결심

했어.

소녀가 하얀 소복을 입고 제물로 바쳐지던 날은 회오리바람이 불고 비가 심했어. 소녀가 살아서 겪은 모든 일이 비가 되어 쏟아지는 것 같았지. 씬의 상인들은 소녀에게 빨리 드래곤 킹의 신부가 되라고 재촉했어. 소녀는 옭죄이고 옭죄이다가 결국 울면서 바다에 몸을 던졌지.

소녀는 새파란 바다의 어둠 속으로 가라앉았어.

바닷물의 찬 기운이 고막을 뚫을 것처럼 온몸을 감쌌지. 물고기들이 왔다가 달아났어. 판자, 나무 조각, 붓, 등잔, 도자기 같은 부유물들도 소녀 옆을 흘러갔어.

물 위에선 검은 바람이 우우, 병든 소처럼 울부짖었어. 태어난 이후 보았던 모든 정경이 한 덩어리가 되어 함께 검은 물속을 흘러 다녔지. 물 밑을 보고 소녀는 비로소 깨달았지. 자기 같은 소녀들이 이 세상이 생겨났을 때부터 던져지고 또 던져졌다는 사실을.

바다 밑바닥의 모래에 너무나 많은 소녀들의 해골이 묻혀 있던 거야. 아비는 눈멀었고 어미는 없었으며 동네 사람들은 인신매매를 묵인했던 소녀들이. 소녀들의 텅 빈 눈에는 조개가 자랐고 뼛조각만 남은 손가락은 물 위를 가리킨 채 즐비하게 가로누워 있었지. 수많은 손가락뼈가 해초처럼 숲을 이루고 있었어.

이제 소녀는 시체가 되어 그 손가락뼈의 숲 위를 떠다니지. 세월이 물결 짓는 검은 물속에 흰옷을 입은 소녀가 두 팔을 늘어뜨리고 죽어 있는 거야. 소녀의 머리카락이 물속에서 위로 떠 올라 흔들리고 있어. 다시마처럼 파래처럼 하늘하늘 물결 짓고 있어. 썩지도 해체되지도 않는 차가운 물속에서. 시체의 음참한 빛을 몸에 두르고.

소녀의 내부에서 원한이 자라나기 시작해. 자신은 죽었지만 아버지는 눈을 뜨지 못했거든. 소녀의 희생은 헛된 것이었어. 소녀는 속았던 거야. 그러나 시체가 된 소녀는 아무것도 할 수가 없지.

그때 바닷가로 한 여전사가 찾아와. 아득한 시절부터 살아남은 늙은 여전사야. 오백 년 전에, 혹은 천 년 전에 그녀는 위대한 도버일러에게서 드래곤 킹을 죽이라는 명령을 받았지. 그녀는 활을 매고 다 찢어진 사슴 가죽 갑옷을 입고 유령처럼 지친 말을 타고 다니면서 도버일러가 내린 임무를 완수하려 해. 여전사가 혼을 소환하는 주문을 외우지.

소녀의 주위로 물거품이 일어나고 감긴 소녀의 눈에서 파란 불꽃이 타올라. 귀추(歸趨)라는 말을 알아? 그건 물고기가 물로 돌아갈 때. 사람이 고향으로 돌아갈 때. 일이 그것의 필연적인 결말을 향해 나아갈 때 그 바쁘게 돌아가는 모양을 말하는 거야.

밑바닥의 모래 속에 묻혀 있던 다른 소녀들의 해골도 꿈틀대지. 수많은 뼈다귀들이 물밑에서 모래를 떨치고 일어서는 거야.

소녀들은 부글부글 끓는 밀물의 물방울이 되어 바다 위로 떠오르지. 단단한 해안의 땅으로 달려가 부딪혀 깨지지. 춤추며 용해되었다가 다시 형태를 띠며 소리를 내지. 소녀들은 그 소리로 날아올라 신성한 왕이 만든 문자에 깃들지.

기존에 인간이 알던 의미를 동요시키면서, 말의 엄격한 경계를 조롱하면서, 글을 아는 자와 모르는 자의 차이를 없애면서, 소녀들은 거칠고 격렬한 바다 위를 떠다니며 온갖 방향으로 흘러가지.

언어와 소음의 차이가 사라질 때까지. 인간과 비인간의 차이가 사라질 때까지. 누구도 누구를 드래곤 킹의 바다에 던지지 못할 때까지. 소녀들은 신성한 왕의 문자가 되어 끝없이 퍼져가지. 채워질 줄 모르는 갈증을 가진 문자의 혼령이 되지.

그리하여 소녀들은 영원한 교란, 끊임없는 변화, 무한한 생성이 되지. 신성한 왕이 만든 문자는 여자들의 문자, 암클이라 불리지. 마지막에 소녀들은 죽음으로부터 빠져나와 우주의 거룩한 심판자가 된 왕의 뒤를 따라가지.

이것이 옛날부터 코레에서 전해지는 이야기, 심청의 부활이야.

16

황금 술잔의
노래

레베카는 벨 일행의 북극 이야기를 마치고 잠시 탈진한 듯 앉아 있었다. 재익 역시 말을 잃고 유리창 너머, 뿌연 가스등 불빛이 비치는 항구를 바라보고 있었다. 둘 다 자신의 넋을 어딘가에 떨어뜨려 잃어버린 사람들 같았다. 그러자 코헨이 재익을 달래듯이 입을 열었다.

"책이 사라진다고 너무 슬퍼하지 마십시오. 미래의 인류가 기계에 예속되도록 그냥 둘 수는 없는 일 아닙니까. 우리가 이도 문자를 역분해해서 새로운 공동어의 문자를 만들겠습니다. 인류는 세계 최고의 공동어를 가지게 되고 화근은 사라질 겁니다."

말을 끝냈을 때 코헨의 입술은 경련하듯 오므라들었다. 학자의 양심이라는 마음의 부드러운 곳을 찔린 듯했다. 레베카가 말했다.

"그래요. 이미 결정된 일에는 마음을 쓰지 말기로 해요. 우리 저 화근이 사라진 뒤에 새로 태어나는 것들을 봅시다."

레베카가 코헨의 동요를 겁내기라도 하듯 서둘러 테이블 위에 두 가지 물건을 올려놓았다. '문자의 길'이라는 여진 문자가 새겨져 있는 소년상과 러시아의 키릴 문자로 표기된, 훈민정음해례본 여진어 구술본이었다.

"소령님은 내동 교회로 가서 시신을 인수해 감리서로 가져오세요. 경무관님은 우리와 감리서 감옥으로 가서 의병들을 만나요. 이 두 가지를 보여주고 사실대로 말해요. 이도의 계획은 최종적으로 실패했다고. 남북을 분단시킨 건 외세였지만 분단을 백 년 넘게 지속시킨 것은 내부의 분리력이었죠. 그걸 꾸미지 말고 있는 그대로 말하세요. 이도 문자는 제때 전파되지 못했고 분리주의적 폭발을 막지 못했다고. 남북으로 갈려 싸우다가 파멸했다고. 그러니 조선의 자손이 멸망하지 않게, 인류가 기계에 예속되지 않게 그 책을 내달라고 해요."

"그 의병들은 오백 년 동안 한글을 지켜온 사람들이오."

재익은 허공을 바라보다가 한숨을 쉬면서 말했다.

"고집이 쇠심줄보다 더 질긴 안동 사람들이란 말이오. 그 사람들이 책을 내줄 것 같습니까?"

경상도 안동.

백두대간이 낭림산맥과 태백산맥을 거쳐 소백산에서 끝나는 곳. 그곳엔 조촐한 기와집과 정갈한 초가집들이 바닷가에 떠내려온 유리병처럼 엎드려 있다. 집집마다 독실하게 공부하는 선비들이 있어서 누군가가 유리병에 밀봉해 보낸 편지 같은 비밀을 보존하고 있다. 숨겨진 혁명적 에너지를, 희망의 미래를 만들 치명적인 옛것을 지키고 있다.

어떤 벼슬도 하지 않고 추레한 옷에 지친 나귀를 타고 다니면서 평생 공부를 하는 사람들. 그들은 보수주의자가 아니라 한 나라가 무서울 만큼 나태한 잠에 빠져 있는 동안 영광과 부활의 꿈을 지켜온 사람들이었다. 조선 땅의 모든 훈민정음해례본이 소각된 뒤에도 그들만은 최후의 책을 비장하고 있다. 그런 안동 의병들을 설득해서 그 책을 불태우게 내놓으라고 하는 일은 죽이기보다 더 힘든 일일 것이다.

"선택의 여지가 없어요. 선생님이 그들을 설득할 방법을 생각해내세요."

레베카가 말했다. 시간은 벌써 새벽 2시가 넘었다. 척살령까지 불과 5시간. 5시간이 지나면 감리서를 통제할 수 있는 경무관으로서의 권한은 사라진다. 레베카에게 훈민정음해례본을 넘겨 소각하는 것이 유일한 해결책으로 보였다. 그렇게 해서라도 평행 우주가 나타나 2049년 한반도 멸망과는 다른 역사가 펼쳐지기를 기대할 수밖에 없었다.

레베카가 백옥으로 된 소년상을 딱 소리가 나게 재익 쪽으로 밀었다.

"38대 안쿠타일리가 어둔골에서 준 거예요. 그 신표를 믿어보아요."

*

이올로길에서 37대 안쿠타일리가 죽은 뒤 벨 일행은 하르키길을 떠났다. 안개와도 같은 우수가 그들의 뒤를 따라왔다. 블라디보스톡에서 탐사 결과를 알리는 전보를 런던으로 보냈고 런던으로부터 풀포트 소령이 상하이에서 백두산 탐사팀을 꾸리고 있다는 회답을 받았다.

세 사람은 상하이로 갔다가 풀포트와 합류하여 제물포로 왔다. 조촐한 건물들이 겁에 질린 아이들처럼 쭈그리고 앉은 항구. 세 사람은 낡은 구두처럼 날캉날캉해진 마음으로 그 영세한 불빛을 바라보았다.

조선은 전쟁 직후라 치안이 불안한 것은 차치하고 통행 자체가 쉽지 않았다. 털리와 같은 독일 유학파인 일본군 군의학교장의 주선으로 도고 소좌가 통행증을 비롯한 편의를 봐주었다. 네 사람은 육로로 원산을 거쳐 장진까지 갔고 장진에서 탐사대를 조직했다.

그들은 세 명의 하인과 열 명의 말몰이꾼을 고용하고 다섯 대의 수레마다 밧줄에 묶는 앞끌이 조랑말 두 마리와 수레 채에 묶는 노새 한 마리씩을 장만했다. 식량으로는 상하이에서 분말 수프, 말린 채소, 통조림, 비스킷을 가져갔고 현지에서 쌀과 고기를 샀다. 혹한기 등산 장비를 챙기고 여행 경비로 360파운드에 해당하는 은덩어리 서른 개를 소지했다.

탐사대는 갑산과 보천을 거쳐 백두산으로 올라갔다. 조선인들은 거의 찾지 않는, 사람들의 뇌리에서 잊혀져 적막의 그림자가 드리운 산이었다. 옷자락을 파고드는 북풍의 바람 소리에 짙은 고독이 배어나고 별빛에서조차 끝없는 쓸쓸함이 느껴졌다.

고단한 산행이 이어졌다. 나흘째 되던 날 산길이 끝나면서 캄캄한 하늘을 등지고 흰눈을 꼭대기에 덮어쓴 산정과 호수가 출현했다.

백두산 천지였다. 백색과 청회색으로 얼룩진 대지는 그 요란한 음영 때문에 해골의 얼굴처럼 보였다. 고요한 하늘엔 짙은 구름이 모이고 흩어지고 꿈틀거리며 사람을 위협하는 듯했다. 벨 일행은 천지에서 조금 떨어진 종덕사에 여장을 풀었다. 종덕사는 절이 아니라 유교, 도교, 불교, 무교가 습합된 무속 종교 재리교의 신당이었다. 벨 일행은 종덕사를 거점으로 동서남북을 탐색하며 안쿠타일리의 행방을 물었다.

"안쿠타일리라는 무당이 있는 곳을 알려주면 은 한 냥을 주겠소."

벨 일행은 38대나 무업을 계승하고 북극해까지 가서 신내림을 받았다면 당연히 그 일대에서 모르는 사람이 없는 샤먼이리라 생각했다. 그러나 오판이었다. 백두산에 도착해보니 안쿠타일리나 김잔(金盞), 혹은 김대잔(金臺盞)의 이름을 아는 사람은 전혀 없었다.

백두산은 말이 산이지 면적이 거의 강원도와 같다. 그 광대한 지역에 여신족 마을은 수없이 많았다. 큰 만신이 있는 어진족 마을을 안다, 그곳의 만신이 그 사람일 거라던 안내자의 호언장담은 번번이 허풍으로 드러났다.

종덕사 주위는 인적이 드물었다. 사금을 찾는 금점꾼, 인삼을 찾는 심마니, 검은 담비와 사슴, 호랑이를 노리는 사냥꾼만이 가끔 눈에 띄었다. 멀리까지 가보아도 벌목꾼과 화전민들뿐이었다.

벌목꾼들은 은빛 안개가 서린 원시림 속에 '벌목영'이라는 막사를 짓고 살았다. 막사에 수십 명씩 거주하면서 톱과 도끼로 아름드리 거목들을 베어 압록강으로 띄우는 그들은 이 지역 사정에 어두웠다. 화전민들은 삼림에 불을 지른 뒤 곡물과 담배, 대마초를 심어 먹고 사는 사람들이었다. 그들은 대개 빚쟁이와 관리를 피해 입산한 도망자여서 외지인만 보면 달아났다.

궁벽한 산속에 갇힌 벨 일행은 우울했다. 측량 장비를 들고 백두산 지도를 작성하는 풀포트의 작업도 일찌감치 끝났다. 하인과 말몰이꾼들을 먼 곳까지 보내놓고 하릴없이 기다리노라면 텅 빈 우주에 그들만이 버려진 것 같았다.

"북극해에 빠져 죽은 그 무당이 자꾸 꿈에 나와."

어느 날 아침 털리는 잠에 덜 깬 꺼칠한 목소리로 중얼거렸다.

안쿠타일리는 신과 인간의 중개자다운 장엄한 모습을 잃지 않고 시체가 썩지도 해체되지도 않는 섭씨 4도의 차가운 물속에 버티고 있다고 했다. 영원한 빙결 때문에 인간이 길을 잘못 든 존재처럼 보이는 북극에서 그녀는 이제 빙결과 하나가 되어 있었다.

"이러고 있으니 내가 참 바보 같다는 생각이 들어."

털리는 퉁퉁 부은 흐릿한 눈을 치뜨고 허공을 바라보았다.

"아무것도 하지 않는 것이 좋을 때가 있겠지. 인생이 갑자기 미쳐 날뛸 때. 예기치 못한 사고가 겹쳐 일어날 때는 가만히 있어야 해. 세상에 억울한 사람은 많아. 혼자만이 세상의 광기를 겪는 게 아니잖아. 그런데도 쉬지 않고 뭔가를 해야 하는 바보들이 있어. 목표가 없으면 인생 그 자체와 싸우기라도 할 인간들. 내가 바로 그 바보야."

네 사람은 마음을 달래려고 관솔불을 피워 '밥'이라고 부르는 조선식 곡물 조리도 해보고 시내로 나가 얼음 구멍을 뚫고 말에게 물을 먹이는 산책도 해보았다. 벌겋게 달아오른 화톳불에 둘러앉아 커피를 끓이고 통조림을 데우고, 숲에서 뜯어온 언 배와 개암을 먹었다.

그래도 겨울밤은 길어서 서로서로 이야기를 들려주며 시간을 보내는 수밖에 없었다. 네 사람은 태초의 세계공동어 시대로부터 바벨탑이 무너져 수많은 언어들이 나타나는 타락의 시대로, 다시 세계공동어가 나타나는 포스트 바벨 시대로 상상의 나래를 펼쳤다.

1894년 베를린 공업협회는 유럽 공장들의 현황을 조사하고 기술 사전에 수록되어야 할 표제어가 350만 단어에 달한다는 용역 연구 결과를 발표했다. 이 연구는 세계어 운동에 큰 충격을 주었다. 24권으로 된 1889년판 브리태니카 백과사전의 표제어가 2만 항목이었다. 기술의 발전이 종이책 사전 형식을 초월해버렸다. 인간 문명이 기계라는 치명적인 지식에 도달했다는 위기의식이 나타났다.

"인류의 대다수는 로마자, 기릴문자, 아랍문자, 한자라는 네 개의 낡은 문자에 갇혀 있습니다. 이 문자들은 인간의 제한된 발성 대역이 만드는 분절음조차 다 표기할 수 없어요. 그 결과 복잡하고 정밀한 감정을 표현하는 어휘들을 만들 수 없습니다. 완전 지능이 필요로 하는 개념과 의식을 표현할 힘이 없을뿐더러 인간끼리의 의사소통에도 불충분합니다. 기계가 의식을 갖는 시대가 오면 낡은 문자들은 배척당할 것입니다. 기계 스스로 더 합리적인 문자를 선택할 것입니다."

"이도 문자는 바벨탑 이후 6천여 개로 분열된 인간 언어를 개혁할 수 있습니다. 우리가 이도 문자를 토대로 가장 진화된 공동어 하나를 만든다면 미래의 인류는 그 언어로 기계와 소통할 것입니다. 지구에는 새로운 문명이 출현할 것입니다."

그러한 시간 네 사람은 잠시 고립을 잊고 기쁨을 느꼈다. 바람과 구름에 따라 끊임없이 변화하는 북방의 높은 하늘이 있었다. 그들이 떠나온 개미굴 같은 세상 위에 이 청결한 산정이 있고 미래의 이야기가 있었다.

*

"어둔골의 회두께서 네 분을 만나고 싶다고 하십니다."

어느 날 무두산 사냥꾼이 종덕사로 찾아와 말했다.

그 사이 말몰이꾼 두 사람이 산적으로 변한 청나라 패잔병들에게 잡혀갔다. 달려가 모래언덕을 사이에 두고 총질을 했지만 구해내지 못했다. 굶주린 호랑이도 나타났다. 석유에 담갔던 벽돌에 불을 붙여 던지면서 쫓았지만 사람 고기를 맛본 호랑이인지 좀처럼 물러가지 않았다. 숙영지가 안전하지 않다고 생각했을 때 마침 어둔골의 전갈이 왔다.

벨 일행은 새벽 동이 틀 무렵 짐을 챙겨 종덕사를 떠났다. 호랑이를 쫓기 위해 횃불을 밝히고 징을 치면서 가림천 지류를 따라 내려갔다. 바닥의 마른 개울이 검푸른 숲의 깊은 협곡을 뚫고 가는 묘한 길을 통과해서 삼지연 쪽으로 이동했다.

어딘가 몽환적인 공간이었다. 버려진 사찰과 무너진 산막이 있었다. 가시덤불에 덮힌 텅 빈 부뚜막, 썩어가는 개집, 토끼장, 손수레가 있었다. 인간과 허무가 만난 흔적들이었다. 끊어진 도로와 쓰러져 이끼가 낀 비석들이 이런 오지에도 나라 같은 것을 세워보려고 했던, 이제는 마멸되어 버린 꿈을 증언하고 있었다.

일행은 그렇게 이틀을 걸어 어둔골에 도착했다.

쉽게 응달이 질 것 같은 골짜기에 집들이 오종종 앉아 있었다. 집의 기둥이며 벽체는 조선인 마을보다 크고 튼튼했다. 커다란 통나무 속을 파서 굴뚝을 만든 '구새'가 있고 쑥대를 핏겨 껍질로 길게 엮은 지붕이 있었다. 대략 육십 채 남짓 되는 집들이 어스레한 초저녁 대기 속에 쑥대 지붕의 하얀 이랑을 이루고 있었다.

마을에 들어서자 큰 키에 구릿빛 피부를 한 십여 명의 남자들이 벨 일행을 에워쌌다. 사방에서 여진 말이 쉭쉭거리고 가르릉거리며 폭포처럼 쏟아졌다. 조선 말도 들렸다.

어둔골의 나이 든 세대들은 여진 말을 아는 것을 뽐내고 가족과도 여진 말로만 이야기했다. 그들은 힘한 산중에 고립되어 살면서도 나머지 모든 종족에 대한 경멸을 품고 있었다. 툭 하면 여진족이야말로 세상에서 가장 뛰어난 민족이며 하늘이 세상의 통치자로 선택한 민족이라고 했다. 그러나 어둔골의 젊은 세대는 조선어에 익숙했고 여진 말을 많이 잊었다.

남자들은 허리에 묵직한 사냥칼을 차고 손에 소총을 들었다. 그것도 허술한 화승총이 아니라 뇌관 격발 장치가 있는 신식 호총(胡

銃)이었다. 눈빛에 삼엄한 긴장과 경계심이 번뜩이고 있었다. 국경 마을의 준군사조직인 '회상'의 자경대였다.

자경대가 청동 조각처럼 굳은 얼굴로 앞장서라는 손짓을 했다. 벨 일행이 지나쳐가자 자경대는 이열 종대를 이루어 뒤를 따랐다.

마을 사람들이 삼삼오오 무리를 지어 어딘가로 이동하고 있었다. 꾀죄죄한 개가죽옷을 입은 사람도 있고 조선옷에 중국식 장옷을 걸친 사람도 있었다. 발에는 너나없이 덧버선처럼 생긴 소가죽의 도레기를 신었다. 어깨에 총을 멘 사람도 있고, 사냥칼만 찬 사람도 있었다. 신식 호총도 있고 징겔포라고 부르는 대형 화승총도 보였다.

그들은 유럽인들을 보고도 겁을 먹거나 허둥대지 않았다. 아이들이 휘둥그레진 눈으로 벨 일행에게 다가가자 중년 여인이 크게 꾸짖었다. 그러자 아이들도 정색하고 다시 걸음을 옮겼다. 대부분 조선인보다 키가 크고 체격이 훌륭했다. 의복도 털가죽 옷을 아무렇게나 입은 것 같지만 잘 보면 주의 깊게 멋을 내고 옷매무새를 매만졌다.

언덕에 고래등 같은 기와집이 나타났다. 높다란 말뚝을 땅속 깊이 박고 윗부분을 예리하게 자른 다음 그것을 횡목으로 단단하게 조인 통나무 담장이 기와집을 둘렀다. 기와집은 북풍을 막기 위해 몸채라고 불리는 건물을 만들고 그 속에 안방, 건넌방, 창고, 부엌, 외양간, 뒷간까지 다 넣은 후 하나의 온돌로 난방을 하는 북방식 10칸 집이었다.

기와집의 드넓은 마당 한복판에는 금줄 마디마디에 오색 천이 늘여진 큰 나무가 있었다. 하늘 높이 치솟아 넓게 가지를 펼친 거목이었다. 옹이가 불거진 뿌리를 드러내고 부름켜들이 서로 엉켜 꿈틀거리며 거대한 기둥으로 변한 모습이었다. 말끔히 청소된 금줄의 공터는 주위에서 떠올린 것 같이 환해 보였다.

거목을 빙 둘러싸고 삼백 명이 넘는 사람들이 모여 있었다. 한가운데는 우등불이 지펴져 장작이 활활 타고 있었다.

굿이나 마을 제사 같은데 사람들 표정이 이상하게 심각했다. 많은 사람이 모였음에도 무거운 침묵이 모두를 내리누르고 있었다.

굿에 앞서 우등불이 지펴지면 마을 사람들은 으레 와글와글 모여 불을 쪼이며 머리카락과 빠진 이빨과 헝겊 조각과 개털과 헌신짝을 던진다. 그렇게 재액 소멸을 기원하면서 할머니도, 아이도, 나그네도, 강아지도 함께 깔깔 웃고 흥성흥성한 시간을 공유하고 따스함을 나누는 것이 굿이었다. 그러나 이 마을의 우등불 곁에는 아무도 다가가지 않았다.

이윽고 호랑이 가죽을 어깨에 두른 중년 남자가 요령과 작은 북을 들고 우등불 앞으로 걸어왔다. 그 뒤로 양복에 검은 담비털이 달린 외투를 입은 머리통이 큰 노인이 따라 나왔다. 중년 남자는 어둔골 회두 부자이(卜寨), 김문재이고 노인은 옛날 도회두를 했던 일렁수어, 김오룡이라고 누가 속삭였다. 그러나 벨 일행은 그 이름을 귀담아듣지 못했다.

김문재가 호랑이 가죽을 벗어 땅에 던졌다. 불안하게 일렁이는 우등불에 김문재의 움푹 팬, 번쩍거리는 눈과 매부리코가 도드라져 보였다. 앞줄 사람들이 횃불에 불을 붙여 쳐들었다.

김문재가 마치 샤먼처럼 요령을 흔들었다. 그리고는 두 손을 어깨 위로 쳐들어 작은 북을 치기 시작했다. 공터 구석의 남자들이 요령의 리듬에 맞춰 큰 북과 징을 쳤다. 김문재가 여성 샤먼의 음성을 흉내 낸 째지는 듯한 소리로 여진어 신가를 읊었다.

샹기얀 에둔 망가 사후룬 오피(백두산 가신 데 그늘지고)
쟈가스 에둔 망가 무케에 소미(동해바다 가신 데 물 깊도다)
무케 소미 비치버 우라예치 지피(물 깊어도 모래마다 서 계셔서)
언두리 풀링가 무서이 아차(신령님 영험함을 우리 보노라)

그러자 마을 사람들이 함께 발을 굴러 여진어로 화답했다.

바타이 우주 베 푸시훈 오부(적들의 머리가 아래로 되게 하소서)
미니이 우주 베 웨시훈 오부(우리의 머리가 위로 되게 하소서)

신가가 이어졌고 북소리와 징소리가 맹렬해졌다. 아낙네들이 두 손을 비비고 절하면서 비난수를 중얼거렸다. 멀고 가까운 인가에서 개들이 짖었다. 뭔가 불길하고 기형적인 제의를 보면서 두려움이 벨 일행의 마음속에 꿈틀거렸다.

여진족의 샤머니즘은 성경은 없어도 사제는 있어야 하는 원시종교다. '하일레'라고 부르는 신성한 나무 앞에서 의식을 거행하는데 나무와 굿은 바뀔 수 있지만 샤먼은 고정되어 있다. 결혼, 제사, 결의, 축제 등 모든 공식적인 의례가 샤먼의 몫이었다. 그런데도 샤먼이 없이, 마을의 우두머리 혼자 북치고 장구치는 제의는 기괴했다.

징소리가 쟁쟁쟁 귀를 괴롭히다가 문득 뚝 끊어졌다. 김문재는 요령과 북을 떨어뜨렸고 사람들은 마치 한 사람이 발을 구르는 것처럼 마지막으로 땅바닥을 차고 멈췄다.

"놈을 데려와!"

김문재가 천둥 같은 소리로 외치자 자경대가 담장 밖에서 밧줄에 꽁꽁 묶인 누군가를 끌고 왔다. 추레한 두루마기를 입고 상투를 튼 맨머리의 젊은 남자였다. 남자가 우등불 옆에 무릎 꿇려지자 뭔가 살벌한 일이 벌어질 것만 같은 긴장이 일어났다. 김문재가 사냥칼을 뽑았다.

"도둑놈! 신령한 산에서 산삼을 훔친 죄를 다스리겠다."

산삼 잠채꾼인 듯한, 거무스름한 피부의 남자는 잔뜩 몸을 웅크리고 좌우로 눈을 굴리며 사시나무처럼 덜덜 떨었다.

"대장님! 장군님! 나으리! 살려주세요! 살려주세요! 길을 잃어서 모르고 캔 거예요! 전 집에 처자식이 있어요! 제발!"

잠채꾼의 말소리는 이어지지 못했다. 김문재의 사냥칼이 늑골과 목 두 곳을 재빨리 찔렀기 때문이다. 칼날이 잠채꾼의 목 뒤로 길게 뚫고 나왔다. 잠채꾼은 경련을 일으키며 몸을 떨다가 목을 떨구더니 그대로 쓰러져 죽고 말았다.

벨 일행은 실감이 나지 않았다. 대체 무슨 일이 벌어지고 있는 것일까? 설마 저 사람을 죽이려는 것일까, 아니겠지, 하는데 앗 하는 사이에 모든 것이 끝나고 말았다. 모두가 얼음장 같은 분위기에 짓눌려 있는 사이 죽은 잠채꾼의 몸에서 피가 흘러 땅에는 순식간에 핏물의 웅덩이가 생겨났다. 머리가 무겁고 목이 탔다.

"이게 뭐 하는 짓이야!"

털리가 욕설을 뱉으며 달려가려 했지만 풀포트가 그를 붙들었다. 가만히 계세요. 우리 목숨이 위험합니다. 그렇게 속삭이는 풀포트도 얼굴이 붉게 변해 있었다. 코헨은 공포로 몸이 굳었고 벨은 눈앞이 핑 돌고 어지러워 쓰러질 것 같았다.

김문재가 손짓하자 네 명의 자경대원들이 나와 죽은 잠채꾼의 몸뚱이를 들고 갔다. 마을 사람들이 앞으로 나와 죽은 잠채꾼의 피를 손에 묻힌 뒤 핏방울을 우등불에 뿌리며 천지신명의 가호를 기원했다.

도회두와 회두는 조선과 청나라 어느 쪽 정부도 인정하지 않는 직책이었다. 그들은 범법자들의 두목이나 다름없는 존재였다. 깊은 산에 이런 독립적인 소왕국을 만들고 마음대로 불법 처형을 저질렀으나 어떤 권력도 제재하지 못했다. 그리하여 김원택, 김영변, 한병화 등 많은 도회두들이 많게는 수천 명씩의 자경대를 거느리고 1910년대 말까지 이 국경 지역에서 활동했다.

이윽고 피를 뒤집어쓴 김문재와 김오룡이 벨 일행에게 다가왔다. 김오룡이 더듬거리는 영어로 물었다.

"안쿠타일리를 찾는다 들었소. 그래, 얼마를 내겠소?"

*

38대 안쿠타일리는 외부와 격리된 기와집 뒤채의 창고에 갇혀 있었다. 벨 일행은 김문재에게 은 열 냥을 내고 만남을 허락받았다.

38대 안쿠타일리는 마치 트로이의 무녀 카산드라 같았다. 미래를 예감할 능력은 있지만, 그 미래를 자기 민족에게 설득할 능력은 없다. 그리하여 음침한 무덤처럼 캄캄한 골방에 갇혔다. 갇혀서 격앙된 예언자의 집념으로 부들부들 떨고 있었다.

"다할라가 되겠다고? 차라리 사람들을 피바다로 끌고 가겠다고 해. 네 놈은 우리 모두를 망쳐놓았어. 앞으로 태어날 자식들이 네 죗값을 걸머질 거야."

벨 일행이 들어갔을 때 안쿠타일리는 마지막 온기를 끌어안으려는 듯 두 팔로 자기 몸을 부둥켜안고 있었다. 그런 자세로 땅바닥의 거적에 드러누워 혼잣말을 중얼거렸다. 그 말에는 종교적 취기가 느껴졌다. 골방에는 서럽게 여위어버린 중년 여자의 퀴퀴한 체취가 떠돌았다. 안쿠타일리는 열흘째 식음을 전폐하고 있는 중이었다.

38대는 김오룡을 다할라로 인정하는 수명 굿을 거절한 뒤 칼에 찔리고 심하게 두들겨 맞았다. 어진족에게 '게부 알림비'라 불리는 수명 굿은 선대의 이름을 후대가 계승함으로써 권위와 정통성을 상속받는 의례였다.

김오룡의 원래 이름은 따로 있었다. 그는 십오년 전 도회두가 되었을 때도 전설적인 다할라의 이름 일링수어, 김오룡을 받으려 했다. 당시의 샤먼이 이를 거절하자 그를 죽였고 추방된 뒤에는 김오룡이라 자칭하며 떠돌았다. 그는 제물포로 흘러갔고 거기서 큰돈을 벌어 돌아왔다.

부당한 다할라의 출현을 거부한 또 한 사람의 샤먼이 부조리 속에서, 그리고 굴욕의 한 가운데서 죽어가고 있었다. 마을 사람들은 김오룡의 편에 섰다. 누구 하나 고통에 신음하는 안쿠타일리의 골방에 와서 토착 신앙을 위해 죽어가는 여자의 고뇌를 함께 하지 않았다.

코헨과 털리가 그녀의 외상에 약을 바르고 상처에 붕대를 감아주었다. 치료는 그리 대단하지 않았지만 안쿠타일리에게 심정적인 위안을 주었다. 벨은 이올로길에서 그녀의 어머니와 남동생이 죽은 사실을 얘기해주었다. 안쿠타일리는 골방 벽에 뚫린 작은 영창을 보며 아, 하고 소리쳤다. 그것은 멀리 떠 있는 창공의 별들을 향해 피어나는 고뇌에 찬 이승의 탄식 같았다.

"우리 백두산 만신은 여행하는 여자들이야. 신령의 소리를 들으려 세상 길을 두루 돌아다니지. 내가 어릴 때부터 엄마는 길 위에서 죽겠다고 했어. 긴 겨울을 견디고 하얀 구절초 꽃이 별처럼 흩어져 피어난 산길에서 죽고 싶다, 했는데 ……."

그녀는 이방인들에게 자신이 당한 폭력에 대해 한마디도 내비치지 않았다. 다만 살아서 겪은 수많은 폭풍과 눈앞에 닥친 자신의 죽음과 죽음의 아득한 뱃길을 묵상할 뿐이었다.

"사람들이 혼란에 지쳐 악귀를 알아볼 총기를 잃어버렸어. 이제 이 사람들에겐 귀중한 것, 사는 목적이 될 만한 것, 죽어가면서도 지켜야 할 만큼 가치 있는 것은 하나도 남지 않게 될 거야. 이 사람들은 거룩하고 아득한 것들, 솟대 위의 파란 혼들, 춥고 어두운 세월에 피어나는 오랑캐꽃들, 먼 옛 조상과 먼 훗 자손을 모두 잊어버릴 거야."

그녀는 이방인들에게 자신의 시조 할머니, 1대 안쿠타일리의 이야기를 해주었다.

고려 초엽 같지만 시대를 정확히 알 수 없는 옛날, 대대로 나며 죽으며, 죽으며 나며 하는 백두산 어느 호젓한 마을. 늙은 부부의 집에 예쁜 딸이 태어났다. 그러나 실 같은 봄비가 내리던 밤 이 여섯 살 난 딸을 마을에 들어온 곰이 물고 가버렸다.

완전히 넋이 나간 부모가 산골짝을 뒤지고 산등성이를 뒤지고 산넘엣 마을까지 들렀으나 찾을 수 없었다. 그러나 부모가 절망하여 눈물로 날을 지새던 보름 뒤 아이는 다친 곳 하나 없이 제 발로 걸어서 집에 돌아왔다. 곰굴에서 곰과 같이 살며 곰이 먹다 남긴 것을 먹었다 했다. 지나가던 어느 귀인이 이 일을 신령스럽게 여기고 아이에게 작은 황금 술잔을 예물로 바쳤다.

이 아이가 초대 안쿠타일리다. 아이는 오모호이의 귤빛 화톳불과 골민상기얀의 산작약꽃 능선, 사람들이 북적거리는 야루(압록강)의 나루터와 너르기버더리(동해)의 항구를 오가며 자랐다. 사람들이 곰이 물어갔던 아이, 황금술잔을 받은 아이라 불렀다.

소녀가 된 안쿠타일리는 용모가 빼어나고 기억력이 비상했다. 열한 살에 부쿠리에서 가장 큰 만신의 제자가 되었는데 아무리 긴 무가도 한 번 들으면 구송할 수 있었다. 여진어, 고려어, 몽골어, 중국어를 말했고 이제는 바람만이 기억한다는 고대 부여어까지 배웠다.

열네 살에 스승과 함께 북극을 여행했다. 골외도(사할린)를 거쳐 상양사극(베르호얀스크)으로 갔으며 빙렴도(氷廉島)라는 북극해의 섬에서 신내림을 받았다. 거기서 스승은 죽고 안쿠타일리 자신도 인간에게 가장 먼 곳, 죽음 그 너머까지 갔다가 돌아왔다. 백두산으로 귀환하자 사람들이 그녀를 테샨만(대만신)이라 불렀다. 인생이 캄캄한 많은 사람들이 압록강, 두만강을 건너 찾아왔다.

이 1대 안쿠타일리가 무가를 지었는데 그것은 건륭제 시대에 수많은 여진족 샤먼들의 무가를 채록한 책 『신유(神諭)』에서도 모래 속에 빛나는 한 톨의 황금 같은 작품이었다. 그 이름은 안쿠타일린 아라하 이르게분. 한문으로 만주금대잔가(滿洲金臺盞歌), 황금 술잔의 노래였다.

까치가 떨어뜨린 붉은 열매를 먹은 선녀가 임신을 하여 낳았다는 '먼 옛적 큰 아바지'로부터 으젓하고 수수하고 슴슴하고 살뜰한 세월이 이어졌다. 젊은 새악시가 아기를 낳고, 산 것이 산 것을 먹이고, 아이들이 송아지를 몰고 가고, 남정이 흙먼지 이는 밭을 걸었다.

시냇물 소리, 부엉이 소리, 도끼로 나무 찍어내는 소리, 질척거리는 빗물 소리, 버섯이 먹고 싶은 사슴 소리, 눈이 녹으며 술렁거리는 소리, 버들이 싹트며 수런거리는 소리. 아득하니 오랜 세월과 오랜 인정이 깃들이는 소리. 그리하여 사람들은 영영 이 어질고 밝고 그윽한 나라를 떠나지 못하고 이 땅의 귀신으로 일생을 마치게 된다 ……. 안쿠타일리는 노여움이 서린 숨찬 목소리로 황금 술잔의 노래를 읊다가 문득 그쳤다.

마지막 순간 그녀는 용서할 수도, 복수할 수도 없는 다할라의 폭력과 모욕을 잊고 조상들의 하늘나라를 떠올렸던 것 같다. 그녀는 목에 걸고 있던 가죽끈의 목걸이를 벗어 벨에게 주었다. 목걸이에 검은 열쇠가 달려 있었다.

"모계로 백두산 만신의 피를 받은 악라라가 우리 안쿠타일리 집안에 맡긴 열쇠요."

백두산 현릉이라고 알려진 몽케테무르의 무덤 열쇠였다. 살해되고 시체가 불태워졌던 몽케는 본래 무덤이 없었다. 강희제 시대인 1721년에 와서 자의황귀비 금가씨 악라라(鄂囉囉)에 의해 백두산에 가묘가 조성되었다. 황실의 비보풍수였다. 조종흥릉의 위업을 시작하신 조조 원황제께 그 혼령이 쉬실 능묘를 바쳐 자손을 영험하게 보호하시고 은혜롭게 구제하시도록 풍수의 기운을 보충하는 것이었다. 악라라는 황실의 무속 제례를 관장하는 찬사여관장이었다.

38대 안쿠타일리는 현릉으로 가는 비밀스러운 길을 알려주고 숨을 거두었다. 마지막 대만신의 죽음이었다. 천 년 동안 수령 권력의 폭주를 막아왔던 안쿠타일리의 혈통은 영원히 사라졌다.

사흘 뒤 벨 일행은 무덤 입구가 녹음이 사라진 겨울에만 드러난다고 말하는 현릉을 발견했다. 동굴 속에 감추어진 현릉에는 전각도 신도도 석상도 없었다. 청백색 돌로 축조한 지하 석실 하나와 지하 현궁 하나만 있었다. 벨 일행은 석실에서 '문자의 길'이라는 글자가 새겨진 용손의 신상을 찾았다.

17

고이즈미 이등병을 만나다

새벽 3시 20분. 제물포는 이제 깊은 침묵과 캄캄한 어둠에 잠겨 있다. 겨울밤 십자로를 휩쓸고 지나가는 바람만이 소리칠 뿐이었다. 거리는 좁고 추위로 얼어붙었다. 출렁이던 바다도 말라버린 듯하고 처마를 맞대고 길게 이어진 인가도 오래된 얼룩처럼 힘이 없어 보였다.

거룻배에서 내린 수지는 지게를 지고 조선인 구역 끝자락으로 걸어갔다. 개항으로 더 삭아지고 가난해진 사람들의 동네. 황폐하고 비좁은 셋집이 잔뜩 들어선 동네가 일본 조계와 신개지 일본 조계 사이에 웅크리고 있다. 한밤의 추레한 초가지붕들 사이엔 인적이 없어 종말의 적막감을 풍겼다.

한반도를 통치했던 조선 왕조가 그 영화를 다한 끝에 마지막 숨을 몰아쉬고 있는 시대. 여진족이 왕조를 버리고 분리독립을 꿈꾸는 시대. 여진족은 시냇물 속의 차돌 같았다. 오백 년 가까이 물에 잠겨 겉은 젖어도 속은 조금도 변하지 않았다.

여진족은 다른 지역에는 기원전에나 존재했던 수렵민족종교를 20세기까지 보존하면서 제국을 경영했다. 그들의 무가에는 세 가지 신이 등장한다. 밤의 장막을 찢고 추억을 되살아나게 하는 새벽의 여신 우얼둔, 신탁이 내리는 땅에 우뚝 선 성스러운 나무 하일레, 그리고 까치가 떨어뜨린 붉은 열매를 먹고 잉태한 선녀가 낳은 수령 다할라.

세상에는 수많은 꿈들이 그 꿈을 싹트게 한 현실이 폐허로 변한 뒤에도 사람들의 마음속을 떠돌아다니고 있다. 꿈들은 은밀하게 서로 뒤섞인다. 아주 오래된 꿈의 포에지가 사람들을 지배한다. 그때 수지는 소스라쳐 놀라며 상념에서 깨어났다.

제재소 네거리였다. 맞은편에서 피부가 까무잡잡하고 코 밑의 인중이 삐딱하게 뒤틀린 쨰보 하나가 걸어오고 있었다. 쨰보는 양복을 입어 멋을 내고 담비 털가죽을 댄 전배자 조끼까지 걸쳤다. 강마사의 기억에 있는 얼굴. 김오룡의 부하로 거리에서 계표를 파는 통수 고 첨지였다.

제재소 옆 골목길은 좁았고 네거리의 가스등 불빛으로 환했다. 수지의 얼굴은 돌이킬 겨를도 없이 눈에 띄어버렸다.

"여어, 강 소사! 이 새벽에 어디 가? 응?"

쨰보의 목소리는 뜻밖에 태평했다. 이 자는 상황을 모르나? 그러나 수지는 쨰보의 입꼬리가 떨리며 오른손이 바지 뒤로 돌아가는 것을 보았다. 긴장이 목을 졸라왔다. 격렬한 아드레날린의 채찍을 맞아 머리가 미친 듯이 팽이처럼 돌아갔다.

수지가 지게를 벗어 땅에 떨어뜨렸다.

째보는 한 걸음 앞으로 다가오더니 왼손으로 수지의 목을 잡고 오른손으로 시퍼런 비수를 들이대려고 했다. 그러나 수지가 먼저 오른손 의수의 손가락 끝에 씌워진 금속 골무 세 개를 벗겨낸 뒤였다.

"이 년아, 꼼짝 마!"

째보가 이빨을 드러냈을 때 수지의 왼팔이 그의 오른팔을 밖으로 쳐내고 얼굴을 휘감았다. 동시에 오른손 의수의 손가락에서 튀어나온 세 개의 주삿바늘이 째보의 왼쪽 5번 갈비뼈와 6번 갈비뼈 사이를 뚫고 심장을 찔렀다. 수지는 그대로 째보를 힘껏 껴안았다.

의수의 손가락에 숨겨진 주사기에 포타슘 클로라이드가 들어있었다. 째보의 눈이 튀어나올 듯 붉어지고 사지가 부들부들 떨렸다. 포타슘 클로라이드가 혈중 칼륨 농도를 급상승시켜 심장의 신경과 근육이 마비되는 충격이었다. 째보의 몸이 대번에 끈적끈적한 땀의 막으로 뒤덮이며 꿈틀거렸다. 곧 버둥거리던 사지에 힘이 풀리고 모든 움직임이 멎었다.

수지는 좌우를 살핀 뒤 째보의 축 늘어진 몸을 으슥한 수채 도랑으로 끌고 가 눕혔다. 어둠 속에서 고개 뒤로 젖힌 째보의 악다문 치아만이 검게 빛났다. 수지는 다시 지게를 지고 그곳을 떠났다.

*

수지는 오던 길을 되돌아가 용동 노점 골목으로 우회했다. 양쪽 조계에서 흘러내리는 하수의 구린내가 심해졌다. 수지는 그렇게 하수로를 따라 멀리 돌아서 신개지 일본 조계로 접어들었다.

수지는 캄캄한 어둠 속에 색색의 천조각들이 펄럭거리는 신궁을 지나갔다. 창녀들의 화장품 냄새가 풍겨오는 유곽 야사카로오를 지나갔다.

공원지통의 큰길, 신개지 일본 조계가 끝나는 한적한 언덕에 '일본의원'이라는 일본거류민단 공립병원이 있고, 그 옆에 일본군 묘지 입구가 있었다.

1895년 3월부터 제물포에는 청일전쟁에서 죽은 일본군 시체가 매일 같이 밀려들었다. 전사자보다 발진티푸스로 인한 병사자가 더 많았다. 시체도 참혹했고 시체를 운구하기 위해 징용된 인부들도 참혹했다. 뾰족하게 각목을 깎아 급조한 나무 묘비들이 조계지의 남은 땅을 징발하면서 하루가 다르게 묘역을 넓혀갔다. 그것이 일본군 묘지였다.

일본군 묘지에는 철책도 울타리도 없다. 얼음같이 찬 바람만이 휘몰아치며 죽음을 노래하고 있었다. 어둠이 짙어 발밑도 보이지 않았다. 수지는 주머니에서 성냥을 꺼내 석유 램프에 불을 붙였다.

묘비들이 언덕과 구릉을 따라 빽빽이 들어차 마치 바람에 바래어 허옇게 육탈된 백골의 송장처럼 늘어서 있었다. 먹구름이 달을 가리고 겨울나무들이 쉴 새 없이 흐느껴 울었다. 수지는 묘비 사이로 난 황토를 밟으며 천천히 걷기 시작했다.

눈을 크게 뜨고 줄줄이 늘어선 수천 개의 묘비를 읽어보려 했다. 그러나 너무 어두워서 장님이 길을 찾듯 손으로 더듬어 보고 묘비명을 램프로 비춰보아야 했다. 불빛에 놀란 쥐들과 바퀴벌레들이

후드득후드득 흩어져 달아났다. 봉분도 없이 맨땅의 높이 그대로 평평하게 매장된, 살아 있을 때와 똑같이 초라한 병졸들의 무덤이 조선의 겨울 공기 속에 말라가고 있었다.

이윽고 수지는 찾던 것을 발견했다.

'육군 보병 이등병 고이즈미 기치노스케의 묘. 제21연대.'

1894년 2월 27일 영국의 여행기 작가 이사벨라 버드 비숍이 이 일본군 묘지를 촬영했다. 앞에 고이즈미의 무덤이 포함된 묘비들이 있고 뒤쪽으로 영국 성공회 교회와 인천 감리서가 보이는 사진이었다. 이 사진은 1897년 간행된 비숍의 저서 『한국과 그 이웃나라들』에 수록되었다.

유구한 역사가 이 사진의 공간을 지나갔다. 일본군 묘지는 훗날의 율목공원 자리로 이장되고 이곳에는 답동 시가지가 들어섰다. 중앙감리교회, 부일교회, 송도중학교 등 무수한 건물들이 세워졌다가 허물어졌다. 사진을 분석한 인공지능은 항상 도로에 편입된 까닭에 1896년에 2미터 깊이로 묻으면 2061년까지 안전하게 보존될 수 있는 지점을 발견했다. 바로 이 무덤이었다.

무덤은 수지의 부탁을 받은 철벅이늘에 의해 이미 깊은 구덩이가 파헤쳐져 있었다. 구덩이 옆에는 길쭉하고 시커먼 덩어리 하나가 드러나 거적에 덮여 있었다. 사망한 지 일 년이 넘어 많이 부패한 고이스미 이등병이 시신이었다. 지독한 죽음의 냄새가 풍기고 있었다. 전염의 공포 때문에 화장도 못하고 서둘러 매장한 듯했다.

그는 사망한 지 166년 뒤 인공지능의 함수 방정식이 계산하는 확률 추론 속에 데이터 위상 공간의 한 점으로 존재함으로써 어쩌면 인류를 구하게 될 고이즈미 기치노스케 이등병이었다.

수지는 석유 램프를 내려 잠시 구덩이 속을 살폈다. 그런 뒤 지게를 묶었던 밧줄로 허파가 봉인된 석유통을 묶었다. 밧줄을 길게 늘어뜨려 석유통을 구덩이의 밑바닥에 내려놓았다. 그리고 삽으로 구덩이 옆에 쌓여 있던 흙을 퍼서 석유통을 매립하기 시작했다.

바람이 사납게 윙윙거렸다. 그러나 구덩이를 1미터 정도 남기고 메웠을 때 수지는 땀범벅이 되어 있었다. 철벅이들이 파헤쳐 쌓아놓았던 흙더미는 이제 고이즈미 이등병의 시체를 다시 묻을 약간의 흙만이 남았을 뿐이다. 수지는 흙더미에 주저앉아 머릿수건으로 땀을 닦으며 잠시 쉬었다. 냉기가 바늘처럼 살갗을 찔렀다.

수지는 시커멓게 변색된 두개골에 몇 오라기 터럭이 붙은 고이즈미 이등병을 보았다. 이 시대 조선인들은 일본의 횡포에 분노하여 속을 끓이고 가슴을 치겠지만 이 민족이 이루어낸 경이로운 미래를 아는 사람은 생각이 다를 것이다. 누구나 이 땅의 역사에서 일본이란 그저 왜소하고 하찮은 존재였다고 느끼게 된다. 수지는 철없는 아이를 보는 어른의 심정으로 해골에게 말을 걸었다.

"고이즈미. 내가 널 이 바이러스 표본이 묻힌 자리의 표식으로 만들어주지. 인류는 널 잊지 못할 거야. 어때? 내가 고맙지?"

수지는 노래를 흥얼거리듯 말을 이었다.

"21연대라면 히로시마에서 소집되었나? 나이는 열아홉? 스물? 애인은 있었어? 너희는 정말 미친 지랄을 했지. 아무 원한도 없는 남의 나라에 와서 사람들을 죽여댔잖아. 너희를 보면 인간은 바이러스와 똑같애. 지구의 생태계에서 유일하게 공존 능력이 없는 두 종이야. 다른 종을 침탈해서 증식하다가 숙주를 죽이고 같이 멸망해. 이 세상과 그 힘의 노예들이 되어서 맹목적으로, 어떻게든 이 부패와 사망의 세계에 더 살아보겠다고, 더 증식하겠다고 발버둥 쳐."

수지는 말을 멈추었다. 무슨 소리를 들었기 때문이다. 어둠 속에 누가 있나. 만인계 놈들인가. 아니면 시체들이 봄날의 모내기 모판처럼 총총히 심어진 저 땅 밑에서 나는 소리인가. 수지는 목소리를 낮춰 중얼거리기 시작했다.

"알고 봤더니 말야."

수지는 긴장한 채 주위를 둘러보았다.

"인간의 감정이란 그냥 생존확률을 계산하는 생화학 기제더군. 생명이 45억 년 동안 진화하면서 그 뇌의 신경세포가 생존과 재생산에 도움이 될 확률을 순간적으로 계산하는 것이었어. 진작 알았으면 좋았을걸. 인간이나 바이러스나 똑같다는 걸. 인간의 우월감이라는 망상만 없었으면 전쟁도 훨씬 적었을 텐데."

그때 수지의 숨을 멎게 하는 일이 일어났다. 이제까지 얌전히 누워있던 고이즈미 이등병의 해골이 등을 구부리더니 비틀비틀 자리에서 일어났기 때문이다.

시커멓게 변색된 뼈. 너덜너덜하게 헤어진 군복. 아직도 몇 오라기의 터럭이 붙어 있는 두개골. 고이즈미 이등병은 썩어 문드러진 텅 빈 눈으로 수지를 바라보았다.

수지는 두려움에 이성이 마비되었다. 폭포의 물처럼 쏟아지는 공포에 휩쓸려 마음속에 있는 깊고 어두운 나락으로 떨어져 내린 것 같았다. 아니 세상 끝의 바닷가로 떠밀려가 휑하게 버려진 것 같았다. 이윽고 고이즈미 이등병이 지옥의 강처럼 어두운 눈을 반짝이며 말했다.

"살 곳도 다 잃어버린 망국민 주제에 잘난 척하는군. 너희들이 무슨 자격이 있어? 제 나라를 전쟁의 제물로 바치고 들개처럼 떠돌고 있잖아. 꼴꼴난 자존심하곤."

고이즈미는 살아생전 검지손가락이었던 뼈를 들어 수지를 가리켰다.

"다들 열심히 최선을 다해 살았어. 이 세상에 너희보다 더 못난 민족이 하나라도 있는 줄 알아? 우린 대동아 공영권을 위해, 막 떠오르는 젊은 태양의 황금 빛줄기를 위해 살았어. 비록 우린 비참하게 죽어갔지만 우리가 만든 이 항구의 제도, 전신과 물류와 병원과 학교의 권익은 백 년 넘게 살아남아 모두를 복되게 했지. 그런데 너희는 뭘 했지?"

고이즈미의 해골이 우물처럼 깊은 입을 벌리고 음산하게 웃었다.

"너희가 한 일은 고작 젊은 객기를 주체하지 못한 뚱보를 숭배한 거였어. 그 뚱보의 유일한 욕망은 총을 들고 군인들과 장난질 하는 거였고 유일한 업적은 보천보 오지로 기어와서 경찰서에 방화하고 민간인 한 명을 죽인 거였지. 멍청한 성황당 숭배였어. 너희들은 열등감과 백일몽 때문에 삶 전부를 희생했던 거야. 독립군의 무장투쟁에 대해 실제의 사실이 아니라 이렇게 되어야겠다고 바라던 이상을 투사했어. 한때 성리학에 오염되었던 인간들이라 심리적으

로 너무 취약했거든. 성리학 환자였어. 세상의 짐승스러움에 상처
받고 세상에는 도나 천리 같이 정연한 질서 따윈 존재하지도 않는
다는 걸 알게 되는데 그 트라우마를 극복하지 못하는 거지. 그래서
정신적인 승리를 추구하다가 집단적으로 돌아버린 거야."

"닥쳐!"

수지가 고이즈미 이등병을 걷어찼다. 고이즈미의 뼈다귀는 성냥
개비처럼 부서져 수지가 메우고 있던 구덩이로 떨어졌다. 수지는
삽날을 들어 두개골을 부수고 남은 뼈들을 박살 내 구덩이로 쳐 넣
었다.

"뭐가 어쩌고 어째? 이 더러운 최후의 인간! 의지도 열정도 사라
진 라스트 맨! 미국의 애완견 노릇을 하다가 이것저것 다 귀찮아
져서 사람들은 다 똑같은 걸 원한다고 믿는 퇴행의 화석인간! 그
게 너희야. 그러니 제도 같은 소릴 하는 거야. 백두산 민족은 맨발
에 개가죽옷을 입고 궐기한 지 15년 만에 네덜란드 캘버린 포를 모
방해 홍이포를 만들었어. 그걸로 산해관과 북경을 부숴버렸지. 수
렵 생활을 하다가 곧바로 세계에서 가장 큰 제국을 세우고 경영했
어. 제도는 주접떠는 게 아니라 그냥 필요할 때 만드는 거야. 아직
안 끝났어. 우리는 세계를 구할 무지개가 되어 찬란하게 일어서고
있으니까. 기적은 600년 동안 존재해왔고 지금도 사방에서 우리를
에워싸고 있어. 이 행성은 하나가 되고 백두산 민족은 산산이 뿌려
놓은 화약이 폭발하듯 타오른다."

수지는 소리지르며 구덩이에 흙을 퍼부었다. 술에 취한 사람처
럼 내지르는 삽질에 옷은 엉망으로 더럽혀졌다. 정신을 차렸을 때

구덩이는 다 메워졌고 수지 자신은 헐떡이는 숨을 고르며 그 앞에 서 있었다.

다시 무슨 소리가 들렸다.

수지는 아연한 얼굴로 뒤를 돌아보았다. 삽 손잡이에 두 손을 얹고 물끄러미 한쪽을 응시했다. 새벽 4시 10분. 검은 정적의 시간이었다. 묘비들 사이로 어둠이 잠깐 흔들렸다.

잠시 후 어둠의 너울이 찢어지며 두 사람이 나타났다. 곡석이와 신참이었다. 둘은 갈피를 잡지 못하는 참새처럼 헤매면서 수지의 앞으로 다가왔다. 혀, 혀, 형수님. 수지는 대답 없이 물끄러미 둘을 응시했다.

"사람들이 째보의 시체를 찾았어요."

"다들 혀, 형수님을 찾고 있어요."

수지는 허허롭게 웃었다.

"그 경무관은?"

"지금 해관 앞 찻집에 있어요."

수지는 지게에 매달린 보따리에서 솜과 약병이 든 금속함을 꺼냈다. 의수를 열어 빈 주사기 세 개를 꺼내고 약병의 포타슘 클로라이드를 차례차례 주사기에 주입했다.

*

새벽 4시 40분. 수지는 일본우선주식회사 건물의 음침한 그림자에 숨어 있었다. 길을 사이에 둔 맞은편에 해관 옆 찻집의 불 켜진 창문이 있었다. 길에는 가스등의 한 줄기 창백한 타원형 불빛이 비치고 찻집에는 세 명의 영국인과 경무관이 이야기에 몰두하고 있었다.

뿌우연 여명이 밝아오고 안개 속에서 사람들이 북적거렸다.

수지는 지옥의 캄캄한 연기가 물러가는 안도감을 느꼈다. 밤의 존재들, 시커먼 암흑 속에 출몰했던 마귀들은 무덤으로 돌아가고 있었다.

태양이 다시 찾아드는 항구에는 탁탁탁 뱃전 사다리로 올라가는 소리가 들려왔다. 끼륵끼륵 권양기 돌리는 소리, 쩔컹쩔컹 계선주에 쇠사슬 부딪히는 소리가 들려왔다. 다시 하루가 시작되고 산 자들의 시간이 시작되는 것이다. 그러나 짙은 안개 때문에 바로 앞도 잘 보이지 않았고 수지는 허허벌판에 혼자 서 있는 것 같았다.

결국 수지와 항구의 생활인들은 서로 분리된 세계에 사는 것이었다. 아니, 피비린내에 발을 들여놓은 사람은 모든 시공간의 모든 인간으로부터 분리되어 있다.

총으로 넷을 하나씩. 마무리는 갈고리칼로.

긴장이 뱃속을 죄어댔다. 이렇게 안개가 심하면 총소리가 나도 상관없을 거야. 살인자 수지는 오직 하나를 두려워한다. 그것은 행동에 앞서 그녀를 전율케 하는 예측할 수 없는 결과다.

내가 과연 저들 모두를 죽이게 될까. 피는 피를 부를 것인가. 그리고 나는 완전한 어둠으로 추락하는 것인가. 자신의 행동에 대한 불신, 두려움, 도덕적 불확실성. 그 결과가 구체적으로 무엇인지 모른다는 것이 궁극의 공포였다.

그때였다. 드르륵 찻집 문이 열리더니 사람들이 나왔다. 수지는 반사적으로 좌우를 두리번거리면서 재빨리 길을 가로질렀다. 뛰다시피 걸으며 치마 안의 주머니에 손을 넣어 권총을 잡았다.

"오오, 아임 쏘리!"

기가 찰 노릇이었다. 앞이 안 보이는 안개 속에서 수지는 미친 듯이 걸어오는 풀포드 소령과 정면으로 몸을 부딪쳤던 것이다. 한순간 둘은 서로 소스라치게 놀라 버둥댔다. 그리고 수지는 몸의 균형을 잃고 길바닥에 나뒹굴고 말았다.

미안합니다. 다친 곳은 없나요?

풀포드는 수지를 부축해 일으키고 사과했다. 그러나 나지막이 깔리는 소령의 음성은 미안하다기보다 귀찮은 듯했고, 젠체하며 사람을 깔보는 듯했다. 그는 190센티에 가까운 키로 동양인들의 어리석음을 내려다보고 모든 것에 초연하기로 작심한 사람처럼 보였다.

수지는 황급히 손사래를 치며 풀포드 앞에 바짝 다가가 시야를 가로막고 괜찮다고 말했다. 권총을 떨어뜨렸기 때문이다. 풀포드는 인사하고 서둘러 어딘가로 걸어갔다. 수지는 허둥지둥 권총을 주웠다. 순간 수지는 진저리를 쳤다. 풀포드와 부딪치는 서슬에 나머지 세 사람의 그림자를 놓쳐버린 것이다.

어딘가 멀리서 뱃고동 소리가 들려왔다.

돌아보고 또 돌아보았다. 그러다가 수지는 눈을 감았다. 그러자 어시장 쪽으로 뻗어 있는, 불빛 하나 없이 어두컴컴한 해안통 길에서 서둘러 멀어져가는 희미한 발자국소리가 들렸다.

조선인 구역 쪽으로 가고 있다. 감리서로 가는 것이다.

수지는 달리기 시작했다. 이내 다리와 발이 뻣뻣해지고 땀이 비 오듯 쏟아졌다. 안개 때문에 한 번 골목을 잘못 들었다. 다시 길을 찾아 간신히 감리서 앞에 도착했을 때는 정말 세 사람이 이리로 들 어갔는지 확신이 들지 않았다.

수지는 발소리를 죽여 감리서 담장으로 다가갔다. 수지는 '무지 개 방어'가 와해 일보 직전에 와 있다는 것을 느꼈다. '팀장의 재량 으로 판단해야 할 시간과 장소에 적합한 조처'라는 상사들의 말이 떠올랐다.

수지는 담 그늘에 쪼그리고 앉아 잠시 쉬었다. 자기 안에서 필사 적으로 용기를 끌어내었다. 결국은 용기가 가장 중요하다. 인간은 용감해야 한다. 저 너머에 서로를 잡아먹는 야수와 피 웅덩이와 벌 거벗은 미치광이가 있다 할지라도.

수지는 주위를 살피고 담장으로부터 몇 걸음 물러섰다. 그리고 도움닫기를 하다가 풀쩍 뛰어서 담장의 기와를 짚고 담을 넘었다.

18

오직 대화하는
자들만이 살아남는다

노인과 의병들은 시종일관 조용했다. 감리서 순시가 묻든 간수가 묻든 상대를 뚫어져라 보면서 모든 말을 공손한 태도로 경청했다. 그러나 신분과 행선지를 묻는 말에는 아무도 대답하지 않았다. 감리서에서는 모든 심문을 경무관이 올 때까지 보류했다.

노인과 의병들은 저녁 늦게까지 외풍이 숭숭 들어오는 불기 없는 감리서 감옥에 갇혀 있었다. 죄수가 도주하지 못하도록 천장 서까래를 높이 올린 단층 한옥이었다. 쇠철창으로 나누어진 감방은 구석구석 먼지가 껴있고 역한 땀내와 시큼한 악취가 진동했다. 문은 철판을 대고 쇠빗장을 채웠는데 위쪽에는 죄수를 살피는 손바닥만 한 감시구가 있고 아래쪽에 용변을 담은 요강과 음식물이 드나드는 쪽문이 있었다.

그러다가 경무관이 보내는 저녁이라며 국밥이 들어왔고 밥을 먹은 후에는 감리서 객관의 온돌방으로 옮겨졌다. 감리서 객관에는 관리가 묵는 정당과 부속 객실인 네 채의 여사가 있었는데 의병들은 여사에 분산되어 감금되었다. 총순이라는 사람이 와서 영어 라벨이 붙은 갈색의 유리병, 솜, 붕대도 넣어주었다. 상처를 소독할 브롬 혼용액이었다.

의병들은 대우가 달라져도 이렇다 할 동요가 없었다. 그들의 시선에는 고요하고도 처연한 무엇이 깃들어 있어 다른 죄수들과는 조금도 닮아 보이지 않았다. 그들의 내부에는 사람들로부터 감추려고 애쓰는 슬픔이 숨겨져 있음이 분명했다.

그들의 나라는 역사적으로 가장 나약하고 가난하고 쓸쓸한 고립의 시기를 통과하고 있었다. 많은 사람이 함께 거병했다가 죽어갔다. 그들의 마음은 분노와 죄책감으로 천불이 나서 까맣게 타고 썩어갔다. 썩은 자리는 시간이 지날수록 어지러워졌다. 그러다가 마치 대미를 장식하듯 체포와 감금이 닥친 것이다.

내란 및 방화죄. 친일내각이 의병에게 적용하는 죄명은 뻔했다. 아무리 마음을 써본들 살아날 방법은 없었다. 사필귀정이 이루어지기를 꿈꾸는 것도 어리석었다. 의병들은 따뜻한 온돌방에서도 잠들지 못하고 뜬눈으로 밤을 새웠다.

재익은 레베카, 코헨과 함께 김홍락이 감금된 온돌방을 찾았다. 오전 5시 30분이었다. 김홍락은 가부좌를 틀고 앉아 있었다. 노인의 형형한 눈빛을 마주하자 심장이 빠르게 뛰는 걸 느꼈다.

재익은 손발을 떨면서 땀을 흘리다가 노인에게 큰절을 올렸다. 김홍락은 가만한 한숨 소리와 함께 고개를 쳐들었다. 그는 한 치의 틈도 보이지 않는 꼿꼿한 자세로 꼼짝하지 않고 재익을 노려보았다. 주름이 깊게 잡힌 바짝 마른 얼굴은 푸른 하늘처럼 잠잠했다.

재익은 머뭇거리면서 소년상과 구술본을 내밀었다. 김홍락은 소년상의 밑둥을 확인하고 구술본을 몇 장 넘겼다. 재익은 김홍락의 손이 떨리는 것을 보았다. 김홍락의 반쯤 감겨진 눈꺼풀 밑에서 섬광 같은 빛이 파닥거리고 있었다.

"선생님, 지금부터 제가 드리는 말씀이 미친 소리처럼 들리겠지만 믿어주셔야 합니다."

재익은 그렇게 입을 떼며 자신과 레베카가 165년 후의 미래로부터 온 사람이라고 고백했다. 김홍락은 눈살을 찌푸렸다. 믿지 않을 뿐만 아니라 자신을 속이려고 한다는 생각에 강한 분노를 품은 냉엄한 얼굴이었다. 재익은 1896년에는 전혀 읽은 사람이 없는 김홍락의 문집 〈서산집〉을 이야기하기 시작했다.

총 34권의 〈서산집〉에는 의병 궐기를 호소했던 "추하게 살지 말고 깨끗하게 죽자"는 불같은 격문, 위정척사를 주장하는 대쪽 같은 상소문은 전혀 실리지 않았다. 이 불행한 사람은 자신의 불행에 대해서는 후세가 알 필요가 없다고 작정한 것 같았다. 그러나 외견상 아무 관계 없는 주제의 글들에서 그 심경이 드러나고 있었다.

오랑캐라고 가소롭게 생각하던 상대가 사실은 대단히 진지하고 성실해서 모든 면에서 우리를 추월해버렸다는 심경. 낙오자의 신경 끝에 찌릿찌릿 전류처럼 흐르는 좌절과 수치와 고뇌가 있었다. 〈논어자의〉가 그런 글이었다.

"선생님께서는 우리가 거경과 궁리와 역행, 즉 깊은 공경심과 진지한 탐구심, 성실한 실천력을 갖추어야 한다고 말씀하셨습니다. 나라에 도가 있으면 거경, 궁리, 역행을 갖춘 선비가 사회의 선과

정의를 수호합니다. 그런데 나라에 도가 사라지면 세상은 내가 진실되고 이치에 맞다고 생각하는 길로 움직이지 않습니다. 선의로 행한 일은 악몽과 재앙이 되어 돌아오고 도저히 이해할 수 없는 부조리들이 잇달아 일어납니다. 사람들은 빼앗긴 것을 되찾으려 노력하지만 더 빼앗길 뿐입니다. 이런 시대에는 어떻게 살아야 하나. 선생님께서는 이 문제를 논어에 주석을 다는 형식으로 말씀하셨습니다."

김홍락은 충격을 받고 자기 앞에 무릎을 꿇은 재익을 사뭇 진지하게 바라보았다.

"선생님께서는 논어에서 공야장편 제20장을 고르셨습니다. 공자께서 말씀하시길 영무자는 나라에 도가 있을 때는 지혜로웠고 나라에 도가 없을 때는 어리석었다. 그 지혜는 미칠 수 있으나 그 어리석음은 미칠 수 없다 ……. 위나라 성공은 사리에 어두운 혼군이었습니다. 영무자는 성공이 감옥에 갇혀도 충성을 다하며 지혜로운 사람들은 절대로 하지 않는 고생을 사서 했습니다. 선생님께서도 나라에 도가 없는 시대에 어리석게 사셨습니다. 지혜롭게 몸을 숨기지 않고 어리석게 험한 길을 걸었습니다. 선생님은 모든 전투에서 패배했던 승리자이시고 언제나 달아나야 했던 정복자이십니다. 선생님의 고귀한 어리석음에는 시간도 손을 대지 못할 것입니다. 언젠가 행복한 시대 행복한 세상에서 선생님의 행적이 다 밝혀질 것입니다."

재익은 2061년의 언어로 저자 앞에서 〈논어차의〉를 해석해보았다. 모두가 훈민정음을 버릴 때 홀로 위험을 무릅쓰고 간직하는 어리석음에 대해. 모두가 친일, 친러, 친미로 분주할 때 홀로 의병을 일으키는 어리석음에 대해.

근대화를 위해 한국인들은 이런 어리석음을 잊었다. 마치 죽은 애인이 남긴 추억에서 벗어나기 위해 다이아몬드 반지를 한강에 던져버리는 여자처럼 한국인들은 가슴 아픈 기억으로 가득 찬 그들의 보물을 던져버렸다. 이제 재익이 세상에서 잊혔던 김홍락의 논어 해석을 다시 해석해 보았다.

우리는 결국 패배한다. 많은 날을 헛되이 보내고 세상으로부터 멀어진다. 그러나 불행의 무거운 통나무 위에서 진실의 불꽃이 타오른다. 우리는 자신의 우직한 패배를 통해 과거 한때의 단단하고 강력하며 지극히 고귀했던 가치에 도달하게 된다. 그리하여 그 가치에 대한 깨달음이 미래에 전해진다. 미래의 어떤 세대가 자기 안에서도 같은 불꽃이 타오르는 것을 느낀다 …….

그러자 김홍락은 타는 듯한 눈으로 재익을 보며 물었다.

"신기한 이인(異人)이여. 한 가지만 묻겠소. 그렇다면 이 나라는 장차 왜인들의 야수 같은 겁박에서 벗어나겠지요? 왕도가 회복되겠지요?"

재익은 김홍락을 조용히 바라보며 두 손으로 자기 무릎의 옷자락을 움켜쥐었다.

"그렇습니다."

김홍락을 사로잡고 있던 절망의 그림자는 사라졌다. 그러나 재익은 더 이야기하지 않을 수 없었다. 훈민정음해례본이 소각되어야 하는 이유를 설명해야 했기 때문이다.

"일본의 겁박을 벗어난 나라는 번영했습니다. 부부의 사랑은 식지 않았고 친구의 우의는 깨어지지 않았고 형제는 반목하지 않았습니다. 도시에는 폭동이 없고 지방에는 반란이 없었으며 나라 밖에서 외침도 없었습니다. 그런데도 어느 날 불구름의 무서운 폭풍우가 떨어졌고 모든 것을 날려버렸습니다. 살아남은 자손들은 추방되어 소외자, 박탈자, 불법체류자가 되었습니다. 비에 젖어 춥고 배고픈 날을 보내게 되었습니다."

재익은 자기도 모르게 흐르는 눈물을 막을 수 없었다. 허물어지듯 고개를 떨구고 한 손으로 얼굴을 감싸니 손가락 사이로 눈물이 뚝뚝 떨어졌다.

김흥락은 얼음물에 들어갔다 나온 사람처럼 새파랗게 질렸다. 머리털이 곤두섰으며 눈언저리는 푸르스름해졌고 입술에는 핏기가 사라졌다. 그의 메마른 볼에도 뜨거운 눈물이 흐르며 몸이 덜덜 떨렸다. 김흥락은 나라가 남북으로 갈라지느냐고 물었다. 재익은 노인의 통찰력에 놀라며 그렇다고 했다.

"아니오. 그래도 절대로 그리되진 않을 것이오. 나는 믿을 수 없소."

노인은 모든 것을 걸고 인간의 가장 무서운 적인 허무주의와 부조리에 대적하는 유자의 용기로 말했다.

"아마도 그대들은 오만해졌을 것이오. 그래서 남과 북은 서로를 말로만 동포라고 부르며 상대의 입장에 일부러 눈을 감았을 것이오. 어떨 때는 북이, 또 어떨 때는 남이 무지했을 것이오. 감상으로 대동을 이야기하며 더 잘 사는 쪽이 더 못 사는 쪽을 향해 방자한 장형 의식을 드러냈을 거요. 그 못난 눈물 거두시오. 원하는 것을 주겠소. 그대는 어서 돌아가 할 수 있는 모든 일을 하시오. 모든 걸 되돌려 놓으시오."

쩡쩡 얼음이 깨지는 듯한 노인의 목소리가 재익을 뒤흔들었다. 재익은 자기도 모르게 두 손을 모아 쥐었다.

"놀랄 것도 절망할 것도 없소. 흉사가 세상에 가득하고 망령이 무덤에서 일어나며 재앙이 머리 위에 번뜩여도 사람은 사는 것이오. 그 가혹한 전란은 아주 옛날부터 예고되었던 것이오. 유자는 언제나 지켜야 할 것이 있소. 세상을 도(道)의 눈으로 보려는 노력이오. 그대가 사는 세상은 진실이 아닐 수 있소. 그대가 온 마음으로 원하는 다른 세상이 있고 그 세상만이 진실일 수 있소. 그러니 다만 최선을 다하시오."

잠시 후 노인은 적막감이 감도는 낮은 목소리로 무극(巫劇) 하나를 이야기해주었다. 강원도와 경상도 북부 지역에서는 '만신맞이', 여진 지역에서는 '만신을 꾸짖는 도버일러'라고 알려진 무극이었다.

과거 부락의 수령으로서 좌상 노릇과 샤먼으로서의 복술이 노릇을 잘 해주었던 죽은 우두머리를 제사 지내는 부군제 굿에서 샤먼이 하는 연극이었다. 김홍락은 자신의 생각에 이 무극에 나오는 만신은 12대 안쿠타일니이고 도비일러는 세종 장헌 대왕이라며 이야기를 시작했다.

*

12대 안쿠타일리가 오모호이에 살았다. 가슴이 부풀고 피가 끓는 처녀 시절 그녀는 고향을 버리고 가출했다. 키 크고 잘 생긴 청년과 남쪽으로 도망쳤다. 한동안 알토란 같은 아들을 낳고 행복했다. 그러나 금점판을 전전하는 사이 청년은 바람이 나서 집을 나갔다. 시름시름 앓던 아들은 소백산 흰 철쭉이 좋아 거기 묻혔다.

12대는 소백산에서 김금잔 만신이라는 이름으로 잠깐 무당 노릇을 했다. 몇 번인가 남자를 만나고 또 헤어졌다.

어느 조용한 가을날 12대는 기르던 개를 돌로 쳐죽인 뒤 북으로 걸어갔다. 북극의 얼음 바다에 몸을 던질 생각이었다. 그 고독하고 참담한 여로의 끝에 12대는 얼음꽃 같은 두 번째 신내림을 만났다. 그녀는 마음을 바꿔 오모호이로 돌아왔다.

고향에서 그녀는 몽케의 죽음과 일족의 학살을 겪었다. 그녀는 살아남은 일족과 함께 만주로 도망쳤다가 십 년이 지난 뒤 조선으로 돌아왔다. 몽케를 죽인 조선왕 이도, 세종에게 복수하기 위해서였다.

그 무렵 세종은 눈병 때문에 온양 온천에 다니고 있었다. 행궁 행차의 경호를 맡은 부대는 오랫동안 왕가를 수호해온 여진족 기병대, 가베치였다. 다른 가베치들이 해체된 뒤도 이성계 가문의 가베치들만은 별시위, 의흥친군위 같은 중앙군이 되어 편제를 유지하고 있었다. 12대는 그들의 숙영지로 들어가 이도의 사주로 오도리 부족이 학살된 것을 폭로했다.

"버러지만도 못한 벌것들, 네친캐들의 왕 이도가 저기 처자고 있다. 우리 동족을 개돼지처럼 죽이고도 저리 달게 자고 있다. 오늘 밤 저놈의 목을 베어 떠나자. 위대한 신명이 우리 산사람들의 길을 인도하신다. 압록강을 건너면 원수를 갚기 위해 이를 갈던 동포들이 우리를 열렬히 환영할 것이다."

열변을 토하는 12대의 모습은 마치 하늘 어머니 압카이허허의 현신 같았다. 거룩한 광기와도 같은 힘이 그녀의 눈에서 흘러나와 사람들의 가슴에 불을 일으켰다. 가베치들은 소리를 지르고 통곡했고 주먹을 떨었다. 당장이라도 행궁으로 몰려가 세종을 두 동강 낼 참이었다.

그때 국왕 측근의 별운검들이 들이닥쳤다. 누군가 이 12대의 잠입과 가베치 모반의 기미를 밀고했던 것이다. 일부는 항거하다가 잔인하게 베어졌다. 나머지는 무기를 버리고 포박당했다.

얼마 후 서릿발이 흩날리는 십이월의 어두운 밤. 행궁 감옥에 횃불을 든 금군 대장이 나타나고 인상을 찡그린 노인이 부축을 받으며 들어와 환관이 가져다 놓은 의자에 앉았다. 노인이 입고 있는 것은 잠옷이었고 머리는 상투도 제대로 틀지 않은 봉두난발이었다. 노인이 눈을 가늘게 뜬 채 물었다.

"비 시 기문 바타 세메 와하 세메 주웨. 시 아이나하 니얄마? (내가 너의 원수라고 하며 죽이겠다고 했다지. 너는 누구냐?)"

이도였다. 무엇이든 한번 읽은 것은 잊어버리지 않아서 여진어, 위구르어, 중국어, 왜어, 티베트어, 산스크리트어를 구사하고 수많은 민족의 신화와 전설을 환히 안다는 조선왕이었다. 그러나 그는 병들고 지쳐 보였다. 마흔일곱 살의 나이였는데 일흔 살처럼 보였다.

당뇨와 당뇨성 망막염과 대상포진이 이 영리하고 자부심 강한 왕을 넝마처럼 짓밟아놓았다. 생명력의 일부를 짓밟은 고질병들로 인해 왕은 정상인에게는 없는 이상한 귀기스러움을 얻은 듯했다.

그는 자신이 스스로 발견하고 확립해야 할 운명에 홀려 있는 사람 같았다. 그럼에도 불구하고 그 발견과 확립은 쉽지 않다는 좌절감에 사로잡혀 있는 사람 같기도 했다. 12대는 이 거대한 집념의 인격에 짓눌려버릴 것 같은 위압감에 저항하며 조선어로 말했다.

"나는 신령의 말씀을 듣는 자, 신령이 강림하시는 은미한 길을 아는 자, 안쿠타일리요. 당신의 충성스런 가베치들을 내가 혼자 부추긴 거요. 그러니 나만 죽이면 돼."

"**시 아바 테샨만 안쿠타일리 냘마 이누오?**(네가 정말 그 대만신 안쿠타일리란 말이냐?)"

왕은 여진어로 묻고 조선어로 다시 물었다.

"내가 왜 너의 원수냐? 몽케를 죽였다고? 전쟁은 인간의 어리석음을 묻고 평화는 인간의 신비를 묻는다. 평화가 그리 쉽더냐? 몽케는 다할라를 칭했어. 다할라는 너희 샤먼의 위에 서서 삶과 죽음을 다스리려 하지. 그런 다할라를 없앤 것이 내가 너를 도운 것이 아니냐?"

안쿠타일리는 목이 졸려진 사람처럼 얼굴이 붉게 변했다. 왕은 달래는 듯한 표정이 되었다.

"우리 종묘에 누가 있는지 아느냐? 바얀테무르 칸(공민왕)과 보타시리 공주가 모셔져 있다. 평화도 어렵고 나라도 어려운 것이다."

태어난 지 반세기도 되지 않은 불안한 왕조. 이씨 왕조의 종묘에는 그들이 멸망시킨 고려의 공민왕과 노국공주 사당이 제일 앞에 있다.

이도의 가문은 이안사, 이행리, 이춘, 이자춘까지 102년 동안 몽골 제국의 옷치긴 왕가에 대대손손 영원한 충성을 맹세하고 카란(함흥)의 다루가치가 되었다. 원나라는 망했다. 그러나 옛 주군 옷치긴 왕가는 망하지 않고 명나라의 태녕위 도지휘사로 변신하여 여전히 요동을 통치하고 있었다. 몽골이 다시 강성해져 옷치긴 왕가가 군신의 의리를 지키라고 요구한다면 군위신강의 삼강오륜을 나라의 이념으로 삼은 이도의 가문은 공중분해되는 것이었다.

이것이 새 왕조의 심장에 꽂혀 있는 독화살이었다. 이를 해결하려 공민왕 사당도 모셨다. 징기스칸 직계의 보르지긴 씨족을 황금 씨족이라 한다. 몽골 제국에서 체제의 정통성은 통치자가 황금 씨족인가 아닌가 하는 상징적 가치의 유무에서 나온다. 쿠빌라이 칸의 4대손인 공민왕과 5대손인 노국공주는 이도 가문과 인연이 닿는 유일한 황금 씨족이었다.

귀 옷치긴 왕가와 우리 가문의 군신 관계는 바얀테무르 간세서 요동의 동녕부를 공격했을 때 끝났습니다. 우리는 바얀테무르 칸을 계승했습니다. 고려에서 칸의 적통이 이어지지 않고 요승 신돈의 아들 우왕과 정봉성 없는 창왕, 공양왕이 왕위를 더럽혔기에 우리가 거병했던 것입니다. 보십시오. 우리가 이렇게 칸과 공주를 제사하고 있습니다 …….

궁색하고 억지스런 변명이었다. 이자춘과 이성계가 공민왕의 신하였다는 사실 외에는 어떤 공식적인 계승 관계도 없기 때문이다.

"너희 여진은 언제까지 아쿠타 타령, 금나라 타령을 할 것이냐. 〈우리에게 다시 아쿠타 같이 위대한 다할라가 나타날 것이다. 우리가 하려고 마음만 먹으면 당장이라도 나라를 태산 반석 위에 세우고 민족을 천하제일로 만들 것이다〉 언제까지 그 타령을 할 것이냐. 너희는 농사를 싫어하고 학문을 업신여기며 그저 우두머리 하나 맹종하며 살다가 툭하면 칼부림을 한다. 너희 족속이 갈 곳이라고는 전쟁터밖에 없단 말이냐? 언제까지 그러고 살 것이냐!"

왕의 얼굴은 붉게 달아오르고 입술은 보랏빛으로 변했다. 몸을 불덩이처럼 달구는 대상포진 때문에 혀가 바싹 마르고 목이 심하게 당기는 것 같았다.

"공명정대한 하늘이 어떻게 어린애처럼 제가 제일이라고 뻐기는 수많은 종족을 다 만족시킬 수 있겠느냐? 세상의 종족들은 그들이 상상하는 것처럼 그렇게 다르지 않아. 어느 종족에게나 수치스럽고 비참하게 느껴지는 불행한 시대가 있고, 기쁨을 느끼며 회상하는 찬란한 시대가 있어. 불만이 생길 때마다 들고 일어난다면 세상은 끝없는 전쟁일 것이야."

12대가 얼음처럼 차가운 눈빛으로 말했다.

"우리더러 어쩌란 말이오? 왕께선 우리를 권리도 없는 변방의 백성으로 만들 거잖소. 호적도 없고 과거 볼 기회도 없이 가난하고 어리석은 백성으로 살아가라는 말이잖소."

"호적은 곧 나갈 것이야."

"아니, 안 나올 거요. 조선이란 나라는 왕 혼자 움직이는 게 아니란 걸 우린 아오. 구걸하진 않겠소. 우리 여진은 조선인보다 우월하다고 믿어 의심치 않기에 기꺼이 당신들의 천민이 될 수도 있소. 당신들이 우리를 꺼려서 가까이 오지 못하게 하려고. 그러나 대체 당신들은 우리 땅을 차지하고 무엇을 얻겠다는 거요? 이 세상에 우리 여진이 무서워하는 것이 있는 줄 아시오? 때가 되면 우리에게 다시 다할라가 나올 거요. 그리고 그 다할라에게 정복되지 않는 세력은 이 세상에 없을 것이오."

"호적이 중요한 것이 아니지 않느냐. 진정한 힘은 인(仁)이고 인은 인(人)과 인(人)이다. 이 세상은 사람이 사람을 사람으로 대접해주는 그 경지를 향해 힘차게 뻗어가고 있어. 왕과 양반만 사람이 아니야. 평민도 여자도 노비도 온전한 사람이야. 오랑캐도 온전한 사람이야. 동물도, 나무와 흙과 바람과 강물도 모두 말을 할 줄 아는 온전한 사람이야. 천지자연의 말은 우리의 말과 똑같아. 글자로 적을 가치가 있는 온전한 사람의 말이야. 이 세상이 세워지고 무너지는 것은 사람과 사람이 말을 주고받는 그 작고 하찮은 일에 달려 있어. 사람과 사람이 말을 하며 나누는 겸허한 사랑이야말로 모든 힘 중에서 비길 것이 없을 만큼 강하고 무서운 힘이야. 신령의 말을 듣는다는 네가 이것을 모른단 말인가?"

왕은 소매에서 종이 한 장을 꺼내 안쿠타일리에게 주었다. 종이에는 오행을 뜻하는 다섯 개의 동그라미에 훈민정음의 자음 17개, 천지인을 뜻하는 세 개의 사각형에 모음 11자가 그려져 있었다.

"백성을 위해 새 글자를 만들었다. 이 글자는 진정한 힘을 줄 것이야. 모든 백성이 글을 알고 높은 지식을 갖게 할 것이야. 말이 어떻게 생겨났더냐. 돌멩이는 쉬이익 날아와 꽈당 떨어지고 참새들은 호로록 파닥파닥 날며 토끼는 깡충깡충 포올짝 뛰었지. 사람이 천지자연의 소리와 모양을 흉내 내어 말했어. 그리고 말을 흉내 내어 글자를 썼어. 흉내를 내면 낼수록 세상은 점점 덜 무서워지고 사람은 점점 더 강해졌어. 천지자연의 힘이 이렇게 소리에서 말로, 말에서 문자로 흘러온 것이야. 어떤가. 나의 백성이 되어 이 문자와 이 힘을 얻고 천지자연의 만물과 얘기를 나누지 않겠는가."

왕은 억제할 길 없는 격정에 사로잡혀 말했다. 천재들에게 흔히 있는 과잉 행동 장애 성향이 다분한 이 다혈질의 왕은 자기 가슴속에 복받쳐 오르는 것을 말하지 않고는 견딜 수가 없는 것 같았다. 눈앞에 12대가 없다면 허공을 향해서라도 외쳤을 것이다.

12대는 그 기세에 눌려 머뭇거렸으나 그것은 한순간에 지나지 않았다. 그녀는 금방 이지러진 얼굴에 병적인 미소를 띠며 소리쳤다.

"여진과 조선은 절대 하나가 될 수 없소. 하나가 될 수 없는 것을 억지로 하나로 얽으면 피하려야 피할 수 없는 무서운 파국이 오고 말 것이오. 검은 먼지의 하늘, 불라키 압카(不刺其阿瓜)가 올 것이오. 백두산이 폭발할 것이오. 검은 재가 사람 키보다 높이 쌓이고 낮이 없는 밤이 계속될 것이오. 해는 사라지고 가축은 쓰러지고 풀은 시들 것이오. 아이들은 집을 나가 먹을 것을 찾아 헤매다가 길에서 죽을 것이오. 〈검은 먼지 하늘이 푸른 하늘을 삼키고 우리 집을 삼키네. 더러운 호레리가 네 남편을 먹고 네 자식을 잡아먹네〉"

12대가 서사무가 불라키 압카를 읊자 왕은 몸을 떨었다. 너는, 하고 왕은 더 말을 잇지 못했다. 두 눈에는 불똥이 튀는 것 같고 숨을 쉬는 것조차 어려운 것 같았다.

"검은 먼지 하늘이라니. 감히 그 말을 입에 올리다니 죽어 마땅하다. 들어라. 이 무지한 것아. 설령 검은 먼지 하늘이 온다고 한들 그때까지 뭘 할 것이냐. 사랑하며 살 수 있던 생활이 지나가고 파국이 찾아왔을 때 너희는 이 생에서 무엇을 했다고 만족하겠느냐."

검은 먼지 하늘은 세계 종말이었다. 백두산 폭발로 태양을 가리는 연기와 땅을 덮는 재가 분출하는 파국의 시간이었다. 여진족의 상상세계에서 우주는 신령의 세계, 인간의 세계, 죽은 자의 세계로 나뉜다. 죽은 자들이 사는 지하에는 지상으로 돌아오려는 악한 조상 호레리가 있어서 착한 조상신 부쿠리용순의 힘이 약해질 때 검은 먼지 하늘을 일으킨다. 죽은 자들이 되돌아오고 세상은 공포의 전율로 치닫는다.

왕은 얼굴을 붉히고 눈살을 찌푸리면서 말했다.

"검은 먼지 하늘이 온다면 너 같이 교만한 자들은 보답할 가능성이 없는 좋은 사람들의 사랑을 기억하고 눈물을 흘릴 것이야. 그들의 온순하고 겸허한 말들이 네가 멸시했던 진실임을 깨달을 것이야. 왜 네 이웃과 착하게 대화하지 않느냐. 너희 무조가 무어라고 했느냐. 새벽의 여신 우얼둔이 꽃피는 해안에서 하얀 머리 산으로 달려올 때. 하일레 나무가 그 길 끝에 버들솜을 눈처럼 날리며 서 있을 때. 인간과 까치의 결혼으로 태어난 신성한 수령이 하일레 나무 앞에서 묵상에 잠겨 있을 때. 무수히 일어나는 천지자연의 소리를 들으라 하지 않았더냐."

대담하고 오만불손한 12대도 놀라 여기서는 자제력을 잃고 몸을 떨지 않을 수 없었다. 이 무시무시한 무불통지의 왕, 거의 초자연적인 기억력을 지닌 것 같은 왕이 방금 12대 자신의 무가, 즉 〈안쿠타일린 아라하 이르게분〉을 인용했기 때문이다.

"까치가 울고 시냇물이 노래한다. 갖가지 전생의 기억이 지나간다. 인간이 생을 구걸하는 거지가 되어 지나간다. 인간을 다스리며 인간을 무시하는 세월이 지나간다. 바람에 흔들리는 나무이파리의 하찮은 움직임도 소리다. 백사장에 그려지는 파도의 무늬, 하늘에 모이고 흩어지는 구름, 세상에 드러나는 풍부한 결들이 모두 소리다. 우얼둔이 만물의 소리를 문자로 적고 있는 것이다."

왕의 얼굴은 다시 일그러졌고 앉아 있는 것이 고통스러워 보였다. 눈은 번들거리고 입술은 경련을 일으킨 듯 떨고 있었다.

6진 지역을 영유한 뒤 왕은 하루도 편히 잠들지 못했다. 한순간의 휴식도 허용치 않는 고뇌가 왕을 옭죄고 또 옭죄었다. 설풋 잠이 들면 폭풍이 이는 황야를 보았다. 먹이를 찾아 일어서는 전쟁의 괴물들을 보았다. 운명적인 파국을 향해 광폭하게 달려가는 영혼들을 보았다. 달은 지고 별빛은 하나도 없었다. 지옥의 연기에 쌓인 짙은 밤에 누군가가 울부짖었다. 쉬, 싱, 쉬, 싱, 쉬이싱 …….

그 불면의 밤에 왕은 문자를 만들었다. 캄캄한 밤의 어둠 속에서 왕은 생생한 소리들을 들었다. 뇌우의 소리, 홀로 일렁이는 등불의 소리, 구들장 밑을 흐르는 연기의 소리, 바람의 소리. 쇠약해진 얼굴과 텅빈 눈초리로 왕은 점점 더 많은 소리를 들었다.

인공적인 문자들을 만들고 또 만들었다. 고치고 다시 고쳤다. 자연어에는 불규칙성들이 가득하지만 그런 불규칙에는 이유가 있고 그렇게 변할 수밖에 없는 진화의 역사성이 있었다.

왕은 문법과 어휘의 변화를 따라가다가 음소의 진화적 원리를 발견했다. 음소의 진화를 거슬러올라가서 마침내 음가의 가장 작은 변화들을 찾아냈다. 모든 언어에 반영된 인간 감정의 유사성과 인간 조건의 유사성을 터득했다. 궁극적으로 지구라는 생활 환경이 빚어내는 모든 소리의 거대한 연관성을 깨달았다. 그리하여 10년의 불면 끝에 왕은 이도 문자에 도달했다.

그 미친 듯한 몰입의 10년이 지나자 왕에게 현실감이 돌아왔다. 나는 무슨 미친 짓을 한 것일까. 있던 고유 문자도 없애야 할 시절에 새 문자를 만들었다. 태조 홍무제 이래 건문제, 영락제, 홍희제, 선덕제, 정통제까지 명나라는 호원 잔재 청산이란 명분으로 광기에 가깝게 파스파 문자를 탄압했다. 파스파 문헌을 가지고 있다가 금의위, 동창 같은 황제 직속의 비밀경찰에 잡혀 요참당한, 산 채로 허리가 잘려 죽은 지식인이 수없이 많았다.

민본의 일념에 모든 것을 걸고 세상에서 가장 배우기 쉬운 문자를 만들었다. 민본이 발전할 수 있는 한계가 어디까지인지 그 극한까지 밀고 나가서 모든 백성이 높은 지식을 누리는 꿈같은 나라를 그려보았다. 이것이 가당키나 한 일일까. 왕은 근심 때문에 병이 날 지경이었고 마음속에 눈물이 가득 차게 되었다.

그러나 왕은 분연히 자신의 꿈을 틀어쥐었다 이 문자는 분열의 재앙을 이기고 파국의 재앙을 이길 것이다. 어떤 대가를 치르더라도 승리할 것이다. 열정이 왕의 혈관을 타고 흘렀다. 왕이 12대에게 말했다.

"검은 먼지 하늘이 와도 어쩔 수 없다. 이 문자는 세월의 모래에 절어진 수많은 해골을 딛고 살아남을 것이다. 이 스물여덟 글자에 세상의 혼령과 힘이 깃들 것이다. 나의 백성들은 양손을 짝지어서 턱을 바치고 보료에 몸을 기댄 채 이 문자로 먹고살게 될 것이다. 물의 힘으로 한 치의 오차도 없이 돌아가는 자격루 기계 시계처럼 세상의 끝까지 우리 뒤를 따라오면서 땅을 헤집고 하늘을 휘젓는 모든 혼령을 이 문자로 부리게 될 것이다."

얼마 후 가베치들과 안쿠타일리는 감옥에서 풀려나 새벽의 여명 속으로 사라졌다. 그들은 북방의 산골로 스며들어 이도의 백성이 되고 이도 문자의 수호자가 되었다.

왕이 생전에 예감했던 좌절감처럼 이도 문자는 세상에 용납되지 않았다. 1894년 11월 21일 고종이 칙령을 내려 이도 문자를 조선의 공식 문자로 선언했을 때는 이도가 죽은 지 어느덧 440여 년이라는 광음이 흘러간 뒤였다.

'암클' 혹은 '통시글'이라는 경멸 때문에 이도 문자를 배운 사람들은 거의 없었다. 고종 시대까지도 이도 문자를 읽을 수 있는 문해율은 인구의 10퍼센트 대에 불과했다. 이도 문자에 숨겨진 힘을 아는 사람은 아무도 없었다.

조선 사회는 12대의 예상대로 전개되었다. 조선인들은 여진족을 팔천(八賤)이라 부르면서 백정, 무당, 노비, 광대 같이 대접했다. 서북 사람에겐 벼슬도 주지 않았다. 말로만 동족이었다.

여진은 조선에게 문명의 이름으로 복속당했다. 조선이 일본에게 당한 것과 똑같은 수치를 겪었다. 내가 문명이다, 더러운 반편들

아. 게을러터진 무지랭이들아. 너희는 나를 규범으로 받아들이고 나를 흉내 내어야 해. 그러면 나와 같아질 수는 없지만 언젠가 비슷해질 수는 있을 거야……. 오만한 대동주의와 장형의식의 끝은 언제나 최악의 결별이었다.

19

부활

김홍락과 김응수 소년이 앞장서서 걸었다. 재익은 기억의 어두운 통로를 걷는 몽유병자처럼 멍한 얼굴로 따라갔다. 레베카, 코헨이 재익의 뒤를 따라갔다.

재익은 그토록 찾아다닌 책이 감리서 안에 있다는 사실을 얼른 믿을 수 없었다. 세상에서 가장 중요한 비밀이 망각의 파도에 휩쓸려가기 전에 건져지려 하고 있었다.

노인은 슬픈 눈으로 헐떡거리면서 기침했다. 김응수 소년은 여태 경험하지 못한 감정을 느끼고 있었다. 그것은 전혀 짐작하지 못할 뭔가를 결단해야 하는 공포와 혼란이었다. 조상 대대로 지켜온 비밀을 내줘야 한다. 아무도 알아주지는 않지만 그것을 소유한 자에게는 지고의 가치를 지니던 책을.

응수야, 이 책은 나라의 얼이다. 이 책을 잃어버리면 이 나라에는 쇠락, 찬탈, 멸망이 찾아올 것이다 ……. 돌아가신 조부의 목소리가 떠올랐다.

그러나 지금은 스승의 뜻을 따를 수밖에 없었다. 조선이 피를 흘리며 매일 그 상처에 새로운 상처를 더 하고 있는 때였다. 의병이 되어 몰리고 쫓긴 뒤 감리서에 잡혀 죽음을 기다리는 때였다. 도대체 내가 무엇을 안단 말인가? 이런 문제에 대해 내가 무엇을 판단할 수 있단 말인가.

7시 10분. 날은 완전히 샜다. 아침이 빛의 부드러운 손길을 뻗어 골목골목을 깨웠다. 새파란 겨울바람이 나무에서 나무로 뛰어다니고 어디 둥지가 있는지 깍, 깍, 까치가 울었다.

감리서 관아 여기저기에서도 인기척이 났다. 주방에선 된장을 넣어 끓이는 배춧국 냄새가 났다.

배전실에도 새벽같이 출근한 하급 관리가 있는 것 같았다. 석유로 돌리는 직류발전기가 가동되는 소리가 들렸다. 누가 증기압 밸브를 열고 슬로팅 레버를 당기고 핸들을 틀고 배전반의 숫자가 보이는 버튼을 잇달아 누르고 있었다.

김흥락 노인과 김응수 소년은 자신들이 어제저녁까지 갇혀 있던 감리서 감옥 건물로 들어갔다. 가로 1.5미터, 세로 3.5미터 정도의 감방들이 좌우로 늘어선 복도를 지나자 '옥뜰'이라고 불리는 뒤뜰이 나왔다.

감옥에 당직을 서던 간수들이 눈을 비비며 다가왔다가 재익을 보고 다급히 차렷 자세를 취했다. 주먹밥과 배춧국을 가지고 배식을 하러온 순시도 어리둥절한 얼굴로 뻣뻣해졌다. 재익이 손짓하자 그들은 뒤로 물러섰다.

노인과 소년이 층층대를 내려가 옥뜰에 섰다. 어제 자신들이 끌고 온 수레가 한구석에 널브러져 있었다. 노인과 소년은 수레에 실려 있던 초가집을 해체한 것 같은 잔해를 찾아 뒤졌다.

이윽고 그들은 부서진 벽체 한 조각을 찾아냈다. 가로세로 한 자 정도의 흙벽 조각이었다. 자세히 보자 그것은 흙덩이가 아니라 타르와 진흙을 이겨 붙여 위장해놓은 상자였다. 이 상자를 감추기 위해 초가집의 잔해들을 같이 옮겼던 것이다.

소년이 옷섶을 헤치고 품속에서 청동 열쇠를 꺼내었다. 소년의 얼굴이 고통에 얼굴이 일그러졌다. 어제 순검들에게 맞은 오른손이 찢어져 퉁퉁 부어 있었기 때문이다. 누가 지혈제인 갑오징어 뼛가루를 뿌리고 붕대를 묶어서 피는 멎었지만 끈적끈적한 피떡이 손가락에 묻어 나왔다.

소년은 뾰족한 나무꼬챙이로 흙벽 조각을 쳐서 타르와 진흙을 긁어냈다. 흙먼지를 닦아 이제까지 보이지 않던 열쇠 구멍을 드러냈다. 소년이 구멍에 청동 열쇠를 넣어 시계방향으로 돌리자 용수철의 반동이 느껴지면서 흙벽 조각이 둘로 갈라졌다.

흙벽 조각 속의 상자에는 더 작은 나무상자가 들어있었다. 소년은 그 작은 나무상자를 꺼내 열었다. 그리고 비단으로 싼 뒤 다시 방수포로 꼼꼼히 싼 책을 꺼내었다.

소년이 김홍락에게 책을 넘겨주었다. 김홍락은 미련 없이 그것을 재익에게 넘겨주었다. 호기심에 가득 찬 간수들, 그리고 벨과 코헨이 지켜보는 가운데 재익이 방수포를 벗기고 떨리는 손으로 다시 비단을 벗겼다. 청록색 천에 능화 문양이 압철로 새겨진 표지에 '훈민정음' 네 글자가 보였다.

응물접신.

물건을 만지면 물건의 신령스러운 힘이 옮겨온다. 백일 날의 아기에게 물건을 늘어놓고 만지게 하여 미래를 예언하는 샤머니즘을 재익은 한번도 믿은 적이 없다. 그러나 책을 만지자 온몸이 감전된 사람처럼 떨려왔다. 책은 민족이 멸망한 죽음의 불길로부터 불사조처럼 날아오르는 부활의 어머니 같았다.

그때 감옥 모퉁이에서 군복에 각반을 하고 방수 외투를 입은 풀포드 소령이 나타났다. 그는 일부러 외투를 젖혀 손잡이가 돼지 다리처럼 휘어진 콜트 45구경 리볼버를 보였다.

"약속한 것을 가져왔소."

풀포드가 말했다. 털리의 시체가 도착한 것이다. 레베카가 화난 듯 빠른 걸음으로 다가와 손을 내밀었다.

"이리 주세요."

아아, 재익은 반사적으로 책을 겨드랑이 밑에 끼며 한 걸음 물러섰다. 그리고 재빨리 몸을 도사리며 권총을 빼어 풀포드를 겨누었다. 손들어. 두 손 번쩍 들어!

재익과 풀포드, 레베카가 대치하는 동안 몇 초간 침묵이 이어졌다. 이해를 할 수 없는 장면을 목격한 간수들 사이에 탄식 소리, 웅얼거리는 소리, 떼밀고 발을 옮겨 딛는 소리가 들렸다.

"무슨 짓이에요?"

레베카가 눈살을 찌푸리고 쨍쨍 울리는 금속성 목소리로 소리쳤다. 재익은 절망스러운 표정을 띤 채 무슨 말을 하려고 입술을 달싹거렸다. 그의 목에서 푸른색 혈관이 새끼줄처럼 부풀어오르고 얼굴이 빨개졌다.

"난 박근정 주사가 올 때까지 기다리겠어!"

"뭐라고요? 대체 무슨 뜻이죠?"

레베카는 내뱉듯이 소리쳤다. 그녀의 얼굴은 창백해지고 입술은 분노로 말미암아 파들파들 떨리고 있었다.

"사진 찍는 박 주사 말이오. 당신이 말하지 않았소. 인간 사회는 너무 복잡해서 확실한 인과관계가 없다고. 이 책을 태워도 한국이 되살아난다는 보장이 없다면 난 못 태우겠소. 대신 이 책을 모두 사진으로 찍어 〈코리안 리퍼지터리〉와 〈서울 인디텐던트〉에 싣겠소. 〈독립신문〉이 창간되면 거기도 싣겠소. 원래의 역사에서 1940 년에 공개되었던 훈민정음해례본을 1896년에 공개하는 것이오."

재익은 숨이 막히기라도 한 듯이 갑자기 말을 끊었다. 그 얼굴은 근육 하나하나가 경련을 일으키고, 두 눈에는 도전적인 빛이 떠올랐다. 재익은 극도의 흥분상태에 빠져 있었다.

"서산 선생의 말씀을 듣고 깨달았소. 세종 이도의 꿈은 잊히고 버려지고 조롱당하면서도 거의 성공했다는 것을. 세종에게 인생의 목적은 돈도 아니고 권력도 아니었소. 서로에 대한 깊은 이해에 도달하는 것이었소. 인간의 모든 소리, 자연과 동물과 기계의 모든 소리를 표기하는 이도 문자는 마음의 가장 깊은 밑바닥까지를 이해하게 하는 것이었소."

"거의 성공했다? 그게 무슨 의미가 있어요. 그런 어리석은 생각을……. 중요한 건 결과예요. 이도는 실패했어요. 한국인들은 이 민족 융합을 못했어요. 분리되어 싸우다가 멸망했잖아요."

"아니오. 남북은 거의 이질성을 극복했소. 남방과 북방의 신화적인 힘들이 각기 그 장엄한 모습을 전개하다가 마침내 통일 직전에 이른 것. 그것이 이도 문자였소. 문자가 둘을 하나로 묶게 된 것이오. 오래전에 잊힌 이도 문자의 힘이 이 책 안에 있소. 백두산이 폭발하면 같이 죽을 사람들의 미래를 밝힐 횃불이 이 책 안에 타오르고 있소."

레베카는 날카로운 바늘에 영혼이 꿰뚫린 사람처럼 얼빠진 표정으로 무슨 거머리 보듯 재익을 바라보고 있었다. 재익은 주먹을 불끈 쥐고 말을 이었다.

"지금 이 책이 공개된다면 한국인들은 반세기 더 일찍 이도 문자의 힘을 갖게 될 것이오. 그렇게 되면 이 사람들은 가장 인공지능에 친화적인 민주주의 사회를 만들어 인간과 인공지능이 같이 일할 수 있는 최적의 조합을 찾아낼 것이오. 데이터 저작권료를 기본소득처럼 받는 서민들의 집단지성이 자본과 기술에 의해 사람이 배제되지 않는 사회를 재설계할 것이오. 이도 문자 데이터 세트라는 대체할 수 없는 핵심을 가지고 세계를 모두가 승리하는 길로 이끌 것이오……."

재익의 말은 이어지지 못했다.

레베카가 핸드백에서 콜트 리볼버를 꺼내 그대로 재익을 쏘아버렸기 때문이다. 가슴이 찢어지는 듯, 타는 듯한 통증에 재익은 겨드랑이에 끼고 있던 책을 떨어뜨리고 비틀비틀 옆으로 걸음을 옮겼다. 하늘이 핑그르르 돌더니 발밑의 땅이 눈앞으로 날아오다가 한쪽 옆으로 길게 퍼져나갔다.

*

가슴에서 피가 뿜어져 나왔고 피는 차가운 아침 공기속에 김을 내뿜었다. 재익은 자신의 피로 목욕이라도 하려는 듯 땅에서 버둥거렸다. 호흡을 할 때마다 몸이 찢기는 것 같고 눈앞의 땅이 뒤흔들렸다. 그러나 한 조각 의식은 남아 있었다.

총을 맞은 뒤에 일어난 일은 재익에게 깜짝 놀라 잠에서 깨었지만 제대로 기억이 나지 않는 꿈 같았다. 모든 게 유리창 저 너머에서, 쏟아지는 뿌연 안개 저편에서 일어난 일 같았다. 소리는 들리지 않고 군데군데 끊어지는 장면들만 떠올랐다.

김홍락 노인과 김응수 소년, 간수들이 뭔지도 모르고 이해할 수도 없는 상황에 눈을 휘둥그레 뜨고 뭐라고 소리치고 있었다. 레베카는 하얗게 질린 얼굴로 자신이 쏘아 죽였다고 여겨지는 재익의 피를 보지 않으려고 하면서 가까이 다가왔다.

레베카가 와들와들 떨리는 두 손으로 훈민정음해례본을 집어 들었다. 코헨이 그런 레베카를 보호하듯 어깨를 안았다. 뿔보느 소령이 권총을 좌우로 겨누며 뭐라고 사납게 소리질렀다.

풀포드와 레베카와 코헨, 세 사람은 한 덩어리가 되어 감옥 뒤뜰을 벗어나기 시삭했다. 피투성이가 되어 쓰러진 재익 옆을 허둥지둥 비켜났다. 옥뜰을 떠나 감옥 옆으로 난 통로를 지나 감리서를 빠져나갈 생각이었던 것 같다. 그때 예기치 못한 일이 일어났다.

풀포드가 땅에 옆으로 얼굴을 박은 재익의 시야에서는 보이지 않는 어딘가를 향해 권총을 발사했다. 다음 순간 그의 머리가 덜컥 뒤로 젖혀졌다. 그의 몸뚱이는 매듭이 풀려 땅으로 떨어지는 물건처럼 그대로 풀썩 쓰러져버렸다.

코헨의 몸도 무지막지한 광풍을 맞은 것 같았다. 그는 격렬하게 윗몸을 떨다가 두 손으로 자신의 가슴을 누르며 뜀뛰기 준비라도 하듯 구부러졌다. 그리고는 고개를 떨구며 앞으로 엎어졌다.

벨이 폭풍의 날개를 타고 오는 운명에 정면으로 맞섰다. 그녀는 상체를 비스듬히 튼 자세로 권총을 잡은 오른손을 쭉 뻗고 왼손으로 오른손을 받친 뒤 풀포드가 쏘던 방향으로 계속 발사했다.

재익은 고개를 젖혀 벨이 총을 쏜 방향을 보았다. 오른손에 의수를 낀 젊은 여자가 몸을 뒤틀면서 땅에 뒹굴고 있었다. 그녀의 왼손에서 권총이 흘러 떨어졌다. 치마저고리에 여러 군데 피가 번지고 있었다. 여자는 뭔가 날카로운 것에 찔린 사람처럼 등이 비꼬였고 비꼬이면서 몸을 떨었다. 그러다가 축 늘어졌고 움직이지 못했다.

재익은 다시 레베카를 보았다. 권총 든 손을 내린 레베카는 쓰러진 풀포드와 코헨을 보고 무서운 충격을 받은 것 같았다. 그녀는 너무나 엄숙한 현실에서 자신을 방어하려는 듯 뒷걸음질 쳤다. 그러나 곧 감각이 송두리째 마비된 모습으로 눈을 멍하게 뜨고, 자기 자신을 자각할 마음의 여유가 없이 서 있었다.

그때 땅딸막한 체구의 유애덕이 시뻘겋게 상기된 얼굴로 나타났다. 애덕은 레베카의 옆으로 천천히 걸어왔다. 양손에 두툼한 주방용 벙어리 장갑을 끼고 땅에 질질 끌리는 긴 끈 같은 것을 든 우스꽝스러운 모습이었다.

애덕은 반쯤 넋을 잃은 레베카의 멱살을 잡더니 끈의 끝자락에 달린 올가미 같은 것을 머리에 씌웠다. 레베카는 곧바로 땅바닥에 쓰러졌다. 쓰러진 채 퍼덕퍼덕 두 팔을 흔들고 몸을 떨면서 심한 전신성 경련을 일으켰다.

애덕은 레베카의 몸을 힘껏 짓눌러 경련이 30초간 지속되도록 압박했다. 애덕이 쥐고 있던 끈은 직류발전기에 연결된 전깃줄이었다. 재익의 시야가 서서히 어두워졌다.

*

우메(兀墨). 우메. 우메.

한 여자가 저편 강기슭에서 소리치고 있었다. 하늘에 음침한 구름이 드리운 어둡고 고요한 강이었다. 멀리 흰 옷자락만 펄럭거리는 그 여자가 재익은 누군지 알 수 없었다. 재익은 뱃머리에 서 있었다. 처음엔 무슨 말인지 몰랐는데 문득 그것이 여진 말이고 '가지 말라'는 소리라는 것을 깨달았다.

물리(木力). 물리. 물리.

'돌아가'라는 재익의 말이 바람에 불려서 텅 빈 허공으로 흩어졌다. 이렇게 이별이라는 생각이 들었고 이제 혼자라는 생각이 들었다. 금방이라도 진눈깨비가 닐릴 듯 어스레한 하늘이 가까이 다가왔다.

재익은 모두가 말할 수 없이 두려워한 그 운명의 기슭에 서 있음을 알았다. 아름다운 산하는 사라져버리고 영원히 방사능에 오염된 땅에 있었다. 불온한 미래의 황무지. 재익은 만감이 교차하는, 설명할 길 없이 숙연한 감정을 느꼈다. 정체 모를 슬픔이 차올랐다. 내가 어떻게 여진 말을 하고 있지?

강물 위에 몇 그루의 썩은 나무 둥치들이 검은 가지를 내밀고 있었다. 잠시 후 시야가 분명해지면서 전율과 구역질이 밀려왔다. 그 을씨년스러운 가지들은 손발이 뻣뻣하게 굳은 시체였다. 물속에서 나쁜 신령들이 그를 불렀다. 수가수 알리피타. 수가수 알리피타.

텅, 텅, 텅 하는 소음에 재익은 깨어났다.

"정말 펄펄 끓는 쇳물이 심장에 쏟아지는 것 같아."

"마사 언니가 죽다니. 믿어지지 않아요."

여자들의 울음소리에 재익은 정신을 차렸다. 한옥의 창호지문이 있는 방이었지만 요오드 냄새가 코끝에 떠돌았다. 재익은 옥양목 시트에 감싸인 이불에 누워 있었다. 어깨와 가슴엔 붕대가 감겨 있고 오른팔엔 영국제 링거액이 주입되고 있었다.

재익은 자기도 모르게 신음소리를 냈다. 숨쉬기가 곤란할 정도의 통증이 밀려왔기 때문이다. 레베카의 총알이 가슴에 박혔는데 외과 수술로 그것이 제거된 것 같았다.

재익의 기척을 들었는지 방문이 열렸다. 유애덕과 김홍락이 툇마루에 서 있었다. 그녀는 간호보조사들에게 가보라고 이르고 김홍락과 함께 재익이 누운 방으로 들어왔다. 애덕은 조용히 재익 옆에 앉더니 말없이 재익의 눈을 마주 보았다. 그러더니 한 마디 물었다.

"아직 박진용의 몸을 훔친 자요, 아니면 진짜 박진용이오?"

"아직 훔친 자요."

"찍소리 말고 누워 계시오. 세상이 뒤집혔소. 경무관 박진용은 지금 밖에 나가면 죽은 목숨이오."

재익은 새삼 박진용의 몸을 살려준 이 여의사가 경이롭게 느껴졌다. 2061년의 사람에 대한 1896년 사람의 경험은 2061년 사람에게는 보이지 않는다. 1896년 사람에 대한 2061년 사람의 경험 또한 1896년 사람에게는 보이지 않는다. 둘은 서로를 경험하지만 그 경험은 절대 혈관이나 뼈까지 닿을 수 없었다. 그것은 죽을 때까지 자아의 바깥에 남아 있을 것이다.

그때 오랫동안 잊고 있던 두통이 재익을 엄습했다. 그것은 탐사 시간이 한계에 도달한 것을 알리는 두통이었다. 눈시울이 검어지고 눈동자는 충혈되며 광대뼈는 더 두드러지고 주름살은 깊이 파였다. 시간이 다 된 것을 알고 불안한 혼미에 빠진 사람의 얼굴이었다.

"죽었다는 마사가 누굽니까?"

애더은 입술을 씰룩거리면서도 울지 않고 설명했다. 간호사 강 마사에게 일어난 일들과 균주를 담은 허파가 안전하게 봉인되었다는 이야기를 들려주었다. 재익은 데모닉 바이러스의 균주를 미국이 가질 수는 없다 해도 일단은 무사히 2061년에 전달되었다는 것을 알고 안도했다.

재익은 숨이 가빠지면서 심한 두통이 일어났다. 두 눈이 머리에서 튀어나올 것 같은 통증에 얼굴을 찌푸렸다가 필사적으로 얼굴을 들어 김홍락을 쳐다보았다. 깊은 심호흡을 했다. 두통이 조금

약해지자 재익은 마지막 힘을 모아 말했다.

"선생님, 세종 장헌 대왕께선 한 마리 새의 떨리는 혀를 사랑하시고 한 줄기 바람의 가쁜 숨결을 알아주셨습니다. 그래서 모든 소음에게 글자를 주시고 차가운 것들을 따뜻하게 하고 죽은 것들을 되살리셨습니다. 그 글자가 가문 날에도 궂은 날에도 우리들의 머리 위에 비가 되고 지붕이 되었습니다. 앞으로 그 글자는 인류에게 내부로부터 나오는 도덕을 줄 것입니다. 서로의 말을 듣고 읽고 이해하기 때문에 자연스럽게 우러나는 도덕, 법이나 제도에 의해 외부에서 주어진 도덕이 아니라 자기 자신의 진실한 충동에 나오는 도덕을 줄 것입니다. 이를 위해서는 모든 인류가 그 책을 보고 알아야 합니다. 그래야만 파국을 피해갈 수 있습니다. 부디 그 책을 사진으로 찍어 신문에 싣도록 도와주십시오. 간곡히 부탁드립니다."

미래를 알고 있는 탐사자들은 순간적으로 두 가지를 동시에 본다. 있었던 일과 있을 수 있었던 일. 있었던 일이 아니라 있을 수 있었던 일이 중요하다. 일어나지는 않았지만 가능했던, 세상이 다른 방향으로 바뀔 수 있었던 가능성이기 때문이다. 거기에 미래가 숨어 있다.

있었던 일은 훈민정음해례본이 1940년 안동에서 발견된 것이다. 있을 수 있었던 일은 훈민정음해례본이 더 일찍, 가령 1896년 인천에서 발견되는 것이다. 또 있을 수 있었던 일은 반대로 훈민정음해례본이 사라져서 아예 역사 속에 나타나지 않는 것이다.

있을 수 있었던 일은 세상이 더 좋은 방향으로 바뀔 수 있었던 선택의 가능성이어야 한다. 만약 한국인들이 이도 문자의 힘을 더 일찍 깨달았다면 인공지능에 대한 인간의 능력은 완전히 달라질 것이다.

김홍락이 가슴속에 번지는 묘한 흥분을 보이지 않으려고 애쓰며 눈빛을 빛냈다.

"세종 장헌 대왕의 뜻이 그러하셨고 앞날의 명운이 그리 된다면 우리 영남의 세신들이 어찌 따르지 않겠나. 우리는 이 책을 공개되지 않게 지킨 것이 아니라 소각되지 않게 지켰던 것이야. 그러나 지금 그 말씀이 틀림없는 말씀이겠지?"

재익은 이제 통증 때문에 눈을 뜰 수 없었다. 그는 마지막 숨을 모으면서 감히 입 밖에 낼 수 없고 떠올리기조차 두려운 미래에 인간을 인도할 별을 떠올렸다.

"그 책에 명백하고도 숨겨진 의미가 있습니다 ……. 두려움에 놀라 움찔하지 마십시오. 미래를 알고 있으나 제가 알고 있는 것 중 어느 것도 하나의 미래는 아닐 것입니다. 선생님의 말씀이 옳습니다. 우리는 꿈의 힘을 믿어야 합니다. 우리가 사는 세상은 진실이 아닐 수 있습니다. 우리가 온 마음으로 꿈꾸는 다른 세상이 있고 그 세상만이 진실일 것입니다. 그 책이 반세기 일찍 공개되기만 하면 인간의 집단 지성이 인공지능보다 더 빠르게 성장할 것입니다. 우리가 이도 문자 데이터의 저작권을 쥐고 모범을 보이면 다른 나라들이 따라올 것입니다. 세계는, 모두, 불행을 …… 면할 …… 면할 것입니다 …… ."

재익의 말은 19세기 사람들에게 절반도 이해되지 않았다. 그러나 어쩔 수 없었다. 이제는 2061년으로부터의 전송이 약화되면서 동조화시킨 숙주의 육체로부터 탐사자의 의식이 밀려 나갔다. 기억에서부터 감각까지, 손발의 신체적 의식까지 얽히고설킨 신경들로부터 재익은 밀려났다.

과연 이 두 사람이 책을 공개해서 언어가 변하고 한국인의 운명이 변하고 세계가 변할 수 있을까. 미래가 반전될 수 있을까.

시야는 한순간 캄캄해지고 재익의 의식에 한 번도 보지 못한 이상한 풍경이 토막토막 떠올랐다. 재익은 한 시대에 속했다가 다른 시대에 속했다가 다시 무수한 시대에 존재하며 시간의 숲을 스쳐 갔다.

갑자기 젊은 여자들이 조잘대는 한국 말이 들려왔다. 그것은 환청 같기도 하고 현실 같기도 하고 기억의 빗장을 비집고 새어 나오는 억압된 과거 같기도 했다. 재익은 그 환한 빛 속으로 들어갔다.

〈끝〉

작가의 말

　나는 5년 전부터 외톨이가 되었다. 직장도 없어지고 사람들과의
연락도 일절 끊어져서 나와 사회 사이에는 무엇 하나 직접적으로
관계있는 것이 없는 것 같았다. 번민으로 밤을 지새운 뒤에 걷는
새벽길은 이 세상에서 저 세상까지 훤히 꿰뚫려 보였다.
　나로부터 저 만치 멀리 떨어진 시대는 팬데믹과 인공지능이라는
두 가지 힘이 폭발하고 있었다. 그 깊고 빠른 운명의 균열이 삶의
구석구석으로 뻗어 가고 있었다. 나는 그 이면으로 들어가 우리에
게 오랫동안 변하지 않은 어떤 것, 대체불가능한 것, 그래서 이 혼
돈의 시대 뒤에 출현할 새로운 것을 생각했다.
　우리는 흔히 미래를 과학기술과 관련된 외부로부터의 거시적인
변화라고 생각한다. 그러나 많은 가능성 가운데 무엇을 실현할지
선택하는 것은 이미 우리에게 내재적인 것, 우리 자신의 일부가 된
어떤 것이다.

한글은 가장 발달된 문자, 모든 언어가 꿈꾸는 알파벳이라고 한다. 이런 알파벳을 대영제국이나 미합중국 같은 지구 문명의 중심부가 아니라 한국인이 사용하고 있다는 사실은 '문자학적 사치'라고 말해진다. 나의 소설은 이 '문자학적 사치' 대한 탐구이다.

언어가 바뀌면 그 언어를 사용하는 사람들의 사고가 바뀐다는 것이 사피어-워프 가설이다. 오래전 세종 이도라는 고독한 사나이가 국경을 넓혀 민족을 재구성하고 그 민족을 위해 이 문자를 만들었다. 이도는 새로운 민족의 사고에 뭔가를 새겨 넣었다.

지금 남북으로 나뉜 우리는 이 문자로부터 강력한 불꽃을 나눠받았다. 전쟁을 겪고 갈등을 겪었지만, 우리의 결속은 그리 약하지 않다. 백두산이 폭발하면 같이 죽을 사람들. 그 존명 공동체의 미래를 밝힐 횃불이 이 문자 안에 타오르고 있다. 지금 이 횃불을 높이 들어 캄캄한 밤을 밝히고 우리 힘의 결속을 세상에 꺼내놓을 때인지도 모른다.

우리 시대부터 우리 자식들의 시대까지 무서운 공포가 뻗어 있다. 우리는 인간 노동의 가치에 대해 믿고 있던 환각에서 깨어나 우수와 허무에 사로잡히고 있다. 망가진 생태계에서 바이러스가 진화하고 예측불허가 세상을 구성하는 원칙이 되었는데, 그럼에도 우리는 어떻게든 예측하려 하고 있다.

2061년 안에 1896년이 있다. 1896년에 1443년이 있고 2061년이 있었다. 나는 지금 시간여행의 허구가 아니라 진실을 말하고 있다.

지진이 나고 폭풍우가 휘몰아칠 때가 사실은 가장 행복한 때라고 믿고 싶다. 그럴 때 사람은 어쩔 수 없이 뭔가를 깨달으니까. 우리는 위기 때문에 더 강해질 것이고 더 멋진 일을 하게 될 것이다.

나의 조촐한 희망 노래를 출판한다. 나는 쓰러졌다. 하지만 다시 일하고 있다. 앞으로도 일할 생각이다. 가을 나무가 열매를 떨구는 것은 살아보려는 순수한 마음이지 세상의 인정을 바라는 것이 아니다. 한글이 일깨워준 이 온순하고 겸허한 희망에 이 책을 헌정한다.

2021년 2월
이인화

이인화

1966년 대구에서 태어났다. 1988년 계간 〈문학과 사회〉로 등단했다. 『내가 누구인지 말할 수 있는 자는 누구인가』, 『영원한 제국』, 『인간의 길』, 『초원의 향기』, 『시인의 별』, 『하늘꽃』, 『하비로』, 『지옥설계도』 등을 발표했다. 이상문학상, 오늘의 젊은 예술가상, 추리소설 독자상, 중한청년학술상 등을 수상했다.

2061년

초판 1쇄 발행 2021년 2월 15일
초판 3쇄 발행 2021년 2월 27일

지은이 이인화
발행 스토리프렌즈
디자인 형태와내용사이

발행처 스토리프렌즈
출판등록 2019년 10월 25일 (제2019-50호)
주소 (07995) 서울시 양천구 목동동로 233-1 현대드림타워 1617호
대표전화 02-2643-1503 **팩스** 02-6305-5603 **이메일** pdg1332@gmail.com
인스타그램 https://www.instagram.com/storyfriends.official/
페이스북 https://www.facebook.com/storyfriends.official/

ISBN 979-11-968882-3-7 03810